Mimi Heeger

PIXTON
LOVE

NEVER WITHOUT You

Moon Notes

Originalausgabe
1. Auflage
© 2023 Moon Notes im Verlag Friedrich Oetinger GmbH,
Max-Brauer-Allee 34, 22765 Hamburg
Alle Rechte vorbehalten
© Text: Mimi Heeger, 2022
© Umschlaggestaltung: Rocket & Wink, Hamburg
Satz: Sabine Conrad, Bad Nauheim
Druck und Bindung: FINIDR, s.r.o.,
Lípová 1965, 737 01 Český Těšín, Tschechische Republik
Printed 2023
ISBN: 978-3-96976-034·5

www.moon-notes.de

Du kannst sein, wer du sein willst.
Alles, was du brauchst, ist die Stärke, dazu zu stehen –
vor allem vor dir selbst.

PROLOG

So fest wie möglich schließe ich meine Finger um deine Hand.

»Ich werde dich niemals alleinlassen. Niemals«, schwöre ich.

Nicht nur dir, sondern vor allem mir selbst, denn für mich ist dieses Versprechen mindestens genauso wertvoll.

All die Liebe, die ich für dich empfinde, muss hinaus. Ich möchte so vieles sagen, so vieles versprechen. Doch die ersten Worte, die beinahe seufzend über meine Lippen kommen, sind: »Niemals ohne dich, hörst du? Ich werde ohne dich nirgendwohin gehen. Weil ich ohne dich nicht leben will.«

Es sind nur Sekunden, die wir uns tief in die Augen sehen.

Sekunden, in denen ich versuche, dir stumm begreiflich zu machen, wie viel du mir bedeutest.

Dann schlingst du deine Arme um mich. Warm und vertraut legen sie sich um meinen Körper und besiegeln damit mein Versprechen, ohne dass ein weiteres Wort nötig wäre.

Denn es wird immer so sein: niemals ohne dich.

Kapitel 1

Abigail

Ich liebe den Geruch von altem Holz vermischt mit dem Duft von Büchern. Er beruhigt mich zumindest ein kleines bisschen.

Im Eingang der großen Halle zu stehen, die an diesem Abend voller Menschen ist, fühlt sich trotzdem seltsam an. Seltsam vertraut, aber leider vor allem falsch. Ich sollte nicht hier sein. Das ist mir mit jeder Faser meines angespannten Körpers bewusst.

Die Livingston Hall ist das Herz der Pixton University und mit ihren hohen Decken, dem vielen Stuck und den dunklen Holzvertäfelungen mein absolutes Lieblingsgebäude. Es erinnert mich irgendwie an Hogwarts, auch wenn es nicht ganz so viele Türmchen besitzt.

1836 schrieben sich hier zum ersten Mal Studierende ein, und ich kann mir richtig vorstellen, wie sie über den marmorierten Boden geschritten sind. Damals war das Bauwerk mit den breiten Treppen, die in die Hauptbibliothek führen, und den hohen bunten Fenstern bestimmt noch eindrucksvoller als heutzutage.

Dennoch kamen sich die Studierenden von damals gewiss nicht dermaßen fehl am Platz vor wie ich heute Abend.

Bestimmt haben sie nicht mit verschwitzten Händen im Türrahmen gestanden und sich selbst bemitleidet. Höchstwahrscheinlich waren sie eher so aufgeregt wie die Freshmen, die vor meiner Nase gerade dabei sind, sich unauffällig unter die älteren Studentinnen und Studenten zu mischen, um schlaue Gespräche zu führen. Dabei sieht man den Neuankömmlingen der Uni ihre Nervosität an der Nasenspitze an. Der erste Abend im neuen Semester. Der Duft nach Wissen und Macht, der von der Universität ausgeht, vermischt sich mit jeder Menge Angstschweiß. Wenigstens das haben die Freshmen mit mir gemeinsam.

An diesem Tag ist die Anspannung in den Räumen besonders greifbar. Nur maximal ein Drittel derer, die gerade um die Gunst ihrer Lehrkräfte, Mitbewohnerinnen oder Mitbewohner buhlen, wird es schaffen und in ein paar Jahren mit einem Titel in der Tasche Connecticut wieder verlassen. Ein Drittel wird es schaffen. Ein Drittel, zu dem ich sicher nicht gehören werde.

Noch nicht.

Hoch motiviert und mit schlauen Gesichtern streifen alle außer mir umher und halten sich für besonders klug. Doch die meisten von ihnen werden sich garantiert später auf dem Weg in ihre Zimmer verlaufen und sich morgen vor der ersten Vorlesung beinahe in die Hosen machen vor Angst. Erst gestern durften die Neuankömmlinge ihr neues Zuhause beziehen. Morgen starten die ersten Kurse, was mich eigentlich gar nicht interessieren sollte. Streng genommen sollte ich nicht mal wissen, dass heute die Einführungsveranstaltung ist, und zuallerletzt sollte ich nicht hier stehen und die Erstsemester stalken.

Mit jeder Minute, die der Zeiger auf der antiken Wanduhr vorrückt, wünschte ich mir mehr, mich einfach in Luft aufzulösen. Leider habe ich in der Vergangenheit viel zu oft am eigenen Leib erfahren, wie das so läuft mit meinen Wünschen.

Dabei könnte mir das ganze Theater herzlich egal sein. Immerhin bade ich weder im Freshmen-Angstschweiß, noch schlage ich morgen die erste Seite meines Notizbuches auf, um damit den Grundstein für etwas ganz Großes zu legen. Nein, ich habe nichts Besseres zu tun, als die Menschen in diesem Raum zu beurteilen, für die heute eine ganz neue Ära startet.

Ich bin armselig.

Armselig und anklagend.

Armselig, anklagend und dumm.

Nicht zu vergessen, ich bin extrem neidisch.

Sonst wäre ich sicherlich nicht hier. Nicht schon wieder.

Leise seufzend lehne ich mich gegen den Türrahmen und beobachte mit verschränkten Armen, wie die Dozentinnen und Dozenten sich tapfer den vielen Blicken und nervenden Fragen der Erstsemester stellen, während die Zweitsemester freiwillig Sekt ausschenken und Häppchen herumreichen.

Alles genau wie in jedem Jahr.

Sicher zum hundertsten Mal lockere ich meine Schultern und streiche meinen kurzen schwarzen Rock glatt. Einfach tief ein und ausatmen.

... und nach Hause fahren.

Es ist langsam Zeit zu gehen ...

Ich habe gesehen, was ich sehen musste, um mich daran zu erinnern, was meine Ziele sind. Oder um Wunden aufzureißen, die nicht mal ansatzweise angefangen haben, zu heilen.

»Es ist halb so schlimm, wenn du erst mal drin bist.«

Ich fahre herum. Den Kerl, der lässig an der anderen Seite des historischen Türrahmens lehnt, habe ich vorher nicht mal bemerkt. Und dabei ist er durchaus bemerkenswert.

»Sorry, ich wollte dich nicht erschrecken«, reagiert er auf

mein Stirnrunzeln, das sich ganz von allein einstellt und das ich schnell zu beheben versuche. Währenddessen streicht er sich die wild abstehenden Haare aus der Stirn. Ein Grübchen auf seiner Wange erscheint, als er mich anlächelt.

»Äh … danke«, murmle ich leise und verschränke die Arme wieder vor der Brust. »Und … schon okay.«

Meine Hoffnung, er beließe es dabei, wird jäh zerschlagen, als er sich vom Tor zu meiner Traumwelt löst und mir mit seiner stattlichen Größe den Blick in den Raum versperrt. Ich muss den Kopf in den Nacken legen, um ihm ins Gesicht zu blicken.

Ein schönes Gesicht.

Fast ein bisschen zu schön.

Seine Wangen sind rosig, das Kinn glatt rasiert. Strahlend blaue Augen sehen auf mich herab und scheinen mich durchbohren zu wollen. Herrgott, sogar seine Nase ist kerzengerade und wohlproportioniert. Die schon fast lächerliche Perfektion seines Gesichtes wird eingerahmt von wilden dunkelblonden Locken, die aussehen, als käme er direkt vom Strand oder geradewegs aus einem Bademoden-Shooting. Verwegen chaotisch, aber irgendwie … *perfekt*. Mir will für sein Aussehen einfach kein anderes Wort einfallen.

»Hm«, murmelt er und tippt sich mit einem schlanken Zeigefinger ans Kinn, während sein Blick auf mir ruht. Ich möchte nicht auf seinen Mund starren, aber es ist mir unmöglich, es nicht zu tun. Immerhin ist es ein verdammt schöner Mund. Um nicht zu sagen, ein perfekter Mund. »Lass mich raten.« Mein Herz schlägt so fest in meiner Brust, dass es beinahe wehtut. Ich will am liebsten weglaufen, als ein breites Grinsen sein Gesicht aufhellt, wodurch seine Lippen leider nur noch verführerischer werden. »Jura«, sagt er fröhlich. »Habe ich recht?«

Er hat keine Ahnung, dass dieser Tipp sich anfühlt, als würde er mir ein Messer zwischen die Rippen stoßen.

Jura. *Ja, das wäre es gewesen … Nein, das wird es werden … eines Tages.*

Ich versuche, mir nicht anmerken zu lassen, was dieses kleine Wort mit den vier dämlichen Buchstaben in mir auslöst. Stattdessen presse ich meine Lippen aufeinander, um nichts Falsches zu sagen.

»Verdammt, ich habe recht, oder?« Strahlend streckt er mir seine Hand entgegen. »Ich bin übrigens Quincy. Medizin. Viertes Jahr.«

Ohne es zu wollen, löse ich meine verkrampfte Haltung und lege meine schwitzige Hand in seine.

»Willst du Gerichtsmediziner werden?«, frage ich wie ferngesteuert und betrachte die kleine Macke an seinem linken Eckzahn. Das erste Unperfekte an ihm und doch genau so, wie sie sein sollte. Ich kann mir richtig vorstellen, wie die Krankenschwestern sich eines Tages um diesen Doktor reißen werden. Ein waschechter McDreamy. Nur dass wir nicht in Seattle sind.

»Warum Gerichtsmediziner?«, fragt er, während sein Sunnyboy-Grinsen einem skeptischen Ausdruck weicht. Meine Hand liegt nach wie vor fest in seiner. Seine Finger sind weder feucht noch in anderer Art und Weise unangenehm. Ich würde mir den Gedanken selbst gerne verbieten, aber auch seine Haut an meiner fühlt sich nun mal ziemlich perfekt an. Rau und doch irgendwie weich. Warm und prickelnd. Meine Gedanken haben nie zuvor so wenig Sinn ergeben, und doch scheint alles an dieser Begegnung vollkommen einleuchtend.

»Na, Quincy … Medizin … die Achtziger?«

Zum ersten Mal an diesem Abend empfinde ich aufrichtige Freude, als der Groschen bei ihm fällt und das traumhafte Lächeln in sein Gesicht zurückkehrt.

»Du bist witzig …« Er zögert und zieht dabei eine Augenbraue gekonnt nach oben.

»Abigail«, kläre ich ihn auf, ohne darüber nachzudenken, ob das klug war. Bislang habe ich meinen richtigen Namen auf dem Campus für mich behalten. Doch irgendetwas an der Art, wie er meine Hand nach wie vor schüttelt und mich dabei mit seinen stechend blauen Augen fixiert, hat mich meine Vorsicht vergessen lassen.

»Und? Verrätst du mir bei einem Glas Wein, was du sonst so treibst, wenn du nicht gerade dabei bist, Anwältin zu werden, Abigail?«

Schon bei der Betonung meines Namens in Verbindung mit dem Verb *treiben* hätte ich wahrscheinlich zu allem Ja gesagt. Zu einer Versicherung, einem Waschmaschinenkauf und wahrscheinlich auch zu einem verdammten Heiratsantrag. Ich kann nicht mal genau sagen, was mich an seiner Art dermaßen gefangen nimmt, aber ich komme nicht gegen den Drang an, mehr über ihn erfahren zu wollen.

Mich überkommt so ein Gefühl, von dem man noch Jahrzehnte später erzählen wird. Im besten Fall seinen Enkelkindern.

Seit Jahren nehme ich an dieser Veranstaltung teil, doch nie zuvor habe ich meine Vorsicht fahren lassen und mich mit jemandem unterhalten. Normalerweise habe ich mich so unauffällig wie möglich im Foyer herumgedrückt oder nur einen Moment durch die Eingangstür gelugt, ehe ich schnell wieder in meine Welt geflohen bin.

Spätestens die Erinnerung daran, dass diese Veranstaltung nicht für mich gedacht ist, müsste mich wachrütteln. Ich sollte mich höflich verabschieden und wieder zurückkehren in die Realität, die nichts mit der Pixton University zu tun hat.

Aber es gibt etwas, das mich davon abhält, meine Grenzen einzuhalten. Ob dieser Grund ernsthaft ein Typ mit schönen Augen und traumhaften Haaren ist?

Vielleicht.

Möglicherweise ist es auch nur der Drang, das Unbekannte ein einziges Mal auf mich zukommen zu lassen, ohne immer an die Konsequenzen zu denken oder die Vernünftige zu sein.

Ich will noch nicht zurück. Zurück in ein Leben, das nicht ansatzweise so läuft wie geplant.

Ich will einen Abend lang das Gefühl haben, wirklich hierherzugehören. Diese kurzen, schmerzhaften Einblicke der letzten Jahre reichen mir heute nicht.

Ich will … mehr.

Nachdem Quincy meine Hand wieder freigegeben hat, starre ich einen Moment lang auf meine Schuhe.

Letzte Chance für einen Rückzieher.

»Was möchtest du denn wissen?«, flüstere ich kaum hörbar, in der Hoffnung, dass er mich nicht versteht oder in den Traum verschwindet, aus dem er gekommen ist.

»Alles«, antwortet er, was mich dazu bewegt, ihn erneut anzusehen. Der attraktive Student strahlt übers ganze Gesicht. »Ich weiß nicht so genau warum, aber ich will alles über dich wissen.«

Er hält mir seinen Arm hin. Ich zögere kurz, dann hake ich mich unter, und zum ersten Mal trete ich über die Schwelle, die in den letzten Jahren meine persönliche Grenze dargestellt hat. Und das am Arm eines Medizinstudenten der Pixton University.

Ich muss endgültig den Verstand verloren haben.

Ich werde stetig nervöser. Da hilft auch der Wein nicht. Im Gegenteil. Ich habe zusätzlich noch ein schlechtes Gewissen. Immerhin hätte ich die beiden Gläser nicht trinken dürfen, weil ich erstens mit dem Auto hier bin und zweitens die Getränke nur für die Studierenden kostenlos sind. Statt mich zu beruhigen, steigert der Alkohol meinen Fluchtinstinkt in ungeahnte Ausmaße.

Nicht, weil Quincy ein unangenehmer Gesprächspartner ist oder ich mich hier nicht wohlfühle.

Nein, das ist es nicht. Im Gegenteil. Er ist wundervoll. Klug, höflich, kultiviert. Ich mag es, wie er mir jedes Mal beiläufig zuzwinkert, wenn er das Glas an seine Lippen führt, und wie er flüchtig die Hand hebt, wenn andere ihn aus der Ferne grüßen. Er wird mit jeder weiteren Geste noch ein bisschen … *perfekter*. *Arrgh*.

Es ist eher meine eigene Hilflosigkeit, die mich verrückt macht. Ich bin hin- und hergerissen zwischen dem Drang, das Richtige zu tun und zu verschwinden, und dem Wunsch, die Situation in vollen Zügen auszukosten.

Vermutlich, weil es das hier hätte sein können. Genau so hätte mein Leben schon vor Jahren aussehen können. Mir hätte klarer sein müssen, wie sehr diese Einsicht auch nach all den Jahren noch schmerzt.

Wenn Quincy wenigstens nicht ganz so großartig wäre. Wenn er langweilig wäre oder sein Atem schlecht riechen würde. Wenn er einer dieser Typen wäre, der jeder zweiten Frau auf den Hintern starrt, während er sich mit mir unterhält. Aber verflucht. Ich wiederhole es nur ungern.

Dieser.

Typ.

Ist.

Perfekt.

Es bleibt mir nichts anderes übrig, als lächelnd dabei zuzusehen, wie meine sorgfältig errichtete Mauer immer tiefere Risse bekommt.

»Gleich kennst du meine halbe Lebensgeschichte, und ich weiß nichts über dich, bis auf die Tatsache, dass du Abigail heißt, zweiundzwanzig Jahre alt bist und Jura studieren willst.«

Ich habe nicht gelogen. Ich will Jura auf der Pixton University studieren.

Irgendwann.

Nur nicht dieses Semester.

Und vermutlich auch nicht nächstes.

»Erzähl mir irgendetwas von dir. Kommst du aus Connecticut? Wohnst du auf dem Campus? Im Alpha-Gebäude, hinten bei den *coolen* Freshmen?« Sein Blick deutet durch die bodentiefen Fenster hinaus in den Garten der Livingston Hall. Hinter den historischen Mauern schließt sich nahtlos das Alpha-Gebäude an, in dem die Erstsemester wohnen. Ein Gebäude, das ich nie betreten habe und in dem ich ganz sicher niemals wohnen werde.

»Du stellst ziemlich viele Fragen, vielleicht solltest du es tatsächlich mit Gerichtsmedizin versuchen. Du wärst der Polizei sicher eine große Hilfe«, foppe ich ihn und ignoriere den Seitenhieb über die uncoolen Freshmen. Ich bin nicht doof. Mir und jedem anderen in diesem Raum ist klar, dass die Neuen nach der offiziellen Einführung heute den Haien zum Fraß vorgeworfen werden. Sie müssen sich in der Rangordnung unter den bestehenden Semestern einfinden. Erst, wenn im nächsten Jahr neue Freshmen kommen, wird ihr Leben einfacher. Dann ziehen sie in die Wohnheime mit den Einzelzimmern oder in die Apartments des Beta-Gebäudes, weit weg von Profs und Lehrsälen. Mit dem Beenden des ersten Jahres verlassen sie das behütete Grüppchendasein im Alpha-Gebäude. Ab dann sind sie auf sich allein gestellt. Mit anderen Worten: Sie sind frei. Was auf einer Universität in etwa so viel bedeutet wie: Partys, Partys und, äh ... Partys. Jap. Ich weiß all diese Dinge. Sie sind mir schmerzhaft bewusst, weil ich mich jahrelang mit diesem Leben auseinandergesetzt habe. Weil es exakt das war, was ich mir immer gewünscht habe.

Ein Leben, das mit meinem inzwischen so viel gemeinsam hat wie der Mond mit der Sonne. Willkommen im aussichtslosen Universum der Abigail Hamilton.

Quincy holt mich mit einem abschätzenden Blick zurück in die Livingston Hall. Die sanfte Klaviermusik drängt zusammen mit seiner Stimme in mein Ohr und vertreibt alle trübsinnigen Gedanken.

»Dafür, dass ich so viele Fragen stelle, beantwortest du ziemlich wenige davon. Das lockt den wahren Quincy in mir hervor«, schmunzelt er. Aus blauen Augen, die von dichten Wimpern umrahmt sind, blickt er mich an. »Ich bin allerdings noch unsicher, ob mich das nervt oder ob es dich nur noch interessanter macht.« Der intensive Augenaufschlag, den er mir daraufhin zuwirft, ist jedoch ziemlich eindeutig. Er ist ganz sicher nicht genervt.

Schon vor gut einer Stunde haben Quincy und ich uns in eine kleine, menschenleere Nische nahe der Garderobe zurückgezogen.

Meine Idee. Reiner Fluchttrieb.

Man kann nie wissen, wie überstürzt man gegebenenfalls eine Veranstaltung verlassen muss.

Mir ist mit jeder Synapse meines Gehirns bewusst, wie falsch unsere Unterhaltung ist. Ich sollte so schnell wie möglich sehen, dass ich in mein Auto komme und nach Hause fahre. Aber ich kann einfach nicht gehen. Meine Füße sind wie festgenagelt. Ich kann nur hier stehen und mir die Geschichten anhören, die er mir über sich und sein Leben am Campus erzählt. Einen Alltag zwischen Vorlesungen, Serienmarathons mit seinen Freunden und nächtlichen Lernsessions.

Ich hänge förmlich an seinen Lippen. Wunderschöne, perfekt geformte Lippen. Seine Unterlippe ist etwas voller als die Oberlippe. Jedes Mal, wenn er lächelt – was offen gestanden sehr oft vorkommt –, bilden sich kleine Fältchen neben seinem Mundwinkel. Am liebsten würde ich mit meinem Finger die kleinen Vertiefungen berühren. So fest ich kann, umfasse ich daher den Stiel meines Weinglases, um nicht auf dumme Ideen zu kommen.

»Ich hoffe doch Letzteres«, flüstere ich und muss schlucken, weil wir so dicht voreinanderstehen, dass ich ihn riechen kann. Ein teures Parfum, frische Wäsche und etwas, das ich nicht deuten kann. Herb und doch frisch. Auf verdammt betörende Weise.

Scarlett hat recht: Dass ich einen Mann berührt habe, ist schon viel zu lange her. Ich bin zweiundzwanzig und lebe so unschuldig wie eine Nonne. Ich sollte vielleicht in Zukunft auf meine beste Freundin hören und öfter mal ausgehen.

Ich kann spüren, wie mir der Wein zu Kopf steigt und meine Wangen heiß werden lässt. Eben noch auf dem Boden der Tatsachen, habe ich jetzt das Gefühl, durch die Livingston Hall zu schweben. Quincys Augen wandern in aller Ruhe über mein Gesicht. Als beobachte er die Röte, die er mit seiner tiefen Stimme in mir auslöst.

»Wer bist du, Abigail?«, flüstert er. Noch immer starre ich wie in Trance auf seine Lippen, die mit jeder Sekunde näher zu kommen scheinen. Ich bin nicht sicher, ob sie es wirklich tun oder ob ich mir nur wünschte, sie täten es.

Ihn zu küssen, wäre quasi eine Win-win-Situation. Erstens kann und will ich ihm keine Antwort auf seine Frage geben. Und zweitens will ich unbedingt wissen, wie sich seine Lippen anfühlen. Ob sie weich und zaghaft auf meinen liegen würden oder ob er wild und roh mit ihnen über mich herfallen würde.

Ich will meine Nase in seiner Halsbeuge vergraben und diesen Duft tief einatmen.

Verdammt, es geht gar nicht mehr um das Studium oder seine Fragen. Meine Knie zittern nur aus einem einzigen Grund: Ich will diesen Mann küssen. Unbedingt und sofort.

Wie er vor mir steht, mit einer Schulter lässig gegen die Wand gelehnt, als wolle er mich abschirmen von der Veranstaltung, für die wir eigentlich hergekommen sind. Das einfache schwarze Hemd, das sich eng an seinen Körper legt, und die perfekt sitzende Jeans, die sicher mehr gekostet hat, als ich in der Woche verdiene.

Quincy ist der Inbegriff von sexy. Nicht auf eine spezielle Art und Weise, für einen bestimmten Typ Frau. Er ist einfach anziehend für jeden, dessen Hormonhaushalt noch halbwegs arbeitet.

Und dann dieser Geruch. Immer wieder sein Geruch.

Ich will wissen, wie sich sein Haar anfühlt und wie seine Haut schmeckt. Ich möchte meinen Kopf auf seine Brust legen, um seinen Herzschlag zu hören.

Verrückt.

Ich muss endgültig verrückt geworden sein.

Denn ich will in diesem Augenblick schon beinahe zwanghaft einen Fremden küssen. Ich will mich in ihm verlieren und für den Augenblick die Realität aussperren.

Es ist Jahre her, dass ich mir einen solchen Gedanken erlaubt habe.

Ich schließe die Augen und atme tief ein, um mich wieder zu beruhigen. Noch ehe ich sie wieder öffnen kann, legt Quincy seine Lippen auf meine, und ich erstarre.

Mir entweicht ein eigenartiges Geräusch, und ich kann spüren, wie er an meinen Lippen lächelt. Das tiefe Heben und Senken seiner Brust trifft auf meine eigene und hinterlässt dort einen wohligen Schauer.

»Ich würde ja so was sagen wie *Entschuldige*, aber das wäre gelogen, und ich hasse Lügen«, murmelt er direkt in meinen Mund hinein. Keiner von uns bewegt sich. »Keine Ahnung, warum, aber das wollte ich schon tun, seit ich dich eben zum ersten Mal gesehen habe.«

Die Augen noch immer fest verschlossen, entscheide ich, erstmals in der Geschichte der Abigail Hamilton meiner Verrücktheit nachzugeben.

»Dann hör nicht auf«, flüstere ich. Ich kralle mich in den Stoff seines schwarzen Hemdes und ziehe ihn näher zu mir heran. Unsere Zähne stoßen unsanft gegeneinander, Quincy öffnet seinen Mund noch etwas mehr, und meine Zunge kann es kaum erwarten, ihn mit dem Virus der vollkommenen Unzurechnungsfähigkeit zu infizieren. Überrascht ist nun er es, der aufkeucht, doch nur eine Millisekunde später legt sich seine große Hand in meinen Nacken und zieht mich noch enger an sich.

Alles rückt in den Hintergrund. Die vielen Menschen um uns herum. Die beeindruckende Kulisse der Livingston Hall. Alles. Wir küssen uns, als stünde die Pixton University kurz vor der Apokalypse. Wie berauscht versuche ich, die Entfernung zwischen uns noch mehr zu minimieren, und lasse meine Finger über seine Arme, seinen Rücken und seinen Nacken wandern. Seine Hand gleitet hinunter zu meinem Hintern und fixiert ihn mit der gleichen Intensität, während er mit der anderen mein Gesicht sanft hält, als sei es ein wertvoller Schatz.

Apokalyptisch.

So fühlt sich dieser Kuss an.

Als gäbe es nichts mehr auf diesem Planeten, was noch Sinn ergibt.

Er und ich.

Die letzte Chance.

Der letzte Augenblick vor dem Untergang.

Ich nehme alles zurück. Dieser Moment ist keiner, von dem man den Enkelkindern erzählen sollte. Dieser Moment ist episch, und er gehört nur uns allein. Mal abgesehen davon, dass keine Großmutter bei ihren Enkelkindern davon schwärmen sollte, wie der Großvater ihr mit einem einzelnen Kuss den Verstand geraubt hat.

Wie von Sinnen erforschen wir den Mund des anderen. Rastlos. Junkies auf der Suche nach dem nächsten High. Jede seiner Berührungen jagt weitere Stromschläge durch meinen Körper und bringt mich dazu, beinahe das Gleichgewicht zu verlieren. Zu meinem Glück hat Quincy mich bereits mit dem Rücken gegen die kalte Wand gedrückt, andernfalls wäre ich vermutlich bereits zu Boden gegangen, derart zittern meine Knie.

Als ein Kellner auf uns zuhält, bin schließlich ich es, die Quincy am Kragen packt und rücklings von der Veranstaltung wegzerrt.

Ich oder die Verrücktheit.

Mittlerweile verschwimmen die Grenzen diesbezüglich erheblich.

Wir stolpern weiter hinein in die Tiefen der Garderobe. Getrieben von dem Verlangen, ihn zu schmecken, und auf der krampfhaften Suche nach Erlösung.

Zum ersten Mal seit einer Ewigkeit spüre ich etwas anderes als Enttäuschung, Schmerz oder Verantwortung.

Dieser Typ, der keine Ahnung hat, wer ich eigentlich bin, gibt mir ein Gefühl, von dem ich nicht wusste, dass es noch existiert. Ein Gefühl von Freiheit. Vollkommen losgelöst von den Zwängen der bitteren Realität.

Mit einer lustvollen Mischung aus Küssen, Kichern und erkundenden Händen begeben wir uns immer weiter zwischen die vielen Wollmäntel und Kaschmirschals, bis ich rückwärts gegen etwas Hartes stoße.

Ich nutze die kurze Unterbrechung zum Luftholen, doch Quincy, der mich herausfordernd angrinst, hat offensichtlich keine Zeit zu verlieren, denn er greift hinter mich und öffnet die Tür in meinem Rücken.

Während er mich in den dunklen Raum schiebt, flüstert er etwas in mein Ohr, das sich anhört wie Latein. Aber alles geht so schnell, dass ich es nicht richtig verstanden habe.

Die Tür fällt hinter uns ins Schloss, und ich kann nichts mehr sehen. Der Geruch von Putzmitteln und Seife droht für einen Moment, die Stimmung kaputt zu machen.

Außer unserem schweren Atem sind alle Geräusche zum Erliegen gekommen. Ich möchte fragen, was er gesagt hat. Möchte ihm sagen, wie sehr ich das hier gerade brauche. Aber keine einzige Silbe kommt über meine Lippen.

Stattdessen strecke ich meine Hand aus, taste nach ihm und finde seine Wange.

Ich starre ins Schwarze. Nehme nichts wahr außer unserem abgehackten Atem und seinem Duft, der sich wie Balsam auf meine Nerven legt. Er hat ja keine Ahnung, was für ein beschissener Tag hinter mir liegt und wie sehr er die Leere gerade füllt, die mich noch vor wenigen Stunden ausgelaugt hat.

Langsam lehnt er sich nach vorne, und seine Zunge fährt zaghaft über meinen Unterkiefer, über meinen Hals und hinunter in den Ausschnitt meiner Bluse. Mit hauchzarten Küssen bahnt sich sein Mund den Weg in mein Dekolleté. Jede Berührung, die dieser mir völlig Fremde auf meiner Haut hinterlässt, ist ohne mein Sehvermögen noch viel intensiver als vorher und übertüncht die gewöhnungsbedürftige Atmosphäre.

Als der Stoff zwischen uns gerät, hält er einen Augenblick inne. Instinktiv weiß ich, dass das der Moment wäre, in dem ich einen Rückzieher machen könnte.

Aber ich will nicht.

Es ist zu dunkel, um ihm mit einem Blick grünes Licht zu geben. Also lege ich meine Hand auf seine Schulter und übe minimal Druck aus, um ihm zu zeigen, wohin die Reise führen kann, wenn er nicht aufhört.

»Was willst du?«, flüstert seine tiefe, raue Stimme gegen meinen angespannten Oberkörper.

»Alles«, erwidere ich und grabe meine Hände in seine weichen Haare. »Jetzt gerade will ich alles von dir, Quincy«, wiederhole ich seine Worte von vorhin.

Mir entfährt ein erleichterter Seufzer, als Quincy auf die Knie geht und jeden Knopf meiner Bluse in quälend langsamem Tempo öffnet. Allein wie seine Fingerknöchel dabei meine empfindliche Haut streifen und sein heißer Atem auf meinen Bauch trifft, lässt mich erschauern. Ganz gleich, wie verrückt diese Geschichte ist oder wie surreal es mir vorkommt, dass ein Medizinstudent der Pixton mir gerade aus meinem Rock geholfen hat und mir mein Höschen von den Beinen streift. Ich will auf keinen Fall, dass er damit aufhört.

Am besten nie wieder.

Kapitel 2

Zwei Wochen später

Quincy

»Ich war auf sämtlichen Einführungsveranstaltungen der Erstsemester, und es dauert sicher nicht mehr lange, dann meldet Mr. Purplemeyer mich dem Sicherheitsdienst, so oft, wie ich im Alpha-Gebäude rumhänge.« Die Hoffnung, mein tiefer Seufzer könnte meinen Frust schmälern, fährt dahin. So wie all meine Hoffnung in den vergangenen vierzehn Tagen. Es ist einfach nur noch armselig. Falsch: *Ich* bin einfach nur noch armselig. »Ich weiß ja nicht mal, ob sie überhaupt da wohnt. Sie könnte genauso gut pendeln oder in einer WG wohnen oder was weiß ich. Scheiße, Theo, ich weiß überhaupt nichts über sie. Sie ist wie ein verfluchter Geist.«

»Turtlefreyer«, brummt Theo und sieht weiterhin konsequent an mir vorbei.

»Hey«, ich schnippe mit dem Finger vor seiner Nase, was zwar drei Studentinnen am Nebentisch aufsehen lässt, meinen besten Freund allerdings kein Stück zu interessieren scheint. »Hörst du mir überhaupt zu?«

»Turtlefreyer«, wiederholt er, und sein Blick wandert für eine Millisekunde zu mir herüber, ehe er wieder über meine Schulter sieht. »So heißt der Hausmeister vom Alpha-Gebäude. Nicht Purplemeyer. Der Mann heißt Turtlefreyer. Ansonsten stimmt alles, was du gesagt hast. Ich denke auch, sie ist ein Geist.«

Ich spähe kurz über meine Schulter, um seinem Blick zu folgen.

Eine blonde, hübsche Frau Anfang zwanzig, die direkt neben der Glastür sitzt, hebt in regelmäßigen Abständen ihren Kopf, um zu uns herüberzusehen.

»Sie starrt mich an, oder?«, fragt Theo, dabei ist im Grunde er derjenige, der starrt.

»Theo«, mahne ich, »du trägst einen karierten Pyjama. Alle Blicke hier drin sind auf dich gerichtet.«

Er sieht sich in dem kleinen Café um, als wäre das etwas Neues für ihn. Für einen Freitagnachmittag ist erstaunlich wenig los im *Bee's*. Sonst sind die Tische, der Tresen entlang der Fensterfront und die Ladentheke des beliebtesten Studentencafés um diese Uhrzeit voll besetzt.

Wahrscheinlich wäre ihm das sogar lieber.

»Aber sie.« Ungeniert zeigt er mit dem Finger auf die blonde Frau, die noch immer auf ihren Kaffee zu warten scheint. Sie sieht schüchtern zwischen ihm und dem Fußboden hin und her und fummelt dabei nervös am Saum ihres Pixton-Hoodies. »Sie starrt besonders.«

Seufzend lege ich die Hände vors Gesicht.

Ich mag Theo.

Wirklich.

Der Psychologiestudent und ich gehen seit unserem ersten Tag an der Pixton gemeinsame Wege. Die ersten vier Jahre meines Bachelorstudiums habe ich weitestgehend allein verbracht und währenddessen bei meinen Eltern gewohnt. Aber seit ich das Medizinstudium angefangen habe und auf dem Campus wohne, ist er mein Mitbewohner. Ich liebe ihn wie einen Bruder. Streng genommen sogar mehr als meine echten Brüder.

Es gibt nur einen Haken.

Theodor Augustus Martin O'Connor hat nicht mehr alle Tassen im Schrank. Und das ist keinesfalls ein Scherz. Mein Kumpel ist einer der schlausten Menschen, die ich kenne, aber er tickt nicht ganz sauber. Warum sonst sollte er an einem Freitagnachmittag mit einem karierten Pyjama mitten auf dem Campus sitzen?

Ich erinnere mich gut an die ersten Male, als wir gemeinsam unterwegs waren. Er legte seinen Arm um meine Schultern und sagte: ›Noch findest du es seltsam, doch eines Tages wird es dir komisch vorkommen, wenn ich normal gekleidet bin.‹

Er sollte recht behalten.

»Kein Wunder, dass sie starrt«, murmle ich zwischen meinen Fingern hindurch. »Du bist ja auch irre und ziehst die Blicke der Leute absichtlich auf dich.«

Auch wenn ich mich daran gewöhnt habe, ist mir aus objektiver Perspektive klar, wie seltsam Theos Anblick wirken muss.

»Wie viele Menschen haben Freud für einen Irren gehalten, Doc?« Ich lasse meine Hände sinken und sehe, wie er mich mit hochgezogener Augenbraue taxiert. Dabei ragt sie weit über den Rand seines schwarzen Brillengestells. Die dunklen Haare trägt er heute elegant nach hinten gelegt.

Ohne die Blicke der anderen würden mir seine eigenartigen Outfits wahrscheinlich nicht mehr auffallen. Letzten Dienstag waren es Frauenkleider. Einen Tag später eine Badehose. Heute halt ein alter Pyjama.

Theo analysiert das Verhalten der Menschen beziehungsweise ihre Reaktion auf unkonventionelle Kleidung. Das Verrückte daran: Über die Schiene hat er das Interesse von mehr Frauen auf sich gezogen als die meisten Studenten, die ich kenne. Und er legt es nicht mal drauf an. Er zieht einfach sein Ding durch. Nicht so wie die hirnlosen Idioten, deren einziges Ziel es ist, die gesamte Cheerleader-Crew in einem Semester zu verführen. Womit wir wieder beim Thema wären, denn seit dem Abend der Freshmen-Einführung kann ich an nichts anderes mehr denken als die Stunden in der Besenkammer.

»Freud geht mir gerade so was von am Arsch vorbei. Es ist mir wirklich ernst, Theo«, versuche ich ein weiteres Mal, seine Aufmerksamkeit auf das eigentliche Problem zu lenken. Mein Problem. Die wunderschöne Jurastudentin, deren Stimme einfach nicht mehr aus meinen Ohren verschwinden will. Abigail. Die Frau, die mir an einem einzigen Abend den Verstand geraubt hat.

»Quin«, mahnt er mich wie einen Sohn, »mal im Ernst. Du hast eine der Freshmen an ihrem ersten Abend in der Besenkammer der Livingston Hall verführt, bist aber zu doof, dir ihren Nachnamen geben zu lassen oder auch nur das kleinste Detail über sie zu erfahren. Also erzähl mir nichts von irre. Du trägst die Konsequenzen hirnlosen Verhaltens. Lebe damit.«

Diese Unterhaltung führen wir nicht zum ersten Mal. Das Schlimmste an dem Geschwafel meines Freundes ist, dass er recht hat. Zumindest in diesem Fall. Die Aktion mit Abigail gehört zugegebenermaßen nicht gerade zu meinen Glanzleistungen. Ich kann mich zu hundert Prozent an den Duft ihrer Haut, die Hitze ihres Körpers und ihren Geschmack auf meiner Zunge erinnern, weiß aber ansonsten nichts über diese Frau. Das sagt eine Menge über mich aus, worüber ich mir lieber keine genauen Gedanken machen will. Einer dieser Typen wollte ich niemals sein und bin es bisher auch nicht gewesen.

»Jaja. Ich hab's ja kapiert«, stöhne ich. »Scheiße, das war doch so nicht geplant. Sie ist einfach abgehauen. Davongerannt wie Cinderella kurz vorm Glockenschlag.«

Meine eigenen Worte bringen mich zum Lachen.

Ein Märchen. Genau so klingt die Geschichte unserer Begegnung. Allerdings habe ich nicht mal einen Schuh. Ich habe nichts außer meiner Erinnerung und der Angst, sie könnte verblassen. »Ich will sie unbedingt wiedersehen. Ich muss. Mann, ich muss sie wiedersehen. Es geht nicht anders. Du hast ja keine Ahnung. Sie und ich, das war so …«

»Mein alter Freund«, unterbricht Theo mich mit erhobenem Finger. »Vergiss die Regeln nicht.«

Regel Nummer zwei. Die wichtigste unserer Freundschaftsregeln nach *Keine Lügen. Keine sexuellen Details.* Auch unsere Freundschaft ist wohl etwas unkonventionell, und doch möchte ich niemals auf sie verzichten.

Theo ist eben einzigartig.

»Scheiße, ich kann nur noch an sie denken. Es ist, als wäre ich besessen.« Erneut stütze ich mein Gesicht auf meine Hände. »Gestern hat mich Mary aus dem Labor um ein Date gebeten.«

»*Die* Mary?«, fragt Theo. Ich blinzele durch meine Finger und muss lachen, weil er mit seinen Händen eine geschwungene Figur andeutet. Dass er dabei die langen Beine übereinandergeschlagen hat wie meine Grandma und Flanellhausschuhe an seinen Füßen baumeln, ignoriere ich.

»Ja«, knurre ich, »*die* Mary.« Dabei schlage ich seine Hände schmunzelnd zur Seite. »Und nur zur Info: Ich habe Nein gesagt.«

»Du bist ein Idiot. Mary ist nicht nur verdammt heiß, sie ist auch wirklich nett, was selbstredend wichtiger ist. Und du solltest mal wieder ein Date haben. Du bist nur noch der Doc. Mann, der alte Quin muss mal wieder unter Leute.«

»Ich bin verknallt, verdammt noch mal.«

»Verliebt in Cinderella. Quin, es wird Zeit, dass du aus deinem Dornröschenschlaf erwachst. Die Kleine hat dich eiskalt ausgenutzt und abserviert.«

Bevor ich ihm an die Gurgel springe, lege ich meine Hände lieber zurück auf die klebrige Tischplatte und knurre ein paar liegen gebliebene Krümel an.

Jede Minute in den vergangenen vierzehn Tagen habe ich mir mein Hirn über sie zermartert.

Hätte ich sie doch aufgehalten.

Sie nach ihrer Nummer gefragt.

Einem Namen.

Einer Adresse.

Ihrer Sozialversicherungsnummer.

Irgendetwas, verdammt!

Aber alles, was mir bleibt, ist das Gefühl dieses vollkommen surrealen Erlebnisses. Ein bahnbrechendes, die Welt aus den Angeln hebendes Erlebnis. Der beste Sex meines Lebens. Nicht nur, weil der Sex so perfekt war. Was er zweifelsohne war. Vielmehr wegen der Verbindung zwischen uns. Es war, als hätten sich zwei Puzzleteile gefunden, die erst zusammengesetzt ein vollkommenes Bild ergeben. Niemals zuvor habe ich mich in so kurzer Zeit einer Frau anvertraut. Und das nicht nur körperlich.

Langsam zweifele ich allerdings an meinem Verstand. Vielleicht habe ich mir all das auch nur eingebildet. Die Nähe, die Vertrautheit und die Harmonie, die sich für mich angefühlt haben wie ein ... Ich weiß selbst nicht, wie ich es nennen soll. Tinder wäre vermutlich explodiert, weil es nie ein besseres Match gegeben hat. Es hat einfach gepasst. *Perfekt* gepasst. Doch womöglich existiert diese wunderschöne Frau mit dem fransigen Pony und den niedlichen braunen Augen so, wie ich sie in meinem Kopf habe, gar nicht. Wahrscheinlich existiert sie nur in meiner Fantasie.

So ein Mist.

Es war doch im Grunde viel zu schön, um wahr zu sein.

Warum zur Hölle konnte ich sie nicht erst mal um ein Date bitten, anstatt sie gleich in die Besenkammer zu zerren? Das ist überhaupt nicht mein Stil.

Ich hätte mit ihr ausgehen sollen. Ihr den Campus zeigen. Was weiß ich. Theater, Kino, essen gehen. Das volle Programm eben.

Nie zuvor hatte ich einen One-Night-Stand, und jetzt weiß ich auch, warum: Es fühlt sich scheiße an.

»Okay, ich verrate dir was«, murmelt Theo. Ich blicke auf, was sinnlos ist, weil er immer noch einen Punkt hinter mir anvisiert. Höchstwahrscheinlich nach wie vor die blonde Frau in dem grünen Pixton-Pullover.

»Verrate mir was«, brumme ich, lasse die Hände sinken und nippe an meinem Kaffee, der längst kalt geworden ist. Automatisch verzieht sich mein Gesicht. Der Campus-Kaffee ist selbst heiß widerlich, kalt jedoch ist er eine echte Qual.

»Kennst du noch Mitchell?«

»Deinen Cousin vierten Grades?«

»Dritten«, korrigiert Theo und schnalzt dabei mit der Zunge. Er hat ungefähr dreißig Cousins auf diesem Campus, wer soll da schon durchblicken? »Jedenfalls studiert er Jura. Er kann sich ja mal nach einer Abigail im ersten Semester erkundigen.«

Es ist komisch, mit jemandem zu reden, der permanent woanders hinsieht. Daher dauert es etwas länger als gewöhnlich, bis ich reagiere.

»Warum hast du das nicht direkt gesagt?«, frage ich und schiebe meine Tasse ein Stück von mir weg. »Seit zwei Wochen heule ich dir die Ohren voll und versuche einen Weg zu finden, um etwas über sie in Erfahrung zu bringen.« Bei all unseren Gesprächen hat er Mitchell mit keiner Silbe erwähnt.

»Du wirktest nie so verzweifelt wie heute. Außerdem wollte ich dir die Peinlichkeit ersparen.«

»Welche Peinlichkeit?« Genervt streiche ich mir die Locken aus dem Gesicht.

»Quincy.« Theo lehnt sich auf den Ellbogen gestützt zu mir rüber. Wenn er mich bei meinem vollen Namen nennt, wird es in der Regel ernst. »Ganz ehrlich. Wenn die Frau euer kleines Schäferstündchen genauso empfunden hätte wie du, dann hättest du ihre Nummer längst. Darauf kannst du dich verlassen. Denkst du, sie wäre Hals über Kopf davongerannt, wenn du ihr Prinz Charming wärst? Außerdem finden Frauen immer einen Weg, wenn sie einen Kerl wiedersehen wollen. Offensichtlich wollte sie nur 'ne schnelle Nummer, und du hast sie ihr besorgt.« Sein Gesicht hellt sich kurz auf. »Ha. Witziges Wortspiel.«

Ich verziehe angewidert das Gesicht.

»Du verstehst schon: ›Du hast *es* ihr besorgt.‹«

»Danke«, unterbreche ich ihn. »Ich habe schon verstanden.« Ich presse die Kiefer so fest aufeinander, dass meine Zähne knirschen.

Theo lehnt sich zurück, verschränkt die Arme vor der Brust und schaut wieder an mir vorbei. Ein breites Grinsen erscheint auf seinem Gesicht. Mir hingegen fallen beinahe die Augen aus dem Kopf, als die blonde Frau an unserem Tisch auftaucht und ihm eine Serviette zuschiebt, auf die sie eine Nummer geschrieben hat. Sie lehnt sich vor und haucht ihm etwas ins Ohr, woraufhin ihre Freundinnen, die sie begleitet haben, loskichern. Theo lächelt sie an, steckt die Telefonnummer in seine Pyjamatasche und winkt den drei Mädels hinterher. Sobald sie außer Sichtweite sind, richtet er seinen Blick wieder auf mich, und sein charmantes Lächeln verschwindet.

»Vielleicht hättest du an dem Abend lieber einen Pyjama tragen sollen.«

Erneut vergrabe ich stöhnend mein Gesicht in meinen Händen.

Das ist doch alles ein schlechter Scherz.

Kapitel 3

Abigail

»Gott«, schnaube ich, »fehlt nur noch, dass irgendjemand schreit: *Cut* und *Klappe, die Zweite.*«

Scarlett hakt sich bei mir unter, und wir kuscheln uns beim Laufen etwas dichter aneinander. Der Oktober hat in diesem Jahr den Spätsommer einfach in einem Happen verschluckt. Meine Zehen fühlen sich an, als wäre es bereits tiefster Winter.

»Ach komm. Anfangs waren wir auch ganz fasziniert von der Herbstdekoration.«

Ich lasse meinen Blick über die Kingstreet schweifen. Auch nach vier Jahren in Pixton ist unsere Stadtmitte zu dieser Jahreszeit bezaubernd, keine Frage. Der ganze Ort sieht aus wie ein Märchenschauplatz. Überall hängen bunte Blättergirlanden. Die Bäume, die das unebene Pflaster der Gehwege von den kaum befahrenen Straßen trennen, leuchten unnatürlich orange, und selbstredend stapeln sich die Kürbisse vor jeder Tür.

Auf der kleinen Wiese vor Joe's Drogeriemarkt, die wir in diesem Moment erreichen, hat der Stadtrat wie in jedem Oktober eine ganze Pyramide aus Kürbissen aufgebaut. Davor liegen Strohballen und bunte Blumen.

»Damals wusste ich auch noch nicht, dass die Touristen kein Trinkgeld geben. Außerdem ist es eine Heidenarbeit, alles hinterher wieder zu entsorgen, wenn es Zeit für die Winterdekoration wird. Zumal nerven solche Leute mich einfach, weil sie unser Zuhause benutzen, um mit den Bildern ein paar zusätzliche Follower auf Instagram zu bekommen.«

Lachend lässt meine beste Freundin den Kopf in den Nacken fallen, während ich kopfschüttelnd die Gruppe Touristen beobachte, die sich vor der Deko in Szene bringen und ein Foto nach dem anderen schießen.

»Du wirst sehen, über die Schiene werden wir noch berühmt«, erwidert sie kichernd.

In Pixton gibt es im Grunde genommen nichts zu sehen. Unser kleines, verschlafenes Städtchen liegt an der südwestlichsten Spitze von Connecticut. Mit seinen gerade mal zweitausend Einwohnern und einer Handvoll Geschäften ist es nicht gerade ein beliebtes Ausflugsziel. Außer eben besagte Touristen, die sich mit unserer Jahreszeitendekoration für ihren Instagram-Account fotografieren lassen. Gerade die Herbstdeko eignet sich dafür hervorragend und taucht unendlich oft in den sozialen Medien auf. Dann finden wir unseren kleinen Ort auf Bildern mit Hashtags wie *Autumnvibes* oder *Winterwonderland* wieder.

Wohnen will hier von den Hipstern, die gerade allen Ernstes einen Handstand vor der Kürbispyramide machen, allerdings keiner. Denn wie gesagt: Das Leben in Pixton ist nicht gerade aufregend. Außerdem ist man nie allein. Eine Einwohnerin Pixtons zu sein, kommt dem Leben in einer Großfamilie gleich.

Keine Geheimnisse, keine Privatsphäre. Hier weiß jeder über jeden Bescheid.

Aber ja, Scarlett hat recht. Im Grunde waren es genau die idyllische Stimmung und die beschauliche Deko, die mich vor vier Jahren fasziniert haben, als ich das erste Mal durch den Stadtkern gefahren bin.

Vielleicht ist meine Laune auch nur so mies, weil es gerade die Zeit rund um Halloween ist, die mich an meine Ankunft hier erinnert. In einem Auto, voll mit Kram und unerfüllten Träumen.

Ich denke nicht gerne an damals zurück.

Und die Kürbispyramiden machen genau das. Sie erinnern mich. An meinen ersten Abend hier. An meine Schwester Riley, die auf drei der Kürbisse Gesichter gemalt hat. Wie wir uns kaputtgelacht haben, als wir später an diesem Abend zum ersten Mal bei Carol Milchshakes getrunken haben und plötzlich klar war, dass wir dort angekommen waren, wo wir sein wollten.

»Warum genau parkst du noch mal hinter der Kirche?«, frage ich, um mich auf andere Gedanken zu bringen.

Es ist eigentlich viel zu kalt, um durch den ganzen Ort zu laufen. Der Wind peitscht schneidend in unsere Gesichter und zerzaust unsere Frisuren. Scarlett wohnt genau wie ich am nördlichen Rand der Stadt. Und dennoch laufen wir schon seit zwanzig Minuten in die entgegengesetzte Richtung.

»Jackson denkt, ich stehe auf Samuel Williams, was natürlich totaler Quatsch ist. Ich dachte, ich ärgere ihn ein bisschen, indem ich mein Auto vor Samuels Tür parke, damit Jack denkt, ich bin bei ihm. Ich will ihn eifersüchtig machen.«

»Scarlett«, mahne ich meine Freundin. »Dir sollte es egal sein, was Jackson denkt. Dieses ständige On-off muss irgendwann ein Ende nehmen. Was ist mit deiner Selbstachtung? Du bist eine starke Frau. Und völlig abgesehen davon ist Samuel Williams ungefähr hundert und noch dazu der Friedhofswärter.«

Kurz treffen sich unsere Blicke, während wir Arm in Arm in

die Churchstreet biegen, in der meine Freundin aus fragwürdigen Gründen ihren Wagen geparkt hat.

»Jaja. Verurteile mich nur.« Mit ihrer freien Hand kramt sie in ihrer Manteltasche nach den Schlüsseln, und noch ehe sie ihre Finger wieder hervorgeholt hat, sehe ich in der Ferne die Lichter ihres Hondas aufleuchten. »Ich habe immerhin nur einen Wagen woanders geparkt. Also spare dir die Moralpredigt, Miss Ich-schmolle-wochenlang-wegen-dem-heißen-Doktor.«

»Ich schmolle nicht«, halte ich dagegen, ziehe aber unwillkürlich meinen Kopf ein. Wie eine Schildkröte möchte ich am liebsten in meinem Panzer verschwinden. Weil sie dummerweise recht hat. »Und nenn ihn nicht so.«

»Ha!« Scarlett lacht so laut auf, dass ich zusammenzucke. »Du bist witzig«, frotzelt sie und löst ihren Arm aus meinem. Wir steigen in ihren Wagen, und sofort nachdem sie den Motor gestartet hat, dreht sie die Temperatur höher. Sie reibt ihre Hände aneinander, bevor sie losfährt. Ich vergrabe meine zwischen meinen Oberschenkeln.

»Verdammt kalt heute«, murmle ich. Im Radio ertönt irgendein Indiesong.

»Lenk nicht ab, Prinzessin. Wir sind noch nicht fertig.«

»Einen Versuch war es wert.« Ich sehe rüber zu meiner besten Freundin. Zwischen ihren kohlrabenschwarzen Augenbrauen entsteht die Falte, die immer zum Vorschein kommt, wenn ihr was nicht gefällt. Scarlett ist um einiges größer als ich. Ihr hochgesteckter Dutt stößt beinahe gegen das Dach des Honda Civics.

»Du nimmst ihn immer noch in Schutz. Einen Kerl, der dich benutzt hat wie ein Stück Vieh. In einer verfluchten Besenkammer. Du musst die Sache mit diesem Doctor Charming langsam abhaken, Süße. Du bist dauerhaft mies drauf. Das ist schrecklich.«

»Ich habe ihn bereits abgehakt«, lüge ich. Denn ich kann an nichts anderes mehr denken als an die Begegnung mit Quincy. Wenn ich ehrlich zu mir selbst bin, ist es nicht allein die Jahreszeit, der meine schlechte Laune zu verdanken ist.

»Ach, so ein Quatsch! Einen Teufel hast du. Ich sage es dir auch gerne noch ein weiteres Mal: Wenn du ihn wiedersehen willst, dann such ihn. Nimm die Sache in die Hand. Du bist doch die, die ständig große Reden über Selbstbestimmung schwingt. Nimm dein Glück in die Hand, wenn du es willst. Aber ich sage dir, vergiss den Kerl. Sicher ist das seine Masche auf solchen Veranstaltungen. Es gibt solche Arschlöcher, die nur darauf warten, schüchterne Studentinnen auszunutzen.«

»Ach, egal«, wehre ich ab. Ich will nur, dass Scarlett das Thema fallen lässt. Mir ist klar, dass es witzlos ist, einen Fremden zu verteidigen. Außerdem weiß meine Freundin sehr wohl, dass nicht Quincy derjenige war, der sich wie ein Idiot verhalten hat. Ich war es. Ich war diejenige, die ohne ein Wort davongelaufen ist. Eine Entscheidung, die ich immer noch richtig finde, aber die ich seither jede einzelne Minute bereut habe. In einem hat sie womöglich recht – ich sollte ihn endlich abhaken.

Es war ein Fehler, mich auf einen One-Night-Stand mit ihm einzulassen. Nicht, weil der Sex mies war. Ganz im Gegenteil, er war grandios. Aber hätte ich geahnt, wie schwer es mir fällt, ihn hinterher zu vergessen, hätte ich es niemals so weit kommen lassen.

Ich habe das Gefühl, den Verstand zu verlieren, weil mein Körper sich so dermaßen nach ihm sehnt.

Wenn ich die Augen schließe, spüre ich noch immer seine Berührungen auf meiner Haut. Anfangs konnte ich mich tagelang an seinen Geruch erinnern, doch mit der Zeit verblasst die Erinnerung, und das macht mich nur noch trauriger.

Und in einem weiteren Punkt hat Scarlett recht – ich

schmolle. Seit zwei tragisch langen Wochen. Nachts liege ich wach und denke an seine Stimme. Dann versuche ich, mir jedes Wort, das er gesagt hat, wieder ins Gedächtnis zu rufen. Und wenn ich doch mal schlafe, träume ich von ihm. Davon, wie er mich voller Leidenschaft gegen die Wand gepresst hat. Mit noch schlechterer Laune wache ich dann wieder auf.

»Ach, egal? Das ist alles, was du Geistreiches dazu zu sagen hast?« Scarlett biegt auf die Kingstreet, und wir fahren den ganzen Weg, den wir vorher laufen mussten, mit dem Auto wieder zurück. Ich lege meinen Kopf gegen die kühle Scheibe und beobachte die Touristen, die für die Fotos mittlerweile alle einen Kürbis vor ihre Gesichter halten.

Wir passieren im Schneckentempo Joe's Drogeriemarkt, den Gemischtwarenhändler, das kleine chinesische Restaurant von Mr. Wan und schließlich das *Pixton's*. Vor uns taucht die mir so vertraute Backsteinfassade mit dem im Wind baumelnden Reklameschild auf. Die Farbe blättert ab, und auch die Öffnungszeiten auf der Rückseite sind nicht mehr aktuell. Doch auch wenn Carols Laden kein hipper Großstadt-Diner ist, ist er für mich vor allem eins: mein Zuhause.

»Mir fällt zu dem Thema einfach nichts mehr ein. Es ist doch sowieso vorbei«, murmle ich vor mich hin und werde wehmütig. »Wir wissen beide, dass es zu nichts geführt hätte.«

Ich weiß, dass Scarlett recht hat. Zudem wäre es ein Leichtes, Quincy ausfindig zu machen. So viele Medizinstudenten im vierten Jahr namens Quincy Bowen wird es auf der Pixton University nicht geben. Die Wahrheit ist, dass ich es mir verbiete, nach ihm zu suchen. Sowohl im Internet als auch im echten Leben. Weil es schlicht keine Zukunft hätte. Ihn noch mal zu sehen, würde die Sache nur noch komplizierter machen. Weil mir ein weiteres Mal vor Augen geführt würde, wie perfekt er ist und wie unperfekt er in mein Leben passt.

Ganz gleich, wie sehr sich mein Herz nach ihm sehnt und mich seit zwei Wochen in einem Haufen tränennasser Taschentücher versinken lässt. Mein Verstand steht mit gestrafften Schultern darüber und erinnert mit erhobenem Finger daran, dass es besser so ist.

Eines Tages wird die Erinnerung an ihn verblassen, und ich werde unseren gemeinsamen Abend vergessen. »Wir hätten heute wirklich lieber zu Hause bleiben sollen.« Sehnsüchtig sehe ich hoch zu der kleinen Lampe, die im Fenster meines Wohnzimmers brennt. Ich könnte genau jetzt mit einem heißen Kakao auf dem Sofa liegen und mich von meinem Herzen Richtung Taschentuchmeer treiben lassen.

»Kommt überhaupt nicht infrage. Es ist Freitag. Der zweite im Monat. Keine Ausreden. Du kennst die Regeln.«

Anstatt meiner Freundin zu antworten, reagiere ich mit einem tiefen Seufzer. Gegen ihren Willen bin ich machtlos. Jeder ist das.

Seit vielen Jahren gehen meine beste Freundin Scarlett Newton und ich jeden zweiten Freitag im Monat aus. Das ist unser Abend. Und eigentlich immer ein Highlight für mich, denn das bedeutet, rauszukommen.

Raus aus Pixton.

Raus aus meiner Rolle.

Raus aus den Verpflichtungen und der ewigen Verantwortung. Einen Abend lang einfach eine junge Frau in einer Bar sein, die mit ihrer Freundin lacht und quatscht.

»Und wenn wir gerade bei deinem ›Wir hätten einfach‹ sind. Du hättest ihn definitiv nach seiner Nummer fragen sollen, wenn er wirklich so toll war, wie du behauptest. Diese Selbstgeißelei von wegen ›Ich habe das Glück nicht verdient‹ ist doch Blödsinn.«

Mein Blick wandert rüber zu Scarlett, doch sie ist vollkommen konzentriert auf die Straße. Dabei spielt sie mit der Zunge an ihrem Piercing. Ständig zupft sie mit dem Finger oder der Zunge an dem kleinen Ring in ihrer Unterlippe.

»Ich dachte, das Thema wäre vorbei«, stöhne ich. »Und es ist keine Selbstgeißelung. Es geht einfach nicht, jemanden so nah an mich heranzulassen. Und das weißt du«, beharre ich mit Nachdruck. »Genau deswegen lasse ich mich grundsätzlich nie auf so was ein.«

»Abigail.«

»Abigail?«, frage ich und runzele die Stirn. Meine Freundin nennt mich in der Regel Abby oder erfindet die tollsten Kosenamen. Aber niemals Abigail. Nie.

»Ja, richtig. Abigail«, betont sie und hört sich dabei an wie meine Mom. Unwillkürlich erschauere ich. »Du hast auch ein Recht darauf, glücklich zu sein. Du musst keine Elitestudentin sein, um einen Freund zu haben. Was nicht bedeuten soll, dass du keine Elitestudentin sein kannst.«

Bei dem Wort *Elitestudentin* verzieht sie ihr Gesicht, auch wenn sie versucht, es zu vertuschen. Scarlett weiß genau, welches Privileg es ist, in Yale zu studieren, so wie sie es tut. Ich kann einfach nicht begreifen, warum sie nicht den ganzen Tag vor Stolz strotzend durch die Gegend rennt.

»Ich bin auch ohne Freund und Eliteuni glücklich.« Den Kommentar, der mir auf der Zunge brennt, ignoriere ich. Wir wissen beide auch ohne meine pessimistischen Einwände, dass ich in naher Zukunft nicht studieren werde. Ich habe weder die Zeit noch die finanziellen Mittel noch die nötige Unterstützung.

»Tz«, zischt sie und wedelt mit der Hand vor meinem Gesicht rum. »Niemand wird verletzt, wenn du hin und wieder ein bisschen Spaß hast oder dich …«, sie zögert kurz, »verliebst. Das steht dir zu. Warum wehrst du dich so dagegen?«

Jetzt bin ich es, die mit der Zunge schnalzt. »Ich bin glücklich. Wir führen ein gutes Leben. Ich habe alles, was ich brauche. Und eines Tages ändern sich die Dinge. Dann wird es einfacher.«

Nur kurz begegnen sich unsere Blicke.

»Wir werden sehen«, nuschelt sie. Scarlett weiß, dass sie dünnes Eis betritt.

»Es läuft wirklich gut momentan, okay? Was ich gerade am wenigsten gebrauchen kann, ist eine weitere Unvorhersehbarkeit in meinem Leben.« Seufzend sehe ich wieder auf die dunkle Fahrbahn. Das *Willkommen in Greenwich*-Schild zieht in diesem Moment an uns vorbei.

»Ich verstehe dich ja«, entgegnet meine Freundin. »Aber niemand verurteilt dich, wenn du auch ein eigenes Leben hast.«

»Ophelia ist mein Leben«, stoße ich aus und spüre, wie ich langsam wütend werde. »Da gibt es kein Sie-und-Ich. Es gibt nur ein ›Wir‹. Das verstehst du nicht.« Diese Diskussion hängt mir zu den Ohren raus. Ich mache doch nur, was am besten für meine Familie ist. Hier geht es nicht um mich. Es geht schon seit fünf Jahren nicht mehr um mich.

»Okay, okay«, sie hebt beschwichtigend die Hände, fasst dann aber schnell wieder ans Lenkrad, da wir mittlerweile auf den Highway fahren. »Ich bin ja auf eurer Seite, Abby. Ich will doch nur, dass du dich nicht selbst aufgibst. Die Sache mit deiner Schwester …«

»Bitte«, unterbreche ich Scarlett. Ich schließe die Augen und atme tief durch. »Ich weiß, was du meinst, okay? Und das hat nichts mit Riley zu tun. Meine Schwester kann tun und lassen, was sie für richtig hält. Wir brauchen sie nicht.« Nach wenigen Augenblicken der Stille erwischt mich eine Welle des schlechten Gewissens. »Tut mir leid, wenn ich momentan etwas schräg drauf bin«, entfährt es mir zusammen mit aller Luft aus meiner Lunge. »Es ist nur …«

»Du würdest ihn trotz allem gerne wiedersehen«, beendet Scarlett den Satz für mich, und ich ziehe meine Unterlippe zwischen die Zähne und beiße fest darauf.

Dabei nicke ich.

Kapitel 4

Quincy

Ein typischer Freitagabend.

Jeden Freitag, wenn ich das Treffen bei meinen Eltern unbeschadet überstanden habe, gehen die Jungs und ich was trinken und beenden gemeinsam eine weitere Woche unserer Studentenzeit. Für mich ein immens wichtiges Ritual, denn nach jedem Besuch in meinem Elternhaus fühle ich mich wie eine Zitrone, die nach allen Mitteln der Kunst ausgequetscht wurde. Zurück bleibt nur eine runzelige Schale, mit der niemand etwas anzufangen weiß.

Da der Campus mitten im Nirgendwo liegt und wir die ewigen Verbindungspartys leid sind, haben wir uns heute dazu entschieden, nach Greenwich zu fahren. Die nächstliegende größere Stadt nahe dem Unigelände.

Eigentlich seltsam, dass die Pixton University nach einem winzigen Ort in der Nähe benannt ist. Ehrlich gesagt habe ich mich nie so genau damit beschäftigt, warum das so ist. Es wäre logischer, würde sie Greenwich University heißen. In Pixton soll es nicht mal eine Highschool geben, und streng genommen liegt der Campus näher an Greenwich als an diesem unbedeutenden Städtchen am Rande von Connecticut. Ich bin selbst nie dort gewesen, kenne aber die regelmäßigen Instagram-Posts der Studierenden, die sich damit schmücken, mitten in der Idylle zu studieren. Schlichtweg fake, so wie alles in den sozialen Medien. Immerhin liegt der Campus nicht unter einem Blätterdach mitten im Nirgendwo, sondern ist wie die meisten Universitäten ein riesiger Gebäudekomplex mitten in einem Wohngebiet.

Das *Meyer's* in Greenwich ist an diesem Freitagabend rappelvoll. Der Laden besteht nur noch aus verbrauchter Luft. Überall in den dunklen Ecken der Studentenkneipe tummeln sich knutschende Paare oder dubiose Typen, von denen ich gar nicht wissen will, was sie sich unter dem Tresen zustecken.

Das Bier ist schal, die Kellner völlig überfordert, aber die Musik ist nicht schlecht und die Leute locker. Trotz der miesen Luft der erste Ort seit Stunden, an dem ich wieder frei atmen kann.

Wir sind gerne hier. Weil wir nun mal hierhingehören. In ein Nest voller Studierender, die sich meist im Schwarm bewegen. Sie sammeln sich irgendwo und grenzen sich vom Rest der Gesellschaft ab.

Außerdem arbeitet Cal hier. Theos Cousin. Ersten Grades. Das heißt Freibier und immer ein guter Platz an der Theke. Man muss nehmen, was das Leben einem schenkt, richtig?

Ich bin nun mal nicht der Typ, der mit teurem Whisky und übergeschlagenen Beinen auf schicken Möbeln sitzt und sich über die Wirtschaft oder das Klima unterhält. Wenn ich schon über die Erderwärmung spreche, dann mit meinen Freunden an der Theke oder der Länge nach auf der Couch liegend. Meine Eltern haben es geschafft, zwei stilsichere Rich Kids großzuziehen. Was bei mir, dem dritten und letzten Kind, schiefgelaufen ist, fragen wir uns wahrscheinlich alle. Der silberne Löffel, mit dem ich geboren wurde, war mir irgendwann zu bitter, also habe ich ihn weitestgehend ausgespuckt und gegen Dosenbier und Tiefkühlpizza eingetauscht. Es wäre eine Lüge zu behaupten, dass ich keine Vorteile durch den Reichtum meiner Familie habe, aber zumindest bin ich niemand, der die volle Brieftasche zur Schau trägt.

»Manchmal mache ich mir wirklich Gedanken darüber, was aus dir werden soll, Bro«, stößt besagter Cousin gerade aus und betrachtet Theo mit skeptischer Miene. Wir sitzen mit Wyatt und John an der Bar. Die zwei teilen sich mit Theo und mir nicht nur die Wohnheimküche und ein Bad. Sie sind auch unsere engsten Freunde.

»Tja, Cal«, gibt Theo zurück und lehnt sich auf den siffigen Tresen. Hier vorne ist die Musik nicht ganz so laut wie weiter hinten im Tanzbereich. »Das fragt sich derzeit noch die gesamte Menschheit. Aber eines Tages …«, holt er aus, und die Jungs und ich müssen schmunzeln. Ich verstecke mein Grinsen hinter meinem Bierglas und beobachte Cal, der in Bezug auf Theos Kleidung nicht ganz so tolerant ist wie wir.

»Spar's dir«, unterbricht er ihn, »ich habe echt zu tun.«

Theo lässt sich zurück auf seinen Barhocker sinken und schüttelt den Kopf. Ohne auf seinen Cousin zu achten, führen wir unsere lockere Unterhaltung über den Semesterstart fort.

»Ich verspreche euch, die Kurse bei Duncan sind ein Scherz. Adams mag alt gewesen sein, aber wenigstens ist bei ihm nicht der halbe Hörsaal weggepennt.«

Wyatt schüttelt genervt den Kopf. Neben Theo wirkt er wie der Hulk, weil er ein ganzes Stück größer und mindestens doppelt so breit ist wie er.

»Hast du nicht auch einen Kurs bei ihm?«, frage ich Theo, doch der scheint mich gar nicht wahrzunehmen. Mal wieder.

»Theo?«, fragt Wyatt ebenfalls.

»Was hast du?«, frage ich lachend, ohne seinem Blick zu folgen. »Steht hinter mir schon wieder die nächste Auserkorene, die auf deinen Wahnsinn abfährt?«

Mit der Frau aus dem Café hatte er erst heute Nachmittag ein Date. Ohne Regel Nummer zwei zu brechen, hat er ziemlich deutlich gemacht, dass es erfolgreich war.

Wyatt und John schmunzeln ebenfalls. John hält sich wie immer im Hintergrund. Er ist nicht gerade der Typ großer Worte. Meistens beobachtet der schwarzhaarige New Yorker stumm unsere Unterhaltungen.

»Es ist eine Brünette«, murmelt Theo mit schief gelegtem Kopf. »Aber das Komische ist, sie starrt nicht mich an, sondern dich, Doc.« Bei seinem letzten Wort richtet er sich an mich, und irgendwas in seinem Blick bringt mich dazu, nervös zu werden. Noch ohne mir etwas zu denken, drehe ich mich um und kippe beinahe von meinem Hocker.

Meine Finger krallen sich in die Sitzfläche und ich habe das Gefühl, keine Luft mehr zu bekommen.

Mein Mund öffnet sich. Ich will etwas sagen, doch bringe nur ein Keuchen hervor, das mehr so klingt, als hätte ich mich an meinem Bier verschluckt.

»O Mann«, raunt Wyatt mir von hinten ins Ohr und streicht sich über das kurze Haar, »kennst du die Kleine? Sie sieht dich an, als wärst du der Messias persönlich.«

»Abigail«, stoße ich aus, ohne meine Freunde zu beachten.

Während ich mich gänzlich zu ihr herumdrehe, fallen mir mehrere Dinge auf einmal auf.

Zunächst einmal: Sie ist genauso hübsch wie in meiner Erinnerung. Ich habe sie mir kein bisschen schöngeredet. Und dann ihre Beine. Sie sind noch genauso lang und atemraubend wie in meiner Vorstellung.

Anders als bei unserem letzten Treffen stecken sie in einer schwarzen Röhrenjeans. Ich weiß noch ganz genau, wie sie sich um meine Hüften geschlungen haben. Ihre glatten Haare fließen über ihren Schal, und unter dem fransigen Pony starrt sie mich mit großen Augen an. Das ist der Moment, in dem es endgültig um mich geschehen ist. Denn ihr Blick haut mich um. Wenn mich nicht alles täuscht, lese ich in ihm dasselbe Verlangen, das in mir kocht.

Sie hat eine Hand in den Mantel ihrer Begleitung gekrallt. Eine schlanke, große Frau mit einer wirren Frisur und einem spitzen Gesicht. Bis auf das Piercing in ihrer Lippe und ihr freundliches Grinsen erinnert sie mich mit ihrer Frisur an meine ehemalige Englischlehrerin. Und das ist absolut nicht negativ gemeint. Ich mochte Mrs. Mitchells. Sehr sogar.

»Moment mal«, unterbricht Theo meine Gedanken. »*Die* Abigail?«

Er legt mir dabei eine Hand auf die Schulter und macht dabei ein seltsames Geräusch.

»*Die* Abigail«, flüstere ich mehr zu mir selbst. Ich kann meinen Blick nicht von ihr wenden. Keine Sekunde. Die Gefahr ist viel zu groß, dass sie wieder verschwunden ist, sobald ich wegsehe. Es sind nur einige Schritte, und doch kommt es mir vor, als läge eine ganze Welt zwischen uns.

»Dann hast du hoffentlich Cinderellas Schuh dabei«, witzelt Wyatt, ehe er sich John widmet, der mit dem Kopf in die entgegengesetzte Richtung deutet. Im Augenwinkel sehe ich, wie die beiden verschwinden, was mir total egal ist. Weil ich nur noch sie ansehen will.

Mann, sie ist wunderschön. Das ist der einzige klare Gedanke in meinem Kopf. Alles an ihr wirkt so unwiderstehlich und echt und unfassbar zart. Ich will gerade nichts lieber, als sie noch einmal zu berühren.

»Solltest du nicht irgendwas tun?« Theos Worte rütteln mich wach.

Ich schüttele mich kurz, will die Hand heben und winken, doch im gleichen Moment setzen sich die beiden Frauen bereits in Bewegung. Vielmehr kommt die Freundin mit den schwarzen Haaren auf uns zu und zieht Abigail an einer Hand hinter sich her. Seit unsere Blicke sich gefunden haben, hat sie noch kein Wort gesprochen, aber ihre Freundin scheint bemerkt zu haben, dass wir uns kennen. Wobei ›kennen‹ etwas zu hoch gegriffen ist. Ich weiß nicht mal, ob ihr echter Name Abigail ist. Nachdem sie sich keine dreißig Sekunden nach unserem Sex davongeschlichen hat, habe ich mich des Öfteren gefragt, ob womöglich selbst das eine Lüge war.

Während sich die beiden Frauen einen Weg durch die Menge bahnen, hält mich nichts mehr auf meinem Platz. Wie ferngesteuert rutsche ich von meinem Hocker herunter und gehe ihnen entschlossen entgegen. Obwohl sie noch viel zu weit von mir entfernt ist, würde ich am liebsten sofort meine Hand nach ihr ausstrecken, aus Angst, sie könnte jeden Augenblick kehrtmachen und wieder wegrennen. Oder einfach verpuffen.

Doch dann steht sie endlich vor mir. Zwei Wochen lang habe ich mich nach ihr gesehnt, und auf einmal steht sie einfach da.

In dieser sexy Hose, die in schwarzen Stiefeletten steckt, und in einem roten Wollmantel. Mit offenen Haaren, von denen ich genau weiß, wie gut sie duften. Und mit ihren verführerischen Lippen, von denen ich weiß, wie gut sie küssen.

In diesem Moment verziehen sie sich zu einem schüchternen Grinsen. Meine Zurückhaltung hängt am seidenen Faden.

»O mein Gott!«, stoße ich wie ein Idiot hervor. Ich glaube, ich kann nie wieder woandershin sehen als in ihre Augen. Kugelrunde, glänzende Augen, die in der schummrigen Beleuchtung so dunkel sind wie die Nacht.

»Ne«, geht ihre Freundin dazwischen, »einfach Scarlett und Abigail reicht. Für Gott habe ich heute Abend die falschen Schuhe an.« Es ist mir nicht möglich, meinen Kopf der Fremden zuzuwenden, denn ich starre weiterhin wie gebannt in Abigails Augen. Allerdings höre ich ihr leises Lachen über die Worte ihrer Freundin, was mich dazu bringt, auf ihren Mund zu sehen. Eine verdammt gute Konkurrenz zu ihren Augen. Allein ihre hochgezogenen Mundwinkel bereiten mir eine Gänsehaut auf den Armen.

Theo hat ja keine Ahnung. Man kann von der ersten Minute an verliebt sein. Scheiß drauf, ob ich sie kenne oder nicht. Ich bin Hals über Kopf in diese bezaubernde Frau verliebt.

»Theodor Augustus Martin O'Connor. Meine Freunde nennen mich Theo. Schön euch kennenzulernen.«

Ich sehe im Augenwinkel, wie Theo den beiden Frauen die Hand reicht. »Mann, ich dachte echt nicht, dass es dich wirklich gibt, Abigail, Erste deines Namens, Jurastudentin aus der Besenkammer, Verführerin des Docs, ominöse Frau der Livingston Hall und so weiter und so weiter. Mann«, wendet er sich kurz an mich. »Ihre Lippen haben echt Ähnlichkeit mit Khaleesis.«

Abigail lacht über Theos Worte und schüttelt ihm freundlich die Hand, während ich beinahe im Erdboden versinke. Der Rewatch von *Game of Thrones*, den wir seit einigen Wochen durchziehen, steigt ihm langsam zu Kopf.

»Na ja, der ›Medizinstudent aus der Besenkammer‹ klang auch wie ein schlecht erzähltes Märchen«, kichert ihre Freundin dazwischen. »Außerdem hast du ›Sprengerin der Regeln‹ vergessen, wenn du sie schon mit einer Targaryenkönigin vergleichen willst.«

Theo antwortet mit einem Lachen und nimmt den beiden die Jacken ab, doch ich kann mich mit nichts anderem beschäftigen als Abigails Anblick.

Es ist hiermit besiegelt: Sie hat mir offiziell den Verstand geraubt.

Wir sehen uns tief in die Augen. Der Raum um uns scheint sich in Luft aufzulösen. Alles und jeder um uns herum verschwimmt.

Hier und jetzt gibt es nur sie und mich.

Genau wie bei unserer ersten Begegnung.

»Hi«, flüstere ich. Die Musik verschluckt meine zaghafte Begrüßung, doch sie öffnet ihre Lippen, und ich lese ihnen klar und deutlich ab, wie sie verlegen ein »Hey« erwidert.

Unsere Blicke führen ihr eigenes Gespräch. Versuchen sich heranzutasten an diese unwirkliche Situation.

Sie und ich.

Hier.

Endlich.

Nach all den Tagen meiner Suche und den Stunden des Zweifelns.

Plötzlich ist die junge Studentin von der Freshmen-Einführung kein Hirngespinst mehr.

Sie ist hier.

Und sie ist noch schöner als in meinem Traum.

»So. Du bist also *der* Quincy«, reißt Abigails Freundin mich mit ihrer durchdringenden Stimme aus unserer Blase.

Nur widerwillig löse ich meine Augen von Abigail und reiche ihrer Freundin die Hand. Wahrscheinlich strahle ich dabei wie ein verknallter Teenager. Oder schlichtweg wie ein Idiot. Aber meine Mundwinkel wollen mir einfach nicht gehorchen.

»Sieht ganz so aus«, antworte ich und schüttele ihre schlanken Finger. »Ich bin *der* Quincy.« Ich lasse es mir nicht nehmen, ihre Betonung scherzhaft zu imitieren und Abigail dabei zuzuzwinkern.

»Scarlett«, erwidert sie und schüttelt meine Hand ein bisschen fester, um meine Aufmerksamkeit wieder in ihre Richtung zu lenken. »Schön, dich endlich kennenzulernen, wo ich doch seit zwei Wochen pausenlos von dir gehört habe.«

Im nächsten Moment zieht sie scharf die Luft ein, weil Abigail ihr den Ellbogen in die Rippen geboxt hat. Mich bringt das nur dazu, noch breiter zu grinsen. Inzwischen sogar ganz sicher wie ein Idiot.

»Also«, meldet sich Theo zu Wort, während ich meine Hand knete, nachdem Scarlett sie aus ihrem festen Griff freigegeben hat. »Jetzt, da klar ist, dass ihr zwei doch nicht unter Wahnvorstellungen leidet, wollt ihr was trinken? Ich befürchte, so schnell lässt der Doc euch nicht wieder verschwinden. Mann, ich habe mir wirklich Sorgen um seine geistige Verfassung gemacht.«

Theo legt einen Arm um meine Schulter. Es fällt mir schwer, Abigails Reaktion einzuschätzen, aber als sie ebenfalls breit grinst, bin ich wirklich erleichtert. Scheiße, sie hat ihrer Freundin von mir erzählt. Das muss doch was heißen. Vielleicht gibt es eine vollkommen logische Erklärung für ihr Verschwinden.

Gespannt halte ich die Luft an, als sie zum ersten Mal am heutigen Abend das Wort ergreift.

»Und dass ich hier bin, beweist, dass seine geistige Situation stabil ist?«, fragt sie an Theo gerichtet und streicht sich die kastanienbraunen Haare aus dem Gesicht. Ihre Stimme ist wie Musik in meinen Ohren.

»Zumindest kann ich Wahnvorstellungen ausschließen. Du bist realer, als ich gedacht hätte. Und die Art und Weise, wie ihr euch anseht, lässt vermuten, dass der Rest seiner Geschichte ebenfalls stimmt.«

»Theo«, presche ich dazwischen.

»Ist doch so. Wenn wir schon darüber reden, wer die vergangenen vierzehn Tage rumgeheult hat.«

Abigail und Scarlett lachen, und mir bleibt nichts anderes,

als ertappt mit den Schultern zu zucken. Ich werde sie nicht anlügen. Soll sie ruhig wissen, dass ich den ganzen verfluchten Campus nach ihr abgesucht habe.

Abigail wendet sich ihrer Freundin zu, und nach einem kurzen stummen Gespräch, wie es nur wirkliche Vertraute ohne ein Wort hinkriegen, treten die beiden zu uns an die Theke, wo Theo ihre Mäntel über meinen Hocker hängt.

»Möchtest du dich setzen?« Mein Mund streift bei meinen Worten Abigails Haare, weil ich mich wegen der lauten Musik zu ihr lehne. Für einen Augenblick schließe ich die Augen und atme tief durch, um mich etwas zu beruhigen.

»Sie steht lieber«, antwortet Scarlett an ihrer Stelle. Als ich die Augen wieder öffne, hat sie sich bereits auf den Hocker gesetzt und starrt meinen Freund an. »Du hast einen Rock an«, stellt sie trocken fest.

In der Tat. Zu seinem abgewetzten Pixton-Hoodie trägt dieser durchgeknallte Typ einen Jeansrock. Ich will gar nicht wissen, von wem er ihn hat. Allerdings habe ich Theos Kleidungsstil vollkommen ausgeblendet, weil ich viel zu sehr damit beschäftigt bin, jede von Abigails Regungen zu studieren.

»Und du eine Jeans und eine blaue Bluse«, gibt Theo ebenso trocken zurück. Er verzieht dabei keine Miene.

»Okay.« Scarlett hat ein mindestens genauso brillantes Pokerface wie Theo.

»Okay.« Sie sehen sich einen Moment an. Als würden sie stumm eine Diskussion ausfechten. Fasziniert beobachten Abigail und ich das kleine Schauspiel, ehe sich auf Scarletts Mund ein schelmisches Grinsen ausbreitet.

»Also, kriegen wir hier was zu trinken? Ich habe gerade beschlossen, dass Abby zurückfahren und nüchtern bleiben muss. Immerhin hat sie ihren Doctor Charming gefunden. Damit ist der Mitleidsbonus soeben geplatzt.«

Ich ignoriere Theos schlagfertige Antwort, auf die in der Regel immer Verlass ist, und widme mich stattdessen der Frau neben mir.

»Doctor Charming?«, frage ich schmunzelnd.

Selbst in der schummrigen Beleuchtung des *Meyer's* erkenne ich, wie ihre Wangen sich rot färben. Voller Faszination sehe ich dabei zu, wie sich winzige Schweißperlen auf ihrer Oberlippe bilden. Ich möchte ihr mehr solcher Reaktionen entlocken, und vor allem möchte ich ihr dabei in die Augen sehen.

»Ihre Worte, nicht meine«, gibt Abigail schüchtern zurück und schiebt sich erneut die Haare aus dem Gesicht.

Als sie ihre Hand wieder sinken lässt, berühren sich unsere Finger, und ich zögere keine Sekunde, meinen kleinen Finger sanft mit ihrem zu verhaken.

Ohne sie aus den Augen zu lassen, lehne ich mich langsam noch weiter vor. »Ich habe sehr oft an dich gedacht«, flüstere ich so leise, dass nur sie es hören kann. Mein ganzer Körper kribbelt von dieser winzigen, geheimen Berührung.

Dass sie ihren Finger nicht zurückzieht, flutet mich mit einer Welle der Hoffnung.

»Was hast du denn gedacht?«, haucht sie ebenso leise.

Mir entgeht nicht, wie sie ihren Kopf dabei leicht an meine Wange drückt.

Zum ersten Mal seit zwei Wochen muss ich unbeschwert und frei lachen.

»Das hier ist nicht der richtige Ort, um das laut auszusprechen.« Ich löse mich gerade so weit von ihr, um ihr voll ins Gesicht sehen zu können und ihre Reaktion abzuschätzen. Sie hat sie auch gespürt. Diese unbändige Anziehungskraft zwischen uns. Wenn ich ihr jetzt in die Augen sehe, weiß ich mit Sicherheit, dass sie sie auch gespürt hat.

»Aber«, bringe ich etwas bestimmter hervor, wobei mein Gesicht von ganz allein ernst wird. »Ich habe mich auch schrecklich geärgert.« Sie runzelt ihre Stirn, was mich erneut zum Lächeln bringt. »Über mich, meine ich. Ich habe mich über mich selbst geärgert. Ich habe dich dazu gebracht, wegzurennen. Das sagt schon einiges darüber aus, was an dem Abend passiert ist. Eigentlich bin ich nicht so ein Kerl.«

»So ein Kerl?« Ein anzügliches Grinsen im Gesicht zuckt ihr Blick kurz zu Theo und Scarlett hinüber, die offensichtlich ihr eigenes Ding machen. »Du meinst, ein charmanter und netter Gesprächspartner? Oder ein wirklich …« Ihr scheint das passende Wort zu fehlen. Verlegen räuspert sie sich und beugt sich erneut zu meinem Ohr: »… guter Liebhaber?«

Ich habe einen Kloß im Hals und bleibe ihr eine angemessene Antwort schuldig. Ihr kleiner Finger streichelt zärtlich über meinen. Eine kaum wahrnehmbare, unschuldige Geste, doch kombiniert mit der Erinnerung an unsere erste Begegnung süßeste Folter. Ich befürchte, wenn sie so weitermacht, habe ich wirklich ernsthafte Probleme. Einige. Zuletzt, dass niemand bemerkt, dass meine Jeans verdammt eng wird. Wenn Abigail ihre Stimme derart senkt und ich die Augen schließe, werde ich direkt zu unserer ersten Begegnung zurückkatapultiert. Ich kann förmlich spüren, wie es war, in ihr zu sein. Wie sie gekommen ist und sich dabei gegen mich gepresst hat. So verdammt perfekt.

Schwer atmend beiße ich mir auf die Unterlippe und zwinge mich, die Augen wieder zu öffnen.

»Guter Liebhaber, hm? Wenn du das sagst, habe ich dem wohl nicht viel entgegenzusetzen«, entgegne ich schmunzelnd, werde aber gleich wieder ernst. Ich will nicht, dass sie mich für ein Arschloch hält, das so was öfter macht. Denn so ist es nicht. Ich bin nicht auf schnellen Sex aus. Ich führe Frauen aus, lerne sie kennen und baue in der Regel erst mal eine emotionale Bindung auf.

Und auch wenn sie schnell eindeutige Signale senden, kläre ich mindestens das Wichtigste, ehe ich mit ihnen schlafe. Ganz so, wie meine großen Brüder es mir beigebracht haben. Sie nennen es lächerlicherweise *BeVe*. Die zwei Dinge, die man unbedingt regeln sollte, bevor man mit einer Frau Sex hat. Beziehungsabsichten. Verhütung. Das ist das Mindeste, was beiderseits klar sein sollte.

Erst wenn das besprochen ist, sollte man zusammen ins Bett … Oder aber in die Besenkammer. Wobei ich nie der Kerl war, der Frauen nur für Sex in seiner Nähe möchte. Umso untypischer war die Sache mit Abigail. Immerhin kannte ich weder ihren Nachnamen, noch wusste ich, wo das mit uns hinführt, als ich sie gegen die Wand der Livingston Hall gepresst habe.

Und nun stehe ich hier, habe jede Sekunde dieser Begegnung exakt vor Augen und schwimme schon wieder bis zum Hals in Abigails Blick.

Das Tragische daran ist, dass ich befürchte, jede Sekunde darin zu ertrinken. Und noch immer steht die Tatsache zwischen uns, dass sie vor mir davongelaufen ist. Die Frage ist nur – warum?

Kapitel 5

Abigail

Oh. Mein. Gott. Ich habe das Gefühl, nicht atmen zu können. Ich war schon drauf und dran, nach Hause zu fahren, weil unsere Lieblingsbar keinen Tisch mehr frei hatte. Scarlett meinte aus einer Laune heraus, ob wir es nicht im *Meyer's* versuchen sollen, und jetzt stehe ich hier.

Vor Quincy.

Meinem Quincy.

Dem Mann, den ich jede Nacht im Traum berühre.

Dem Kerl aus der Besenkammer.

Zwei Wochen lang habe ich versucht, mir einzureden, dass ich ihn nicht wiedersehen will.

Zwei Wochen lang habe ich meinem Spiegelbild erzählt, dass es bald nicht mehr wehtun würde.

Zwei Wochen lang nichts als Lügen. Erst jetzt, da ich in seine blauen Augen sehe, wird mir bewusst, wie hoffnungslos meine Versuche waren, ihn aus meinem Kopf verbannen zu wollen.

Er ist gut aussehender als in meiner Erinnerung und riecht sogar noch besser, als ich es mir in meiner Fantasie ausgemalt habe.

Scheiße.

Der Kerl ist einfach *perfekt*. Immer noch!

Und wir berühren uns.

Unsere kleinen Finger tanzen einen geheimen Tanz. Die ganze Zeit. Zuerst dachte ich, es wäre ein Zufall, aber inzwischen ist es mehr als das. Es ist eine heimliche Verbindung, die in dieser vollen Kneipe kein Mensch mitbekommt.

Sie gehört nur uns. Und sie macht mich ganz schwindelig.

Was nicht zuletzt daran liegt, wie er mich ansieht. Als sei ich ein kostbares Geschenk. Ein Schatz, den er vor allen anderen gefunden hat.

Und da wäre noch die Tatsache, dass ich ihm wohl eine Erklärung schuldig bin, warum ich an jenem Abend auf dem Campus davongelaufen bin. Was mir beim Blick in seine erwartungsvollen Augen alles andere als leichtfällt.

Meine Zunge klebt an meinem Gaumen fest, und ich kann mich nicht bewegen, weil sonst höchstwahrscheinlich meine Beine nachgeben würden. Abgesehen davon muss ich all meine Konzentration aufbringen, um überhaupt weiterzuatmen.

»Du kannst dir nicht vorstellen, wie oft ich mir diesen Moment in den vergangenen Wochen vorgestellt habe.« Quincy hat sich zu mir herübergelehnt. Sein Atem kitzelt meinen Hals, und ich versuche, so viel von seinem Duft einzuatmen wie möglich. Nicht, dass ich ihn wieder vergesse. Immerhin weiß ich inzwischen, wie weh das tut.

Seine Haare sind heute wilder als beim letzten Mal. So als habe er den ganzen Tag lang mit den Händen darin herumgewühlt. Auf seinem Kinn liegt ein leichter Bartschatten, der ihn nur noch besser aussehen lässt.

»Es tut mir leid, dass ich einfach weggelaufen bin«, bringe ich schwach hervor. Die Erinnerung an meinen Abgang ist mir mehr als peinlich, und jetzt, da ich vor ihm stehe, weiß ich beim besten Willen nicht mehr, was ich mir dabei gedacht habe.

Objektiv betrachtet war es wohl nicht die netteste Art und Weise, mich davonzumachen, während er noch nicht mal vollständig bekleidet war. Eine dumme Aktion einer dummen Frau.

Mir ist klar, dass ich in erster Linie das Weite gesucht habe, weil die Emotionen über mir zusammengebrochen sind. Nicht ohne Grund habe ich eine halbe Stunde lang auf dem Seitenstreifen des Highways gestanden und geheult. Weil ich nicht wollte, dass es endet. Weil ich nicht wollte, dass er nicht zu meiner Realität gehört. Er war ein kurzzeitiger Besucher im Leben der unechten Abby. Der, die ich hätte sein wollen. Aber er war kein Teil meines echten Lebens. Nur eine kurze Showeinlage. Und ich habe mich so schrecklich geschämt für die riesengroße Lüge, die zwischen uns stand. Aber Quincy muss mich einfach für ein soziophobes Miststück gehalten haben.

Umso mehr überrascht es mich, dass er offensichtlich ebenfalls mit Gewissensbissen zu kämpfen hat. Denn wenn hier irgendeiner von der Last seines Handelns erdrückt werden sollte, dann bin das definitiv ich.

»Mir tut es leid, dass ich dich nicht erst mal um ein Date gebeten habe.« Überrascht sehe ich ihn an.

»Was?«, fragt er auf meinen verdutzten Gesichtsausdruck hin und legt den Kopf leicht schief. Am Rande bekomme ich mit, wie Scarlett mir eine Cola zuschiebt. Ich trinke einen großen Schluck, ehe ich sie ihr zurückreiche. Dabei treffen sich unsere Blicke nur für eine Sekunde, aber lange genug, um zu wissen, was sie mir sagen will. Beinahe hätte ich mit den Augen gerollt, doch in dem Moment ergreift Quincy erneut das Wort, um sich zu erklären.

»One-Night-Stands sind eigentlich nicht mein Ding. Ich bin kein Arsch, falls du das dachtest. Wirklich nicht«, beteuert er, was mir längst klar ist. Er hat an diesem Abend keinen Fehler begangen. Der Abend in der Livingston Hall war toll. Was sage ich? Er war großartig. Magisch, episch, einfach … *perfekt.*

Quincy war höflich, wirkte intelligent und kein bisschen aufdringlich. Das, was da mit uns passiert ist, war … keine Ahnung. Ich weiß es ja selbst nicht. Immerhin bin ich genauso wenig ein One-Night-Stand-Typ wie er. Und schließlich war ich diejenige, die ihn nach dieser vertrauensvollen Begegnung eiskalt abserviert hat.

Sosehr ich auch bereue, davongelaufen zu sein, ich kann es nicht rückgängig machen. Und bin auch nicht sicher, ob ich das überhaupt wollen würde. Denn ich bin nicht die Frau, die Quincy in mir sieht. Ganz gleich, wie intensiv dieser Abend war oder wie erwartungsvoll er mich in diesem Moment ansieht. Es gibt Dinge in meinem Leben, die niemals ans Tageslicht kommen dürfen, und allein deswegen ist es wichtig, fremde Menschen auf Abstand zu halten.

Bislang ist mir das immer bestens gelungen oder zumindest nie schwergefallen. Bis er kam. Nie zuvor habe ich mich einem Menschen so schnell so nah gefühlt. Das, was da zwischen uns war, lässt sich unmöglich als schnelle Besenkammernummer abstempeln. Es war viel mehr als das.

Weil Quincy mit einem Schlag meine harte Schale geknackt hat und sich in mein Innerstes geschlichen hat.

Weil dieser Typ mit den niedlichen Grübchen und den strubbeligen Haaren es ganz ohne ein Wort geschafft hat, meinen Verstand einfach auszuknipsen. Und das lag keineswegs nur am Sex. Eher an seiner Präsenz, die mich so einnimmt, dass für Zweifel und Sorgen kein Platz bleibt. Wenn er mich ansieht, verschwimmt der Rest der Welt. Alles. Und das ist wiederum etwas, das ich mir im Grunde nicht erlauben kann. Denn es geht in meinem Leben nicht nur um mich. Das darf ich nicht vergessen.

»Können wir noch mal von vorne anfangen?« Mit hoffnungsvollen Augen blickt er mich an. Viel zu sehr lasse ich mich einwickeln von diesem Charme, dem ich nicht mal widerstehen könnte, wenn ich es wollte.

Ich presse die Lippen fest aufeinander. Trotz meiner Zweifel und den vielen Gründen, die dagegensprechen, lege ich meine zitternde Hand in seine, als er sie mir hinhält. Weil ich es schlichtweg will.

Bald wird sicher alles einfacher. Dann ...

»Hi. Ich bin Abigail«, flüstere ich mit heiserer Stimme und nicke dabei.

»Quincy. Schön, dich endlich kennenzulernen, Abigail.«

»Ihre Freunde nennen sie übrigens Abby«, geht sein Kumpel dazwischen und legt einen Arm um Quincys Schulter. »Mann, Doc«, stöhnt er. Dieser Theo hat kurzes mittelbraunes Haar und eine ungewöhnliche, aber durchaus liebenswürdige Art. »Ich habe in fünf Minuten mehr über diese Frau rausgekriegt als du in zwei Wochen.« Dabei tätschelt er Quincy den Kopf, als sei er ein artiger Hund.

»Abby?«, fragt Quincy. Er überlegt einen Moment, sieht an mir herunter und wieder zurück in meine Augen. Am liebsten möchte ich ihm sagen, dass er mich weiterhin Abigail nennen soll. Er ist der einzige Mensch, aus dessen Mund sich mein Name anhört wie ein Liebesgedicht. Wie seine Zunge beim G unter seinen Gaumen schlägt und seine Lippen sich beim B berühren. Ich möchte das immer und immer wieder hören. »Hm ... Ich finde, Abigail klingt besser.«

Wie ein verknallter Teenager strahle ich ihn an.

»Pass auf, dass du keinen Krampf in den Wangen kriegst,

Abigail«, kichert Scarlett und zieht dabei meinen Namen gekünstelt in die Länge.

Warnend ramme ich ihr erneut meinen Ellbogen in die Rippen, während die Jungs eine weitere Runde Bier bestellen.

Ohne ein Wort zu sagen, funkele ich meine Freundin an, die offensichtlich die Warnung versteht, denn sie schüttelt kaum merklich den Kopf.

»Ich habe nichts gesagt«, flüstert sie, legt aber sofort wieder ein Lächeln auf, als Theo sich zu uns herumdreht.

Mir gelingt der abrupte Stimmungswechsel nicht ganz so gut wie ihr. Doch als Quincy sich ebenfalls wieder uns zuwendet, schleicht sich das Grinsen ganz von allein auf meine Lippen zurück.

Die beiden Jungs, die offensichtlich mit Quincy und Theo hier sind, verabschieden sich. Wir erfahren, dass es sich bei ihnen um die unordentlichen Mitbewohner handelt.

Seit dem letzten Studienjahr teilen sich die vier eine Wohnung, in der jeder ein eigenes Zimmer hat.

Ich habe davon gehört und weiß, dass diese Wohnungen, die im Beta-Gebäude liegen, den Studierenden mit finanziell stabilem Hintergrund vorbehalten sind. Will heißen, dass dort die Reichen wohnen.

Scarlett berichtet von ihren Erfahrungen in Yale, wo sie nur halb so energisch Literatur studiert, wie sie es eigentlich sollte.

Erst als sich das Gespräch langsam vom Studienalltag wegbewegt, werde ich wieder lockerer. Ich hasse es, Ausreden zu erfinden oder das Thema zu umschiffen: ›Ich war bei keinem der Einführungsseminare, weil ich krank war.‹ ›Ich weiß noch nicht, welche Dozentin ich in Rechtswissenschaften habe.‹ Lügen über Lügen, die kaum an dem riesigen Kloß in meinem Hals vorbeipassen.

Nach wie vor sitzen Scarlett und Theo mit dem Rücken zum

Tresen an der Theke, während Quincy und ich dicht nebeneinander zwischen den anderen Menschen stehen. Zum ersten Mal, seit ich denken kann, genieße ich es, in einer überfüllten Kneipe zu stehen. Nur so fällt es niemandem auf, dass unsere Finger heimlich miteinander spielen und Quincys Daumen dabei sanft meinen Oberschenkel streichelt.

Jedes Mal, wenn er das tut, sieht er mich unsicher an, als wolle er fragen: *Ist das okay?* Und jedes Mal grinse ich ihm lediglich dämlich zu wie ein verknallter Teenager.

»Gott, wie sehr ich das hasse«, schnaubt Scarlett. Ihr Blick gleitet an meinem Kopf vorbei zu einer Horde Footballspieler, die an einem der hinteren Tische sitzen und offensichtlich einen Sieg feiern.

»Was genau?«, fragt Theo, der seine Brille auf die Haare geschoben hat, um sich über das Gesicht zu streichen, als wäre er müde.

»Mein Ex war ein Footballer.«

»Seither hassen wir alle Footballer«, ergänze ich mit einem Schulterzucken. Da ich nie mit einem Kontakt hatte, ist es mir nicht schwergefallen, diesbezüglich solidarisch zu bleiben.

»Wie gut, dass Theo und ich weder werfen noch fangen können«, entfährt es Quincy, und unsere kleinen Finger haken sich noch fester ineinander.

»Hm«, murmelt Theo, was mich zum Schmunzeln bringt. Irgendwie war zu erwarten, dass dieser schräge Vogel zu dem Thema etwas mehr zu sagen hat. »Liegt deine Abneigung einem einzelnen Charakterzug zugrunde, oder ist sie durch die gesamte Sportart verschuldet? Denkst du, diesen Jungs wurden ihre Oberflächlichkeiten bereits angeboren?«, will er wissen. So gut es geht, versuche ich dabei zu ignorieren, dass er einen Rock trägt. Trotzdem fällt mein Blick immer wieder wie von selbst auf seine haarigen Beine.

»Das muss man nicht analysieren. Es ist einfach so. Schon immer gab es die Nerds, die Reichen, die Sportler und Cheerleader, die coolen Jungs und unerreichbaren Mädchen. Jeder Mensch ist das, was er eben ist«, behauptet Scarlett. »Das nennt man Gesellschaft. Und mit diesem Teil davon bin ich fertig.«

»Jetzt wird es interessant.« Theo tippt sich mit dem Zeigefinger gegen die Unterlippe. »Ich bin nicht sicher, aber ist es nicht recht oberflächlich von dir, so zu denken? Mal ganz abgesehen davon, dass diese Einstellung so was von Neunziger ist. Ich hatte angenommen, unsere *Gesellschaft*«, das Wort setzt er mit den Fingern in Anführungsstriche, »sei über diesen Punkt hinweg und wir wären endlich im Jahrtausend der Gleichberechtigung angekommen. Kein Schubladendenken mehr, getreu dem Motto *Wir sind alle gleich*?«

»Hey, du warst derjenige, der angenommen hat, die Jungs dahinten seien oberflächlich. Also, wer von uns beiden fällt hier die schnellen Urteile, hm?« Auf ihre typische Art zieht Scarlett eine Augenbraue so hoch, dass ihre Stirn Falten schlägt.

»Touché«, antwortet Theo lachend. »Das nehme ich zurück. Aber im Gegenteil zu dir schere ich die Jungs nicht wegen ihres gemeinsamen Hobbys über einen Kamm. Woher kommt deine Aversion? Weil sie Sportler sind? Hältst du sie alle für genauso dämlich wie deinen Ex, weil sie das gleiche Trikot tragen? Sonst würdest du Footballer im Allgemeinen nicht meiden, oder? Macht das Quincy und mich unwillkürlich intelligenter und attraktiver für dich, weil wir unsportlich sind? Was ist, wenn deine Freundin sich plötzlich als absolutes Wurfnaturtalent entpuppt und in einem Verein davon Gebrauch macht? Wird sie dann automatisch dumm oder ätzend in deinen Augen?«

Auf Quincys Gesicht schleicht sich ein schelmisches Grinsen, und auch ich kann mein Schmunzeln nicht unterdrücken.

»Ich bin übrigens nicht unsportlich«, flüstert er mir zu, doch

Scarlett und Theo sind so mit ihrem Blickduell beschäftigt, dass sie davon gar nichts mitkriegen.

»Diese Einstellung schmeichelt mir zwar nicht gerade, aber möglicherweise hast du recht. Vielleicht sollte ich meine Abneigung nicht verallgemeinern. Aber Trikots triggern mich eben, weil sie mich an meinen nicht gerade sanften Arschloch-Ex erinnern. Ja, vielleicht bin ich die Oberflächliche. Also, Theo im Rock«, seufzt sie und stützt dabei das Kinn auf die Faust. Ich kann mich nicht erinnern, wann Scarlett das letzte Mal einem Mann recht gegeben hat. Ich muss mich zwingen, die Kinnlade wieder zu schließen. »Sag mir, was du darüber denkst. Belehre mich mit deinen weisen Gedanken.«

»Jetzt wird es spannend«, flüstert Quincy erneut in mein Ohr. Dabei ist sein Mund ganz nah an meinem Hals.

»Ich denke, wenn ich das Trikot mit dem beängstigenden Hundekopf tragen würde, Quincy dafür meinen Rock und du eine Navy-Uniform, würde das unseren Abend und unsere Meinung voneinander erheblich verändern.«

»Du meinst, was wir tragen, macht uns aus?«, frage ich. Meine Knie zittern leicht, weil es ein aufregendes Spiel ist, das Quincys Finger im Verborgenen mit meinen treiben.

»Gut mitgedacht«, schmunzelt Theo. »Ja und nein. Ich denke, wir machen vor allem das aus, was wir tragen.«

»Dann machst du diesen Jeansrock aus?«, mischt sich Quincy ein.

»Zweifelsohne, ja«, bekräftigt Theo lachend. Dabei klopft er ihm spielerisch auf die Schulter. »Ich weiß nur noch nicht, was ich ausmachen will. Welche Kleidung muss ich tragen, um das darzustellen, was ich wirklich bin? Mal ganz abgesehen davon, dass es scheiße ist, dass wir uns solche Gedanken überhaupt machen müssen. Kommt schon, ich habe diese Woche vier Telefonnummern zugesteckt bekommen, weil ich einen Pyjama getragen habe. Hätte ich die Hosen und karierten Hemden getragen, die meine Mom mir eingepackt hat, wäre ich der abgestempelte Nerd und ewig allein geblieben.«

»Frauen fahren auf den Style ab?«, schießt es aus mir heraus, und mein Blick wandert erneut an ihm herunter. Zweifelsohne ist Theo ein attraktiver Kerl, ich bin nur nicht sicher, ob ich nicht tatsächlich zu oberflächlich wäre, um einen Kerl im Rock anzusprechen. Traurig, aber leider wahr.

»Ein netter Nebeneffekt«, gibt er schmunzelnd zurück.

»O Mann«, sagt Scarlett nach einer Zeit. »So schrecklich ich es finde, dass deine Mommy dir eine Tasche gepackt hat, Scheiße noch mal, alles, was du sagst, macht auf seltsame Weise Sinn. Der Typ im Rock hat den totalen Durchblick. Das ist irgendwie crazy.« Sie hebt ihr Glas und prostet Theo zu. »Aber ich muss zugeben, der Rock steht dir. Von daher.«

»Ernsthaft?«, fragen Quincy und ich aus einem Mund. Meiner bleibt anschließend offen stehen.

»Sieh dir seine Waden an«, schwärmt Scarlett, und ich muss kichern, als Theo seine langen Beine ausstreckt und sie zur Schau stellt. »Du hast gewonnen, Theo«, lacht sie. »Ich mag dich.«

»Das höre ich wirklich gern, Miss Scarlett«, singt Theo förmlich und nimmt einen Schluck von seinem Bier, ehe er weiterspricht. »Und ist sicher auch in Zukunft von Vorteil. Denn wenn meine psychologische Einschätzung stimmt, werfen sich die Kinder der Besenkammer immer noch sexuell anzügliche Blicke zu und denken, wir merken nicht, dass sie heimlich Händchen halten wie Teenager. Das dürfte bedeuten, wir laufen uns sicher in Zukunft mal wieder über den Weg.«

Scarlett lacht, während meine Wangen mittlerweile glühen. Mein Blick zuckt kurz hinüber zu Quincy, der mich ungeniert ansieht. Dennoch ziehe ich meine Hand zurück und verschränke die Arme vor der Brust.

Werden wir uns in Zukunft öfter sehen?

Können wir dieses kleine Spiel fortsetzen?

Ist es wirklich so leicht, wie Scarlett sagt?

Die Grübchen auf Quincys Wangen sind ausgeprägter als vor zwei Wochen auf dem Campus. Aber es ist nicht sein offenes Lächeln, das mir den Atem raubt. Es ist der Blick, mit dem er mich ansieht – voller Begierde.

Die gleiche Begierde, die sich seit unserer ersten Begegnung in meinem Bauch anstaut. Ich will es. Ihn. Ich will ihn. Unbedingt. Nur leider stehen die Sterne schlecht für eine Beziehung. Vor allem, da er noch immer annimmt, ich sei ebenfalls eine Studentin der Pixton University.

»Geh morgen mit mir frühstücken«, sagt er aus heiterem Himmel und bringt damit sämtliche Gespräche zwischen uns vieren zum Erliegen. »Geh mit mir aus. Direkt morgen früh.«

Ich kann spüren, wie mein Herz schneller schlägt. Weil ich nichts lieber möchte, als ihn morgen früh wiederzusehen.

»Morgen?«, frage ich, um Zeit zu gewinnen, weil ich keine Ahnung habe, was ich antworten soll. Denn obgleich ich nichts mehr möchte, sollte ich Nein sagen. Die Hindernisse, die zwischen mir und einer möglichen Zukunft mit Quincy liegen, sind einfach zu groß.

Theo und Scarlett sehen zwischen uns beiden hin und her, als schauten sie bei einem Tennismatch zu.

»Ich lasse dich nicht gehen ohne eine Verabredung und deine Nummer in meinem Handy. Dieses Mal nicht. Und ich will keinen Tag länger warten. Wohnst du auf dem Campus? Ich könnte dich abholen.«

»Ich wohne außerhalb«, murmle ich so leise, dass mich sicherlich keiner verstanden hat.

Scarlett räuspert sich neben mir, doch ich versuche sie auszublenden.

»Aber vielleicht könnten wir uns hier treffen.« Damit meine ich nicht das *Meyer's*, sondern Greenwich. Immerhin ist das der Ort, der eigentlich zur Uni gehört.

Meine Worte überraschen nicht nur mich, sondern auch Quincy und meine Freundin, die mir in diesem Augenblick in die Seite pikt.

»Kommst du kurz mit zur Toilette? Danach könnt ihr weiter Pläne schmieden.«

Ohne meine Reaktion abzuwarten, springt sie von ihrem Hocker auf und zerrt mich an einer Hand durch den kompletten Laden hinter sich her.

Mittlerweile sind einige wenige Tische frei geworden, und auch die Musik scheppert nicht mehr ganz so laut auf der Tanzfläche. Vielleicht habe ich mich aber auch nur daran gewöhnt.

Mit dem Ellbogen stößt sie die Tür zu den Damentoiletten auf, und noch ehe sie hinter uns zufällt, dreht sie sich um und keift mich an.

»Hast du da nicht vielleicht eine Kleinigkeit vergessen?«

Ich senke meinen Blick auf den ekligen Fußboden. Ich will gar nicht wissen, in welcher Art Flüssigkeit wir genau stehen. »Abby«, ermahnt sie mich, aber ich kann sie nicht ansehen. »Dieser Quincy scheint wirklich nett zu sein.« Ihre Stimme nimmt einen weicheren Tonfall an, doch noch immer hat sie die Hände in die Hüften gestemmt.

»Ich weiß«, seufze ich. Ohne den Kopf zu heben, wage ich einen kurzen Blick in ihr Gesicht. Sie sieht nicht sauer aus. Eher mitleidig. »Du hast doch gesagt, ich verdiene das«, flüstere ich.

»Ja, Süße.« Sie legt eine Hand auf meine Schulter. Ich habe das Gefühl, unter der Last, an die sie mich erinnert, zusammenzusacken. »Aber er hat auch verdient, dass du ehrlich zu ihm bist.«

»Ich habe doch mit keinem Wort gesagt, dass ich studiere.«

»Und dennoch glauben sie das, weil du leider auch versäumt hast, zu erwähnen, dass es nicht so ist. Süße«, seufzt sie und nimmt meine Hand in ihre. »Mach dir nichts vor. Wenn du dich mit ihm treffen willst, toll. Ich freu mich für dich. Meinetwegen lasse ich mich auch irgendwann in ein hässliches Brautjung-fernkleid zwingen.« Wir sehen uns an, beide ein minimales Lächeln auf den Lippen. »Aber vorher musst du ihm die Wahrheit sagen. Sag ihm, dass du keine Studentin bist. Erzähl ihm die ganze Wahrheit.«

»Wie denn?«, jammere ich. Seufzend fahre ich mir durch die Haare. »Ich kann doch jetzt nicht einfach sagen: Hey, Quincy. Ich bin Abigail. Ja, so heiße ich wirklich, und ich bin tatsächlich zweiundzwanzig. Allerdings studiere ich nicht. Nein. Keineswegs. Ich bin nur eine Angestellte in einem Diner. Ich serviere von morgens bis abends Burger, um irgendwie über die Runden zu kommen. Ich war nur auf dieser blöden Veranstaltung, weil ein Jurastudium auf der Pixton mein absoluter Traum ist. Offensichtlich bin ich eine kleine Sadistin und sehe mir gerne an, was ich niemals haben werde.«

Ich hole tief Luft und sehe verzweifelt in die Augen meiner Freundin. Sie hebt eine Augenbraue und fordert mich damit auf, es auszusprechen.

»Ach, und übrigens, Quincy«, mache ich mit dem Theater weiter, auch wenn meine Stimme bricht. »Wenn du mich willst, bekommst du gratis eine Fünfjährige dazu. Ja genau, mich gibt's direkt im Doppelpack. Ach, und ich habe nicht nur ein kleines Mädchen zu Hause, sondern auch meinen Traum vom Leben aufgegeben, um die Rechnungen für meine Schwester zu begleichen. Um ihren Scheiß zu regeln, weil sie drogenabhängig ist und nicht ohne mich klarkommt. Mein Leben ist ein Trümmerhaufen. Also, selbst wenn du über all dies hinwegsiehst, könnte ich dir niemals etwas bieten. Ich werde vorerst weder studieren noch mir mit dir auf Studentenpartys die Kante geben. Denn ich muss mich um ein Kind kümmern. Ophelia oder Lee, wie ich sie nenne, ist zudem das tollste Mädchen auf der Welt, und ich liebe sie mehr, als ich jemals einen anderen Menschen lieben könnte. Von daher überleg dir gut, ob du mit mir frühstücken willst. Denn wenn du in meinem Scheiß erst mal drinsteckst, kommst du so schnell nicht mehr raus.« Bei den letzten Worten werde ich immer lauter und merke erst, dass ich weine, als Scarlett mir eine Träne von der Wange wischt.

Vielleicht sollte ich ihm genau das sagen.

Nein, nicht vielleicht.

Ich *müsste* ihm genau das sagen.

Aber zum ersten Mal seit fünf langen Jahren habe ich etwas, das nur mir allein gehört. Eine Sache, die mit meiner bitteren Realität nichts zu tun hat.

Schuldbewusst sehe ich durch feuchte Wimpern meine Freundin an.

»Ich kann es ihm nicht sagen.«

Es war ein schöner Abend. Einer, an dem ich ausnahmsweise das sein konnte, was ich immer sein wollte. Frei. Doch wie nach jedem Traum kehrt irgendwann die bittere Realität zurück.

»Abby.«

»Nein«, unterbreche ich Scarletts leise Stimme. Auf einmal ist es glasklar, was ich zu tun habe. »Es wird Zeit, zu gehen.«

Kapitel 6

Quincy

Sie hat es schon wieder getan.

Abigail ist ohne große Worte auf und davon.

»Das«, schmunzelt Theo und legt seinen Kopf gegen die Kopfstütze des Taxis, »war interessant.«

»Ich kapiere es nicht«, seufze ich. Meine Zunge fühlt sich ganz taub an. »Du hast es doch erlebt. Den ganzen Abend lang. Du hast sie gesehen, gehört, oder? Ich habe das Gefühl, ich drehe langsam völlig durch.«

»Quin«, erwidert er, sichtlich amüsiert über meine verzweifelte Tonlage. »Ich würde dir ja gern so was sagen wie ›Jede Frau hat mal Kopfschmerzen‹.«

»Dann sag das. Sag mir, dass sie mich nicht ein weiteres Mal wie einen Trottel absorviert hat. Verdammt!«, schimpfe ich. Das Wageninnere fängt an, sich zu drehen.

»Ich werde dich nicht anlügen, mein Freund«, gibt Theo leicht lallend von sich. Offenbar ist er noch viel betrunkener als ich.

»Du bist doch Psychologe. Erklär mir das. Was soll dieses eigenartige Verhalten?«

»Ich bin kein Psychologe.« Theos Lachen klingt viel heller als sonst, und auch seine Reaktion auf meine Frage ist total verzögert. Er ist nicht nur betrunken. Er ist völlig besoffen. Wir beide sind es. »Ich bin nur ein armer Student.«

»Du bist nicht arm«, halte ich dagegen und muss über meine eigenen Worte lachen.

»Stimmt«, lacht Theo ebenso dämlich. Einen Moment lauschen wir schweigend dem Radio in dem muffig riechenden Taxi.

»Ich mag sie wirklich«, gestehe ich nach einer Weile. Die Achtzigerjahre-Ballade stimmt mich rührselig. »Einmal Davonlaufen kann mein Ego verschmerzen. Aber zweimal?«

»Streng genommen ist sie nicht davongelaufen.« Daraufhin bringe ich lediglich ein Schnauben hervor. »Immerhin hast du ihre Handynummer.«

»Sie hat meine Handynummer«, korrigiere ich. Zum Glück konnte ich Abigail diese aufs Auge drücken, bevor sie mal wieder völlig überstürzt davongelaufen ist. »Wahrscheinlich wird sie niemals anrufen.«

»Ach, komm schon, Doc! Jetzt hör auf, so ein Trübsal zu blasen. Immerhin hast du sie wiedergesehen. Das ist mehr, als man aufgrund der ersten Begegnung hätte erwarten können.« Nur Theo schafft es, solche Sätze selbst noch betrunken zu formulieren. Wenn ihm die Brille nicht schief auf der Nase hängen würde, könnte ich ihn vielleicht sogar ernst nehmen.

Seufzend raufe ich mir die Haare. »Hast du ihre Beine gesehen? Und die Augen? Verdammt, hast du dir angehört, wie schön ihre Stimme klingt?«

»Alter«, lacht Theo. »Du klingst nicht gerade wie ein Typ, der mit dem Gehirn denkt. Und ja, ich habe ihre Beine gesehen. Immerhin ist sie damit heiter davongerannt.«

»Da wusste ich ja auch noch nicht … Moment«, unterbreche ich mich selbst. »Du hast gesagt, sie wäre nicht weggerannt.« Ich weiß selbst nicht mehr, was im Laufe dieses Abends eigentlich alles passiert ist. Verdammt, ich bin wohl betrunkener als gedacht. »Wir hätten nach Hause fahren sollen, als sie abgehauen ist.«

»Also betrachtest du es auch als abhauen. Du sagst es selbst. Aber hey«, Theo hebt abwehrend die Hände. »Der Trostschnaps danach war deine Idee. Ich bin einfach nur ein guter Freund, der helfen will.«

Dieses Gespräch macht überhaupt keinen Sinn mehr. Oder ich bin zu voll, um es zu kapieren.

»Scheiße, dann erklär mir lieber, warum sie mich erst morgen früh hier treffen will. Und dann wie ausgewechselt von der Toilette kommt. Sie hat mich angesehen, als sei ich ein Zombie.«

»Immerhin hat sie deine Nummer angenommen. Vielleicht steht sie auf Zombies?«, hält Theo schwach dagegen.

»Ach, Scheiße!«, fluche ich, was den Taxifahrer schnauben lässt. Erschöpft lehne ich den Kopf gegen die kühle Scheibe. »Warum nur dieser überstürzte Aufbruch? Ich konnte mich nicht mal richtig verabschieden.«

»Du hast sie doch in den Arm genommen.«

»Toll«, schnaube ich. »Eine Millisekunde.«

»Ob man es schafft, jemanden in einer Millisekunde zu umarmen? Allein das Hochnehmen der Arme dauert doch sicher …«

»Theo«, mahne ich.

»Jaja«, seufzt er. »Du konntest dich nicht umarmen. Äh … verabschieden, meine ich.«

»Arrgh«, knurre ich, was mir einen bösen Blick des Taxifahrers über den Rückspiegel einbringt. »Denkst du, sie ist nicht an mir interessiert?«

»Wegen der Zombiesache? Ne, das glaube ich nicht.«

»Sie wirkte doch interessiert, oder?«

»Jaha«, stöhnt mein Freund und schließt die Augen.

»Hey!« Ich ramme ihm den Ellbogen in die Rippen. Ihn einschlafen zu lassen, ist keine gute Idee. Er würde das Taxi vollkotzen, noch ehe wir den Campus erreicht haben.

»Schon gut, schon gut«, brummt er. »Also. Fassen wir mal zusammen: Sie ist heiß.«

»Sie ist bezaubernd.«

»Jaja, das auch. Aber auch heiß, und offensichtlich steht sie total auf dich. Zombie hin oder her. Nach dem ersten Mal könnte sie einfach schockiert gewesen sein. Vielleicht erschrocken von sich oder …« Er lacht über sich selbst. »Dem kleinen Quincy.«

»Sie war nicht schockiert vom kleinen Quincy.«

»Dann ist er echt klein? Ich dachte immer …«

»O'Connor!«, warne ich.

»Sorry«, lenkt er kichernd ein. Mann, ich will einfach nur noch in mein Bett. »Also, einmal Weglaufen können wir erklären. Aber der abrupte Aufbruch von heute Abend kann eigentlich nur eins bedeuten.« Er lehnt sich verschwörerisch zu mir herüber. »Das Mädchen hat ein Geheimnis.«

»Du denkst, es hat gar nichts mit mir zu tun?«

»Ich denke, sie macht dir was vor.«

»Aber du glaubst, es hat nichts mit mir zu tun?«

»Du wiederholst dich, Quin.« Lachend schlägt er mir gegen den Kopf. »Da drin ist ein Sprung. Außerdem …«, er macht eine künstlerische Pause. »Sehe ich aus wie ein verdammter Therapeut?«

Er deutet auf seinen Rock, und wir müssen beide lachen.

»Es könnte noch immer sein, dass sie sich meldet.«

»Es könnte auch sein, dass die Welt eines Tages von Zombies überrannt wird.«

»Also, du glaubst, dass sie sich nicht melden wird?« Er hat recht, meine Platte springt irgendwie.

»Das habe ich nie gesagt.«

»Alter, du bist echt anstrengend, wenn du besoffen bist.«

»Und du, wenn du hoffnungslos verliebt bist«, knurrt er mich an. Unsere Blicke treffen sich. Wütend stiere ich ihn an, bis ich die Veränderung in seinem Gesicht erkenne. Seine Augen treten allmählich vor, und trotz der geringen Beleuchtung erkenne ich deutlich, wie seine Gesichtsfarbe schwindet.

»Rechts ran!«, brülle ich den Taxifahrer an.

Gerade noch rechtzeitig bringt er den Wagen zum Stehen, ehe mein Freund die Tür aufreißt und auf den Standstreifen kotzt.

Während ich ihm ermutigend auf den Rücken klopfe, ist sein Würgen das Einzige, was die nächtliche Stille durchbricht. Tief atmend lege ich den Kopf in den Nacken und starre in den Sternenhimmel. Trotz dieses verrückten Abends ist bei mir aber vor allem ein Wort hängen geblieben, das er benutzt hat: *hoffnungslos.*

Hoffnungslos.

Das Wort geistert noch immer durch meinen pochenden Kopf, als ich am nächsten Mittag wage, die Augen zu öffnen. Den ersten Versuch vor ungefähr zwei Stunden habe ich abgebrochen. Ich musste mir eingestehen, dass mein Körper noch nicht so weit ist, den Tag zu beginnen. Doch nun wird es Zeit, den Kater zu besiegen, damit er mir nicht den gesamten Samstag ruiniert.

Für einen Augenblick bin ich froh, heute nicht zum Frühstück verabredet zu sein. Andererseits, hätte ich mich gar nicht erst so abgefüllt, wäre Abigail nicht gestern völlig überstürzt abgehauen.

Nüchtern macht ihr Abgang noch weniger Sinn als gestern Nacht im betrunkenen Zustand.

Vielleicht hat Theo recht. Betrunken hin oder her. Womöglich ist mein Verliebtsein hoffnungslos. Womöglich sollte ich mir nicht mehr einreden, da wäre etwas Besonderes zwischen uns.

Seufzend greife ich zu meinem Nachttisch, um von meinem Handy die Uhrzeit zu erfahren, und falle beinahe aus dem Bett.

Die Nachricht auf meinem Display lässt mich so abrupt hochfahren, dass mein Mageninhalt bedrohlich schwappt. Allerdings bin ich so gefesselt von der fremden Nummer und dem Profilbild der bekannten Person auf meinem Handy, dass ich mich schnell wieder gefangen habe.

> Jetzt bin ich schon zum zweiten Mal einfach abgehauen.
> Beim nächsten Mal lasse ich dir einen Schuh da.
> Versprochen. A.

Mit zitternden Bewegungen fliegen meine Finger über die Tastatur auf meinem Display.

> Ich glaube, Cinderellas Prinz wäre mit einer WhatsApp am Morgen danach auch recht zufrieden gewesen. Du bist mir immer noch ein Frühstück schuldig.

Gerade noch gewillt gewesen, mich von ihr frei zu machen, grinse ich jetzt schon wieder über beide Ohren. Obwohl es mir wirklich bescheiden geht. Was für eine dämliche Idee, mich aus Frust mit Theo volllaufen zu lassen.

Ich schlage die Decke zurück und werde mit einem Griff

das Shirt los, das schlimmer riecht als das gesamte *Meyer's* nach einer durchzechten Nacht. Dabei beobachte ich mit meinem Abby-Grinsen, wie die drei kleinen Punkte auf meinem Display auf und ab hüpfen. Im Takt dazu bewegt sich mein Fuß auf dem kühlen Holzboden meines Zimmers hoch und runter.

> Tut mir leid. Ich kanns schlecht erklären. Auch wenn das nur ein schwacher Trost ist: Es war schön, dich wiederzusehen. Ich hatte lange nicht mehr so einen netten Abend. Seit zwei Wochen, um genau zu sein.

»Warum läufst du mir dann immer wieder weg?«, frage ich mich selbst, während mein Daumen eine etwas diplomatischere Frage formuliert.

> Sehen wir uns wieder?

Man mag mich penetrant nennen, aber ich bin nun mal niemand, der schnell aufgibt.

> Die Frühstückszeit ist vorbei. Außerdem habe ich noch immer starke Kopfschmerzen. Ich glaube, ich werde wieder krank. Besser, ich stecke dich nicht an.

»Ach, komm schon«, murmle ich. »Die Kopfschmerznummer ist so alt wie durchschaubar. Das nehme ich dir nicht ab.« Allmählich glaube ich, Theo könnte recht haben. Irgendwas will Abigail vor mir verheimlichen.

> Die Kopfschmerzen teile ich, allerdings weiß ich im Gegensatz zu dir, woher sie kommen.

Woher?

Während ich hastig eine Antwort tippe, stehe ich auf und öffne ein Fenster, um kalte, aber vor allem frische Luft hineinzulassen. Ich brauche neben Sauerstoff dringend eine Dusche, etwas zu essen und zu trinken, um meinen Magen zu beruhigen, und Schmerzmittel für meinen Kopf.

> Eine unglaubliche Frau hat mich sitzen lassen. Zum zweiten Mal. Wie die meisten idiotischen Männer mit Herzschmerz habe ich dummerweise zum falschen Heilmittel gegriffen.

Bevor ich Abigail kennengelernt habe, hielt ich mich wirklich für einen geduldigen Menschen. Aber die Sekunden, die vergehen, bis ihre Antwort erscheint, treiben mich fast in den Wahnsinn.

> Was für eine blöde Kuh. Das tut mir leid für dich. Sie weiß echt nicht, was sie an dir hat. Du solltest sie vergessen.

Ich weiß – oder zumindest glaube ich zu wissen –, dass ihre Worte scherzhaft gemeint sind. Dennoch antworte ich vollkommen ehrlich und aus den Tiefen meines Herzens.

> Das ist das Problem. Sie geht mir einfach nicht aus dem Kopf.

Auch nach mehreren Minuten erscheint keine Antwort, und ich ärgere mich über meine ungefilterte Ehrlichkeit. Verdammt. Ich hätte das Spiel einfach mitspielen sollen, anstatt gleich wieder ernst zu werden.

Seufzend quäle ich meinen lädierten Körper aus dem Bett. Bleibt nur zu hoffen, dass Theo das Bad nicht länger blockiert.

So, wie ich ihn kenne, hat er die ganze Nacht die Kloschüssel umarmt, bis er auf dem Badezimmerteppich eingeschlafen ist. Das wäre nicht das erste und sicher auch nicht das letzte Mal.

Gerade als ich meine frische Wäsche zusammengesammelt habe und mich auf den Weg machen will, um die Niederlage von gestern Abend von meinem Körper zu duschen, piept mein Handy und bereitet mir damit beinahe einen mittelschweren Herzinfarkt. So schnell es mein Zustand erlaubt, haste ich zu meinem Smartphone, muss es aber zwischen den Laken erst mal suchen. Noch ehe ich es erreicht habe, geht eine weitere Nachricht ein.

> Ich habe gehört, frische Luft hilft bei Kopfschmerzen. Werde gleich einen Spaziergang im Park am Hafen machen.

Bei der zweiten Nachricht reibe ich mir die Augen und lese sie mehrmals.

> Hast du Lust, mich zu begleiten?

»Verdammt, ja!«, brülle ich meine Freude heraus, verstumme aber, sobald ein fieser Schmerz in meine Schläfen zuckt. Doch selbst der kann die Freude über Abigails Nachricht nicht schmälern. Ja, es mag sein, dass ihr Verhalten hier und da Fragen aufwirft, aber irgendwas an dieser Frau nimmt mich gefangen. Und in diesem Fall bin ich nur allzu gern bereit, mich in Ketten legen zu lassen. Eine Gefangenschaft, die pures Vergnügen bedeuten würde.

Kapitel 7

Abigail

> Ich weiß doch auch nicht, was ich mir dabei gedacht habe.
> Irgendwie kann ich einfach nicht anders.

Umständlich stopfe ich mein Handy zurück in die Gesäßtasche meiner Jeans. Witzlos, denn sicher wird Scarlett auf meine Nachricht antworten, noch ehe wir an der Gemüseabteilung vorbei sind. Aber ich brauche meine Hände, um den Einkaufswagen und Ophelia zu händeln.

»Können wir Eis kaufen?«

»Nein, das geht nicht, Süße.« Ich greife nach ihrer Hand, um sie von den Süßigkeiten wegzuziehen. Nicht, weil ich jederzeit auf eine gesunde Ernährung achten würde, eher weil sie bei Carol im Diner genug Eis und Kuchen verdrückt hat und ich sowieso schon kaum genug Geld habe, um einen Wagen voller Lebensmittel zu bezahlen. »Es würde schmelzen, bis wir zu Hause sind.«

»Warum schmilzt Eis eigentlich?« In ihren rosa Blinkeschuhen hüpft Lee an meiner Hand auf und ab wie ein Flummi.

»Warte«, bitte ich sie, weil mein Handy an meinem Hintern vibriert.

> Also, ich verstehe dich nicht. Erst willst du ihn nicht wiedersehen. Dann siehst du ihn wieder und willst bei ihm bleiben. Dann willst du auf einmal so schnell es geht abhauen, nur um ihn am nächsten Tag zum Spaziergang zu treffen? Ist das PMS, oder was ist da los bei dir? Du bist doch sonst nicht so sprunghaft.

Ich muss unweigerlich über Scarletts Worte schmunzeln.

»Was ist so lustig?«, fragt Lee und hopst ein paar Schritte vor, sobald die Kekse in Sichtweite kommen.

»Nichts«, lüge ich. Kein Wunder, dass Scarlett mich für übergeschnappt hält. Ich kann es mir ja selbst nicht erklären. Quincy bringt mich dazu, meine Prinzipien über Bord zu werfen. Irgendein Teil in mir will unbedingt wissen, was passiert, wenn wir uns noch einmal treffen.

Gerade als ich Scarlett antworten will, erscheint eine neue Nachricht von Quincy auf dem Display. Sofort beginnt mein Herz, schneller zu schlagen.

> Ich werde da sein. Und wehe, ich finde nur einen gläsernen Schuh.

Vor ungefähr einer halben Stunde habe ich in einer Kurzschlussreaktion beschlossen, mich mit ihm zu treffen. Natürlich hat Scarlett objektiv betrachtet recht. Ich wollte ihn nicht wiedersehen. Aber nur, weil mein Verstand mir sagt, dass es zu nichts führen darf. Allein deshalb sind wir schließlich gestern Abend so überstürzt aufgebrochen. Nachdem meine beste Freundin mir in der Toilette einen Rüffel in Sachen Ehrlichkeit erteilt hat, konnte ich ihm einfach nicht mehr in die Augen sehen. Der Kampf zwischen meinem Herzen und meinem Verstand ging an dem Abend unentschieden aus. Also habe ich die Notbremse gezogen.

Schon wieder. Oder vielmehr wie immer.

Allerdings habe ich die ganze Nacht wach gelegen und an ihn denken müssen. Es ist, als hätte er sich in meinem Kopf eingenistet. Seine Finger, die meine berührt haben. So unschuldig und doch so aufregend. Sobald ich die Augen schließe, sehe ich sein Lächeln vor mir. Die perfekt weißen Zähne, die kleinen Grübchen auf seinen Wangen und die zerzausten Haare, die in alle Richtungen abstehen. Aber am meisten quält mich die Erinnerung, wie es sich anfühlt, mit ihm zu schlafen. Wie zur Hölle hätte mein Verstand mein Herz davon abhalten sollen, ihm zu schreiben?

Die Sache mit dem Spaziergang war eine spontane Eingebung.

Weil ich ihn sehen muss.

Nur noch ein Mal.

Vielleicht verpufft diese ganze Gefühlsduselei dann ja. Wer weiß, vielleicht ist der Zauber, den ich bei unseren ersten beiden Treffen gespürt habe, bei Tageslicht verschwunden.

Möglicherweise kann ich erleichtert feststellen, dass er nur irgendein gewöhnlicher Student ist und es sich nicht lohnt, dafür meine so mühsam errichteten Grenzen zu überschreiten.

Ich bin nicht umsonst sehr vorsichtig. Der Grund für meine Zurückhaltung bei Fremden lädt gerade heiter Kekssorten in meinen Einkaufswagen.

»Wir nehmen die und die und die, die du so gerne magst, ja?« Lee strahlt mich mit ihrem bezaubernden Gesicht an. Sie bedeutet mir die Welt. Ich kann Quincy nicht von ihr erzählen. Das würde alles zerstören, wofür ich so hart gekämpft habe. Und genau deshalb kann ich ihm nicht vertrauen. Kann ich niemandem vertrauen. Ich kenne Quincy nicht. Ich habe keine Ahnung, was für ein Mensch hinter den breiten Schultern und dem aufregenden Lächeln steckt.

»Zwei Sorten«, mahne ich, mein Smartphone noch immer in der Hand. »Nimm die, die du magst.«

> Kein PMS. Ich muss ihn nur noch einmal wiedersehen. Noch ein letztes Mal.

Diese Nachricht schicke ich an Scarlett und überprüfe vor dem Absenden mehrmals, dass ich auch im richtigen Chat bin. Danach wechsele ich zu Quincy. Sein Profilbild zeigt ihn auf einer Klippe vor dem Meer. Sobald ich in unsere Unterhaltung geswitcht bin, schleicht sich unwillkürlich ein Lächeln auf mein Gesicht.

> Ich werde auch da sein. Aber ich warne dich direkt vor. Mir bleibt nicht viel mehr als eine Stunde.

Eine Stunde. Ich gebe mir eine Stunde, um mich innerlich von ihm zu verabschieden.

> Als ob du es schaffst, dich von ihm loszureißen. Gestern hat nur noch gefehlt, dass du gesabbert hast, sobald er den Mund aufgemacht hat.

Dieses Mal muss ich regelrecht losprusten bei Scarletts Nachricht, die exakt im gleichen Moment eintrifft wie die von Quincy.

»Ich will auch lesen, was Tante Letti geschrieben hat«, nörgelt Lee und zerrt an meinem Arm.

»Das mit dem Lesen müssen wir noch ein bisschen üben«, erinnere ich sie und will gerade das Handy zurückstecken, als es ein weiteres Mal vibriert. Wenn das so weitergeht, kommen wir niemals aus dem Laden raus. »Außerdem weißt du doch gar nicht, ob es Scarlett ist.«

»Ich kann schon lesen«, hält sie dagegen. »Wenn ich ein eigenes Handy habe, schreibe ich auch mit Tante Letti. Sie ist immer so lustig.« Lee hält sich ihre kleine Hand vor den Mund, während sie in so hohen Frequenzen kichert, die nur sie erreichen kann. Dass sie so ein großer Fan von meiner besten Freundin ist, könnte man als Win-win-Situation bezeichnen. Die beiden verbringen viel Zeit miteinander, was mir hin und wieder ein wenig Freizeit verschafft.

»Das stimmt. Allerdings bekommst du erst ein Handy, wenn du zehn bist. Vielleicht auch erst mit zwölf. Das muss ich mir noch überlegen.« Während wir uns durch die Gänge schieben, schiele ich nebenbei erneut auf mein Display, in der Hoffnung, die eingegangene Nachricht ist von Quincy.

Ich muss schlucken, als ich das Profilbild meiner Schwester aufleuchten sehe. Sofort tritt Lees Stimme in den Hintergrund, die sich vermutlich ohnehin nur darüber beschwert, dass ich zu streng bin. Ich bin so auf Rileys Worte fixiert, dass ich ihr nicht richtig zuhöre.

> Denkst du, wir können die Miete diesen Monat aussetzen? Ich brauche das Geld wirklich dringend.

Es sind nur zwei Sätze, und doch zerstören sie meine gute Laune mit einem Schlag. Diese Nachricht ist so typisch für Riley.

Geld, Geld, Geld. Es geht immer nur um die verdammte

Kohle. Niemals um Ophelia oder mich. Mal ganz abgesehen davon, dass ich diejenige bin, die für unsere Miete arbeitet und sie bezahlt. Sie lässt sich doch sowieso nie blicken.

Inzwischen ist es vier Wochen her, dass Riley zuletzt in Pixton war. Zu Hause. Wobei ich nicht mal sicher bin, ob sie uns und das Apartment noch als ihr Zuhause bezeichnen würde. Die Wohnung ist offiziell auf ihren Namen gemietet, genauso wie unser Auto auf sie gemeldet ist und all unsere Versicherungen über sie laufen.

Als wir vor fast sechs Jahren unser Elternhaus verlassen haben, war ich gerade mal sechszehn Jahre alt und somit nicht volljährig. Ohne Riley hätte man mich ins nächste Kinderheim geschickt. Sie war damals bereits einundzwanzig und hat sich um alles gekümmert. Zumindest für die erste Zeit. Bis sie abgerutscht ist.

Heute kommt sie nur noch von Zeit zu Zeit zu uns zurück. Manchmal in ganz passabler Verfassung. Manchmal so zugedröhnt, dass sie uns nicht mal mehr erkennt. Dann schläft sie auf meiner Couch ihren Rausch aus, kotzt sich mehrere Tage die Seele aus dem Leib und schwört mir dabei, dass alles anders werden wird. Jedes gottverfluchte Mal halte ich ihr die Haare zurück, helfe ihr beim Duschen und koche anschließend Essen für sie. Als Dank leiht sie sich noch mehr Geld von mir, das sie niemals zurückzahlen wird, und verschwindet anschließend wieder auf unbestimmte Zeit. Das Leben mit Riley ist ermüdend und anstrengend. Es tut mir in der Seele weh, wie schlecht es ihr geht.

Ich befinde mich jedes Mal in einer Zwickmühle. Helfe ich ihr und gebe ihr Geld, kauft sie davon Drogen oder Alkohol und rutscht noch weiter ab. Gebe ich ihr nichts, fühle ich mich trotzdem mies, weil ich sie auf verquere Art und Weise im Stich lasse. Mir ist bewusst, dass ich bis zum Hals in einer wirklich ungesunden Symbiose mit ihr stecke, aber ich kann nichts dagegen tun. Sie ist meine Schwester.

Seufzend stecke ich mein Handy weg, ohne ihr zu antworten. Selbst wenn ich ihr helfen wollte – das Geld für die Miete kann ich ihr nicht überlassen. Ich bin froh, dass wir bei Carol wohnen dürfen. Jeden Tag arbeite ich hart dafür, dass sie diese Entscheidung nicht bereut. Das werde ich nicht aufs Spiel setzen. Auch in diesem Fall muss ich Lee schützen. Das Apartment über dem Diner ist unser Zuhause und der einzige Ort, der uns Schutz bietet. Das wird Riley uns nicht wegnehmen. Das nicht.

»Weißt du was«, sage ich an die Kleine gerichtet. »Ich habe es mir anders überlegt. Nimm doch alle drei Sorten Kekse. Mir ist heute auch danach, etwas Süßes zu essen.«

Mehr hüpfend als laufend flitzt sie zurück, um eine weitere Packung Kekse einzuladen.

»David und ich wollen heute seinem Kaninchen beibringen, auf zwei Beinen zu laufen«, erzählt Ophelia heiter, während wir gemeinsam in den Gang mit den Nudeln abbiegen. Unser beider Lieblingsgang.

»Ich glaube nicht, dass ein Kaninchen auf zwei Beinen laufen kann.«

In das Gedankenkarussell in meinem Kopf auch noch einen aufrecht laufenden Hasen zu setzen, ist vielleicht keine so gute Idee, aber es passiert ganz von allein.

Lee verbringt die Samstagnachmittage oft bei ihrem Freund David Rowe. Sie gehen zusammen in die Vorschule, und sie ist immer total fasziniert von allem, was der Sechsjährige kann. In der Regel höre ich nach ihren Besuchen das ganze Wochenende nur noch Sätze wie ›David kann dies‹ und ›David hat jenes‹. Sie kommt aus dem Schwärmen gar nicht mehr raus. Er ist so was wie Lees Superheld. Sie verliert in seiner Gegenwart vollends den Bezug zur Realität. Es würde mich also nicht wundern, wenn sie wirklich der Überzeugung ist, David Rowe könne einem Hasen beibringen, auf zwei Beinen zu gehen.

Wahrscheinlich ist sie davon genauso überzeugt wie ich von der Idee, ich könne Quincy nach der nächsten Begegnung einfach abschreiben. Allein bei dem Gedanken möchte ich mit den Augen rollen. Wem versuche ich eigentlich etwas vorzumachen?

Wenn ich ganz ehrlich zu mir bin, ist es ziemlich offensichtlich, dass Lee nicht die Einzige von uns beiden ist, die hoffnungslos verliebt ist …

So tief ich kann, sauge ich die kalte Luft in meine Lunge. Es fällt mir schwer, alle Gedanken und Sorgen für eine Weile zur Seite zu schieben. Lee, die vergnügt mit David Rowe in dessen Garten sitzt und versucht, ein Kaninchen zu dressieren. Scarlett, die mir während des gestrigen Rückwegs wie auch den gesamten Morgen Vorträge gehalten hat, was Ehrlichkeit, Sex oder Beziehungen im Allgemeinen betrifft. Mein Einkauf, der, viel zu teuer, im Kofferraum meines Wagens wartet. Ob die Wurst in der Oktobersonne verdirbt? Vielleicht wäre ich doch besser vorher noch mal nach Hause gefahren. Und zu guter Letzt mischt sich noch meine abhängige Schwester in dieses ganze Drama. Seit wir den Supermarkt verlassen haben, hat Riley mir noch drei weitere Nachrichten geschickt. Völlig zusammenhanglosen Stuss. Wahrscheinlich ist sie noch high von gestern Abend oder hat sich bereits heute Morgen vollgedröhnt. Inzwischen bin ich mir nicht sicher, ob die Tageszeit bei ihr noch einen Unterschied macht.

Riley zerrt seit Jahren an meinen Nerven. Sie macht mich wütend, sie macht mich traurig, und sie lässt mich verzweifeln. Als wir Kinder waren, habe ich immer zu meiner großen Schwester aufgeschaut. Ich kann nicht mal genau sagen, wann sich das genau geändert hat. Rückblickend war es wohl eher ein schleichender Prozess, der sie dorthin gebracht hat, wo sie nun steht.

Es ist bitter, Mom und Dad am Ende recht geben zu müssen. Sie haben ihr von Anfang an prophezeit, dass sie es nicht schaffen wird, für mich da zu sein. Und genau so ist es schlussendlich gekommen.

Ich bin froh, dass wir keinerlei Kontakt mehr zu unseren Eltern haben und sie von dieser Genugtuung niemals erfahren werden.

Die meisten Bäume im Cos-Cob-Park sind bereits rot und gelb verfärbt und leuchten in der Herbstsonne. Einzelne Kiefern säumen den Weg und neigen ihre Kronen im frischen Wind hin und her.

Lee und ich kommen regelmäßig her, weil eine kleine, schmale Teerstraße mitten durch das Hafengewässer führt. Optimal, um mit Rollschuhen oder einem Roller zu fahren. Ophelia liebt es, durch den Park zu flitzen, und ich muss mein Gewissen dazu zwingen, mir keine Schuldgefühle einzureden, weil ich heute zum ersten Mal ohne sie hergekommen bin. Aber der Cos Cob war der erste Ort, der mir eingefallen ist, als ich Quincy aus einer spontanen Eingebung heraus zum Spaziergang eingeladen habe.

Vielleicht hätte ich mir dafür lieber einen Tag ausgesucht, an dem ich etwas klarer im Kopf bin. Wenn meine Augenringe nur halb so dunkel sind, wie ich vermute, wird er mich womöglich nicht mal erkennen. Ich weiß wirklich nicht, was ich mir davon erhofft habe. Der Plan, ihn noch einmal zu sehen, um ihn dann zu vergessen, klingt selbst unausgesprochen total dämlich. So oder so wäre es keine schlechte Idee gewesen, mir wenigstens etwas Vernünftiges anzuziehen, wenn schon mein übermüdetes Gesicht an einen Zombie erinnert. Mit einem Mal bin ich mir meiner ausgelatschten Boots und der Löcher in meiner Jeans mehr als bewusst. Da nützt es auch nichts, meine Teddyjacke noch enger um den alten Hoodie zu schlingen.

Mit vor dem Körper verschränkten Armen und schüttelndem Kopf bleibe ich an einem Geländer stehen und starre auf die Wasseroberfläche, in der sich die Nachmittagssonne spiegelt.

»Überlegst du, einen auf Rose DeWitt Bukater zu machen und zu springen? Heute ist wirklich kein guter Tag, um auf meine Titanic-mäßige Rettung zu hoffen.«

»Heiliger!«, schreie ich und zucke zusammen, weil Quincy wie aus dem Nichts neben mir aufgetaucht ist. Vielleicht habe ich ihn aber auch nur nicht erkannt, weil er mit der Mütze und der Sonnenbrille aussieht, als wäre er undercover unterwegs.

»So weit würde ich jetzt nicht gehen«, erwidert er schmunzelnd. Sein Gesicht ist blass im hellen Licht des Tages.

»Also, wenn ich Rose DeWitt Bukater sein soll, fehlt definitiv das schicke Ballkleid und ein Klunker um meinen Hals. Viel interessanter ist die Frage, wer du sein willst. Ein Geheimagent? Fehlt nur noch die obligatorische Zeitung mit einem Loch in der Mitte. Deine Tarnung ist nicht gerade unauffällig.«

»Die«, erklärt er lachend und deutet mit einem Finger auf die Pilotenbrille auf seiner Nase, »ist mehr als nötig, glaub mir. Die Welt scheint heute wirklich greller zu sein als an anderen Tagen.«

Ich verkneife mir einen dämlichen Spruch über seinen Kater und blicke stattdessen leise lachend auf meine Boots.

Neben mir höre ich Quincy tief atmen. »Hi«, flüstert er. Mit der Spitze seines Winterstiefels stupst er sacht gegen meine eingepackten Zehen.

»Hi«, erwidere ich genauso leise. Mit einem flattrigen Gefühl im Bauch hebe ich den Blick und sehe mein Spiegelbild in den Gläsern seiner Brille.

»Ich habe nicht damit gerechnet, von dir zu hören.« Er wendet sein Gesicht dem Wasser zu und stützt sich mit den Ellbogen auf das Geländer. »Ich habe es gehofft, dafür gebetet, war kurz davor, einen Schamanen zu engagieren, aber damit gerechnet habe ich nicht.«

Ich weiß nicht, was ich erwartet habe. Dass wir uns selig in die Arme laufen und nie wieder über mein komisches Verhalten reden? Natürlich bin ich ihm eine Erklärung schuldig. Das Problem ist nur, ich kann ihm nichts von all dem erzählen, was ich bislang verschwiegen habe. Weder von der Uni noch von Lee. Was uns wiederum dazu führt, dass ich keine logische Erklärung dafür liefern kann, dass ich ihn gestern nun schon das zweite Mal wie einen Idioten habe stehen lassen.

»Ich …«, setze ich an, ohne zu wissen, wohin der Satz führen soll. »Ich nehme an, die Chance, dass wir die verbleibenden fünfzig Minuten über belangloses Zeug reden, ohne auf mein seltsames Verhalten zu sprechen zu kommen, ist recht gering, oder?«

»Scheiße, sind schon zehn Minuten um?« Er sieht auf sein Handgelenk, an dem keine Uhr zu sehen ist. »Ich hatte fest vor, ab Minute elf deine Hand zu halten und romantisch am Wasser entlangzulaufen.«

Ich weiß nicht genau, wie Quincy es schafft, aber aus seinem Mund hört sich jeder doofe Spruch an wie eine Liebeserklärung.

Er richtet sich wieder zu seiner vollen Größe auf und schiebt die Hände in die Taschen seiner Daunenjacke. Ich muss den Kopf in den Nacken legen, um ihn genauer zu betrachten. Um zu sehen, wie seine wild gelockten Haare aus der grauen Strickmütze herauslugen und sich um ihren Rand kringeln.

»Hm. Das könntest du noch hinkriegen. Da ist das Wasser. Hier wäre meine Hand. Allerdings müssten wir dafür einfach so tun, als wäre ich gestern nicht davongerannt wie eine Verrückte.«

Auffordernd und voller Hoffnung strecke ich ihm meine geöffnete Handfläche hin. Er ergreift sie, ohne eine Sekunde zu zögern. Seinem Gesicht ist abzulesen, dass er über etwas nachdenkt oder abwägt, was er als Nächstes sagen soll. Dabei entstehen kleine Falten auf seiner Stirn, und seine Augenbrauen verschwinden hinter der Sonnenbrille, weil er sie zusammenzieht.

»Wenn du eine Million Dollar auf deinem Konto hättest, was wäre das Erste, was du kaufen würdest?« Stutzig sehe ich zu ihm auf, kann jedoch den Ausdruck in seinen Augen durch die getönten Brillengläser nicht erkennen. »Du wolltest belanglose Themen. Ich deine Hand und Romantik. Also«, fordert er, indem er mit dem Kinn auf den Rundweg deutet, der in Schlangenlinien durch das Parkgelände führt.

»Ich würde ein Haus kaufen«, antworte ich mit leichter Verzögerung, nachdem wir uns in Bewegung gesetzt haben. Im Geist füge ich ein Pony und eine Katze für Lee hinzu.

»Wo würde das Haus im Idealfall stehen? Am Strand oder lieber in den Bergen?«

»Am Strand«, antworte ich wie aus der Pistole geschossen. Für die Berge bin ich viel zu unsportlich und lauffaul. »Und zwar so, dass ich barfuß aus dem Bett auf den weitläufigen Balkon gehen kann, um in die Brandung zu schauen.«

»Hm«, summt Quincy. Ich möchte wetten, er hat für einen kurzen Moment die Augen geschlossen. »Jetzt kommt also die Romantik.«

Sein Daumen streichelt über meinen Handrücken und löst so viele Emotionen in mir aus, dass meine Knie bei jedem Schritt mehr zittern.

»Wenn du jetzt gerade einen Wunsch frei hättest, egal welchen, was wäre das?«, frage ich, weil es das Erstbeste ist, was mir einfällt. Ich weiß nicht, ob das hier ein abwechselndes Spiel ist, aber ich bin mindestens genauso interessiert an seinen Ansichten wie er an meinen.

»Ich würde sämtliche Krankheiten heilen.«

Ich stocke in meinem Gang.

»Du studierst Medizin. Das würde bedeuten, du wärst arbeitslos.«

Ein schelmisches Grinsen entsteht auf seinem Gesicht.

»Ich könnte Schönheitschirurg werden und mich auf Nasenkorrekturen spezialisieren.« Er muss über seine eigenen Worte lachen. »Na ja, das vielleicht eher nicht, aber es gibt immer noch Unfälle und so was.«

»Hm«, gebe diesmal ich von mir, während ich über seine Antwort nachdenke.

»Was wäre deiner?«, unterbricht er meine Gedanken.

»Ich weiß nicht. Wahrscheinlich müsste ich jetzt so was Kluges wie ›der Weltfrieden‹ sagen, oder? Du willst alle Krankheiten abschaffen – wenn ich jetzt noch für Frieden sorge, sind Rose und Jack ein Witz gegen uns.«

Die Wahrheit ist, wenn ich einen Wunsch frei hätte, würde ich Ophelia ein wunderschönes, sorgloses Leben schenken. Ich presse die Lippen aufeinander, um nichts Falsches zu sagen. Sogar bei einem dämlichen Spiel wie diesem kommen mir meine Lügen in die Quere. Das ist scheiße. Und zwar für alle Beteiligten.

»Der Weltfrieden wäre ein guter Wunsch«, bekräftigt Quincy schmunzelnd. »Aber ich würde dich nicht weniger mögen, wenn du dir ein Ben & Jerry's mit Erdnussbutter wünschen würdest.«

»Ich hasse Erdnussbutter«, murmle ich, was nun Quincy

dazu bringt, stehen zu bleiben. Da er meine Hand nicht freigibt, muss ich es ihm unwillkürlich gleichtun.

»Okay. Das wiederum kann mein Herz nicht so einfach verschmerzen.« Mit seiner freien Hand packt er sich an seine Brust und bringt mich zum Kichern.

»Lass mich raten, du bist der klassische Erdnussbutter-Marmeladen-Typ?« Spielerisch stoße ich ihn mit meiner Schulter an.

Wir setzen uns gleichzeitig wieder in Bewegung.

»Na, aber so was von. Das ist der einzig wahre Typ.«

Mein Mund öffnet sich, doch gerade als ich ihm erzählen will, wie Lee erst letzte Woche mit mir über dieses Thema debattiert hat, fällt mir wieder ein, dass ich besser still sein sollte.

»Kann ich dich was ganz anderes fragen?«, bringe ich stattdessen über meine Lippen. Ich glaube, wer mit Kindern lebt, wird irgendwann zur Meisterin im geschickten Themenwechsel. Und wahrscheinlich ungewollt auch zu einer im Erfinden von Notlügen.

»Aber klar doch. Wir sind hier. Ich halte deine Hand, und es sind noch mindestens zweiundvierzig Minuten. Ich habe also mein Ziel schon beinahe erreicht.«

Sein Strahlen ist ansteckender als jede Kinderkrankheit.

»Als wir …« Ich suche nach den richtigen Worten. »Am Abend der Einführungsveranstaltung, als wir …«

»Als wir Sex hatten. Du darfst es ruhig aussprechen, ich denke sowieso pausenlos daran.«

Ich muss lächeln und schaue verlegen zu Boden.

»Also, als wir Sex hatten«, fange ich noch einmal an und hebe den Kopf, um ihn anzusehen. Die Sonne spiegelt sich in den Gläsern seiner Brille und bringt ein paar letzte Sommersprossen auf seiner Nase zum Vorschein, die der Sommer dort zurückgelassen hat. »Da hast du etwas gesagt. Es ging alles so schnell, dass ich es nicht richtig verstanden habe. Ich glaube, es war Latein.«

»*Nunc aut numquam.*«

»Ah«, murmle ich. Lag ich mit meiner Vermutung doch richtig. »Jetzt oder nie.« Wie gebannt sehe ich auf seine Lippen.

»Ja, genau. Jetzt oder nie«, wiederholt er.

»Ist das so was wie dein Mantra? Oder sagst du das vor jedem Sex?«

»Ja, ich habe einen Lateintick. Wenn ich erregt bin, denke ich mir gerne lateinische Redewendungen aus.« Ich merke erst, dass ich die Luft angehalten habe, als Quincy losprustet. »Scherz!«, schiebt er hinterher.

»Oh.« Mehr als einzelne sinnfreie Silben sind wohl gerade nicht drin.

»Ja, es ist so was wie ein Mantra. Mein Lebensmotto. Keine Sorge. Ich bin kein Perversling oder so was. Ich weiß«, sagt er noch immer lachend, »der erste Eindruck spricht nicht gerade für mich. Erst ziehe ich dich in eine Besenkammer, und dann hänge ich total betrunken in einer Spelunke ab. Aber eigentlich bin ich ein ganz liebenswürdiger Typ. Hast du auch irgendein Lebensmotto oder einen Fetisch, von dem ich wissen sollte?«

Mein Lebensmotto ist eindeutig: Überleben!

Aber auch das kann ich ihm leider nicht sagen, ohne weitere Fragen aufzuwerfen. Von daher schüttele ich nur zaghaft mit dem Kopf.

Die nächsten Schritte gehen wir schweigend nebeneinander her, und ich denke über Quincys Worte nach. Kurz bevor wir die kleine Brücke erreichen, die über das Wasser zur nächsten Landzunge führt, bleibe ich abrupt stehen.

Nunc aut numquam. Quincys Mantra dringt plötzlich in meinen Verstand vor und bringt mich dazu, den Mund zu öffnen.

»Ich liebe Sonnenaufgänge. Mehr als Sonnenuntergänge.

Ich verstehe nicht, was alle daran finden, wenn die Sonne verschwindet. Das ist doch traurig. Wenn sie am Morgen aufgeht, kann man sich noch viele Stunden daran erfreuen. Ich gehe nicht gern ins Kino, weil ich dort leise sein muss und mich nicht bewegen darf. Ich mag es, mich über Filme zu beschweren oder die schauspielerische Leistung zu kommentieren. Ich liebe indisches Essen, kann aber problemlos einen ganzen Tag nur von Süßigkeiten leben. Ich hasse Fahrradfahren, liebe aber das Schlittschuhlaufen. Der Winter ist mir lieber als der Sommer, und wenn es nach mir ginge, würde Ostern gestrichen. Ich weiß nicht genau, was es ist, aber irgendwas habe ich gegen diesen Feiertag.« Inzwischen habe ich mich Quincy zugewandt und sehe zu ihm hoch. »Ich komme ursprünglich aus New York, habe es aber keine Minute vermisst, seit ich dort weg bin. Eines Tages möchte ich unbedingt mal nach Grönland. Ich möchte Eisbären sehen und die Polarlichter, und zu guter Letzt würde ich Schokoladeneis jederzeit Vanille vorziehen. Vielleicht die wichtigste Information von allen.«

Als ich mit meinem Monolog fertig bin, hole ich erst mal tief Luft. Vielleicht kann ich Quincy nicht die Wahrheit über mein Leben sagen. Das bedeutet jedoch nicht, dass er mich nicht besser kennenlernen darf. Denn seien wir doch mal ehrlich: Der Plan, ihn nie wiederzusehen, ist ja wohl ein Witz.

»Darf ich dich auch was fragen?« Ich erkenne die Ernsthaftigkeit in seinen Augen, als er die Brille abnimmt und sie hoch auf seine Mütze schiebt.

»Darf ich das entscheiden, nachdem ich die Frage gehört habe?«

Ein zartes Lächeln hellt sein erschöpftes Gesicht auf. Unter seinen Augen liegen tatsächlich noch dunklere Schatten als unter meinen.

»Die Frage lautet: Darf ich dich küssen, Abigail?«

In meinem Bauch geht ein Feuerwerk los, und ich fühle trotz der eisigen Luft, wie meine Wangen zu glühen beginnen.

»Ja«, erwidere ich leise.

»Ja, ich darf die Frage stellen, oder Ja, ich darf dich küssen?«

»Eindeutig beides«, gebe ich lächelnd zurück, doch ich werde von Quincys Lippen unterbrochen, die sich bereits in der nächsten Sekunde auf meine legen.

Seinen Mund auf meinem zu spüren, heilt die Qualen, die ich mir selbst in den vergangenen Stunden bereitet habe. Die Sorgen und Schuldgefühle, die ich mir einredete.

Wahrscheinlich lege ich deshalb so selbstbewusst die Arme um seinen Hals und ziehe ihn näher zu mir heran. Ihn an meinem Körper zu spüren, wärmt mich bis tief in mein Herz. Es fühlt sich einfach so verdammt richtig an.

Unsere Zungen scheinen sich sofort aneinander zu erinnern, finden zueinander und lassen die Gefühle der Livingston Hall wieder aufleben. Es ist beinahe, als könne ich den Geruch nach altem Holz und Papier riechen, während ich auf die Zehen steige, um Quincy noch näher zu kommen.

Seine Hand legt sich in meinen Nacken, sein Daumen streichelt dabei über mein Ohr. Es ist ein märchenhafter Kuss. Wie bei dem Happy End zwischen dem Prinzen und Cinderella.

Mit dem einzigen Unterschied, dass ich in einer halben Stunde im Diner sein muss, um Burger zu servieren.

Meine Stirn gegen seine gepresst, löse ich schwer atmend meine Lippen von seinen, ehe es kein Zurück mehr gibt.

»Bitte sag mir, dass wir uns wiedersehen.«

»Wir sehen uns wieder«, antworte ich lächelnd.

Nur einmal möchte ich etwas Egoistisches machen. Denn im Grunde genommen ging es in meinem ganzen Leben nie darum, was ich will. Bis zu meinem sechzehnten Geburtstag habe ich versucht, meine Eltern stolz und glücklich zu machen. Ein Unterfangen, das sich angefühlt hat, als würde ich aus einem untergehenden Schiff mit einem Löffel das Wasser herausschöpfen. Es war unmöglich, ihren Anforderungen zu entsprechen. Und als ich mich davon losgemacht hatte, ging es nur noch darum, Lee und Riley durchzubringen. Ein Kampf, der härter war als erwartet. Es ging nie um mich. Niemals. Bis zu dem Einführungsabend auf der Pixton vor zwei Wochen.

Quincy ist der erste Mensch seit Langem, dem es tatsächlich einzig und allein um mich geht. Die Gefühle, die er in mir auslöst, sind nur für mich allein. Die wenigen Stunden, die wir miteinander hatten, haben in mir den Wunsch geweckt, mehr davon zu wollen. Mehr für mich. Und sosehr ich es hasse, ihn anlügen zu müssen, sosehr gefällt es mir, ihn für mich allein zu haben. Und ich will ihn wiedersehen. Unbedingt.

»Wann?«, flüstert Quincy und senkt seine Lippen noch einmal hauchzart auf meine. Er nimmt mein Gesicht in seine großen Hände. Gibt mir noch einen Kuss auf die Nase und legt seine Lippen anschließend auf meine Stirn. Verknallt zu sein, ist das eine. Aber die zu sein, in die einer verknallt ist, fühlt sich einfach großartig an.

»Nächsten Samstag? Wir könnten das Frühstück nachholen?« Das ist die erste Gelegenheit, bei der ich einen Babysitter für Ophelia engagieren kann.

»Dein Ernst?« Quincy löst sich von mir, um mir in die Augen zu sehen. »Das ist eine ganze Woche.«

»Vorher geht es wirklich nicht.« Ausnahmsweise keine Lüge.

»Hast du viel für die Uni nachzuholen?« Der Ausdruck in seinem Gesicht wechselt von entsetzt zu mitleidig.

»Es ist einfach viel los gerade.«

Für einen kurzen Moment presst er die Lippen aufeinander, ehe sie sich zu einem Lächeln formen.

»Nächsten Samstag. Keine Ausrede.«

»Versprochen.« Um das Versprechen zu besiegeln, stelle ich mich erneut auf die Zehen und küsse ihn.

Eine Versicherung für ihn. Aber auch für mich. Denn ich brauche die Gewissheit, ihn wiederzusehen, mindestens genauso dringlich.

Kapitel 8

Quincy

Der dichte Nebel hängt bei Tagesanbruch zwischen den Gebäuden der Uni, und mein Atem wird bei jedem Schritt in der kalten Luft sichtbar.

Ich genieße es, vor allen anderen über den Campus zu joggen. Seit ich klein war, ist der frühe Morgen meine liebste Zeit am Tag. Damals haben meine Brüder und ich uns immer auf den Dachboden geschlichen, wenn unsere Eltern noch geschlafen haben. Dort hatten wir Sammelkarten und Holzwaffen versteckt, mit denen wir im Haus nicht spielen und die wir im Grunde gar nicht erst besitzen durften.

Das waren die wenigen Stunden, in denen wir so sein konnten, wie wir wollten: Kinder. Unperfekt, mit Flausen im Kopf und dem Hang zu eigenartigen Spielen. Erst wenn meine Eltern aufgestanden waren, wurden wir wieder zu den perfekt erzogenen Jungs, die sich niemals etwas zuschulden kommen ließen. Denn etwas anderes hätte unser Vater niemals akzeptiert.

Bei meinen Brüdern hat sich die Vorliebe für die Morgenstunden wie bei den meisten Studenten schnell gelegt. Ich hingegen stehe in der Regel früh auf, wenn ich nicht gerade einen Totalabsturz wie letztes Wochenende erlitten habe. Der Morgen ist für mich die effektivste Zeit am Tag. Mal abgesehen davon, dass ich sowieso in der letzten Nacht kein Auge zugetan habe.

Eine Woche. Eine verfluchte Woche liegt hinter mir, in der ich mich gefühlt und benommen habe wie ein Zombie. Seit dem Treffen mit Abigail vergangenen Samstag am Hafen fühlt es sich an, als wäre das alles nie passiert. Sie ist wie eine Erinnerung, die jeden Tag mehr und mehr verblasst. Trotz der Tatsache, dass sie meine Nummer hat, habe ich so gut wie nichts von ihr gehört. Am Mittwoch habe ich es nicht mehr ausgehalten und ihr geschrieben. Ihre Antwort kam schnell, war aber auch leider recht einsilbig. Von daher kann ich es immer noch kaum glauben. Wir werden heute frühstücken gehen! Ich habe die Woche mit Lernen, Schlafen und Rumnörgeln totgeschlagen und endlich überstanden.

Während meine Schritte in gleichmäßigen Abständen auf dem Asphalt aufkommen, ziehe ich mein Smartphone aus der Trainingsjacke und entsperre mein Handy. Obwohl ich völlig aus der Puste bin, schleicht sich ein erleichtertes Grinsen auf mein Gesicht.

Ich weiß nicht, wie oft ich diese Woche auf Abigails Kontakt gestarrt habe. Auf das Profilbild, auf dem sie in die Kamera strahlt, als könne ihr nichts auf der Welt die Laune verderben. Eine Blume hinter dem Ohr und Sommersprossen auf der Nase. Im Hintergrund erkennt man eine große Wiese, und Bäume säumen den Weg, auf dem sie steht. Die Nachricht, die sie mir Mittwoch zuletzt geschrieben hat, sticht mir ins Auge.

Natürlich steht Samstag. Ich werde da sein.

Zwei einfache Sätze, ohne irgendwelche Emojis oder ein ›Ich vermisse dich so sehr, Quincy‹. Einfach nur eine simple Antwort auf meine Frage. Und doch starre ich seither darauf, als verkünde sie den Frieden auf der Welt.

Verdammt. Mich hat's tatsächlich erwischt.

Ich kann es nicht erwarten, heute mit ihr zusammen zu sein. Sie zu beobachten, mit ihr zu reden, sie zu … küssen. Hoffentlich.

Mit einem zufriedenen Seufzen stecke ich das Handy zurück in meine Jacke und beschleunige noch ein letztes Mal mein Tempo.

Im Alpha-Gebäude sind so gut wie alle Lichter noch aus. Das große viktorianische Bauwerk liegt verschlafen in der vom Morgentau feuchten Wiese, über die ich abkürze, um hinüber zu meinem eigenen Wohnheim zu gelangen.

Im Augenwinkel schiele ich zur Livingston Hall. Die pompöse Halle mit den kleinen Türmchen und den Sprossenfenstern ist seit der diesjährigen Einführungsveranstaltung mein liebster Platz in der Pixton University.

Meine Lunge brennt, weil ich mit jedem Schritt schneller werde, und der Schweiß, der meinen Rücken herunterrinnt, beweist, dass ich für heute genug gelaufen bin.

Als das Beta-Gebäude in Sichtweite kommt, lasse ich mein Tempo langsam auslaufen und strecke die Arme hoch über den Kopf, während ich die Betontreppen zu unserem Wohnheim hochsteige. Wenigstens fühle ich mich heute Morgen fit und begegne ihr nicht schon wieder mit einem gigantischen Kater. Im Nachhinein hätte ich mir eine verpassen können für den ganzen Unsinn, den ich letzte Woche gefaselt habe. Wahrscheinlich der Restalkohol. Heute hingegen bin ich in Bestform.

Seit ich auf dem Campus wohne, gehe ich an jedem zweiten Morgen joggen. Es hilft mir, den Kopf freizukriegen und in den

Tag zu starten. Vier Kilometer, manchmal fünf. Heute waren es sechs.

Als ich noch zu Hause gewohnt habe, war es keine Option, morgens ›keuchend um den Block zu laufen‹. So die Worte meiner Mutter.

Für sie und meinen Vater gehört der Sport auf einen dafür geeigneten Platz. Ich jedoch habe keinerlei Interesse daran, mit den Sportstudenten auf der Tartanbahn laufen zu gehen. Ich laufe ja nicht, um ein bestimmtes sportliches Ziel zu verfolgen, sondern einfach weil es mir guttut. Es ist eine gelungene Abwechslung zum langen Sitzen in den Hörsälen und bereitet mich zudem optimal auf die vielen Stunden des Stehens und Laufens im Krankenhaus vor. Nur noch ein Jahr an der Pixton, und ich starte in meine Assistenzarztzeit. Da kann ich sicher jede Form der Ausdauer gebrauchen.

Unwillkürlich schüttele ich mich. Sosehr ich mich auf die Assistenzzeit freue – nach dem gestrigen Gespräch bei meinen Eltern will ich gar nicht erst daran denken. Es ist immer wieder dasselbe. Ganz gleich, wie lange wir der Thematik aus dem Weg gehen. Spätestens beim Dessert verwickelt mein Vater mich in eine Diskussion über meine Zukunft in der medizinischen Forschung. Die Zukunft, die er für mich vorgesehen hat. Dass schon seit Beginn meines Studiums für mich feststeht, Kinderarzt zu werden, interessiert ihn nicht. Anfangs habe ich immer geglaubt, er würde sich daran gewöhnen, dass ich nicht in seine Fußstapfen treten werde, doch inzwischen endet jeder Besuch bei meinen Eltern im gleichen Desaster. Mein Dad schreit, meine Mom heult, und meine Brüder und deren Barbies starren angepisst auf ihre Teller. Ich bin dieses Thema einfach so unendlich leid. Meine Eltern akzeptieren einfach nicht, dass ich eigene Pläne habe. Ich sollte mir meinen Job, meine Freundin und meinen Wohnort selbst suchen dürfen. Die Zeiten, in denen sie mich bevormunden, sollten endgültig vorbei sein. Mir ist bewusst, dass sie finanziellen Einfluss auf mein Leben haben, das bedeutet aber nicht zwangsläufig, dass ich ihre Marionette bin. Nur muss ihnen das noch irgendjemand verklickern. Ich bin dafür offenbar der Falsche, wie das Drama von gestern Abend eindeutig bewiesen hat.

Heute will ich dieses ganze Trauerspiel für ein paar Stunden in die hinterste Ecke meines Gehirns schieben. Der heutige Tag gehört mir und Abigail.

Erneut ziehe ich mein Handy aus der Tasche und überprüfe die Uhrzeit, während ich mit der anderen Hand Mr. Summers zuwinke, der bereits in seinem kleinen Hausmeisterbüro hockt und Zeitung liest.

Noch genau zwei Stunden, dann treffe ich mich mit ihr an der St. Mary's Church. So jedenfalls haben wir es letzte Woche nach unserem Spaziergang abgemacht.

Am liebsten würde ich ihr schreiben, ob es auch wirklich dabei bleibt, aber ich will nicht armselig wirken. Auch wenn diese seltsamen Gefühle, die ich für sie hege, mich wahrhaft übermannen. Unwillkürlich streiche ich mir über die Lippen. Das Gefühl, das ihr Mund dort hinterlassen hat, ist schon viel zu weit in die Ferne gerückt.

Um die anderen nicht zu wecken, stecke ich leise den Schlüssel in die Tür zu unserer Wohnung. Unser Apartment ist direkt das erste im Erdgeschoss.

»Morgen«, brummt Wyatt, der bereits in unserer spärlich eingerichteten Küche steht und sich einen Kaffee macht.

»Du bist früh wach«, stelle ich fest und ziehe die Tür nicht mehr ganz so leise hinter mir ins Schloss.

Wyatt und John studieren beide Informatik. Nach Scarletts Gliederung der Gesellschaft von letzter Woche gehören meine beiden Mitbewohner aber trotz der Nerdfassade wohl eindeutig zu der Kategorie cooler Bad Boy. Zumindest rein äußerlich. Die beiden sind mir in den letzten Jahren ans Herz gewachsen. Genau wie für Theo würde ich meine Hand für die zwei ins Feuer legen. Wir haben zwar nur wenig gemeinsam, aber ich glaube nicht, dass das unbedingt eine Voraussetzung ist, um sich zu mögen. Toleranz ist wohl das Schlüsselwort.

Wyatt kratzt sich über die rappelkurz geschnittenen Haare.

»Ledger hat Frauenbesuch. Mann, die macht schon seit Stunden Laute, als würde sie kaum noch Luft bekommen. Kein Schimmer, was die zwei treiben, aber schlafen kann man dabei eindeutig nicht.« Wyatt hat die Angewohnheit, alle Menschen beim Nachnamen zu nennen. Warum, weiß niemand so genau. Ich habe mich daran gewöhnt, genau wie an alle anderen Marotten meiner Mitbewohner. Müde streckt er beide Arme in die Luft, was einen schmalen Streifen seines tätowierten Bauchs zum Vorschein bringt. Mit zusammengekniffenen Augen mustert er mich dabei von oben bis unten. »Du bist echt irre, Bowen. Es ist arschkalt, und … so … früh draußen.«

»Na, wie gut, dass es hier drin später ist«, erwidere ich lachend und klopfe ihm im Vorbeigehen auf die Schulter.

Unsere Wohnung ist ziemlich einfach aufgebaut. Der Schritt über die Schwelle bringt einen direkt in die Küche und den Wohnbereich, der von dunklem Holz und weißen Wänden dominiert wird. Modern, aber eben der klassische Pixton-Style.

Von diesem Raum gehen drei weitere Türen ab. Hinter einer befindet sich das Bad. Hinter den anderen beiden teilt sich ein kleiner Flur noch mal in jeweils zwei Zimmer: auf einer Seite die Schlafzimmer von Theo und mir und auf der anderen die von John und Wyatt.

Ich bücke mich, um mir ein Wasser aus dem Kühlschrank zu holen, halte aber inne, weil ich nun ebenfalls die krächzenden Geräusche aus Johns Zimmer höre.

»O Mann«, seufze ich und sehe zu der verschlossenen Tür. »Die meinen es aber echt ernst, hm?«

»Er hat sie gestern drüben im Alpha abgeschleppt. Du kennst ihn ja. Erst ist es die große Liebe, morgen kann er sie nicht mehr ausstehen.«

Wyatt lässt sich, seinen Kaffee in der Hand, auf das Sofa sinken. Es ist so weich, dass man meinen könnte, es wolle den riesigen Typ verschlucken. Die Jungs waren gestern Abend auf einer Erstsemesterparty im Alpha-Gebäude. Nach dem eskalierten Streit bei meinen Eltern hatte ich allerdings keine Lust mehr auf besoffene Erstis, die unbedingt mit den Älteren abhängen wollen. Abgesehen davon, dass ich unter keinen Umständen einen Kater zu meinem Frühstücksdate riskieren wollte.

Kopfschüttelnd lehne ich mich mit der Hüfte gegen die Arbeitsplatte und trinke einen großen Schluck Wasser. Johns Beziehung zu Frauen ist nicht gerade vorbildlich. Doch weder der Gedanke an meinen Dad noch Johns sexistische Aufreißernummern können mir heute die Laune verderben.

Automatisch wandern meine Augen zu der goldenen Uhr, die Theos Mutter vor vielen Jahren über der Couch in unserem ersten Wohnheimzimmer angebracht hat. Damals waren Theo und ich beide furchtbar nervös gewesen und hatten wie Idioten mit den Köpfen genickt, während sie mit ihren lila geschminkten Lippen von der Leiter auf uns herabgestrahlt und gesagt hatte: ›Es geht nichts über Pünktlichkeit.‹

Seitdem begleitet uns diese Uhr, und jedes Jahr, wenn wir sie am Semesterbeginn in einem neuen Wohnheim aufhängen, zitieren wir Mrs. O'Connor.

Noch eine Stunde und vierundvierzig Minuten.

»Was ist mit dir?« Wyatt sieht auf den Fernseher, auf dem seine Spielkonsole gerade zum Leben erwacht. »Triffst du heute dieses Mädchen? Die Cinderella, wegen der du seit Monaten flennst?«

»Wochen«, korrigiere ich, habe aber ansonsten nicht viel dagegenzuhalten. »Und ja. Ich treffe mich mit Abigail. Wir haben gleich ein Date.«

»Ein Date? Am Morgen? Hätte dich nicht für so einen Loser gehalten, Bowen«, schnaubt er lachend.

Die Flasche an den Lippen, halte ich inne.

»Warum sollte ich deswegen ein Loser sein?«

Wyatt dreht beinahe in Zeitlupe den Kopf in meine Richtung. Seine Augenbraue ist offensichtlich ebenfalls noch müde, denn auch sie wandert nur gemächlich in die Höhe.

»Ein Frühstücksdate? Dein Ernst? Man geht mit seiner Cousine frühstücken oder mit der netten Nachbarin. Aber ein Frühstück sagt definitiv: Ich will keinesfalls mit dir ins Bett.«

»Ich will mit ihr ins Bett«, unterbreche ich ihn, schüttle mich allerdings selbst kurz über die Heftigkeit, mit der ich das vor meinem Mitbewohner behaupte.

»Dann hättest du sie vernünftig ausführen sollen. Ein Frühstück«, schnaubt er ein weiteres Mal. »Dann kaut ihr zusammen auf Haferflocken herum und trinkt vegane Mandelmilch, bevor du an der Obsttheke über sie herfällst? Scheiße, willst du sie dann bei strahlendem Sonnenschein in der Einkaufspassage in deinem Wagen vernaschen, während Kinder mit ihren Eltern daran vorbeilaufen? Das klingt nicht gerade verführerisch.«

»Ich habe nicht vor, sie in meinem Wagen zu vernaschen«, knurre ich angewidert. Die Besenkammer war schon niveaulos genug. Aber das muss Wyatt nicht wissen. »Erstens hasse ich Mandelmilch. Mindestens genauso sehr wie Haferflocken. Zweitens bist du ein Arsch, und außerdem soll die Sonne heute nicht mal scheinen.« Ein lächerlicher Versuch, seine Meinung zu revidieren.

Unwillkürlich blicke ich durch das bodentiefe Fenster, das den Blick auf die Wiese hinter dem Haus freigibt. Zu meinem Bedauern ergießen sich bereits die ersten Sonnenstrahlen über die Gebäude.

Wyatts Blick ist meinem gefolgt, was ihn nur amüsiert glucksen lässt.

»Ach«, bringe ich hervor und stelle meine Flasche unsanft auf den Tisch. »Lass mich doch in Ruhe. Du führst deine Dates auf einen Teller Nachos inklusive Lebensmittelvergiftung zu dem ekelhaften Mexikaner am Bruce Park aus. Das ist nun wirklich nicht besser.«

Lachend lässt Wyatt seinen Kopf rücklings gegen die Couch sinken.

»Alter, das war vielleicht ein verrückter Abend.«

Noch bevor ich etwas erwidern kann, kommt Theo aus seinem Zimmer geschlurft. Er trägt nichts außer einem Altherrenslip. Kariert und mit Eingriff versteht sich. Seine Haare stehen in alle Richtungen ab, und seine Augen sind noch fast vollständig geschlossen. Man sieht ihm an, dass er eigentlich eher der Langschläfer ist.

»Mann, was genau macht John mit diesem Mädchen? Es klingt, als könnte einer von den beiden wirklich Hilfe gebrauchen.« Er reibt sich über die schlanke Brust und lässt sich stöhnend neben Wyatt fallen.

»Runde *Call of Duty*?«, fragt Wyatt und hält ihm einen Controller unter die Nase.

»Keine Leichen vor dem Frühstück«, brummelt Theo, ohne einen von uns anzusehen. Er hat die Augen schon wieder geschlossen und den Kopf in die Rückenlehne sinken lassen.

»Sag das mal John«, werfe ich lachend ein und stoße mich von der Arbeitsplatte ab. »Die Geräusche klingen nach einem ordentlichen Gemetzel.«

»O'Connor, wusstest du, dass Bowen sein Date zum Frühstück einlädt? Kannst du ihm bitte sagen, dass diese Mahlzeit nicht zur Date-Etikette gehört? Frühstücken geht man nach einem Date. Er kann das echt nicht bringen.«

Theo schielt durch einen winzigen Spalt seines linken Auges zu mir herüber.

»Frühstück ist kein Date«, gibt er Wyatt recht.

Dieser hält bereits siegessicher die Hand zum Highfive hin, aber Theo unterbricht ihn. »Aber sieh ihn dir doch an«, stöhnt er und zeigt wieder mit geschlossenen Augen auf mich. »Unser Goldjunge braucht weder Glück noch irgendwelche Date-Ratschläge. Dem ist eh nicht mehr zu helfen.«

»Haha«, brumme ich, kann mir aber ein Lachen nicht ganz verkneifen. »Der Goldjunge steht übrigens hier und kann euch hören.«

Wyatt zuckt nur mit den Schultern, während Theo wirkt, als sei er schon wieder eingeschlafen.

Egal was die beiden sagen. Mein Frühstücksdate mit Abigail wird genial.

Weil alles mit ihr genial ist.

Weil sie alles ist, was ich will.

Ich brauche keine unbedeutenden Affären in meinem Bett oder Computerspiele am Morgen.

Ich will einfach nur sie, sie sehen und alles über sie erfahren.

Und vor allem muss ich sie unbedingt noch einmal küssen. Scheiß drauf, ob dabei die Sonne scheint. Es ist viel zu lange her, dass ihre Lippen auf meinen lagen, und das muss ich unbedingt ändern.

Kapitel 9

Abigail

Wie jeden Morgen werde ich begrüßt von dem kleinen Körper, der sich wie eine Kugel unter meiner Decke zusammengerollt hat. Ophelias lange dunkle Locken liegen wie ein Fächer auf meinem Kopfkissen, und schon jetzt kann ich das Gezeter hören, wenn ich ihr später die Knoten aus dem Haar bürste.

Noch atmet sie ruhig und gleichmäßig. Alles, was sich an ihr regt, sind die geschlossenen Lider, die hin und wieder zucken, und ihre kleine Sommersprossen-getränkte Stupsnase, die sie im Traum manchmal rümpft.

Ophelia Hamilton ist selbst objektiv betrachtet ein hübsches Mädchen. Für mich allerdings scheint dieser kleine Stern heller als die Sonne. Dieses winzige Bündel Mensch ist alles für mich. Da ist ein unzertrennliches Band zwischen uns, das niemals reißen wird, komme, was wolle.

Ich war diejenige, die sie das Laufen lehrte, und ich war diejenige, die ihre Tränen trocknete, wenn sie schlecht schlief. Ich war immer für sie da. Und das wird sich niemals ändern.

»Hey, Muggel«, flüstere ich, sobald sie verschlafen den ersten Blick des Tages wagt. Noch ist ihr kleiner Körper ruhig, doch erfahrungsgemäß wird es keine fünf Minuten dauern, bis sie durch unser kleines Apartment hüpft wie ein Flummi. Erst die Müdigkeit am Abend wird sie dazu bringen, länger als drei Sekunden stillzuhalten.

»Ich bin zu jung für *Harry Potter*«, murmelt sie ohne jeglichen Nachdruck und schließt den Satz mit einem ausgiebigen Gähnen ab.

»Du bist auch zu jung für YouTube-Videos und Eiscreme am Abend. Trotzdem erlaube ich beides. Also beschwer dich nicht über den ein oder anderen *Harry Potter*-Vergleich.«

Sanft streiche ich ihr eine Strähne aus dem Gesicht, und mit der dicken Locke zwischen meinen Fingern fliegen meine Gedanken auch schon wieder davon. Wie ein Schwarm Vögel auf der Suche nach Brotkrumen landen sie immer wieder bei Quincy.

Seit er mir letzten Samstag seine Lippen auf meine Wange gelegt und ein zartes ›Bye‹ in mein Ohr geflüstert hat, denke ich eigentlich ununterbrochen an ihn. Wenn ich die Augen schließe, bilde ich mir ein, ihn noch immer riechen zu können.

Nur noch zwei Stunden, dann treffen wir uns zum Frühstück. Etwas, worauf ich mich einerseits freue, was mir andererseits aber auch eine Heidenangst einjagt. Ich kann die Situation in meinem Kopf so oft drehen und wenden, wie ich will. Scarlett hat recht: Er hat die Wahrheit verdient. Die ganze Woche konnte ich mir ihre Vorträge darüber anhören. Ich weiß, dass sie recht hat. Irgendwie muss ich ihm beibringen, dass ich gar keine Studentin an der Pixton University bin. Ganz zu schweigen von der Kleinigkeit, die sich gerade ausgiebig neben mir streckt und meine Aufmerksamkeit wieder zurück auf sich lenkt, weil sie mir die Decke vom Körper gezogen hat. Eigentlich ist Lee inzwischen alt genug, um in ihrem eigenen Bett zu schlafen. Aber einerseits schlafe ich viel ruhiger, wenn ich sie bei mir habe. Andererseits denke ich, es ist nichts dabei, wenn ein kleiner Mensch die Sicherheit eines Erwachsenen sucht. Immerhin ist es meine Aufgabe, ihr genau das zu geben: einen sicheren Ort, an dem sie unbesorgt abschalten kann mit der Gewissheit, dass ich auf sie aufpassen werde. Und das werde ich. Solange ich lebe.

»Pancakes oder Waffeln?« Die morgendliche Eintracht geht langsam zu Ende.

Seufzend drücke ich ihren Kopf gegen meine Brust. Bevor ich Quincy beichte, dass ich nicht die bin, für die er mich hält, muss ich der Kleinen beichten, dass sie auf ihr Samstagsfrühstück im Bett verzichten muss. Kein leichtes Unterfangen. Bislang habe ich es nicht über mich gebracht, ihr davon zu erzählen. Vielleicht, weil ich mir bis heute Morgen noch nicht sicher war, ob ich nicht doch einen Rückzieher von meinem Frühstücksdate machen würde. Denn wo soll es überhaupt hinführen?

»Was würdest du davon halten, wenn wir das Frühstück im Bett diese Woche ausnahmsweise auf Sonntag verschieben?«

»Warum?«

Ich muss unwillkürlich lachen, weil ihre Stimme sich übertrieben piepsig und schrill anhört. Das Samstagsfrühstück ist uns heilig.

Sie legt ihren Kopf in den Nacken, um mich anzusehen.

»Ich habe heute Morgen dummerweise einen Termin, den ich nicht verschieben kann. Aber«, hole ich hastig aus, weil sie ihre Unterlippe immer weiter nach vorne schiebt. Kein Mensch auf diesem Planeten hat die beleidigte Schnute so gut drauf, wie Ophelia. »Ich habe eine gute Nachricht für dich.«

»Was denn für eine?« Lee kann es nicht vertuschen, dass sie beleidigt ist.

»Tante Letti holt dich gleich ab. Du darfst mit ihr unten bei Carol frühstücken, und danach macht ihr euch einen schönen Tag. Ihr könntet nach Hartford in den Zoo fahren, oder was immer du möchtest. Du bist die Bestimmerin.«

Langsam hellt sich ihr Gesicht auf und sie tippt sich mit dem Finger gegen ihre Lippen. Der pinke Nagellack ist bereits zur Hälfte abgeblättert, und ihre wilden Haare stehen in alle Richtungen.

»Zoo klingt schon mal ganz gut. Darf ich dann auch Eis zum Frühstück? David Rowe darf jeden Morgen Eis zum Frühstück.«

»Hm«, murmle ich und setze mich ebenfalls auf. Ich versuche gar nicht erst, mein Grinsen zu unterdrücken, als ich ihre Geste mit dem tippenden Finger nachahme. »Lass mal sehen. Vielleicht können wir einen Deal machen.«

»Heißt einen Deal machen, dass ich Eis bekomme? David Rowe bekommt das Eis auch ohne Deal.«

»Superman kann auch ohne Flugzeug fliegen. Trotzdem hat er die Welt nicht vor der Erderwärmung geschützt.«

»Hä?« Lee zieht den Ausspruch übertrieben in die Länge und bringt mich mit ihrem fragenden Gesicht zum Lachen.

»Schon gut, vergiss es. Also, ein Deal bedeutet, du machst etwas, was *ich* möchte, dafür bekommst du etwas, was *du* möchtest.«

»Okay«, stimmt sie zu und klatscht in die Hände. Langsam kommt Leben in ihren kleinen Körper. Sie krabbelt aus den Laken und hüpft aus meinem Bett. Im Grunde von der Couch, denn ich schlafe auf einem ausgeklappten Sofa. »Was muss ich machen?«

»Lass mich überlegen«, murmle ich und stelle die Füße auf den Boden. Dadurch, dass der Diner direkt unter uns ist, fühlt sich der Holzboden nicht so kalt an, wie man vermuten könnte.

»Wie wäre es damit: Haare kämmen ohne Theater, und du ziehst das an, was ich dir rauslege.«

Ihr Grinsen fällt leicht in sich zusammen.

»Und wenn ich statt Eiscreme Frozen-Yoghurt wähle, darf ich dann anziehen, was ich will?«

»Du magst Eiscreme doch so sehr«, erinnere ich sie, in der Hoffnung, diese Idee schnell wieder über den Haufen zu werfen. Ich liebe Lee wirklich, und in der Regel stört es mich auch nicht, wenn sie verrückte Kleidung kombiniert, aber Scarlett wird sicher darauf verzichten können, mit einer Prinzessin in Pyjamahose und Krone durch den Zoo zu schlendern. Hier in Pixton kennt jeder Lees außergewöhnlichen Geschmack, aber in Hartford würden die beiden nur mit einer Menge unschöner Blicke bestraft. Nicht jeder ist so tolerant wie Quincys Freund, was Mode anbelangt.

»Darüber muss ich nachdenken«, sagt sie und schlendert schon im nächsten Augenblick in ihr Zimmer.

Seufzend stehe ich auf und mache mich daran, mein Bettzeug in dem Kasten unter der Couch zu verstauen. Es ist nicht optimal, im Wohnzimmer zu übernachten. Aber mir war es wichtig, dass Lee ihr eigenes Zimmer bekommt. Die wenige Zeit, die ich ohne sie in der Wohnung verbringe, liege ich sowieso auf dem weichen Sofa und lese oder sehe fern. Dann kann ich genauso gut direkt dort schlafen. Und im Grunde ist es mir egal. Ich bin auch ohne eigenes Zimmer sehr dankbar für unser Zuhause. Ohne das Apartment wären wir aufgeschmissen. Carol behält lediglich eine lächerlich geringe Summe meines Gehalts für die Miete ein. Sie behauptet immer, ich tue ihr einen Gefallen, indem die Räume nicht leer stehen, aber ich bin sicher, sie will uns nur helfen.

Carol ist so etwas wie eine Ersatzmutter für mich. Ohne zu zögern, hat sie uns vor vier Jahren bei sich aufgenommen und mir einen Job gegeben. Bis dahin hausten wir in einem schäbigen Bungalow zwischen Greenwich und Pixton. Riley konnte immer seltener die Miete zahlen, bis wir schließlich rausgeflogen sind. Ich werde mich bis in alle Ewigkeit an diesen Tag erinnern. Mit verheulten Augen hockte ich eines Abends mit Baby Lee im Diner, bis Carol sich zu mir setzte und sich die ganze Geschichte anhörte. Zuerst dachte ich, ich träume, als sie mir einen Schlüssel über die Theke schob. Wir haben nie darüber geredet, aber ich weiß, dass ihr ältester Sohn vor vielen Jahren an den Folgen von Drogen gestorben ist. Sie kennt alle Szenarien, die ich mit Riley durchleben musste. Wahrscheinlich hat sie deswegen keine Minute gezögert. Sie hat uns einen Platz in ihrem Haus und ihrem Herzen geschenkt. Das war das erste Mal, dass sich ein Ort wie ein echtes Zuhause angefühlt hat.

Wir hatten nicht viel. Ein klappriges Reisebettchen für Ophelia, ein paar Lichterketten und Campinggeschirr. Und doch bin ich an diesem Abend glücklich und zufrieden auf der Isomatte eingeschlafen. Ich erinnere mich an die Hoffnung, die ich in diesem Moment empfunden habe.

Gedankenverloren streiche ich über die Polster des dunkelblauen Sofas, auf dem ich schlafe, und frage mich, was Quincy sagen würde, wenn er wüsste, wie ich lebe.

Dass er aus einer reichen Familie kommt, habe ich schon am ersten Abend gewusst. Wenn man selbst viele Jahre mit dem Silberlöffel im Mund gelebt hat, erkennt man so etwas. Außerdem würde er ansonsten nicht im Beta-Gebäude wohnen. Eins der wenigen Dinge, die mir an der Pixton stinkt. Die Aufteilung der Wohngebäude nach Einkommen der Eltern. So entsteht eine klare Zweiklassengesellschaft, und jeder weiß automatisch, dass kein Mensch aus dem Beta-Gebäude einen Nebenjob annehmen oder sich um Studiengebühren sorgen muss. Dort wohnen die Studentinnen und Studenten, deren Eltern jedes Jahr beträchtliche Summen an die Universität spenden.

Sicherlich ist Quincy anderes gewohnt als ein Zweizimmer-Apartment mit niedrigen Decken und einem Siebzigerjahre-Bad.

Seufzend öffne ich meinen Kleiderschrank und wühle mich durch meine wenigen Klamotten.

»Er ist nicht so ein Typ«, flüstere ich vor mich hin, während ich das schwarze Strickkleid zurück in die Tiefen meines Schrankes werfe. Seit letztem Samstag versuche ich mich damit zu beruhigen, dass Quincy anders ist. Er macht wirklich nicht den Anschein, als würde ihn eine zu kleine Wohnung oder ein Job als Kellnerin abschrecken. Wenn ich ihm also wenigstens einen Teil der Wahrheit gesagt habe, dann wird es sicher einfacher. Dann verschwindet dieser fürchterliche Druck von meiner Brust, der mir das Atmen erschwert.

Ich muss es ihm einfach sagen.

Ich werde es ihm einfach sagen.

Die Wahrheit ist unterm Strich immer die bessere Lösung. Vielleicht nicht immer die einfachste, aber nichtsdestotrotz die bessere.

»Habe mich entschieden«, reißt Lee mich aus meinen Gedanken, und ich schließe meine Schranktür leicht, um sie anzusehen.

»Ophelia«, lache ich und kralle meine Finger in den Stoff meines karierten kurzen Rockes, für den ich mich ebenfalls gerade entschieden habe. Mit größtem Kraftaufwand bemühe ich mich um eine neutrale Miene. Toleranz ist mir wichtig, aber mit einer Fünfjährigen mitunter ein schmaler Grat. »Bist du dir sicher, dass du wirklich in einem Elefantenkostüm in den Zoo gehen möchtest?«

»Dafür verzichte ich auf Eis zum Frühstück.« Unbekümmert, wie nur ein Kind es sein kann, hüpft sie vergnügt durch den Raum und dreht sich um ihre eigene Achse.

»Ganz sicher«, kichert sie und tanzt auf der Stelle.

»Na dann«, bringe ich seufzend hervor, kann mir aber ein Lachen nicht ganz verkneifen. »Ich bin gespannt, was Tante Letti dazu sagen wird.«

Wie von selbst fällt mein Blick auf die Uhr am Backofen. Noch eine Stunde und vier Minuten, bis ich Quincy treffe. Dann prallt meine Realität auf die Welt, in der ich gerne leben würde. Lächelnd sehe ich hinter Lee her, deren Elefantenschwänzchen bei jedem Schritt wackelt.

Ob ein Student der Pixton University bereit ist für ein Leben, wie ich es führe?

Noch dreiundsechzig Minuten Ungewissheit, dann werde ich diese Frage wohl oder übel beantworten können.

Kapitel 10

Quincy

Ich bin kein Typ, der schnell nervös wird.

Eigentlich bin ich so gut wie nie nervös, weil ich in der Regel nur Dinge tue, bei denen ich mir sicher bin. Daher nervt es mich umso mehr, dass meine Hände schwitzen und mein Herz viel zu wild in meiner Brust schlägt. Es ist nicht so, dass ich aufgeregt bin, weil ich Zeit mit Abigail verbringen werde. Ich weiß genau, was ich mit ihr anstellen möchte. Und zwar ziemlich detailliert. Es ist vielmehr die Angst davor, sie könnte nicht kommen. Die Angst davor, zu viel in unsere Begegnungen hineininterpretiert zu haben, und zu guter Letzt die Angst davor, dass sie schlichtweg nicht das Gleiche empfindet wie ich.

Unruhig scharre ich mit den Füßen auf den Stufen, die zu der Kathedrale führen. Die St. Mary Church thront wie ein Riese hinter mir und wirft einen enormen Schatten auf mich und den Parkplatz, auf dem mein Wagen steht. Die Luft ist schneidend kalt, und auch wenn meine Hände schwitzen, stecke ich sie in die Taschen meiner Jacke, um nicht zu frieren.

Ob es wegen unserer magischen Verbindung ist, aufgrund von Intuition oder einfach nur Zufall? Jedenfalls biegt sie gerade um die Ecke der Greenwich Avenue, als ich mich herumdrehe.

Abigail.

Sie trägt einen rot-weiß karierten Minirock, eine dunkle Strumpfhose und schwarze Stiefel. Ihre Haare glänzen im Licht der Sonne. Sie sind glatter als letzte Woche und fallen über ihren roten Mantel. Sie ist auch eindeutig geschminkter als letzte Woche. Doch ihr bezauberndes Auftreten hat nichts mit Kleidung oder Make-up zu tun. In Teddyjacke und mit wirrer Frisur hat sie mir mindestens genauso gut gefallen. Denn was mich jedes Mal erneut umhaut, ist das Strahlen in ihrem Gesicht, ganz gleich, was sie trägt.

Als sie mich ebenfalls erblickt, hebt sie zögerlich eine Hand, was mich dazu bringt, mich von der Kirchenmauer abzustoßen, an der ich bis eben gelehnt habe, und ihr entgegenzugehen.

»Hey!« Ihre Stimme hört sich so zittrig an, wie ich mich fühle.

»Hi«, erwidere ich und beuge mich vor, um ihr einen Kuss auf die Wange zu geben. Sobald ich den blumigen Geruch ihrer Haare in der Nase habe und in ihre glänzend braunen Augen sehe, ist meine Nervosität wie weggeblasen. Das hier ist genau das, was ich will. Es gibt keinen Grund, unsicher zu sein.

Einen Moment lang verlieren wir uns im Blick des jeweils anderen. Eine Woche. Verdammt! Es ist eine komplette Woche her, und plötzlich erscheint es mir, als wäre gar keine Zeit vergangen. Als wäre es erst einen Augenblick her, dass ich sie auf dem Parkplatz am Cos-Cob-Park geküsst habe.

Ein einziger Blick genügt, dann sind sämtliche Mauern zwischen uns gefallen.

So wundervoll es ist, jemanden kennenzulernen, so anstrengend ist es in den meisten Fällen auch. Man weiß nicht, was der andere denkt, was er will, welche Ziele er verfolgt. Jeder Satz hat Gewicht, weil man fürchten muss, etwas zu sagen, das den anderen abschrecken könnte. So zumindest war es für mich in der Vergangenheit immer.

Doch hier und jetzt in diesem magischen Moment der Stille, in dem es nur Abigail und mich gibt, habe ich das Gefühl, sie bereits zu kennen. Da gibt es keinen Raum für unangenehmes Schweigen oder zögerliche Unterhaltungen. Ob es daran liegt, dass wir bereits miteinander geschlafen haben? Ob dadurch der Druck weg ist? Prinzipiell ist es auch egal, woher diese eigenartige Vertrautheit kommt, Hauptsache, sie ist da.

»Meine Mitbewohner sind der festen Überzeugung, ich wäre ein Loser, weil ich dich zum Frühstück einlade«, gestehe ich ihr direkt zur Begrüßung meine Sorge, die ich seit Wyatts dummem Geschwätz nicht mehr loswerde.

Abigail ist die Erste, die unseren Blickkontakt unterbricht. Lächelnd sieht sie kurz auf unsere Schuhe, ehe sie den Kopf wieder hebt. Sie ist nervös. Und sie kann es verdammt schlecht vertuschen.

»Warum sollte dich das zu einem Loser machen?«, fragt sie zaghaft.

»Weil eine Verabredung zum Frühstück offenbar vermittelt, dass man nichts von einer Frau will.« Ich habe schon immer offen ausgesprochen, was andere lieber für sich behalten. »Und nur, um direkt jegliche Missverständnisse aus dem Weg zu räumen – ich will einiges von dir. Frühstück hin oder her.«

Meine Mundwinkel wandern in die Höhe, weil es nicht die Kälte ist, die Abigails Wangen in einen sanften Rotton verfärbt. Verlegen senkt sie erneut den Blick.

»Deine Freunde haben keine Ahnung«, murmelt sie. »Frühstück ist immerhin die wichtigste Mahlzeit des Tages.«

»Zugegeben«, entgegne ich schmunzelnd und gehe einen Schritt auf sie zu. »Das ist mein erstes Frühstücksdate.«

Verdammt, ich will sie am liebsten sofort küssen und an einem ungestörten Ort ganz für mich allein haben, wenn sie mich auf diese Art und Weise anlächelt.

»Dann haben wir schon zum zweiten Mal ein erstes Mal.«

Ich halte in meiner Bewegung inne und starre sie an. Ihre Augen weiten sich bei der Erkenntnis dessen, was sie gerade gesagt hat. »O mein Gott! Nein«, lacht sie. »So war das nicht gemeint. Ich war nicht … Ich bin nicht … Also, es war …« Ihre Schultern heben sich, als sie tief einatmet. »Ich meinte das auf den Ort bezogen. Die Besenkammer und das Frühstück. Das waren die ersten Male. Nicht die Sache an sich. Nicht, dass ich damit rechne, dass wir heute auch … Arrgh!«, keucht sie. »Ich sollte vielleicht besser den Mund halten, ehe ich meine erste Ladung Kaffee getrunken habe.«

Inzwischen grinse ich wie ein kompletter Idiot. Sie ist so verdammt niedlich. Wenn sie verlegen ist, sogar noch mehr als sowieso schon.

»Also.« Ich schmunzele und halte ihr meine Hand hin. »Frühstück?«

»Unbedingt.« Sie schenkt mir ein bezauberndes Lächeln, das ihr gesamtes Gesicht aufhellt. Dabei legt sie ihre Hand in meine. Als wäre es das normalste auf der Welt, verschränken sich unsere Finger, und wir machen uns auf den Weg in Richtung Innenstadt.

»Also, ich fasse mal kurz zusammen, was ich heute über dich erfahren habe: Du bist offensichtlich keine Vegetarierin oder Veganerin. Du trinkst schwarzen Kaffee, ohne das Gesicht zu verziehen, und kannst mehr essen, als es deine Körpergröße erwarten lässt.« Mit meiner Serviette wische ich mir ein letztes Mal den Mund ab. »Das kommt alles mit auf die Liste.«

Seit gut einer Stunde sitzen Abigail und ich in der hintersten Ecke eines kleinen Cafés und reden über belangloses Zeug. Greenwich mit seiner Innenstadt, Hartford und New Haven. Wir haben sogar über Brötchen und Bagels diskutiert und über Frühstücksgewohnheiten im Allgemeinen. »Was muss ich noch unbedingt über dich wissen? Auch wenn keine Information je wichtiger sein wird als die, dass Schokoladeneis Vanille immer vorzuziehen ist.«

Ihr Blick ist in die übergroße Kaffeetasse gerichtet, die sie mit beiden Händen umklammert, und sie muss schlucken.

»Ich wäre eigentlich voll gern Veganerin«, geht sie meiner Frage aus dem Weg. »Ich finde es beneidenswert, der Welt einen so großen Gefallen zu tun. Ich hab's mehrmals versucht, aber es nie länger als ein paar Wochen durchgehalten.« Ihre rechte Schulter zuckt einmal nach oben. »Wahrscheinlich esse ich einfach zu gerne ungesundes Zeug.«

»Es zu versuchen, ist mehr, als die meisten Menschen tun.«

»Stimmt«, murmelt sie grinsend und trinkt noch einen Schluck. »Vielleicht schaffe ich es eines Tages.«

»Ich hatte mal eine Freundin, die vegan gelebt hat.« Ich weiß nicht mal, warum ich das sage. Beim ersten offiziellen Date die Ex-Freundinnen auf den Tisch zu holen, ist vermutlich eine noch blödere Idee, als sich zum Frühstück zu verabreden. Vor allem, weil diese dreiwöchige Beziehung nicht gerade preisgekrönt war. Sie ging mir ehrlich gesagt tierisch auf die Nerven. »Sie war … anstrengend. Ich kann es nicht leiden, wenn Menschen intolerant sind und andere Ansichten nicht akzeptieren. Muss man nicht alle Lebensarten hinnehmen, auch die, die man vielleicht nicht so toll findet?« Seufzend reibe ich mir bei der Erinnerung an damals über die Stirn. Ich kann die Erleichterung noch physisch spüren, die ich empfand, nachdem ich Schluss gemacht hatte. »Na ja, egal. Das ist sowieso schon Ewigkeiten her.« Ich winke ab und hoffe, das Thema ist damit abgehakt.

»War sie deine letzte Freundin?«, fragt Abigail, und ich beiße mir in die Innenseite meiner Wange. Mir hätte klar sein sollen, dass sie anbeißt, wenn ich den Köder erst ausgeworfen habe.

»Nein«, antworte ich. »Das ist tatsächlich Ewigkeiten her und hat gefühlte fünf Minuten gedauert. Ich hatte schon länger keine ernsthafte Beziehung mehr.«

Abigail stellt ihre Tasse auf den überfüllten Tisch.

»Warum nicht?«

Einen Augenblick lasse ich meinen Blick durch das volle Café wandern und denke darüber nach.

»Ich weiß nicht«, antworte ich wahrheitsgemäß, sobald wir uns wieder ansehen. Dabei zucke ich mit den Schultern. »Es hat sich irgendwie nicht ergeben, und auch wenn ich dir vielleicht einen anderen Eindruck vermittelt habe, bin ich nicht der Typ für die schnelle Nummer.« Sie versucht, es zu vertuschen, doch ein Grinsen huscht über ihre sanft geschwungenen Lippen. »Einen Dollar für deine Gedanken«, schieße ich hinterher, weil ich unbedingt erfahren muss, was zu diesem Gesichtsausdruck geführt hat.

»Einen Dollar?« Frech grinsend zieht sie eine Augenbraue nach oben, bis sie hinter ihrem Pony verschwindet. »Gedanken sind das höchste Gut des Menschen, und du bietest einen lausigen Dollar?«

»Was willst du dann?«

»Meinen Gedanken gegen eine ehrliche Antwort auf meine nächste Frage.«

»Das ist ein schlechter Deal für dich, weil ich grundsätzlich ehrlich bin, aber okay. Weil du es bist.«

Ausschweifend bewege ich meine Hand über den Tisch. Sie ist dran.

»Ich habe mich gefragt, ob du nicht sehr wohl der Typ für eine schnelle Nummer bist. Und wer könnte das wohl besser bezeugen als die Frau aus der Besenkammer.«

Verdammt.

Frühstück und Sonnenstrahlen hin oder her. Beim Gedanken an die Besenkammer will ich sie sofort und unbedingt küssen. Ich will sie spüren, ihren Duft einatmen, und vor allem will ich sie dabei ansehen.

»Deine Frage«, bringe ich mit Mühe hervor, da meine Gedanken in eine Richtung wandern, die nicht passend sind für diesen Ort.

»Was wäre geschehen, wenn ich am Abend unserer ersten Begegnung nicht davongelaufen wäre?«

Mit schief gelegtem Kopf sehe ich sie an.

»Das ist die Frage?« Mein angespannter Körper wird wieder locker. »Puh. Ich habe mir wirklich Sorgen gemacht, aber das ist einfach.« Ich richte mich auf, als würde ich zu einer wichtigen Rede ansetzen. »Du hättest dir deine tapfer erstandene Frage für ein heikleres Thema aufsparen sollen, denn die Antwort ist viel zu leicht. Ich hab das nämlich seit diesem Abend eine Million Mal in meinem Kopf durchgespielt.« Ich lege meine Faust an den Mund und räuspere mich. »Also, gesetzt den Fall, dass du wirklich nur kurz auf Toilette gegangen wärst, hätte ich in der Zwischenzeit eine weitere Flasche Wein organisiert. Wenn du wieder zurückgekommen wärst, hätte ich mit deinem Mantel überm Arm und der Flasche Wein in der Hand schon an der Tür gelehnt und auf dich gewartet. Wir wären lachend und aufgekratzt durch das, was in der Besenkammer geschehen ist, eng aneinandergeschmiegt über den Campus gelaufen. Hand in Hand hätte ich dir jeden Winkel des Geländes gezeigt und dir alle Einzelheiten verraten, von denen ich in meinen vier Jahren Unileben erfahren habe. Vielleicht wären wir sogar wie in romantischen Filmen in die Bibliothek eingestiegen.« Kurz erwache ich aus meinem Traum. »Liest du gern?«, schiebe ich eine allgemeine Frage ein, die sie lachend bejaht. »Oh, dann wären wir auf jeden Fall in die Bibliothek eingebrochen. Wahrscheinlich hätten wir uns in die riesigen Ohrensessel gesetzt, und du hättest mir von deinen Lieblingsbüchern erzählt. Ich bin nämlich nebenbei bemerkt ein echter Kulturbanause, was Bücher angeht.«

Abigail stützt die Ellbogen auf den Tisch und legt ihr Gesicht in die Hände. Sie lauscht mit strahlenden Augen jedem meiner Worte.

»Was hätten wir danach getan?«, fragt sie beinahe flüsternd.

Langsam lehne ich mich ihr entgegen und senke meine Stimme.

»Kurz bevor die Sonne über dem Campus aufgegangen wäre, hätte ich dich in mein Wohnheim gebracht. Wir hätten leise sein müssen, um die anderen nicht zu wecken. Wahrscheinlich wären wir kichernd in mein Zimmer gestolpert, wo dann alles zum Stillstand gekommen wäre.«

»Wären wir müde gewesen?«, fragt sie mit dem Tonfall, den ich seit dem Abend in der Besenkammer so sehr vermisst habe.

»O nein«, raune ich. Ich weiß nicht, ob es mir nur so vorkommt, aber mir ist mit einem Mal viel zu heiß. »Wir wären nicht müde gewesen.«

»Was hätten wir getan?«

Es ist ein gefährliches Spiel, das wir hier mitten in einem rappelvollen Café spielen, doch ich kann nicht aufhören.

»Ich hätte dich geküsst«, flüstere ich. »Langsam dieses Mal. Nicht so hastig und verzweifelt wie in der Livingston Hall. Ich hätte mir alle Zeit der Welt genommen, deinen Mund zu erkunden. Zu lernen, was du magst, wie deine Zunge auf meine reagiert.«

Schneller atmend starren wir uns an. Nur wenige Zentimeter liegen zwischen unseren Gesichtern.

»Was dann?«, haucht sie.

Ein Grinsen schleicht sich auf mein Gesicht. »Dann hätte ich angefangen, dich auszuziehen. Ich hätte dir dabei gesagt, wie dringend ich das Bedürfnis habe, dich zu sehen, nachdem ich dich bereits blind gespürt und geschmeckt habe. Wie sehr ich zusammensetzen muss, was meine Sinne bisher nur ertastet haben. Die glatte, weiche Haut deiner Schenkel. Die Wärme deiner …«

»Darf's noch was sein?«

Wie ertappt fahren wir auseinander.

Die Kaugummi kauende Bedienung sieht mit mürrischer Miene zwischen uns hin und her.

»Ähm«, Abigail räuspert sich. Die Kellnerin lässt derweil ihr Kaugummi platzen. »Für mich nicht, danke.«

Beide Frauen sehen zu mir, und ich bringe nichts weiter zustande als ein Kopfschütteln, weil ich gedanklich noch Abigails nackten Körper vor mir sehe. Es ist, als könne ich ihr Verlangen noch immer auf meiner Zunge schmecken.

Kurz davor, die Beherrschung zu verlieren, streiche ich mir über das glatt rasierte Kinn und sehe dabei zu Abigail. Während die Kellnerin unseren Tisch abräumt, hat Abby die Hände auf dem Schoß gefaltet und kann sich ein Grinsen kaum verkneifen.

»Dein Plan für die Campus-Tour klingt wirklich toll«, sagt sie neckend. Ich sehe im Augenwinkel die Kellnerin, die all unsere Teller und Schüsseln wackelig auf einem Arm balanciert.

»Mein absolutes Spezialgebiet«, spiele ich mit.

Wir warten geduldig, bis wir wieder allein sind, ehe ich das Wort erneut ergreife.

»Darf ich dich auch was fragen? Ehrlichkeit vorausgesetzt natürlich.«

Schon seit Wochen quält mich dieser Gedanke, und ich muss einfach eine Antwort aus ihrem Mund hören.

Statt etwas zu sagen, nickt sie nur. Allerdings entgeht mir nicht, wie sie sich ein Stück zurücklehnt. Fast als müsse sie sich innerlich wappnen für das, was kommt.

»Warum bist du damals wirklich weggelaufen?«

Meine Fantasie hätte durchaus wahr werden können. Dem stand nichts im Wege, außer der Tatsache, dass sie mir davongelaufen ist wie Cinderella vor dem Glockenschlag. Nach einem tiefen Atemzug treffen ihre braunen Augen auf meine.

»Ich weiß es nicht genau. Wahrscheinlich eine Mischung aus vielen Gründen. Ich denke, am ehesten lag es daran, dass ich Angst hatte.«

»Vor mir?« Allein der Gedanke bringt mich zum Schaudern.

»Vor deiner Reaktion. Vor dem Moment, wenn … ach, ich weiß auch nicht. Ich habe mich geschämt. Du bist nicht der Einzige, der nicht für die schnelle Nummer gemacht ist. Ich bin es genauso wenig. Vor dir hatte ich nie …« Sie sieht einmal kurz an die Decke. »Ich hatte vorher nie einen One-Night-Stand, und danach wusste ich auch, warum.«

»Warum?«, will ich wissen. Im Grunde will ich alles über diese Frau wissen. Wie sie tickt, was sie denkt, was ihr Angst macht und womit ich ihr eine Freude machen kann.

»Ich kann es nicht richtig erklären. Aber …«

Nervös knetet sie an ihrem Zeigefinger und zieht beide Lippen zwischen die Zähne.

»Aber?«, fordere ich sie auf, weiterzusprechen.

Einem Instinkt folgend, strecke ich meine Arme aus und ergreife ihre Hände. Ihre Finger sind eiskalt. Ich nehme sie zwischen meine und streichele über jedes einzelne Gelenk.

»Wenn du ätzend gewesen wärst oder es irgendwie blöd gewesen wäre, dann wäre es mir leichtgefallen, zu gehen. Aber so …« Ihre Finger klammern sich in meine. »Ich wusste nicht, was ich tun sollte. Das war alles nicht geplant, und ich kam mir so … schlecht vor.« Seufzend sieht sie mich an. Ihre Schultern heben und senken sich unter einem tiefen Atemzug. »Das klingt alles total armselig, oder?«

»Es ist nicht armselig. Ganz und gar nicht.«

»Außerdem …« Abigail spricht nicht aus, was sie vor mir geheim hält. Mann, sicherlich hält sie mich immer noch für einen Arsch. Ich kenne sie keine fünf Minuten, ehe ich sie in die Besenkammer zerre, dann treffe ich sie mit einer ordentlichen Ladung Restalkohol zum Spaziergang, bei dem ich nur Unsinn rede, um sie anschließend zum Frühstück einzuladen, bei dem ich davon rede, wie ich sie erneut flachlegen will. Wahrscheinlich hat Wyatt recht. Ich bin ein totaler Loser.

»Ich bin nicht so ein Kerl, Abigail. Alles, was ich gesagt habe, entspricht der Wahrheit.« Auf einmal wollen alle Worte gleichzeitig aus meinem Mund heraus. Weil ich mich erklären möchte, und weil ich möchte, dass sie mich kennt. »Ich verachte Männer, die Frauen auf Sex reduzieren. Ich habe in meinem Leben mit fünf Frauen geschlafen. Mit jeder einzelnen hatte ich eine Beziehung, die Sache zwischen uns mal ausgenommen. Die letzte dauerte fast drei Jahre. Wir haben uns vor zwei Jahren getrennt. Die tragische Wahrheit ist, danach hatte ich keinen Sex mehr. Zwei lange Jahre. Du kannst mir vertrauen. Wirklich«, beteuere ich und drücke ihre Finger ein wenig fester. »Ich bin kein Arschloch, das Erstsemester-Studentinnen abschleppt, sobald sie den Campus betreten.«

»Woran ist sie gescheitert? Deine letzte Beziehung, meine ich.« Seit meiner kleinen Rede hat sie den Blick auf die krümelige Tischplatte gerichtet.

Erst mein tiefes Seufzen bringt sie dazu, den Kopf zu heben. »Ach. Das ist eine längere Geschichte. Erin und ich kennen uns seit unserer Kindheit. Sie ist um einiges jünger als ich. Im Prinzip war es schon lange mehr Pflicht und Gewohnheit, mit ihr zusammen zu sein. Irgendwie ist mir das nicht klar gewesen. Vielleicht wollte ich es auch nicht wahrhaben oder sie nicht verletzen.« Die Erinnerung an diese Zeit bereitet mir ein ungutes Gefühl im Bauch. Damals hätte ich einiges anders machen sollen. Aber dafür ist es nun zu spät. »Wir haben so nebeneinanderher gelebt. Bis sie mir gestand, dass sie schwanger ist.« Mir entgeht nicht, wie Abigail nach Luft schnappt und sich ihre Finger in meinen Händen verkrampfen. »Wir waren noch so verdammt jung. Im Grunde passten wir nicht mal wirklich zusammen. Ich bot ihr trotzdem an, sie zu heiraten und für sie da zu sein.«

Weil ich keine verdammte Wahl hatte. Manchmal liege ich abends wach in meinem Bett und sehe die Gesichter meiner Eltern vor mir, als ich ihnen von der Verlobung mit Erin erzählte. Ich glaube, das war der einzige Moment in meinem Leben, in dem sie stolz auf mich gewesen sind. Und das, obwohl sie annahmen, ich hätte meine Freundin geschwängert.

»Was ist dann passiert?« Es ist nur noch ein Flüstern, das Abigails Lippen verlässt. Keine Ahnung, wie wir von Sexfantasien zu meiner gescheiterten Ex-Beziehung gelangt sind. Das Thema Erin verfolgt mich wie ein Schatten. Sie ist immer da, und es macht mich zunehmend wahnsinnig.

»Es hat sich als falscher Alarm rausgestellt. Irgendwie hat mir das die Augen geöffnet. Die Tatsache, dass mich mein Pflichtgefühl nicht länger an sie bindet. Ich wusste sofort, dass ich mich von ihr trennen muss.« Ich schließe die Augen und schüttle mich kurz. Ich wünschte, es wäre so einfach gewesen, wie es sich heute anhört. »Nicht besonders ehrenhaft, ich weiß. Aber die Vorstellung, mit ihr und einem Kind für den Rest meines Lebens zusammen zu sein, hat mir eine Heidenangst eingejagt. Ich wusste damals instinktiv, dass wir keine Zukunft haben.«

Die Lippen fest aufeinandergepresst, nickt sie lediglich.

»Wie war es bei dir?«, frage ich, um so schnell wie möglich von mir und Erin abzulenken. Das Theater mit ihr ist das Letzte, woran ich gerade denken will.

»Was meinst du?«, fragt sie und weicht meinem Blick aus.

»Deine letzte Beziehung. Wie lange ist es her?«

Ihre Schultern sacken leicht herunter. »Ungefähr ein Jahr. Aber es war nichts wirklich Ernstes. Wir sind lediglich ein paarmal ausgegangen.« Schulterzuckend sieht sie mich an. »Es hat einfach nicht gepasst.«

»Warum nicht?«, bohre ich nach. Keine Ahnung, seit wann ich so dermaßen neugierig bin.

»Er war wesentlich älter als ich und hatte … na ja …«, sie räuspert sich, »etwas andere Weltansichten.«

»Ich bin froh, dass er ein Idiot war.«

»Ich habe nicht gesagt, dass er ein Idiot war.« Es erleichtert mich, das leise Lachen aus ihrem Mund zu hören. Das Gespräch ist in den vergangenen Minuten viel zu ernst geworden.

»Wenn er nicht alles dafür getan hat, an deiner Seite zu bleiben, war er ein Idiot. Und ich bin froh darum, weil ich mich sonst womöglich um dich hätte prügeln müssen, und diesbezüglich bin ich eine echte Jungfrau.«

Langsam kehrt das unbekümmerte Grinsen auf ihr Gesicht zurück. Außerdem werte ich es als gutes Zeichen, dass ihre Finger nach wie vor in meinen ruhen. Wobei *ruhen* hier das falsche Wort ist. Sie erforschen und studieren meine Hände nach allen Regeln der Kunst.

»Einen Dollar für deine Gedanken«, sagt sie, nachdem wir uns eine Zeit lang nur stumm angesehen haben.

»Hm«, brumme ich. »Ehrliche Antwort oder die schonende Variante?«

»Ehrliche.«

»Ich würde sehr gerne aufhören, über unsere Ex-Partner zu reden.«

»Das war nur die halbe Wahrheit, oder?«

Ertappt beiße ich mir auf die Unterlippe.

»Seit ich dich letzten Freitag wiedergesehen habe, nehme ich mir vor, es dieses Mal richtig zu machen. Ich will nicht, dass du denkst, ich wäre ein schlechter Kerl. Denn das bin ich nicht.«

»Warum sollte ich das denken?«

»Weil ich die ganze Zeit nur darüber nachdenken kann, die Campus-Tour nachzuholen, über die wir gesprochen haben. Auch wenn das nicht gerade gentlemanlike ist.«

An Abigails Hals kann ich sehen, wie sie schlucken muss. Ich wünschte wirklich, ich könnte ihre Gedanken lesen. Denn in diesem Augenblick habe ich keine Ahnung, was sie mit meiner Ehrlichkeit anfangen wird.

Kapitel 11

Abigail

»Entschuldigst du mich einen Moment?« Mein Stuhl schabt viel zu laut über die Retro-Fliesen in dem kleinen Café.

Quincy sieht mich mit zusammengekniffenen Augen an. Natürlich denkt er, ich laufe ein weiteres Mal davon. Was sollte er auch sonst annehmen, nachdem ich mich seit Minuten anstelle wie die letzte Idiotin.

»Keine Sorge«, bringe ich mit zittriger Stimme hervor. »Ich bin in zwei Minuten zurück.«

»Das hast du schon einmal gesagt«, murmelt er und zückt gleichzeitig sein Portemonnaie aus der Gesäßtasche seiner Jeans. »Vielleicht sollte ich direkt bezahlen und mich in Startposition bringen, um hinter dir herzurennen.«

»Ich kann dich beruhigen. Ich bin mit Sicherheit der unsportlichste Mensch, den du kennst. Es sollte also nicht allzu schwer werden.«

Wir lächeln uns an, doch ich erkenne die Unsicherheit in seinem Blick. Ich sehe sie nicht nur, ich teile sie auch.

Mit bibbernden Knien und einer tonnenschweren Last auf den Schultern bahne ich mir einen Weg durch die vielen kleinen Sitzgruppen und lasse meinen angehaltenen Atem erst wieder entweichen, als ich die Damentoilette betreten habe. Fester als nötig schließe ich die Tür zum Vorraum in der Hoffnung, mein Gewissen so auszusperren. Doch so leicht lässt es sich nicht abschütteln.

»Scheiße«, stöhne ich. Ich stütze die Hände auf die grüne Waschbeckenplatte und sehe mich im Spiegel an. Meine Wangen und Ohren sind tiefrot. Kein Wunder bei den Fantasien, die Quincy in mir geweckt hat.

Seufzend zücke ich mein Handy aus der Tasche meines Rocks und tippe eine Nachricht an Scarlett.

> Ich kann es ihm nicht sagen. Er ist einfach zu perfekt.

»Außerdem hat er seine letzte Freundin verlassen, weil sie annahmen, sie sei schwanger«, vervollständige ich für mich selbst. Mist. Jede beste Freundin würde sich wohl gezwungen sehen, mir zu raten, einen solchen Typen abzuhaken. Mir ist klar, dass ich übertreibe und ihn keine Schuld trifft. Die Welt ist nicht immer nur schwarz und weiß. Im Gegenteil. Und ich vertraue ihm. Seit unserer ersten Begegnung bemüht er sich so sehr, alles richtig zu machen und mich gut zu behandeln. Ich benehme mich im Gegenzug wie ein Arsch.

Ich lüge und lüge und lüge. Gern würde ich sagen, ohne rot zu werden, aber mein Spiegelbild sagt etwas anderes.

Kurz zucke ich zusammen, weil das Handy in meiner Hand vibriert.

> SAG ES IHM

»Du hast gut reden«, flüstere ich in Richtung Handy, verstumme aber im nächsten Moment, weil eine ältere Frau den Toilettenraum betritt. Im Spiegel nicke ich ihr knapp zu und bemühe mich um ein freundliches Lächeln.

Bei euch sonst alles in Ordnung?

Ich tippe die Worte, sobald sie in einer der Kabinen verschwunden ist. Scarletts Antwort folgt sofort.

Klar. Lee sitzt gerade zwischen den Tigern und trinkt einen Long Island Ice Tea. Nichts Besonderes.

Widerwillig entweicht mir ein kleines Lachen.

Haha. Melde dich, wenn was ist.

Während die drei hüpfenden Punkte anzeigen, dass sie bereits antwortet, wasche ich mir die Hände und tupfe sie mir mit einem Papiertuch trocken.

Verdammt, Hamilton. ENTSPANN DICH MAL!!!

Unter der Nachricht landen kurz darauf jede Menge zusammenhanglose Emojis auf meinem Display. Mein Herz wird warm, weil ich sicher bin, dass es Lee ist, die über Scarletts Handy hockt und auf die bunten Bildchen tippt. Ich kann mir richtig vorstellen, wie sie die Zungenspitze hervorschiebt, so wie sie es immer tut, wenn sie sich konzentriert. Und das alles in einem zu kleinen Elefantenkostüm.

Grinsend stecke ich mein Smartphone weg und blicke noch einmal in den Spiegel.

Ich kann Quincy nicht die ganze Wahrheit sagen.

Noch nicht.

Vielleicht ergibt es sich im Laufe der Zeit von ganz allein, oder wir merken, dass wir gar nicht zusammenpassen, und ich muss ihm überhaupt nichts mehr sagen. Ich könnte uns die ganze Aufregung sparen, wenn es sich eh nur um eine Affäre handelt, die schneller vorbei ist, als sie angefangen hat. Allein bei dem Gedanken würde ich mir am liebsten selbst eine Ohrfeige verpassen. Natürlich passen wir zusammen. Das Knistern zwischen uns ist förmlich hörbar. Diese Verbindung als belanglose Affäre abzustempeln – selbst wenn es nur gedanklich ist –, macht mich endgültig zu einem richtigen Arsch.

Stöhnend starre ich noch immer mein kümmerliches Spiegelbild an, als die ältere Dame bereits die Spülung betätigt und keine zwei Sekunden später neben mir an dem zweiten Waschbecken steht.

»Machen Sie sich einen schönen Tag.« Sie sagt diese im Grunde unbedeutenden Wort einfach so daher. Dabei lächelt sie freundlich und wäscht sich akribisch die Hände. Fragend sehe ich sie über den Spiegel vor mir an. »Das Leben ist zu kurz zum Zögern. Glauben Sie mir. Jetzt oder nie.«

Langsam drehe ich mich in ihre Richtung, um sie nicht mehr spiegelverkehrt anzusehen.

Das Rascheln der Papiertücher, nach denen sie gerade greift, ist das einzige Geräusch, das in den schicken Toilettenräumen zu hören ist. Am liebsten würde ich sie fragen, wie sie ausgerechnet auf diese Worte kommt, aber ich bringe keinen Ton über meine Lippen. Stattdessen stehe ich vor ihr und sehe sie einfach nur an. Sie ist sicher schon im Rentenalter. Das weiße kurze Haar bewegt sich hin und her, als sie voller Tatendrang ihre Hände abwischt.

»Danke«, murmle ich. Während sie mich gar nicht mehr beachtet und einen rosa Lippenstift aus ihrer Tasche zieht, um sich die schmalen Lippen nachzuziehen, fasse ich den Entschluss, auf sie zu hören.

Vielleicht hat sie ja recht, und es ist ganz einfach. Das Leben ist zu kurz. Ich sollte mich entspannen. Jetzt oder nie. Oder etwa nicht?

Alles andere wird sich von allein ergeben. Da bin ich sicher.

Noch ehe mich mein neu gewonnener Mut verlassen kann, straffe ich die Schultern und verlasse die Toilette, nur um direkt in Quincy hineinzulaufen.

»Fehlt nur noch der Wein, hm?«, flöte ich mit einem Lächeln auf den Lippen, weil er genau wie in seiner Fantasie von unserer Campus-Tour mit meinem Mantel über dem Arm an der Wand lehnt und auf mich wartet.

»Ich dachte, den spare ich mir fürs nächste Date auf.«

Von allen Regungen in Quincys Gesicht ist mir das schiefe Grinsen, das er mir jetzt gerade zuwirft, am liebsten. Wenn er einen seiner Mundwinkel nur minimal anhebt, wodurch das kleine Grübchen auf seiner Wange erscheint. Quincy trägt seine Emotionen offen zur Schau, und das ist nicht nur verdammt beneidenswert, sondern in Kombination mit seiner Selbstsicherheit auch verdammt sexy.

Wenn er mich auf diese Weise ansieht, dann tritt alles in den Hintergrund.

Mein ganzes verfluchtes Leben.

In diesem Moment möchte ich ihm einfach nur mehr dieser Blicke entlocken.

»Du scheinst dir deiner Sache wirklich sicher zu sein, oder?«

Jetzt wird aus dem zögerlichen Grinsen ein breites Lächeln, das automatisch dazu führt, dass meine Mundwinkel sich ebenfalls nach oben bewegen.

»Gehst du mit mir auf ein weiteres Date, Abigail …? Gott!«,

unterbricht er sich lachend. »Ich kenne nicht mal deinen Nachnamen.«

»Hamilton«, sage ich bis über beide Ohren grinsend. Die Schmetterlinge haben das schlechte Gewissen in die Flucht geschlagen.

»Abigail Hamilton«, spricht er meinen Namen aus, und wahrscheinlich verwandeln sich meine Pupillen gerade comicmäßig in kleine rosa Herzen. »Ein weiteres Date?«

Auffordernd hält er mir wie schon so oft die Hand hin.

»Jetzt?«, frage ich lachend. Im Augenwinkel sehe ich die ältere Dame schmunzelnd aus der Toilette treten.

»Warum nicht? Wenn wir einen Spaziergang machen – und wir wissen inzwischen, dass wir darin gut sind –, schaffen wir es danach vielleicht noch zum Lunch. Mit Freitagabend habe ich dich dann bis auf den Nachmittag zu jeder Tageszeit eingeladen. Das drückt meine Arschlochskala ein ganzes Stück nach unten.«

»Du bist kein Arschloch«, versichere ich ihm und lege meine Hand in seine. »Dass ich damals weggelaufen bin, hatte nichts mit dir zu tun. Ich wollte das, was geschehen ist, genauso dringend wie du. Glaub mir das.« Unsere Finger verschränken sich miteinander, und Quincy zieht mich etwas dichter zu sich heran. Leise kommen die Worte aus meinem Mund. »Bei mir ist nicht alles … ganz so einfach. Vielleicht schaffe ich es nicht so schnell, mich anderen Menschen zu öffnen wie du. Aber bitte denk niemals, dass ich etwas davon nicht gewollt habe. Denn das habe ich. Genauso, wie ich die Campus-Tour möchte. Am liebsten jetzt sofort.«

Verlegen spüre ich, wie die Röte auf mein Gesicht zurückkehrt.

»Für den Augenblick«, raunt er, und unsere Nasenspitzen berühren sich leicht, so dicht steht er vor mir, »ist das alles, was ich wissen muss.«

Und mit diesen Worten überbrückt er die letzte Lücke zwischen uns, um seine Lippen auf meine zu legen. Ich muss mich bemühen, nicht laut aufzuseufzen, weil ich eine quälend lange Woche geglaubt habe, ich hätte mir dieses Gefühl zwischen uns vielleicht nur eingebildet.

Aber da ist es wieder. Als Quincy seine Hand auf meinen Nacken legt und seine Zunge auf meine trifft, habe ich das Gefühl, zu explodieren. Das Kribbeln durchflutet meinen gesamten Körper, mir wird ganz heiß und meine Knie geben nach.

Wie verzweifelt kralle ich mich in seinem schwarzen Wollmantel fest, presse mich an Quincys festen Körper und genieße, dass er mich hält und mich nur noch näher an sich heranzieht. Dass er den Ton angibt und mich fordernd gegen die Wand drückt. Dass ich nicht die Starke, die Bestimmerin sein muss. Dass ich die Kontrolle abgeben kann. Nach all den Jahren, in denen ich so hart dafür gekämpft habe, selbstbestimmt leben zu können, habe ich völlig verdrängt, wie sehr ich es brauche, auch hin und wieder mal gehalten zu werden. Die Kontrolle abzugeben und nicht die Vernünftige sein zu müssen.

Atemlos löst Quincy sich ein Stück von mir und sieht mich voller Intensität und Verlangen an. Ich könnte mich für Stunden in seinen dunkelblauen Augen verlieren. Der äußere Rand seiner Pupillen ist grünlich, fast braun, doch zur Mitte hin werden sie immer heller und strahlen so blau wie der Himmel über Pixton an einem schönen Sommertag.

»Würdest du mir die Bibliothek zeigen, damit ich dir von meinen Lieblingsbüchern erzählen kann?«, flüstere ich dicht an seinem Mund. Ich stehe auf den Zehenspitzen, um näher an seinen Lippen zu sein.

»Willst du mir weismachen, du studierst seit zwei Wochen auf der Pixton, warst aber noch kein einziges Mal in der Bibliothek?«

»Ein einziges Mal«, antworte ich wahrheitsgetreu. Nicht in den vergangenen zwei Wochen. Aber vor vier Jahren, als wir in Pixton ankamen. Damals habe ich mir den Campus angesehen und anschließend lange zwischen den Büchern in der pompösen Bibliothek gesessen. Ich hatte erst bemerkt, dass ich weinte, als eine junge Studentin mich ansprach. Anschließend rannte ich, so schnell ich konnte, davon. Breaking News: Weglaufen zählt zu meinen verlässlichsten Eigenschaften. Danach bin ich bis auf die Einführungsveranstaltungen nie wieder auf dem Unigelände gewesen.

»Dann wird es Zeit, ein zweites Mal daraus zu machen.« Ich blicke auf unsere ineinandergelegten Hände, die mittlerweile ein vertrauter Anblick sind. Mir fehlen die Worte, daher nicke ich ihm lediglich zu.

Während Quincy sich durch das immer voller werdende Café schlängelt, schwebe ich wie ein rosa Heliumballon an seiner Hand hinter ihm her.

Kurz vor der Eingangstür fällt mein Blick noch einmal zu der alten Dame, die neben einem älteren Herrn sitzt.

Meine Hand fest in Quincys, zwinkere ich ihr ein letztes Mal zu.

Jetzt oder nie.

Heute nehme ich mir zum zweiten Mal seit einer sehr langen Zeit einfach das, was ich möchte.

Als die kalte Oktoberluft uns empfängt und Quincy seinen Kopf leicht zur Seite legt, um mich anzulächeln, weiß ich, dass es kein Fehler sein kann. Das ist ausgeschlossen. Was sich so perfekt anfühlt, kann nicht falsch sein.

Kapitel 12

Quincy

»Die Juristen haben es echt gut.« Ich schiele vom Alpha-Gebäude hinüber zur juristischen Fakultät. Die Gebäude für die Jurastudenten schließen unmittelbar an das Hauptgebäude der Pixton an. »Vom Wohnheim in die Hörsäle sind es nur ein paar Schritte.« Langsam steigen Abigail und ich eine Treppenstufe nach der anderen zur Livingston Hall hinauf.

»I Im«, bestätigt sie lediglich mit einem Murmeln. »Wo ist der medizinische Komplex?« Dafür, dass sie bereits seit zwei Wochen hier studiert, bewegt sie sich äußerst unsicher über das Gelände. Ich weiß, dass sie einige Tage verpasst hat, weil sie krank war, aber dennoch beschleicht mich bei jedem Schritt das Gefühl, als wäre sie noch nicht ansatzweise angekommen. Leider ist das oft der Fall bei Studierenden, die außerhalb wohnen und nur zu den Vorlesungen kommen. Die Externen werden niemals so zum Campus gehören wie diejenigen von uns, die hier leben. Nur einer der vielen Gründe, warum ich unbedingt auf dem Campus wohnen wollte.

»Die Medizin und auch die Psychologie sind am westlichen Rand des Campus. Dazwischen liegen sämtliche Sportanlagen und das *Bee's*.«

Fragend kneift Abigail die Augen zusammen, während ich die schwere Eingangstür der Livingston Hall aufziehe.

»Das Campus Café. Theos und meine Rettung. Ich denke, wenn wir mit dem Studium fertig sind, werden sie sicher Konkurs anmelden, weil ihnen unser Umsatz fehlt.«

Schmunzelnd schreiten wir gemeinsam durch die pompöse Vorhalle.

Ich beobachte Abby, wie sie stehen bleibt und einen Moment den Blick Richtung Festsaal schweifen lässt.

»Ich bin seitdem auch nicht mehr hier gewesen«, flüstere ich und trete dicht neben sie. Gemeinsam sehen wir zu der Tür, in deren Rahmen ich sie das erste Mal gesehen habe. »Als ich dich damals dort stehen sah«, beginne ich, meine Erinnerung zu erläutern. Es fühlt sich an, als wäre unsere Begegnung erst gestern gewesen, und gleichzeitig kommt es mir vor, als läge ein ganzes Leben dazwischen. Langsam trete ich hinter sie. Meine Hände finden wie von selbst zu ihren Hüften. »Du sahst so verloren aus. Allein und irgendwie …« Ich muss lachen, weil meine Gedanken total lächerlich klingen. »… so zerbrechlich«, spreche ich sie dennoch aus.

Abigail legt den Kopf leicht zur Seite, sodass mein Atem sanft auf ihren Hals trifft.

»Ich habe mich auch allein und zerbrechlich gefühlt«, flüstert sie. Ihre Hände suchen meine und legen sich auf meine Handrücken.

»Allerdings habe ich dich nicht deswegen angesprochen.«

»Warum dann?« Sie dreht den Kopf so abrupt in meine Richtung, dass unsere Nasenspitzen sich berühren. Ich stupse ihre leicht mit meiner an.

»Wegen dem Glanz in deinen Augen. Du hast die Livingston Hall so angesehen wie ich, als ich das erste Mal hier war. Das hat mir gefallen. Dass du nicht wie alle anderen den Dozenten hinterhergekrochen bist, sondern dir dieses unglaubliche Gebäude angesehen hast.«

In meiner Berührung dreht sie sich ganz zu mir herum, sodass ich sie umarme.

»Wann warst du das erste Mal hier?«

Bei der Erinnerung muss ich grinsen.

»Mit zwölf.«

»Mit zwölf?«, hakt sie nach, und ihr leises Lachen hallt von den hohen Decken wider. Da Samstag ist, ist die Livingston Hall so gut wie leer. Einzelne Studentinnen und Studenten nehmen die Abkürzung über die Vorhalle in die Bibliothek, aber ansonsten ist es heute gespenstisch leise.

»Ja. Mein ältester Bruder Glen hatte an diesem Tag eine Veranstaltung hier. Ich habe so lange gebettelt, bis meine Eltern mich mitgenommen haben. Ich wollte schon immer wie Glen sein. Er fing damals mit seinem Studium auf der Pixton an, war Kapitän des Footballteams und hatte eine Freundin, die schöner war als jedes Model, das ich im Fernsehen gesehen hatte. Ich war damals nur ein übergewichtiger, unsportlicher Junge aus der Highschool. Er war mein absolutes Idol.«

»Du warst übergewichtig und unsportlich?« Abigails Hände machen sich auf den Weg über meine Hüfte, meinen Bauch und wandern schließlich zu meinen Schultern.

»Es war klar, dass diese Information hängen bleiben würde. Aber ja, das war ich. Scarlett würde mich wohl in die Fraktion Loser schieben.«

»Ich mag Loser«, flüstert Abigail. »Vor allem, wenn sie so charmant sind wie du.« Dabei zieht sie ihre Unterlippe zwischen die Zähne.

»Da bin ich aber froh.« Mit einem rauen Lachen hauche ich ihr einen flüchtigen Kuss auf die Lippen. »Bei zwei großen Brüdern war das kein leichtes Schicksal.«

Ich presse die Lippen zusammen und atme einmal tief ein. Meine Kindheit und Jugend war nicht gerade einfach.

»Du hast zwei Brüder? Sind beide älter als du?«

»Jap.« Ich löse mich ein Stück von Abigail, um sie an der Hand durch die Vorhalle zur breiten Treppe zu führen. »Glen ist vier- und Anson einunddreißig. Ich bin das Nesthäkchen.«

»So wie ich«, erwidert sie. Im Augenwinkel sehen wir uns an. Ich muss mich bemühen, möglichst unbekümmert weiterzugehen. Immerhin ist das die erste persönliche Information, die ich von ihr erhalten habe. Ja klar, ich weiß, dass sie Brötchen Bagels vorzieht, und auch, dass sie ihren Hotdog lieber mit Mayonnaise als mit Senf isst. Aber allen Themen, die ihr Leben betreffen, ist sie bisher aus dem Weg gegangen. »Meine Schwester, Riley, ist siebenundzwanzig.«

Ich nicke nur schwach, in der Hoffnung, sie spricht weiter. Als sie ihren Mund öffnet, um noch mehr zu erzählen, entfährt mir beinahe ein erleichterter Seufzer.

»Allerdings ist sie kein Vorbild für mich.« Offensichtlich nicht, denn ich habe Abigail bislang nie so abwertend schnauben hören.

»Dann steht ihr euch nicht besonders nah?«, frage ich vorsichtig, während wir Hand in Hand ganz gemächlich eine Stufe nach der anderen zur Bibliothek hinaufschlendern.

»Na ja, schon. Irgendwie. Riley ist ziemlich sprunghaft. Ich musste schon immer das Chaos hinter ihr beseitigen. Selbst als wir noch Kinder waren.« Ich versuche, jede Regung in ihrem Gesicht zu deuten, doch Abigails Miene ist fester verschlossen als ein Burgtor. »Sie hat ein Talent dafür, auf die falsche Bahn zu geraten.«

»Oh«, bringe ich nur leise hervor. Ich habe Angst, sie mit falschen Worten oder dummen Fragen zu verschrecken, jetzt, da sie zum ersten Mal etwas von sich preisgibt. Sie hat selbst gesagt, dass ihr das schwerfällt, und ich möchte es ihr so leicht wie möglich machen.

»Na ja«, seufzend sieht sie Richtung Bibliothekseingang. »Im Endeffekt muss jeder selbst seinen Weg finden …«

»Was ist mit deinen Eltern? Steht ihr euch nah? Wohnt ihr bei ihnen?«

»Nein«, erwidert Abigail so schnell, als wäre das vollkommen undenkbar. »Meine Eltern wohnen nach wie vor in New York. Aber wir haben schon seit vielen Jahren keinerlei Kontakt.«

Das Warum brennt mir wie Säure auf der Zunge. Wir sehen uns einen Moment an, und ich schiebe mir nervös die freie Hand in den Nacken.

Frag es nicht, frag es nicht, frag es nicht.

»Warum?«, formen meine Lippen dennoch wie automatisch.

Genau in dem Moment, in dem die fünf dämlichen Buchstaben meinen Mund verlassen, öffnet sich die Tür zur Bibliothek, und zwei tuschelnde Mädchen kommen Arm in Arm heraus. Abigail und ich müssen ausweichen, wobei ich die Tür aufhalte, durch die der Gegenverkehr kam.

»Komm«, flüstert Abby und zieht mich an einer Hand in die riesige Bibliothek. »Suchen wir ein paar meiner Lieblingsbücher.«

Innerlich fluchend lasse ich mich hinter ihr herziehen. Inzwischen ist es nicht mehr nur eine reine Vermutung, dass bei ihr zu Hause irgendetwas nicht stimmt. Sie hat es mehr als einmal durchblicken lassen und eben deutlich beim Namen genannt. ›Bei mir ist es nicht so einfach‹, hat sie gesagt. Ich habe keine Ahnung, was bei ihr los ist, aber ich bin mir ziemlich sicher, dass es keinen Sinn macht, sie zu drängen. Abigail gehört eindeutig in die Kategorie Fluchtinstinkt. Wenn sie sich in die Enge getrieben fühlt, sucht sie das Weite. Und das ist das Letzte, was ich will. Nicht schon wieder.

Daher lasse ich mich bereitwillig von ihr durch die Bibliothek ziehen, atme tief den Geruch von altem Papier ein und genieße die Ruhe, die dieser Ort mit sich bringt. Ich bin nicht besonders oft hier. In der Regel nur, wenn schwere Prüfungen anstehen, für die ich wirklich konzentriert lernen muss.

Heute allerdings sehe ich die Buchreihen, die sich über zwei Etagen erstrecken, durch Abigails Augen. Ich nehme den grünen Teppich auf dem Boden wahr, die gedämpfte Beleuchtung auf den dunklen Holztischen, die in der Mitte der Reihen stehen, aber vor allem die Magie, die die ausladenden Kronleuchter und die verschnörkelten Barockgeländer versprühen.

»Liest du wirklich nie?«, flüstert Abigail in mein Ohr, während wir durch die Reihen der Literatur aus dem achtzehnten und neunzehnten Jahrhundert schlendern.

»Ich habe *Moby Dick* gelesen, danach war ich total frustriert.« Sie muss lachen und legt sich eine Hand vor den Mund. »Komm schon«, versuche ich, mich leise zu erklären. »Der Wal nimmt den Kapitän samt Harpune mit, und nur Ismael überlebt? Das ist doch kein zufriedenstellendes Ende. Wie kann man sich so etwas ausdenken?«

»Ahab hat es nicht anders gewollt«, hält sie dagegen. Mit der freien Hand fährt sie exakt so wie in meiner Fantasie über die antiken Buchrücken. Am Ende des Gangs biegen wir rechts ab und steigen eine der vielen Wendeltreppen in die obere Etage hinauf. »Er musste für seine verbitterte Jagd bezahlen.«

»Trotzdem totaler Mist«, flüstere ich. Auch wenn heute nicht besonders viel los ist, da die meisten Studierenden über das Wochenende nach Hause fahren, rauchen überall Köpfe über den Büchern.

Abigail zieht mich durch ein Regal nach dem anderen. Ihr Blick jagt förmlich über die Buchreihen, so wie Ahab hinter Moby Dick herjagte. Dann bleibt sie abrupt stehen. Ihre Mundwinkel formen ein sanftes Lächeln. Es ist nicht das Ich-finde-was-lustig-Lächeln und auch nicht das Ich-bin-glücklich-Lächeln. Es sieht mehr wie ein wehmütiges, fast trauriges Lächeln aus.

»Hast du eine Schwäche für Astronomie?«

Mit schief gelegtem Kopf liest Abigail die Titel der einzelnen Bücher zu Planetensystemen und Sternenkunde.

»Ich kenne jemanden, dem das hier sehr gefallen würde«, flüstert sie und zieht ein Buch über den Planeten Pluto und die Sonde *New Horizons* hervor. Um darin blättern zu können, löst sie ihre Hand aus meiner. Ich verschränke die Arme vor der Brust und weiche ein Stück zurück, um sie zu beobachten.

»Du hast den gleichen Gesichtsausdruck wie an dem Abend, an dem ich dich das erste Mal gesehen habe«, murmle ich so leise wie möglich. Instinktiv weiß ich, dass sie mir nicht verraten wird, an wen sie in diesem Moment denkt. Ich befürchte, Abigail hat mehr Geheimnisse, als mir lieb ist.

»Egal«, bringt sie hauchzart hervor. »Astronomie ist …« Seufzend stellt sie das Buch zurück. »… was für Träumer.« An ihrem Rücken kann ich sehen, wie sie tief ein- und wieder ausatmet.

»Du könntest es dir ausleihen und der Person mitbringen.«

Langsam dreht sie sich zu mir um. Beinahe wäre ich zusammengezuckt, als sie ihre Hand sanft auf meine Wange legt.

»Nein«, antwortet sie schwach. »Das geht leider nicht.«

Noch bevor ich ein weiteres Warum herausbringe, legt sie ihre Lippen auf meinen Mund und erstickt alle Zweifel und Fragen im Keim. Während ich mich mit einem kurzen Blick nach beiden Seiten versichere, dass wir ungestört sind, schiebe ich sie mit meinem Körper gegen das Bücherregal und lege meine Hand in ihren Nacken. Sie zu küssen, macht süchtig.

»Vielleicht«, haucht sie zwischen zwei Küssen, »sollten wir die Campus-Tour im Beta-Gebäude fortsetzen?«

Wir wissen beide, was das bedeutet. Sie will zu mir. Nicht um meine Wohnung zu sehen oder meine Mitbewohner besser kennenzulernen, die inzwischen hoffentlich alle voll bekleidet sind. Nein – Abigail will mich. Und das trifft sich ausgezeichnet, denn ich habe das Gefühl, die Luft wird mit jeder Sekunde, in der ich ihr nicht noch näher sein kann, dünner.

»Es gibt eine Abkürzung durch das Alpha-Gebäude und den Notausgang der Mensa«, flüstere ich.

Einen Augenblick lang sehen wir uns an, ehe wir fast synchron nicken und anschließend mit schnellen Schritten Richtung Ausgang hechten.

Es scheint beinahe, als liefe uns die Zeit davon. Als gäbe es nur diese eine Chance, auf die wir beide viel zu lange gewartet haben.

Mit großen Schritten ziehe ich sie hinter mir her. Wir werden immer schneller und lachen laut, während wir die Bibliothek hinter uns lassen und Hand in Hand durch die Livingston Hall stolpern.

Nie zuvor kam mir der Weg durch das Alpha-Gebäude mit der Verwaltungsebene und den Erstsemesterwohnungen so weit vor. Als wäre der Teufel persönlich hinter uns her, flitzen wir durch die halb volle Mensa, ignorieren den Geruch nach Eintopf und Großraumküche und atmen erleichtert ein, als wir durch den Notausgang auf die Wiese treten, von der aus man das Beta-Gebäude schon sehen kann.

»Du kennst hier wohl jeden Winkel, hm?«

Ich ziehe die Tür zum Wohnheim auf und lasse Abigail den Vortritt.

»Darauf kannst du dich verlassen.« Ich kenne den Campus in- und auswendig. Ich darf gar nicht daran denken, dass ich mir nächstes Jahr eine andere Wohnung suchen muss und nicht länger Teil der Pixton bin.

Schon im nächsten Moment stehen wir vor unserer Apartmenttür, und ich halte, den Schlüssel in der Hand, inne.

Ich weiß nicht genau, worauf ich warte, bin aber mehr als erleichtert, als Abby mich erwartungsvoll ansieht.

»Nun schließ schon auf«, bringt sie lachend über die Lippen.

Allerdings ist es mit der Erleichterung schnell zu Ende, als wir in den Wohnraum treten und dort die versammelte Mannschaft antreffen.

Kapitel 13

Abigail

Quincy hält mir, wie bisher bei jeder Gelegenheit, die Tür auf. Doch schon im nächsten Moment entfährt ihm ein genervtes Seufzen, als er entdeckt, dass das geräumige Wohnzimmer von seinen Mitbewohnern blockiert wird.

»Ich entschuldige mich schon vorab für alles, was sie sagen«, murmelt er mir ins Ohr, während ich nur amüsiert lächelnd über die Schwelle trete.

»Abigail aus der Besenkammer«, begrüßt mich Theo und erhebt sich von der Couch, auf der außer ihm ein schlanker Kerl mit schwarzen Haaren und Plugs in den Ohren liegt. Ich meine, ihn letzte Woche im *Meyer's* bereits kurz gesehen zu haben. Allerdings ohne das rothaarige Mädchen auf dem Schoß, das sich an seinem Nacken festkrallt, als würde ihr Leben davon abhängen. Der dritte Mitbewohner steht in der Küche und lächelt mich freundlich an.

»Hi«, sage ich etwas schüchtern in die Runde und hebe eine Hand in Theos Richtung.

»Theo kennst du ja bereits«, mischt sich Quincy von hinten ein. Dabei wirft er seinen Schlüssel auf die Arbeitsplatte der Küche, die direkt neben der Eingangstür liegt. »Das ist John«, deutet er auf den Schwarzhaarigen. »Und das da ist Wyatt. Der Typ, der mich als Loser abgestempelt hat, weil ich dich zum Frühstück eingeladen habe.« Dabei zeigt Quincy auf einen muskulösen Kerl mit kurzen Haaren, der dabei ist, Speck und Zwiebeln in einer Pfanne anzubraten. Der Geruch wäre verführerisch, wenn ich nicht pappsatt vom Frühstück wäre und nur noch Hunger auf Quincy verspüren würde.

Ganz abgesehen davon, dass ich wirklich nervös bin, hier zu sein.

In seiner Wohnung. In seiner Welt.

»Hi«, wiederhole ich und schiele im Augenwinkel zu dem Mädchen, das ungefähr in meinem Alter sein dürfte.

»Und keine Ahnung, wer sie ist«, stößt Quincy aus, was Theo neben ihm laut lachen lässt.

»Auch wenn wir sie alle bereits haben singen hören«, murmelt Theo hinter vorgehaltener Hand.

Die beiden werfen sich wissende Blicke zu, während Quincy meine Hand ergreift.

Die Frau mit den roten Haaren scheint nicht mal mitzukriegen, dass über sie geredet wird, während dieser John akribisch auf seinem Handy tippt, ohne sie zu beachten.

»Wollt ihr was essen?« Wyatt schenkt mir ein freundliches Lächeln. »O'Connor und ich machen Rührei.«

»*Du* machst Rührei«, schiebt Theo ein. In weiten Jogginghosen und einem zerschlissenen Bandshirt sieht er ungewohnt normal aus. Ganz anders als letzten Freitag in seinem Jeansrock. Unwillkürlich muss ich an seine Worte denken, was die Wirkung unserer Kleidung betrifft. Ich habe mir nie besonders viele Gedanken darüber gemacht, aber er hat absolut recht.

Was Lee dann heute den Leuten im Zoo über sich verrät? Im besten Fall, dass sie ein mutiges, selbstbestimmtes Leben führt. Ich sollte sie viel öfter entscheiden lassen, was sie tragen will, ohne dabei auf die Reaktion der Menschen zu achten.

»Sag nicht, du hast schon wieder Hunger?«

Ich schüttle mich, weil Quincy mit seinem Daumen über meine Handinnenfläche streichelt und mich so aus meinen Gedanken holt.

»Hm?« Ich habe den Faden der Unterhaltung völlig verloren.

»Möchtest du was essen?«, fragt er noch einmal. Jedes Mal, wenn er mich mit dieser leichten Besorgnis ansieht, möchte ich ihm meine Hand an die Wange legen und ihm versichern, dass alles gut ist. Dass ich nicht wieder weglaufen werde. Weil es mir unheimlich viel bedeutet, bei ihm zu sein. Nicht nur, weil ich dabei bin, mich Hals über Kopf in ihn zu verlieben, sondern weil ich durch ihn etwas erleben kann, wonach ich mich meine ganze Jugend gesehnt habe.

»Danke nein. Das Frühstück, das, nur nebenbei bemerkt, kein bisschen losermäßig war ...«, mit diesen Worten richte ich mich an Wyatt, der gerade angebrannte Zwiebeln vom Pfannenboden kratzt, »... war mehr als genug.«

»Du hättest mich auch zum Frühstück einladen können«, jammert die Frau mit den roten Haaren, die bislang noch kein Wort gesprochen hat. Während der Mann, auf dessen Schoß sie sitzt, nur vor sich hin brummelt, werfen die anderen drei Jungs sich bedeutungsschwere Blicke zu. Offensichtlich erleben sie eine Situation wie diese nicht zum ersten Mal.

»Okay«, lacht Wyatt und zeigt mit dem Pfannenwender auf mich. »Ich nehme das mit dem Frühstücksdate zurück. Bist du sicher, dass du nichts willst? Meine Eier sind toll.«

»Deine Eier bleiben, wo sie sind«, schmunzelt Quincy, während Theo kopfüber in dem kleinen Kühlschrank verschwindet.

»Wenn du nicht bald Eier in die Pfanne haust, kannst du deine angebratenen Zwiebeln allein essen«, schallt es aus dem Inneren des Kühlschranks.

»Allerdings ohne uns«, wirft Quincy ein und zieht mich an seiner Hand in die andere Richtung. »Komm.«

»Uhhh«, gibt Wyatt lachend von sich. »Obwohl sie das Frühstück schon hatten, schleppt er sie ab. Du hast recht, dagegen hatte der Nacho-Abend keine Chance.«

Quincy hält nur lachend einen Mittelfinger hoch, während ich noch einmal zu der Rothaarigen sehe, die mich anschaut, als wolle sie sagen ›Du Glückliche‹.

Die Tür zu Quincys Zimmer fällt hinter uns ins Schloss, und wir sind wieder allein.

»O Mann!«, seufzt er. In aller Ruhe drehe ich mich um meine eigene Achse und sehe mich in dem geräumigen Raum um. »Du darfst die Jungs nicht allzu ernst nehmen.«

»Schon okay.« Meine Fingerspitzen fahren über die Platte des chaotischen Schreibtisches. Der schwarze Chefsessel davor ist von einem riesigen Haufen Klamotten besetzt. Auch der Rest des Zimmers ist ziemlich unordentlich. Überall türmen sich Fachbücher, und vor dem Bett stehen ein Dutzend Wasserflaschen. Manche leer, andere halb voll

»Tja«, gibt Quincy verlegen von sich, während er seine Jacke auszieht. Sie passt perfekt auf den Berg mit den anderen Sachen. »Der Zustand meines Zimmers ist der beste Beweis dafür, dass ich nicht damit gerechnet habe, heute mit dir hierherzukommen.«

Lächelnd schlüpfe ich ebenfalls aus meinem Mantel, den er allerdings ordentlich an eine Garderobe hinter der Tür hängt.

Sein Zimmer ist groß. Wesentlich größer, als ich es von einem Studentenzimmer erwartet hätte. Es gibt neben dem riesigen Schreibtisch ein breites Bett und auf der gegenüberliegenden Seite eine kleine Couch und einen Fernseher, der auf einer schicken Kommode steht. Die Möbel sind alle dunkelbraun und edel. Genau wie der Fußboden. Bis auf ein einziges Foto, das eingerahmt auf der Fensterbank steht, ist es allerdings recht spärlich eingerichtet. Es hängt nichts an den strahlend weißen Wänden außer den leicht transparenten Gardinen, die den Raum in sanftes orangefarbenes Licht tauchen. Orange und Blau sind die Farben der Pixton University.

»Ich bin erst vor ein paar Wochen hier eingezogen, deswegen wirkt es noch recht ungemütlich.«

»Ist es nicht komisch, jedes Jahr das Zimmer zu wechseln?« Ich gehe ein Stück näher zum Fenster, das nach hinten raus Richtung Straße zeigt.

»Absolut«, gibt er mir, ohne zu zögern, recht. »Vor allem dieser Umzug war hart.« Ich drehe mich um in der Hoffnung, er erklärt mir seine Worte genauer. »Es ist nur noch ein Jahr. Ein verdammt kurzes Jahr, dann verlasse ich den Campus für immer. Es fühlt sich seltsam an, sich dann noch häuslich einzurichten.«

In seinen Augen blitzt Traurigkeit auf, die ich gut nachvollziehen kann. Allerdings musste ich mich schon viel früher vom Leben an der Universität verabschieden – noch bevor es überhaupt losging, und nicht erst nach Jahren Studentinnenleben.

»Brauchst du irgendwas? Möchtest du was trinken oder so?«, fragt Quincy, weil ich nicht direkt auf sein Geständnis reagiere.

»Nein, ich möchte nichts«, flunkere ich, denn im Grunde weiß ich genau, was ich möchte.

»Bist du sicher?«, raunt er. Wahrscheinlich hat er den sehnsüchtigen Ausdruck auf meinem Gesicht erkannt, ehe ich verlegen den Kopf gesenkt habe. Langsam kommt er auf mich zu, und ich halte instinktiv die Luft an, als er mit einem Zeigefinger mein Kinn anhebt. »Sag mir, was du willst, Abigail. Ich bin hierbei ein bisschen auf deine Hilfe angewiesen. Ganz gleich, wie sehr ich versuche, dich zu durchschauen, ich kann nicht erkennen, was du brauchst. Deswegen musst du es mir sagen.« Die Art, wie er meinen Namen ausspricht, lässt meine Knie beben. »Bitte«, flüstert er hinterher und schiebt mir dabei eine Strähne hinters Ohr.

Mein Herz klopft wie wild.

»Was ich brauche?«, wiederhole ich ungläubig und will den Blick senken, doch Quincys Hand hält mich davon ab. »Vielleicht habe ich mir abgewöhnt, mich damit zu beschäftigen, was ich brauche.«

Obwohl ich ihm nicht die ganze Wahrheit über mich erzählen kann, gewähre ich ihm doch mehr Einblicke hinter meine Fassade als den meisten Menschen in meiner Umgebung. Die einzige Person auf diesem Planeten, die mein Leben ohne jeglichen Filter kennt, ist Scarlett, und dafür gibt es Gründe.

»Du bist ein Buch mit mehr als sieben Siegeln. So viel habe ich inzwischen verstanden.« Quincys Fingerspitzen hinterlassen eine warme Spur auf meiner Wange. »Aber hier bei mir kannst du sein, wer du sein möchtest. Ich möchte mich damit beschäftigen, was brauchst.«

Meine Augen schließen sich von ganz allein. Wenn er nur wüsste, wie sehr ich alles von ihm brauche. Wie sehr ich ihn brauche.

»Vielleicht«, flüstere ich und hebe die Lider, »bist dann du derjenige, den ich brauche.«

Zeit mit Quincy zu verbringen, ist ungewohnt leicht. Diese wundervolle Mischung aus ernsthaften Gesprächen, albernem Gerede und bedeutungsschwerem Schweigen. Aber bislang habe ich mich ihm nie so schutzlos gezeigt wie in diesem Augenblick. Es ist meine Form der Wahrheit, die ich ihm mitzuteilen versuche. Obwohl ich mich dabei in sicheren Gewässern bewege und mehr oder weniger nur in Rätseln spreche, fühle ich mich nackt. Es fühlt sich beängstigend an, jemanden nach all den Jahren wieder an mich heranzulassen. Seit Ophelia auf der Welt ist, habe ich mich hinter hohen Burgmauern verschanzt. Viele Menschen haben versucht, die Burg einzunehmen, doch ich habe sie erfolgreich abgewehrt. Jetzt für Quincy einfach so das Tor zu öffnen, fühlt sich seltsam an.

Zaghaft strecke ich meine Finger aus und berühre die zarten Falten, die sich unter seinem besorgten Blick abzeichnen.

»Ich bin bereit, dir alles von mir zu geben. Ich will das hier wirklich richtig machen.« Seine Worte haben eine Dringlichkeit, und seine tiefe Stimme lässt mich erschauern.

Es kommt mir vor, als habe die Welt auf die Bremse getreten. Alles dreht sich irgendwie langsamer. Ich kann mir nicht vorstellen, dass sich außerhalb dieses Zimmers noch irgendetwas anderes befindet.

Es gibt nur noch uns.

Er und ich.

Wir.

Beide in meiner Burg.

Die Grenze zwischen uns wurde mit einem Fausthieb niedergerissen.

Quincys Finger, der noch immer auf meiner Wange ruht, gleitet langsam über meinen Hals und endet am Saum meines schwarzen Shirts.

»Ich möchte es noch einmal fühlen«, flüstere ich, um ihm mitzuteilen, was ich wirklich dringend von ihm brauche.

»Was?«, fragt er, ohne den Blick von meinem Ausschnitt zu nehmen.

»Deine Hände auf meiner Haut.« Nun sieht er doch auf, und ich zögere nicht, meine Wünsche in Worte zu fassen. »Deine Härte zwischen meinen Beinen. Dieses unglaubliche Gefühl ganz tief in meinem Inneren«, gestehe ich flüsternd. Mein Atem geht nur noch abgehackt.

All die Beherrschung der letzten Jahre ist in einem gigantischen Knall verpufft und hat nichts als Begierde und den Drang nach Freiheit zurückgelassen.

»Und ich möchte nichts sehnlicher, als dir dieses Gefühl zu geben.« Sein Finger fährt hauchzart über meinen Hals und streicht anschließend verführerisch über meine Unterlippe. »Aber ich habe auch einen Wunsch.« Sein schelmisches Grinsen bohrt sich bis in mein Herz.

»Welchen?«

»Ich möchte dich sehen«, flüstert er dicht vor meinem Mund.

Da sind so viele Emotionen, die neben dem Verlangen in mir wüten. Zuneigung, ja, schon Verliebtheit und eine unbändige Wärme, die mich umgibt, sobald ich seine Stimme in meinem Ohr höre.

»Ich glaube, selbst in der Dunkelheit hast du mehr von mir gesehen als die meisten anderen Menschen.« Meine Worte kommen mir nur mühsam über die Lippen.

Selbst wenn ich es noch aufhalten wollte – es ist zu spät. Ich bin Quincy mit Haut und Haar verfallen.

Ohne den intensiven Blickkontakt zwischen uns zu unterbrechen, überkreuze ich die Arme, packe mein Shirt an den Seiten und ziehe es mir über den Kopf.

Ein winziges Lächeln schleicht sich auf mein Gesicht, weil Quincy es nicht schafft, meinen Blick zu halten. Es ist zwar nur eine Sekunde, in der seine tiefblauen Augen zu meinem roten Spitzen-BH wandern, doch das Heben seiner Schultern unter einem tiefen Atemzug ist deutlich zu sehen.

Ohne mich zu berühren oder ein einziges Wort zu sagen, greift er sich in den Nacken und zieht sich seinen Hoodie samt T-Shirt darunter über den Kopf.

Die Spannung in diesem Zimmer ist fast zu hören.

Als Erstes fallen mir seine breiten Schultern auf. Die muskulösen Wölbungen zu sehen, ist etwas anderes, als sie in der Dunkelheit nur zu spüren. Heute erlaube ich mir beides. Ich lege meine Hand an die Stelle seines Herzens. Es klopft genauso wild wie mein eigenes. Gemächlich erkunden meine kalten Fingerspitzen seine heiße Haut. Glatt und weich, so wie mein Tastsinn sie in Erinnerung hat. Es gleicht einem Rausch der Sinne, dabei den zarten Braunton seines Teints zu sehen. Die wenigen Haare um seine Brustwarzen und unterhalb seines Bauchnabels, wo sie im Saum seiner Hose verschwinden.

Quincys Hände legen sich zuerst seitlich auf meinen Hals, gleiten dann über meine Schultern und meine Oberarme, bis sie von den Ellbogen auf meine Hüfte wandern.

»Zu sagen, du wärst wunderschön, wäre wohl übertrieben kitschig, oder? Zumal es nicht ansatzweise ausdrücken würde, was ich eigentlich sagen will.« Seine Stimme klingt belegt, beinahe als habe er seit Tagen kein Wort gesprochen.

Inzwischen gleiten meine Handflächen zurück über seine Brust und legen sich schließlich an seinen Hals.

»Ich glaube, unterm Strich hört jede Person gern, dass sie schön ist.« Wie von allein stelle ich mich auf die Zehenspitzen und hauche einen Kuss an die Stelle unterhalb seines Ohres. Bei dem Geruch, den mein Erinnerungsvermögen sich so sehr herbeigesehnt hat, durchströmt mich ein unbeschreibliches Gefühl voller Wärme.

»Du bist zweifelsohne wunderschön«, versichert Quincy lachend. »Aber das hat nichts mit deinem Körper zu tun.« Er stockt, und auch seine Hände halten auf ihrer Wanderschaft über meine Haut inne. »Das soll nicht bedeuten, dass dein Körper nicht der Wahnsinn ist. Denn das ist er ohne Frage. Ich meinte nur, dass du auch ohne ihn schön wärst. Also, nicht ganz ohne, aber wenn du nicht so … Fuck«, unterbricht er sich lachend, und ich lehne mich ein Stück zurück, um ihn anzusehen. »Du weißt, was ich meine, oder?«

»Ja«, erwidere ich schmunzelnd. »Ich denke, ich hab's kapiert.«

Er streichelt sanft mit den Fingerspitzen über meine Wange, während sein Lächeln langsam schwindet. Für den Bruchteil einer Sekunde sehen seine Augen hinüber zu dem breiten Bett.

Mit einem schwachen Lächeln auf den Lippen mache ich ein paar Schritte rückwärts und lasse mich auf die Bettkante sinken. Als Quincy vor mir auf die Knie geht, um mit mir auf Augenhöhe zu sein, kann ich meinen überraschten Gesichtsausdruck nicht verbergen.

Nie zuvor ist ein Mann vor mir auf die Knie gegangen. Er gibt mir das Gefühl, die einzige Frau auf Erden zu sein.

»Ich habe jede Sekunde der vergangenen sechzehn Tage an deine Beine gedacht«, gesteht Quincy, während er den Reißverschluss meiner Stiefel öffnet. Wie er dabei mit seinen Fingerkuppen meine Waden entlangfährt, bereitet mir Gänsehaut am ganzen Körper.

»Warum ausgerechnet an meine Beine?«

Ich wünschte, meine Stimme würde meine Aufregung weniger offensichtlich transportieren. Trotz aller Vertrautheit und des Gefühls, das Richtige zu tun, habe ich Angst, etwas falsch zu machen oder … nicht genug zu sein.

»Weiß nicht.« Quincy zuckt mit den Schultern, während er meine Stiefel zur Seite legt und langsam über meine Knöchel streicht. Erst innen, dann außen, ehe er behutsam über die Innenseiten meiner Schenkel fährt. Niemals zuvor hat mich ein Mann mit einer solchen Faszination angesehen. »Ich bin kein Beinfetischist, aber ich konnte einfach nicht vergessen, wie sie sich angefühlt haben.« Unsere Blicke treffen sich. Behutsam streiche ich seine wilden Haare aus dem Gesicht, die ihm die Sicht etwas versperren. »Außerdem musste ich pausenlos daran denken, wie sie sich um meine Hüften geschlungen haben.«

Der Glanz in seinen Augen bringt mich zum Lächeln.

»Ich kann mich auch daran erinnern«, flüstere ich.

Meine Hände krallen sich in die zerwühlten Laken. Als Quincy wieder aufsteht, muss ich meinen Kopf in den Nacken legen, um zu ihm aufzusehen.

Noch bevor er sich wegbewegen kann, halte ich ihn auf, indem ich meine verkrampften Finger löse und sie in seine Gürtelschlaufen lege. Der weit geschnittene Rock ermöglicht es mir, die Beine zu spreizen und ihn dazwischenzuziehen.

Wir sehen uns die ganze Zeit über an, auch als das Öffnen seines Reißverschlusses das einzig hörbare Geräusch neben unserem schweren Atem ist.

»Ich habe seit dem Abend in der Livingston Hall immer wieder geträumt, wie es wäre, all diese Dinge noch einmal zu tun und dir dabei in die Augen zu sehen«, flüstert er andächtig.

Ohne unseren Blickkontakt zu unterbrechen, ziehe ich ihm die Jeans samt Shorts bis in die Kniekehlen. Der Moment, als mir seine Erektion entgegenspringt, ist der, in dem ich endgültig meinen Kopf ausschalte.

Kapitel 14

Quincy

Verdammt! Verdammt! Verdammt!

Ich habe keine Ahnung, wie lange ich mich zurückhalten kann, wenn Abigail weiter so durch ihre dichten Wimpern zu mir hochsieht. Mein verfluchter Schwanz so dicht vor ihrem Gesicht, dass ich jeden ihrer Atemzüge darauf spüren kann. Ich kann mich auf nichts anderes konzentrieren als auf ihre Lippen, die nur wenige Zentimeter vor meinem Schritt leicht geöffnet darauf warten, mich zu empfangen. Es fehlt nicht viel und ihr süßer Mund wird sich um meine schon schmerzende Erektion legen. Dummerweise steht zu befürchten, dass ich wie ein Teenager kommen werde, sobald sie mich nur ein einziges Mal berührt.

Ohne sie aus den Augen zu lassen, entledige ich mich meiner Hose sowie meiner Socken und beuge mich über sie, um sie zu küssen. Ihre Haltung lässt nicht viel Spielraum für Interpretationen. Allerdings werde ich unter keinen Umständen zulassen, dass ich ihr binnen zwei Minuten mein Sperma um die

Ohren haue und das hier beende, ehe es überhaupt richtig angefangen hat.

»Nicht heute«, erkläre ich zwischen zwei Küssen und dränge sie mit meinem Mund auf die Matratze.

Ich will es verdammt noch mal richtig machen. Auch wenn es mich sämtliche Selbstbeherrschung kostet.

Als könne sie jeden meiner Gedanken lesen, schleicht sich ein wissendes Grinsen auf Abigails Lippen. Gemeinsam rutschen wir auf den Laken nach oben, und ich lasse meine Finger über ihre Oberschenkel unter ihren Rock wandern.

Verdammt!

Die dünne Strumpfhose, kombiniert mit ihrer warmen Haut, bringt mich beinahe um den Verstand.

»Ich glaube, ich bin doch ein Beinfetischist«, schmunzele ich und lasse meine Lippen gemächlich über ihren Oberkörper wandern. Ich streife nur für einen kurzen Augenblick ihre Brustwarzen, die sich unter der durchsichtigen Spitze ihres BHs abzeichnen. Sie werden später meine volle Aufmerksamkeit bekommen.

Abigail zieht scharf die Luft ein, als ich Küsse auf ihrem Bauch verteile und meine Finger gleichzeitig den Knopf ihres Rockes öffnen.

Sie hebt die Hüften, damit ich ihn leichter abstreifen kann.

»Verdammt!«, spreche ich es dieses Mal laut aus. Dabei streiche ich mir über das Kinn und genieße den Anblick ihres roten Slips, der durch die dünne Strumpfhose schimmert.

»Verdammt?«, wiederholt Abigail amüsiert und streicht sich die Haare aus dem Gesicht. Erst jetzt bemerke ich die wundervolle Röte, die sich auf ihren Wangen gebildet hat.

»Ich weiß nicht, was ich zuerst küssen soll«, gestehe ich ihr ungefiltert meine Gedanken. »Du bist so verdammt sexy, dass ich wirklich Angst habe, das hier zu verkacken.«

»Ich mag es, wenn du so ehrlich bist.« Ihr Lachen löst tausend Glücksgefühle in meinem Bauch aus.

»Ehrlichkeit ist der erste Schritt zum Glück.«

Theo hat das mal gesagt, nachdem ein Typ ihn zur Seite geschubst und ihn beschimpft hat, als er in einem Kleid zur Vorlesung erschienen ist. Sicher würde es ihm nicht gefallen, dass ich ausgerechnet in einer Situation wie dieser an ihn denke. Und mir gefällt es ehrlich gesagt auch nicht. »Hilfst du mir?«, frage ich Abigail und verscheuche damit meinen Kumpel aus meinen Gedanken.

Fragend zieht sie eine Augenbraue nach oben. Eine Geste, die ich heute schon öfter beobachtet habe und die mich um den Verstand bringt. »Mich zu entscheiden, wo meine Lippen zuerst landen sollen?«, erkläre ich.

Da unsere Blicke fest miteinander verankert sind, entgeht mir nicht, wie ihre Augen für einen winzigen Augenblick in Richtung ihres Schritts sehen.

Ein zufriedenes Grinsen schleicht sich auf meine Lippen.

»Gute Wahl«, knurre ich und streife sorgsam die Strumpfhose von ihrem Körper.

»Ich habe nichts gesagt.« Es ist nur ein schwacher Versuch, die Wahrheit zu vertuschen. Dass sehe ich am Zucken ihrer Mundwinkel und an der Art, wie sie mir die Füße entgegenhält, damit wir den elastischen Stoff, der unsere Haut noch voneinander trennt, endgültig loswerden können.

»Manchmal benötigt man keine Worte.« Dabei lasse ich mich zwischen ihre Beine sinken und küsse die Innenseite ihres Oberschenkels.

»Quin«, keucht Abigail. Dabei streckt sie den Rücken durch und reckt sich mir entgegen. Dass sie unabsichtlich den Spitznamen benutzt, mit dem meine Brüder mich ansprechen, befördert ein wenig Blut aus meinem Schritt zurück in mein Herz.

Über den sanften Hügel ihrer Scham sehe ich zu ihr hinauf. »Ich weiß, du versuchst, alles richtig zu machen. Aber bitte halte dich nicht zurück. Ich mochte den ungefilterten Typen aus der Besenkammer. Sehr«, schiebt sie mit einem frechen Grinsen hinterher.

Schlussendlich ist es ihr kleines laszives Zwinkern, dass mein Zögern bricht. Am liebsten würde ich ihr den verfluchten Slip vom Körper reißen. Stattdessen streife ich ihn ihr in Windeseile über die Beine und vergrabe meinen Kopf ohne ein weiteres Zögern in ihrem Schritt.

Ich halte mich nicht zurück. Nicht, als ich mit einem Finger in sie eintauche, und auch nicht, als ich jeden Tropfen ihrer Lust aufnehme. Meine Zunge gleitet mit sanftem Druck über ihre Klitoris, während ich mit meinem Finger tief in sie eindringe. Alles an Abigail schmeckt und riecht so süß, ich werde niemals genug davon bekommen.

Während sie eine Hand in den Stoff meiner Laken krallt, finden die Finger der anderen den Weg in meine Haare. Mit einem leisen Stöhnen drängt sie mich noch enger zwischen ihre Beine, was mir ein begieriges Knurren entlockt. Ich umklammere ihre Schenkel und tauche mit meinen Fingern so tief in sie hinein, wie es geht.

Sie drängt sich mir immer heftiger entgegen, und ich merke, wie sie versucht, nicht zu laut zu sein. Meine Bewegungen werden stürmischer, und auch das Kreisen ihrer Hüfte bekommt etwas immer Dringlicheres. Sie hält den Atem an, doch zwischendurch entfahren ihr gedämpfte Seufzer, die mich um den Verstand bringen.

Plötzlich ziehen sich Abigails Muskeln um meine Finger zusammen, als sie keuchend an meinem Mund kommt.

Bei keiner Frau zuvor ist es mir so bedeutend vorgekommen, ihren Orgasmus zu erleben. Er ist beinahe wie ein Geschenk.

Noch vollkommen außer Atem zieht sie mich an der Schulter zu sich hinauf, und wir stöhnen beide genussvoll auf, als unsere Zungen sich finden und ich ihren Geschmack mit ihr teile.

Dieser Moment ist so intim.

Und er gehört uns.

»Ich sollte dir etwas sagen. Vorher, meine ich.« Obwohl sie es war, die gerade heftig gekommen ist, bin ich derjenige, der klingt, als wäre er soeben einen Marathon gelaufen. Abigails Stirn legt sich in leichte Falten, und sie nickt kaum merklich. Ich nehme das als Aufforderung, weiterzusprechen. »Letztes Mal hatte ich keine Ahnung, wohin das führen soll. Heute glaube ich es besser zu wissen, und ich finde, das solltest du wissen.« Sie presst ihre Lippen aufeinander, beinahe so, als wolle sie sich verbieten, zu sprechen. »Das hier soll nicht die Wiederholung eines One-Night-Stands werden. Ich glaube, ich bin gerade dabei, mich Hals über Kopf in dich zu verlieben, Abigail Hamilton.«

Ihre Hände legen sich um meinen Nacken, und sie löst die verkrampfte Pose ihres Mundes. Doch noch ehe ich meine Lippen auf ihre legen kann, holt sie tief Luft.

»Ich studiere nicht«, platzt es aus ihr heraus. Die Worte schwappen mit einem Schwall Atemluft über ihre Lippen, als hätte sie keine Chance gehabt, sie noch länger zurückzuhalten. Sie schließt die Augen, fast als wolle sie sich so vor meiner Reaktion verstecken.

Nur mit Verzögerung gelangen ihre Worte in mein Gehirn, weil mein Schritt und mein Herz bislang alles Blut für sich gepachtet hatten.

»Was meinst du damit?«, frage ich vollkommen überflüssigerweise, denn im Grunde lässt ihr Geständnis nicht viel Spielraum für Spekulationen.

»Ich studiere nicht an der Pixton. Am Abend der Einführungsveranstaltung habe ich mich nicht getraut, dir die Wahrheit zu sagen und …«, tief seufzend öffnet sie die Augen. »Es tut mir leid. Ich dachte irgendwie, es erledigt sich von allein, aber das tut es nicht. Und ich kann dich nicht anlügen, während alles an dir nahezu perfekt ist. Es tut mir leid«, wiederholt sie. »Ich empfinde auch etwas für dich, und ganz gleich, was daraus wird – ich möchte das zwischen uns nicht auf dieser Lüge aufbauen.«

Zum ersten Mal, seit ich Abigail kennengelernt habe, wird die Situation zwischen uns unbehaglich. Nach wie vor liege ich auf ihr. Mit meiner langsam nachlassenden Erektion noch immer zwischen ihren feuchten Schenkeln weiß ich für den Moment nicht, was ich tun soll.

»Warum?« Eine dämliche Frage. Das ist alles, was mir herausrutscht, obgleich ich tausend Fragen im Kopf habe.

Warum hast du gelogen?

Warum studierst du nicht?

Warum dachtest du, es würde sich von allein erledigen?

Warum zum Teufel warst du überhaupt auf der Einführungsveranstaltung?

Zig Gedanken rasen mir gleichzeitig durch den Kopf. Bitter denke ich an die Ausreden, die sie mir aufgetischt hat, als wir über die ersten Wochen ihres Studiums gesprochen haben.

Um erst einmal klar im Hirn zu werden, rolle ich von ihr herunter und lehne mich ans Kopfende meines Bettes.

»Ich wollte es dir erklären. Aber am ersten Abend habe ich doch nicht damit gerechnet, dich jemals wiederzusehen.«

»Warum warst du überhaupt da?« In Anbetracht der Lage halte ich es für das Beste, das dünne Laken über uns zu ziehen. Vollkommen nackt diese Unterhaltung zu führen, ist viel zu creepy.

»Ich wollte gern in Pixton Jura studieren. Will es noch, aber in diesem Jahr hat es nicht geklappt und …« Seufzend streicht sie sich die Haare aus dem Gesicht und lässt die Hände auf ihren Schläfen ruhen. »Es tut mir leid, Quincy. Wirklich.«

Kopfschüttelnd betrachte ich ihren zerzausten Pony und die Verzweiflung in ihrem Gesicht.

»Ich verstehe nicht, warum du nichts gesagt hast.«

Das Problem ist nicht, dass sie keine Studentin ist. Mir ist völlig egal, was oder wer sie ist. Erschütternd finde ich, wie leicht es ihr gelungen ist, mich anzulügen. Etwas, das mich wirklich überrascht und vor allem … enttäuscht.

Tief seufzend rutscht Abigail ebenfalls nach oben, um sich gegen den dunklen Holzrahmen des Bettes zu lehnen.

»Als wir uns letzten Freitag wiedergesehen haben, war ich erst total überrascht, dann habe ich mich so dermaßen gefreut und …«

»Was?«, frage ich, als sie lediglich nervös an meiner Decke nestelt.

»Ich wollte nicht, dass es aufhört«, gesteht sie mit brüchiger Stimme. Verlegen sieht sie mich durch ihre dichten Wimpern an.

»Und du denkst, ich hätte dich nicht wiedersehen wollen, weil du keine Pixton-Studentin bist?« Erneut senkt sie den Blick und zuckt hilflos mit den Schultern. »Es ist mir egal, was du bist, Abigail.«

Mit einem Finger an ihrem Kinn bitte ich sie stumm, mich anzusehen.

»Ich kann nicht mehr, als mich zu entschuldigen. Ich will das hier. Wirklich.« Eine einzelne Träne löst sich aus ihrem Augenwinkel. Ich sehe ihr nach, wie sie über ihre zarte Wange kullert und von ihrem Kinn auf meine Decke tropft. »All das hier ist es, was ich immer wollte. Ich meine, nicht nur dich. Auch das Leben, das du führst. Für einen Moment war ich so in diesem

Traum gefangen, dass ich der Realität nicht erlaubt habe, ihn kaputtzumachen. Nicht schon wieder.«

»Und was ist die Realität?«

Ich bin erstaunt, wie sehr ich meine Stimme unter Kontrolle habe. Man könnte sicherlich meinen, ich bin die Ruhe selbst, doch innerlich tobt ein Sturm der Enttäuschung in mir.

»Ich …« Sie versucht meinem Blick auszuweichen. »Mein Leben ist kompliziert. Es war in den vergangenen Jahren nicht einfach für mich. Nachdem ich mich von meinen Eltern losgemacht habe, mussten Riley und ich lernen, auf eigenen Füßen zu stehen, auch finanziell. Das war schwerer, als ich mir jemals ausgemalt hätte. Meine Schwester …« Stöhnend wischt sie sich die Augen trocken, nur damit weitere Tränen fließen können, und schluckt den letzten Rest des Satzes herunter. »Aber ich will wirklich an der Pixton studieren. Irgendwann.«

»Ich weiß nicht, was ich sagen soll«, erwidere ich wahrheitsgemäß.

Abigail ist eine faszinierende Frau, keine Frage. Mein Herz schlägt höher, wenn ich sie ansehe, aber da ist dieser zweifelnde Ausdruck in ihren Augen. Das Gefühl, nur einen Teil von ihr zu kennen.

»Soll ich gehen?« Ohne mich anzusehen, ist sie drauf und dran, aus dem Bett zu krabbeln.

»Nein.« Mit meiner Hand an ihrem Unterarm halte ich sie auf. »Ich …«, setze ich an, während ich sie loslasse und mir verzweifelt übers Gesicht fahre. »Scheiße, gib mir nur einen Moment, um darüber nachzudenken, ja?«

Aus dem Augenwinkel sehe ich, wie sie stumm nickt.

Es ist schon komisch, wie ein einziger Satz eine Mauer zwischen zwei Menschen zieht. Wie ein kleines Geständnis mit einem Schlag die Stimmung kippen kann.

Der alte Wecker, den schon Glen seinerzeit in Pixton auf

dem Nachttisch stehen hatte, gibt den Sekundentakt an, in dem die Temperatur in meinem Zimmer weiter abzusinken scheint.

»Bist du deswegen damals davongelaufen?« Die Worte verlassen meinen Mund ganz ohne meine Zustimmung.

Als Antwort bekomme ich ein Nicken. Nach einer kurzen Pause hebt sie zu einer Erklärung an: »Dorthin zu gehen, auf die Einführungsveranstaltung, ist eine ganz miese Angewohnheit. Es tut mir weh, zu sehen, was ich nicht haben kann, und doch tue ich es mir jedes Jahr aufs Neue an. Vielleicht, um mein Ziel nicht komplett aus den Augen zu verlieren.«

»Dann machst du das öfter?« Entsetzt rutsche ich ein Stück von ihr ab. »War ich nur Teil des diesjährigen Rahmenprogramms?«

Dieses Mal sind es meine Hände, die sich ins Laken krallen.

»Was? Nein!«, unterbricht Abigail meine erniedrigenden Gedanken. »Ich habe dir gesagt, dass ich so etwas noch nie getan habe.«

»Na ja, du hast mir auch gesagt, dass du die Grippe hattest, aber diese Woche deine Kurse starten. Von daher verzeih mir, wenn ich noch mal sichergehen will.«

»Das war doch nicht geplant«, jammert Abigail. »Das alles. Ich habe nie zuvor mit jemandem auf diesen Veranstaltungen geredet. Und hatte es auch dieses Mal nicht vor.« Einen Moment löse ich meinen Blick von ihrem traurigen Gesicht, um einen klaren Gedanken fassen zu können. Wenn sie mich mit diesem zerschlagenen Ausdruck in ihren braunen Augen ansieht, kann ich nicht denken.

»Ich möchte doch nur die Wahrheit wissen«, bringe ich leise, aber bestimmt hervor. Ich war nie der Typ, der ausrastet. Mein Leben lang habe ich gelernt, Konflikte mit dem Verstand anzugehen. Bei Abigail allerdings gestaltet sich das schwerer denn je, weil mein Herz ständig meint, mitmischen zu müssen.

»Du willst die Wahrheit?« Die Matratze neben mir senkt sich, weil Abigail nun auf ihren Knien an meiner Seite hockt. »Ich verspreche dir, ich sage die Wahrheit. Ich wollte dich nicht treffen.« Als hätte sie mir eine verpasst, zucke ich zurück, doch Abigail legt ihre Handfläche sanft an meine Wange. »Aber nur, weil für einen Mann in meinem Leben kein Platz ist. Weil ich seit fünf verfluchten Jahren keine Chance habe, etwas für mich zu tun. Also nein, ich wollte dich weder kennenlernen, noch war es geplant, mit dir in einer Besenkammer zu schlafen. Aber beides ist trotzdem passiert, weil ich einfach nicht anders konnte. Weil ich schon in dich verknallt war, bevor wir das erste Glas ausgetrunken hatten. Du warst perfekt und bist es noch. Alles an dir. Wie hätte ich denn Nein sagen sollen, wenn alles an diesem Abend wie ein Traum war? Aber ...«, traurig lacht sie auf.

Dass sie nur in ihrem roten BH vor mir hockt, macht es nicht gerade leicht, mich zu konzentrieren. In ihren Augen wütet ein emotionales Chaos. Ihre Pupillen blitzen hin und her. Ihr Blick wandert von meinem Gesicht zu meinen Händen und durch das ganze Zimmer.

»Wie immer habe ich die Vernunft siegen lassen. Weil es das ist, was ich nun mal tue. Ich bin vernünftig. Es war allerdings noch nie so schwer, und als du dann Freitag vor mir standst ... Immer noch genauso perfekt mit deinen dichten Wimpern und diesem unwiderstehlichen Charme. Hätte ich einfach umdrehen sollen? Ja, verdammt. Vielleicht hätte ich das. Aber ich habe es nicht, okay?« Ihre Stimme wird mit jedem Wort lauter, und neue Tränen schimmern in ihren Augen.

»Weil ich dich wollte. Weil ich das hier wollte«, bringt sie etwas leiser hervor. Unsere Blicke treffen sich, und meine Brust hebt und senkt sich viel zu hastig. »Weil du es bist, den ich will, Quincy.«

Wahrscheinlich ist das der Moment, in dem ich etwas erwidern sollte. Aber mir will einfach nichts einfallen. Ich bin viel zu sehr damit beschäftigt, meinen inneren Zwiespalt zu erörtern. Als ich auch nach einer Weile noch immer nichts rausbringe, ergreift Abigail erneut das Wort.

»Ja, ich habe gelogen. Ich studiere nicht an der Pixton. Ich weiß, dass es egoistisch war, auf mein Herz zu hören. Dafür entschuldige ich mich nicht. Aber ich entschuldige mich dafür, dich angelogen zu haben.« Schniefend wischt sie sich mit dem Handrücken die Nase ab. »Kann schon sein, dass ich wünschte, ich hätte damals Nein gesagt, denn nachdem ich dich erst berührt hatte, wollte ich nicht mehr ohne dich sein. Nie wieder.«

»Scheiße«, knurre ich. Noch ehe mein Verstand Einspruch erheben kann, strecke ich den Arm aus und ziehe sie an mich. »Nun komm schon her.«

Weinend stürzt Abigail an meinen Hals.

»Es tut mir leid«, schluchzt sie, die Nase fest gegen meine Haut gepresst. »Es tut mir wirklich leid. Du hast es nicht verdient, angelogen zu werden.«

Immer wieder murmelt sie Entschuldigungen, und ich streiche ihr dabei beruhigend über die seidigen Haare. Keine Ahnung, woran es liegt, aber ich glaube ihr.

Obwohl der Teil von mir, der Lügengeschichten hasst und in seinem Leben nicht duldet, sie abweisen und wegschicken will, ziehe ich sie nur noch enger an mich. Weil der Teil, der sich zu ihr hingezogen fühlt und ihr vertrauen will, einfach stärker ist.

Ich weiß nicht, in welchen Verhältnissen Abigail groß geworden ist. Ich weiß auch nicht, wie sie lebt oder wer sie ist, ich weiß nur, dass ich nicht bereit bin, diese Sache zwischen uns jetzt schon aufzugeben.

Kapitel 15

Abigail

All meine angestauten Emotionen brechen aus mir hervor. Es gibt kein Halten mehr für die Tränen. Kein Halten mehr für die Worte, die aus meinem Mund sprudeln.

»Du musst mir glauben, dass ich alles in Bezug auf dich ernst gemeint habe«, beharre ich. Dabei löse ich mich nur so weit von Quincy, dass ich ihm in die Augen sehen kann. Zwischen den tiefen Blau-Nuancen noch immer Zweifel zu entdecken, zerreißt mir fast das Herz. Ich möchte nichts lieber, als ihm alles endlich zu erzählen.

Mein ganzes kaputtes Leben. Aber auch die schönen Dinge. Ich möchte, dass er von Lee weiß. Aber es geht nicht. Weil die Dinge nun mal nicht so einfach sind. Zumindest noch nicht. »Ich weiß, dass ich gelogen habe, war nicht in Ordnung. Ich kann dir vielleicht nicht alles erklären. Aber das mit uns. Das ist ... echt«, murmle ich mit belegter Stimme.

Seine nackte Brust hebt und senkt sich unter schweren Atemzügen. Dass sie sich bei jedem Einatmen noch näher an meine Brust drückt und ich seinen straffen Oberkörper an meinem spüre, ist wie eine süße Folter. Mir ist klar, dass ich es an dieser Stelle beenden könnte. Oder vielleicht sogar müsste. Weil ich noch immer nicht vollkommen offen zu ihm sein kann. Aber nicht die ganze Wahrheit zu sagen und zu lügen, das sind zwei verschiedene Paar Schuhe, oder nicht? Für den Augenblick kann ich Quincy nur Ersteres anbieten.

»Keine Lügen mehr?«

Meine Hände klammern sich um seinen Hals wie um einen Rettungsring, der mich vor dem Ertrinken bewahrt.

»Keine Lügen mehr«, krächze ich, weil sich die Worte wie Salzsäure anfühlen.

»Du weißt es vielleicht noch nicht, aber du kannst mir vertrauen.«

»Ich bin nicht besonders gut darin, Menschen zu vertrauen.«

Ich möchte es ja. Ich möchte Quincy alles anvertrauen und ihm mein Leben auf dem Silbertablett präsentieren. Aber es geht in meiner Welt nun mal nicht nur um mich. Es geht auch um einen kleinen Engel im Elefantenkostüm, der schon mehr mitmachen musste, als man es in einem ganzen Leben sollte. Alles, was ich seit fünf Jahren tue, ist, Lee zu schützen. Ja, ich könnte ihm von ihr erzählen, und doch gibt es Geheimnisse in unserem Leben, die niemals ans Licht kommen dürfen. Niemals. Sie ist mein Leben, und ich bin von allen Menschen auf diesem Planeten der einzige, der sich um sie kümmert. Nur mit diesem Gedanken bekomme ich mein schlechtes Gewissen ein wenig unter Kontrolle. Weil ich nicht für mich einen weiteren Teil der Wahrheit verschweige. Und weil ich, streng genommen, nicht gelogen habe. Vermutlich ist es kindisch, sich das einzureden, aber Quincy hat mit keinem Wort gefragt, ob ich mir das Leben mit einem Kind teile. Also musste ich auch nicht lügen.

Immerhin habe ich angedeutet, dass ich nicht alles von mir

preisgeben kann. Wenn er nicht bereit ist, dieses Risiko einzugehen, dann muss er die Kraft aufbringen, diese unbändige Anziehung zwischen uns zu kappen. Ich bin schlichtweg zu schwach dazu.

»Ich kann es schlecht ertragen, wenn du weinst.« Ohne auf meinen Kommentar einzugehen, wischt Quincy mir mit beiden Daumen die Tränen von den Wangen.

Noch immer hänge ich etwas umständlich in seinen Armen. Noch immer trage ich dabei nicht mal einen Slip.

Traurig entweicht mir ein seltsam klingendes Lachen.

»Irgendwie landen wir immer in so seltsamen Situationen.«

»Was?« Quincy schnaubt empört, muss aber ebenfalls lachen. »Sag bloß, du weinst dich nicht regelmäßig unten ohne bei den Männern aus, nachdem sie es dir besorgt haben.«

»Das ist mein erstes Mal«, beteuere ich schniefend und gleichzeitig lachend. Ich schlage mir beide Hände vors Gesicht und lasse meinen Kopf auf seine Schulter sinken. »Es tut mir leid. Ich habe die Frühstücks-Aftershow-Party ruiniert. Das wollte ich nicht. Ich hatte nie böse Absichten. Diesbezüglich musst du *mir* vertrauen.«

Sanft streichelt er über meinen Kopf und zieht mich noch enger an sich. Weil meine Haltung auf den Knien inzwischen recht unbequem ist, schwinge ich kurzerhand ein Bein über ihn, sodass ich rittlings auf Quincys Schoß lande.

»Weißt du, was verrückt ist?«, fragt er. Seine Stimme in meinem Ohr lässt auch die letzten Schluchzer verklingen. »Ich tue es.« Langsam hebe ich den Kopf, lege meine Hände auf seine Schultern und sehe ihn an. »Obwohl ich so gut wie nichts über dich weiß, vertraue ich dir.«

Wärme rauscht durch meine Arme, meinen Oberkörper und nistet sich in meinem Bauch ein.

Eine ganze Weile sehen wir uns stumm an.

Für den Moment ist alles gesagt. Mehr kann ich ihm nicht bieten.

Keine Vielleichts mehr, keine Könntes.

Zweifel und Unsicherheiten sind mit meinem Geständnis vorerst verflogen. Zurück bleiben nur die Eingeständnisse unserer Emotionen. Quincy empfindet etwas für mich, und ich erwidere diese Gefühle. Und zwar von ganzem Herzen.

»Darf ich dich küssen?«, flüstere ich nach einer Zeit. Meine Hände wandern langsam hinauf zu seinen Wangen. Über die glatt rasierten Kieferknochen. Meine Daumen streifen die weiche Haut seiner Ohrläppchen.

»Wie könnte ich auf diese Frage jemals mit Nein antworten?«

Zaghaft lehne ich mich nach vorne, und meine Lippen finden den Weg zu seinen. Vorsichtig und sanft. Beinahe, als wäre das unser erster echter Kuss.

Während seine Zunge spielerisch gegen meine geschlossenen Lippen stupst, spüre ich seine wachsende Erektion zwischen meinen Beinen. Quincy nutzt die Gelegenheit, als ich vor mich unmittelbar durchflutendem Verlangen aufstöhne, und dringt in meinen Mund ein. Unser Kuss wird heftiger, und ich dränge mich ihm mit aller Macht entgegen, während er mich an sich heranzieht.

Anders als meine Schwester habe ich mein Leben lang einen großen Bogen um Drogen gemacht, doch genauso stelle ich mir einen Rausch vor. Ein High, das mit nichts anderem zu vergleichen ist.

»Willst du mich noch?« Ich bin vollkommen außer Atem, als die Worte es endlich über meine Lippen schaffen.

Ein verwegenes Grinsen schleicht sich auf sein Gesicht. Seine Haare sind völlig zerzaust von meinen Fingern, sein Kopf schief gelegt, und er sieht so bezaubernd aus wie noch nie.

»Ist das nicht offensichtlich?«, spielt er den Ball zurück zu mir und drängt seinen Schritt fordernder gegen meinen.

Mit allergrößter Mühe unterdrücke ich das Keuchen, das seine Erektion mir hervorlockt.

»Ich meine ... auch hier?« Meine Finger legen sich auf seine linke Brust.

»Ich wollte dich von Anfang an. Und von Anfang an ganz.«

Gemächlich beginne ich, mein Becken zu kreisen. Zu sehen, wie Quincys Lider dabei anfangen zu flattern, bringt mich dazu, mich noch dringlicher auf und ab zu bewegen.

»Ich will dich auch. Ganz«, stöhne ich. Meine Fingerspitzen graben sich in seinen Nacken. Meine Stirn liegt an seiner. Seine Erektion scheint nur noch größer zu werden und pulsiert in meinem Schritt. Ich muss die Augen schließen, um nicht von den Emotionen erschlagen zu werden.

»Kondom«, keucht er, als meine Klitoris ein weiteres Mal über seinen Schaft fährt und er kurz davor ist, in mich einzudringen. Mit geöffneten Lippen und einem vor Verlangen gequälten Gesicht deutet er auf die Nachttischschublade, die er aus seiner Position unmöglich erreichen kann.

Die Gewissheit, dass ich diejenige bin, die ihn auf diese Weise an den Rand des Verstandes bringen kann, beflügelt mich.

Mit raschen Bewegungen klettere ich von ihm herunter und muss nicht lange suchen, um in der kleinen Nachttischschublade das viereckige Päckchen zu finden.

Quincy streckt seine Hand danach aus, doch ich schüttle nur grinsend den Kopf.

Ich bin dran.

Gemächlich reiße ich die Verpackung auf. Während ich das dünne Latex ganz langsam über Quincys Penis abrolle, sucht mein Blick immer wieder seinen. Es fällt ihm schwer, die Augen geöffnet zu halten. Nachdem ich fertig bin, streckt er seine

Hand nach mir aus und legt sie zunächst an meine Wange, um mich sanft zu küssen. Anschließend lasse ich mich von ihm an meiner Hüfte wieder auf seinen Schoß ziehen, und wir stöhnen gleichzeitig auf, als ich mich fallen lasse und er mich gänzlich ausfüllt.

Obwohl wir noch die Gleichen sind wie vor zwei Wochen, fühlt es sich diesmal komplett anders an.

Alles daran.

Die Art und Weise, wie er mich ansieht.

Seine nackte Haut auf meiner.

Und der alles entscheidende Unterschied: das Gefühl in meinem Herzen.

Als wir in der Livingston Hall miteinander geschlafen haben, war die Anziehung in erster Linie körperlich. Obwohl es von Anfang an etwas Besonderes zwischen uns war, war mein Herz bei Weitem nicht so involviert, wie es heute der Fall ist. Damals waren wir zwei Körper auf der Suche nach dem Kick, der sie für einen kurzen Augenblick befriedigt.

Das hier heute ist so viel mehr.

Es ist ein Versprechen.

Eine Verbindung, die viel weiter reicht als bis zum Höhepunkt.

Wir versinken in einem endlos scheinenden Kuss, während meine Hüfte immer fordernder auf Quincys Schoß kreist.

Er stöhnt an meinen Lippen, nachdem er mit einer Hand geschickt meinen BH aufgehakt hat und meine Brüste seinen Oberkörper endlich ohne hinderlichen Stoff berühren.

Mir ist bis zum heutigen Tag nicht klar gewesen, dass ein Puzzleteil immer gefehlt hat, wenn ich Sex hatte.

Es ist nicht nur mein Unterleib, der in Flammen steht, brennend darauf, Erlösung zu finden. Es ist auch mein Herz. Weil es sich so viele Jahre gesehnt hat nach der Befreiung aus der

Einsamkeit, in die ich es gesperrt habe. Um mich zu schützen. Um Lee zu schützen.

Doch Quincy zeige ich mich völlig schutzlos.

Mich.

Ich lasse ihn in meine Burg.

Nicht allerdings in Ophelias.

Vielleicht muss ich es genau so sehen. Ich kann ihm mein Leben vielleicht anvertrauen, aber nicht ihres. Niemals ihres.

Seine Finger umklammern meinen Hintern, dirigieren mich gekonnt noch näher zu sich heran, während er mit seinen Hüften die Führung übernommen hat, sodass er noch tiefer in mich eindringen kann. Unser Atem geht mittlerweile zu schwer, als dass wir uns weiterhin küssen könnten, doch meine Stirn liegt an seiner. Der Schweißfilm auf unserer Haut vereint uns, und ich erwarte sehnsüchtig jeden weiteren Stoß, mit dem er mich mehr und mehr ausfüllt.

Bei all der angestauten Energie ist es kein Wunder, dass es nicht lange dauert, ehe wir beide an der Klippe stehen und schließlich gemeinsam fallen in das Tal der vollkommenen Schwerelosigkeit.

Quincys Arme schlingen sich um meinen Körper, meine um seinen Hals, während ich mich mit letzter Kraft auf und ab bewege, bis wir beide stürzen. Mein Orgasmus ist so intensiv, dass kleine Sterne vor meinen Augen tanzen und er in Wellen noch minutenlang nachwirkt.

Die Augen fest geschlossen, lassen wir uns im Arm des anderen fallen, und der einzige Gedanke, der immer und immer wieder durch meinen Kopf schießt, ist: Ich will nie wieder ohne diesen Mann sein.

Kapitel 16

Quincy

Abigail. Alles, was in meinem Kopf herumspukt und mich an den Rand des Wahnsinns treibt, ist Abigail. Eine Mischung aus den Zweifeln, die ihre Lügen in meinem Kopf gesät haben, und dem Gefühl, das ihre Berührungen auf meiner Haut hinterlassen haben. Selbst heute Morgen in der absoluten Stille der WG kann ich noch ihr zartes Lachen hören. Ebenso wie das leise Stöhnen, das ich ihr immer und immer wieder entlockt habe. Es scheint beinahe so, als könnten meine Gedanken sich nur noch um sie drehen. Dabei habe ich durchaus andere Sorgen als meine Nicht-Studentin, die mir nicht mehr aus dem Kopf will.

»Versuchst du einen Rekord im Frühaufstehen zu knacken?« Theo schlurft mit nichts als einem karierten Bademantel über seiner Boxershorts aus seinem Zimmer geradewegs auf die Kaffeemaschine zu.

»Habe ich dich geweckt?«, murmle ich und reibe mir über die Stirn, in der Hoffnung, die hübsche, geheimnisvolle Frau für ein paar Minuten aus meinem Kopf zu verbannen.

»Weil deine Gedanken so laut sind?« Fragend hebe ich meinen Blick und treffe auf eine hochgezogene Augenbraue und ein schiefes Lächeln. »Mann, Doc. Du siehst echt übel aus.«

»Schönen Dank auch.« Widerwillig greife ich nach meiner Tasse und trinke einen Schluck von meinem Kaffee. Er ist inzwischen nur noch lauwarm, was mich dazu bringt, mein Gesicht zu verziehen. »Ich habe heute eine Zehn-Stunden-Schicht mit Grayson vor mir.«

Seit über einem Jahr arbeite ich an den Wochenenden, so oft es meine Vorlesungen zulassen, auf der Kinderstation des Greenwich Hospitals. Unentgeltlich, versteht sich. Als Student im vierten Jahr habe ich noch weniger Befugnisse als die Assistenzärzte. Das bedeutet, dass ich in der Regel vollgekotzt und fix und fertig am Ende meiner Schicht diesen Job verfluche.

Dr. Grayson ist einer der angesehensten Kinderärzte im Land. Mir ist klar, dass er mir das Angebot, mich ihm an die Fersen zu heften, nur meines Vaters wegen gemacht hat. In diesem Fall ist es mir egal, bevorzugt zu werden. Der Sohn des erfolgreichsten Pharmaunternehmers der USA zu sein, hat hin und wieder auch Vorteile. In den Schichten mit Grayson kann ich verdammt viel lernen, und noch dazu macht sich die Arbeit perfekt in Motivationsschreiben und Bewerbungen. Man muss schließlich vorausschauend denken. Die Zeit der Studentenpartys und Serienmarathons in der WG wird schneller vorbei sein, als mir lieb ist.

»Also«, seufzt Theo und setzt sich verkehrt herum auf einen der Stühle. Genau wie ich legt er die Hände um seinen Kaffeebecher. »Willst du mir sagen, was der wahre Grund für dein Gesicht ist? Wir mögen doch Grayson, oder nicht?«

»Ja«, lache ich müde. »Wir mögen Grayson.« Unsanft stelle ich den Becher vor mich und reibe mir über die brennenden Augen. »Ach Scheiße, ich weiß auch nicht.«

»Du weißt auch nicht? Gott, Doc. Für so ein Theater ist es definitiv zu früh. Wie ich das sehe …« Sein Satz wird von einem tiefen Gähnen unterbrochen. Auch er stellt seine Tasse ab, allerdings lediglich, um die Arme über den Kopf zu strecken. »… haben wir genau zwei Möglichkeiten. Entweder du machst es dir zunutze, dass du Amerikas begnadetsten Psychologiestudenten an deiner Seite hast, und spuckst es einfach aus. Oder aber ich ziehe mich mit diesem viel zu schwachen Kaffee zurück und stürze mich in Sozialwissenschaften.«

»Hast du die Hausarbeit immer noch nicht abgegeben?«

»Nein, und jetzt hör auf, abzulenken.«

Meine Schultern bewegen sich unter dem zaghaften Lachen auf und ab, das unweigerlich aus meinem Hals dringt.

»Das Freitagsessen bei den Bowens war schlimmer denn je. Ich fürchte, langsam wird das Eis, auf dem ich mich bewege, zu dünn. Außerdem hat Abigail mich angelogen. Sie ist im Grunde keine Studentin. Und als Sahnehäubchen bombardiert mich Erin neuerdings wieder mit Nachrichten, weil sie auf den Zug meiner Eltern aufgesprungen ist.«

»Was ist sie dann?«

»Hm?« Mit zusammengekniffenen Augen sehe ich meinen Freund an, der, die Hände über dem Kopf gefaltet, aussieht, als würde er meditieren.

»Abigail«, fügt er hinzu und lässt dabei die Hände in den Schoß fallen. Wie so vieles bei Theo ignoriere ich sein Verhalten einfach. »Wenn sie nicht studiert, was ist sie dann?«

»Keine Ahnung. Sie sagt, ihr Leben sei kompliziert.«

»Ha«, lacht er auf, wird aber gleich wieder ernst. »Ist es das nicht immer? Gibt es ein unkompliziertes Leben?«

»Ich glaube, sie erzählt mir noch immer nicht alles. Ich weiß, dass sie keinen Kontakt zu ihren Eltern hat und vor einigen Jahren mit ihrer Schwester von zu Hause weg ist. Mehr nicht.«

»Hm.« Er trommelt mit den Zeigefingern auf die Tischplatte. »Aber du hast eine Vermutung?«

»Ach, nicht wirklich. Ich könnte mir vorstellen, dass sie vielleicht recht arm ist.«

»Wie kommst du darauf?«

»Theo, komm schon. Ich weiß, alle Menschen sind gleich und keine Vorurteile … Ich kenne deine Vorträge. Auch wenn ich nicht stolz darauf bin: Wenn man unter den Reichen groß geworden ist, erkennt man, ob jemand dazugehört oder nicht.«

Leicht kopfschüttelnd presst er die Lippen zusammen. Ich höre seine mahnenden Worte dennoch in meinem Kopf. Und nein, ich bin kein verwöhntes Arschloch. Trotzdem fällt mir auf, wie Abigail sich benimmt. Wie sie unauffällig auf der Speisekarte nach Preisen schaut oder mit einer Mischung aus Abfälligkeit und Neid durch das Beta-Gebäude läuft.

»Mir ist vollkommen egal, ob sie arm oder reich ist. Ob sie studiert oder einen anderen Job macht«, spreche ich meine Gedanken aus. »Ich habe nur keinen Bock darauf, verarscht zu werden. Ich will, dass sie mir vertraut.«

»Warum?«, unterbricht Theo mich und trifft mich mit seiner spontanen Frage vollkommen unvorbereitet.

»Keine Ahnung. Weil ich es will? Weil ich sie toll finde? Oder viel mehr als das. Scheiße«, stoße ich hervor. »Ich stecke schon viel zu tief drin.«

»Aber ihr kennt euch gefühlt fünf Minuten. Warum lässt du es nicht einfach langsam angehen?«

»Alter«, meckere ich. »Kannst du mal aufhören, so Fragen zu stellen, auf die ich keine Antwort weiß?«

Statt etwas zu erwidern, grinst er von einem Ohr zum anderen, als wolle er sagen: Ich hab's dir ja gesagt. *Bester Psychologe des Landes in process.*

»Ja, vielleicht kennen wir uns erst gefühlt fünf Minuten«,

beginne ich meine Erklärung, von der ich selbst keine Ahnung habe, wo sie hinführt. »Aber es ist anders mit ihr. Alles. Ich kann es nicht beschreiben.«

»Regel zwei?«

»Scheiße, der Sex ist der Wahnsinn. Ich meine … Wir haben uns nur viermal gesehen, und davon …« Ich halte inne, weil er die Hand hebt, um mich zu stoppen. Ertappt verziehe ich das Gesicht. »Du weißt, was ich meine.«

»In etwa, ja«, erwidert er schmunzelnd.

»Aber nicht nur das. Ich habe das Gefühl, sie schon ewig zu kennen, und das, obwohl ich im Grunde nichts über sie weiß. Eigentlich noch weniger als nichts. Außer der Lüge, die sie gestanden hat.«

»Du bist verliebt.«

Es ist lediglich eine emotionslose Feststellung, und doch bewirkt sie, dass meine Mundwinkel nach oben wandern.

»Scheiße, ja.«

»Scheiße, ja«, lacht Theo. »Willst du einen Rat, Quin?«

»Scheiße, ja«, wiederhole ich, was uns beide zum Lachen bringt.

»Wenn du es ernst meinst, dann lass es langsam angehen. Auch wenn es dir schwerfällt. Nicht jeder ist so groß geworden wie du und ich. Nicht jedem steht die Welt offen auf die Weise, wie sie uns offensteht. Wenn Abigail dir noch nicht vertraut, dann mach es ihr schwer, es nicht zu tun. Vertrau du ihr. Tust du das?«

»Zumindest lüge ich nicht.«

»Das war kein Ja.«

»Du bist ein ätzender Psychologe«, beschwere ich mich. Knurrend stehe ich auf und schütte den inzwischen kalten Kaffee in die Spüle.

»Weil ich recht habe, Doc. Ich habe einfach immer recht.«

»Ja, vielleicht.« Wenn ich es recht überlege, weiß ich selbst nicht, was mich daran hindert, auf Wolke sieben zu schweben. Gut möglich, dass ich ihr nicht vollständig anvertraue, was mich beschäftigt. Womöglich halte ich sie mehr auf Abstand, als ich mir eingestehen will. Nichtsdestotrotz bin ich mir meiner Sache sicher. Ich will Abigail. Lange habe ich nichts mehr mit einer solchen Überzeugung behaupten können. »Der Tag mit ihr gestern war wirklich toll«, fahre ich fort. »Du hast sie selbst erlebt. Sie passt an meine Seite wie keine Frau zuvor.«

»Ich wiederhole mich gern noch einmal.« Theo seufzt und steht auf. »Lass es langsam angehen. Sie scheint ein großartiger Mensch zu sein. Ihr werdet euch vertrauen, wenn es so weit ist.«

»Ja, wahrscheinlich.«

»Willst du über das Treffen mit deiner Familie sprechen?«

»Beschränken wir uns auf die Pointe: Sie haben einen Makler engagiert. Ich brauche offensichtlich demnächst ein Haus.«

»Oh«, stößt Theo aus.

»Ja, genau. *Oh.*« Der bloße Gedanke an den Abend bei meinen Eltern bereitet mir Übelkeit. Und es sind nur noch fünf Tage, ehe das nächste Familientreffen ansteht. Die Erkenntnis verdirbt mir die Laune für den restlichen Tag. »Aber was soll's. Da hilft selbst dein unübertreffliches Psycho-Brain nicht. Außerdem«, seufze ich beim Blick auf die große Uhr, »muss ich los. Grayson hasst Unpünktlichkeit.«

»Na, dann los. Geh und rette Leben, mein alter Freund.«

Lachend schüttele ich den Kopf.

»Wenn ich Glück habe, darf ich Fieberzäpfchen verteilen.«

»Urgh«, ahmt Theo ein Würgegeräusch nach. »Dann lieber Sozialwissenschaften.« Mit seiner Tasse in der Hand schlurft er los in Richtung seines Zimmers. »Ach, und Doc …«

»Hm?« Ich drehe den Kopf in seine Richtung, während ich in meine Jacke schlüpfe.

»Du musst das mit Erin endlich in den Griff kriegen. Du willst nicht, dass Abigail dich anlügt? Dann lass nicht zu, dass sie dir das Gleiche vorwerfen kann.«

»Scheiße, ja«, schnaube ich, allerdings bleibt mir dieses Mal das Lachen im Hals stecken. »Das ist leichter gesagt als getan.«

Theo zuckt lediglich mit einer Schulter, während er sich abwendet. Gerade als ich nach meinen Schlüsseln greifen will, um zu gehen, dreht er sich noch einmal herum.

»Mann. Wann sind wir so erwachsen geworden?« Dabei sieht er ebenfalls auf die Uhr seiner Mutter. »Das war ein tolles Gespräch, Doc.«

»Du wirst noch ein richtiger Psychologe.«

»Und wenn du so weitermachst, brauche ich nicht mal andere Patienten«, erwidert er lachend.

»Ich weiß auch nicht, was gerade los ist. Das war doch alles irgendwann mal einfacher, oder?«

»Weißt du, was wir brauchen? Spaß! Wir sollten endlich mal wieder eine richtige Party veranstalten. Die Mitbewohner des Beta-Gebäudes sollten erfahren, mit wem sie es für das nächste Jahr zu tun haben.«

Unsere Blicke treffen sich, und während sich unsere Münder gleichzeitig zu einem breiten Grinsen verziehen, gibt es nur zwei Worte, um die Sache klarzumachen:

»Scheiße. Ja.«

Kapitel 17

Abigail

»O Gott. Ich habe eiskalt verschlafen.« Scarlett schiebt den dicken Vorhang beiseite, der den Kundenbereich von den Privaträumen trennt, streckt die Arme über den Kopf und sieht sich gähnend im Diner um. Außer dem alten Jonathan und einer Familie, die offensichtlich auf der Durchreise ist, sind alle Tische unbesetzt. Der Frühstücksansturm hat sich bereits gelegt, und für die Mittagsgäste ist es noch zu früh. Die Familie hat schon gezahlt und wartet nur noch darauf, dass die drei Kinder ihren Kakao ausgetrunken haben. Der alte Jonathan sitzt wie jeden Sonntag seit Stunden vor derselben Tasse Kaffee.

»Nicht nur das Abendessen gestern, sondern auch das Frühstück heute Morgen. Lee und ich sind seit Stunden wach. Bist du krank oder so?«, frage ich meine Freundin und beobachte sie mit Argusaugen. Mit routinierten Handgriffen greife ich nach der Kaffeekanne und schenke Scarlett einen Becher ein. Dabei lasse ich wohlweislich genügend Platz für Schlagsahne und Zimtsirup.

»Nicht, dass ich wüsste. Ich schätze, die kleine Maus hat mich einfach total erledigt.«

Gleichzeitig sehen wir rüber zu Lee, die zwischen den Tischen hin und her tanzt. Ich habe ihre Haare unter lautstarkem Protest zu einem Knoten gebunden, was sie dazu veranlasst hat, heute ein Tutu zu tragen und sich wie eine Ballerina zu bewegen. Als sie Scarlett entdeckt, hellt sich ihr Gesichtchen auf.

»Tante Letti«, quietscht sie und versucht voller Eifer, auf den Barhocker neben Scarlett zu klettern. »Wir dachten, du bist wie diese Prinzessin, die niemals aufwacht.«

»Dornröschen«, helfe ich ihr auf die Sprünge, halte aber bei der letzten Silbe die Luft an, weil sie beinahe von dem hohen Hocker gesegelt wäre.

Lachend hilft Scarlett ihr hinauf.

Offensichtlich hatten die beiden gestern einen schönen Tag. Als ich spät am Abend von Quincy heimgekommen bin, lagen sie Arm in Arm in Ophelias Bett. Scarlett war während des Vorlesens eingeschlafen. Wir haben sie zugedeckt und schlafen lassen. Danach haben Lee und ich auf dem Teppich ein Picknick gemacht, und sie hat mir mit leuchtenden Augen von jeder Einzelheit aus dem Zoo berichtet.

Zu hören, wie viel Freude der Ausflug ihr bereitet hat, war ein perfekter Abschluss für diesen Tag. Und es hat mich für zwei Stunden abgelenkt von den Gedanken, die sich ansonst pausenlos um einen attraktiven Studenten gedreht hätten.

»Ich wollte schon den Friedhofsgräber holen, damit er dich wach küsst.«

Als Quittung für meinen Witz streckt Scarlett mir lediglich die Zunge heraus, ehe sie einen Schluck von ihrem Kaffee nimmt.

»Ist dieser Friedhofsmann ein Prinz?« Lees Augen werden bei jedem Wort größer.

»Wer weiß das schon«, kichert Scarlett.

Auch wenn ich ebenfalls lache, betrachte ich meine Freundin ganz genau bei ihrer Reaktion. In letzter Zeit mache ich mir Sorgen um sie. Immer öfter übernachtet sie bei uns, obwohl es bis zu ihr nach Hause nicht mal ein zehnminütiger Fußmarsch ist. Außerdem wirkt sie permanent müde und ausgelaugt.

Ein paarmal habe ich nachgebohrt, aber Scarlett ist, was ernsthafte Sorgen anbelangt, ein recht verschlossener Mensch. Sie weiß, dass sie mir vertrauen kann. Und ich dränge sie nicht. Wenn sie reden will, bin ich da.

Während Lee irgendwas über einen Prinzen faselt, der die Prinzessin wach kitzelt, weil küssen eklig ist, schweifen meine Gedanken erneut ab.

Ich wünsche mir so sehr, dass Quincy mir ebenfalls vertraut. Wir haben gestern noch innige Stunden miteinander verbracht. Nachdem zumindest die eine Lüge zwischen uns ausgeräumt war, gab es nichts mehr, was mich zurückgehalten hat. Ich habe kein schlechtes Gewissen, weil ich ihm nicht von Lee erzähle. Weil ich weiß, warum ich es nicht tue. Außerdem hat es unfassbar gutgetan, ihm so nah zu sein.

Wir haben gelacht, hatten noch zwei weitere Male unfassbaren Sex und haben später am Tag mit Theo und den beiden anderen Jungs Pizza gegessen. Ich musste mir dreimal hintereinander mit ihnen die *Game of Thrones*-Szene ansehen, in der Daenerys Targaryen mit ihren Drachen aus dem Feuer kommt. Nackt. Das war ... amüsant. Die ganze Zeit über hat Quincy meine Hand gehalten, mich oder meinen Hals geküsst. Es hat sich so verdammt gut angefühlt, nicht allein zu sein. Frei und trotzdem nicht einsam. Das ist eine Mischung, die ich bislang nicht kannte. In meinem Leben gab es bisher immer nur eine Option, wenn es um Beziehungen geht: Jemanden bei mir zu haben, hieß automatisch, Verpflichtung und Verantwortung zu übernehmen. Das kann mitunter müde machen.

»So, wie du guckst, gibt es bei deinem Märchen auch eine Menge zu erzählen, hm?«

Scarlett wackelt lasziv mit den Augenbrauen. Ich versuche, meine Verlegenheit mit einem Augenrollen zu überspielen, aber es gelingt mir nur kläglich.

Im Hintergrund können wir Carol durch die schmale Durchreiche singen hören. Das tut sie immer, wenn sie das Mittag- oder Abendessen vorbereitet.

»Was hast du eigentlich den ganzen Tag gemacht?«, schaltet sich nun auch noch Ophelia ein.

»Ich musste jemanden besuchen«, weiche ich der Frage aus. »Dabei ging es um eine Art ... ähm ... Märchen.« Während ich die große Glasglocke anhebe, um den beiden einen Muffin zu servieren, blicke ich erneut zu meiner besten Freundin, die so leise wie möglich in ihre Tasse prustet. »Leider war Dornröschen ja schon im Tiefschlaf, sodass ich ihr das Märchen nicht mehr erzählen konnte, ehe der kleine Zwerg sich wieder an ihre Seite schlich.«

»Hä?« Lee klettert auf die Knie und lehnt sich mit den Ellbogen auf die Theke. »In Dornröschen gibt es gar keinen Zwerg.«

»O doch«, lacht Scarlett. »Einen niedlichen kleinen. Er soll aussehen wie ein Elefant.«

Wir kichern so laut, dass der alte Jonathan mürrisch brummend von seiner Zeitung aufsieht. Da er das Grummeln für sich gepachtet hat, ignorieren wir ihn einfach.

»Hat der Prinz die Prinzessin in deinem Märchen geküsst?«, fragt Scarlett dieses Mal an mich gewendet.

Zwinkernd schiebe ich ihr einen Blaubeermuffin über die Retro-Theke.

Alles in Carols Diner ist weiß, rosa oder türkis. Sie hat während des Umbaus vor Jahrzehnten zu oft diesen Film mit Reese Witherspoon gesehen. Der, der in einem Retro-Diner spielt und in dem am Anfang alles nur schwarz-weiß ist. Anfangs haben die Leute Carol für verrückt gehalten. Damals konnte noch niemand ahnen, dass es eine Zeit geben würde, in der Retro-Möbel modern sind.

»Und ob der Prinz sie geküsst hat. Viele, viele Male.«

»Hör auf«, lacht Scarlett und klatscht so laut mit der flachen Hand auf die Theke, dass Jonathan zusammenzuckt.

»Iiiih«, zieht Ophelia angeekelt in die Länge. »Küssen ist eklig.«

»Oh, bei diesem Prinzen nicht. Das lass dir gesagt sein.«

Scarlett beißt in ihren Muffin und grinst mich dabei breit an, wobei die Beerenmasse an ihren Zähnen kleben bleibt. »Nun erzähl schon«, nuschelt sie mit vollem Mund.

»Die Prinzessin hat ihm erzählt, dass sie doch nicht in dem tollen Schloss lebt, so wie er es angenommen hatte.«

»Was ist das für ein komisches Märchen?«, beschwert sich Lee und greift ebenfalls nach ihrem Muffin.

»Ein neues«, erkläre ich lächelnd. »Eins, in dem die Prinzessin nicht ewig auf ihren blöden Kuss wartet, nur weil sie eben eine Prinzessin ist. Sie ist viel mehr …« Ich tippe mir mit dem Zeigefinger gegen die Lippe. Lee kneift die Augen zusammen, und ihre Zungenspitze blitzt zwischen ihren Lippen hervor.

»Eine Kriegerin«, antwortet Scarlett für mich.

»Ja, genau. Eine Kriegerin, die es mit allen bösen Monstern aufnehmen kann.«

»Und dabei beschützt sie den kleinen Elefantenzwerg.«

»In dem Märchen gibt es auch wieder diesen komischen Zwerg?«, protestiert die Kleine.

»Er ist nicht komisch«, lenke ich ein. »Er ist der beste Weggefährte, den sich die Kriegerin hätte vorstellen können. Sie liebt ihn sehr.«

»Mehr als den Prinzen?«

Mit hochgezogener Augenbraue nehme ich einen Teller aus dem Regal hinter mir und schiebe ihn unter Lees Muffin, mit dem sie schon jetzt den gesamten Thekenbereich vollkrümelt.

»Auf jeden Fall. Die Kriegerin liebt niemanden auf der Welt so sehr wie ihren Zwerg.«

»Bis zum Pluto und wieder zurück?«

»Das heißt bis zum Mond, Engel«, korrigiert Scarlett, doch auf Lees und meinem Mund erscheint gleichzeitig ein wissendes Grinsen.

»Das ist Quatsch, Tante Letti. Alle sagen das. Aber wir sind schlauer als alle anderen. Pluto ist der Planet, der am weitesten weg ist von der Erde. Wenn sie ihn nur bis zum Mond lieben würde, wäre das nicht gerade weit.« Voller Stolz beobachte ich, wie sie über das Sonnensystem redet, als sei es vollkommen normal, dass eine Fünfjährige sich damit beschäftigt.

»Zu meinem Geburtstag bekomme ich ein neues Teleskop, dann kann ich dir zeigen, wie nah der Mond ist. Weißt du eigentlich schon, was du mir schenkst?«

»Dein Geburtstag ist erst in drei Monaten«, gehe ich dazwischen. »Außerdem kannst du nicht wissen, was du bekommst. Du kannst höchstens erzählen, was du dir wünschst.«

»Aber du schenkst mir immer, was ich mir wünsche.«

»Ähm«, meldet sich Scarlett zu Wort. Mit ihrem Kaffee spült sie den Rest ihres Muffins herunter. »Können wir eventuell noch mal an die Stelle zurückspulen, wo der Prinz die Kriegerin geküsst hat?«

»Och nee«, meckert Lee. Seufzend sehe ich dabei zu, wie ihr halber Muffin auf dem Boden landet. »Eure Märchen sind doof.«

»Weiß der Prinz denn inzwischen auch von dem Zwerg?«
Mit großen Augen sieht sie mich an. Zwischen den Zeilen lese
ich deutlich das ›Wehe, wenn nicht, dann ziehe ich dir die Ohren lang, du feige Kriegerin‹.

»Er weiß, dass die Kriegerin Geheimnisse hat und ihm nicht
alles sagen kann.« Stöhnend lege ich die Ellbogen auf die Theke
und stütze das Kinn auf die Fäuste. »Sie kann ihm nicht von
dem Zwerg erzählen. Und das weißt du.«

»Ist sie wenigstens mal zu einem anderen Planeten geflogen?«, beschwert sich Lee und sieht zwischen mir und Scarlett
hin und her.

Scarlett murmelt schmunzelnd: »Wenn der Prinz alles richtig gemacht hat, dann schon!«

»Na, was denkst du denn?« Mit größter Mühe unterdrücke
ich ein Lachen. Ich lehne mich ganz nah zu Lee hinüber. »Was
Tante Letti nicht weiß, ist«, flüstere ich ganz leise, »dass die
Kriegerin die Wächterin der Planeten ist. Sie kann mit ihrem
kleinen Flieger einfach so im Sonnensystem umherreisen. Dabei wird sie weder älter, noch kann ihr irgendjemand etwas tun.
Sie ist die stärkste Frau im ganzen Universum. Aber nur mit
dem Zwerg an ihrer Seite. Denn der hat magische Kräfte.«

Lees Augen sind weit aufgerissen. An ihrem Mund klebt
Schokolade und noch ein Rest Marmelade vom Frühstück. In
ihrem süßen Tutu sieht sie herzzerreißend niedlich aus.

»Ohh«, seufzt sie ganz leise. Ihr Blick zuckt nur einmal kurz
zu Scarlett, ehe sie sich noch näher zu mir lehnt. »Ich werde die
Kriegerin nicht verraten«, flüstert sie.

Ophelia hatte schon immer eine sehr ausgeprägte Fantasie.
Sie braucht nicht viel, um vollends begeistert zu sein. Da rei-
chen kleine Geschichten oder ein Pappkarton, aus dem wir ein
Raumschiff bauen, und sie ist für Tage gefesselt.

Ich weiß nicht, ob es einfach ein Charakterzug ist oder ob

sie sich an die spärlichen Verhältnisse angepasst hat, die ich ihr bieten kann. Ich bin keine Vollblut-Mom, die alles über Kinderpsychologie weiß. Alle Informationen, die ich über Kinder und deren Erziehung habe, habe ich aus der kleinen Bücherei in Pixton oder von Lee selbst gelernt.

In einer Sache allerdings bin ich mir sicher: Sie ist perfekt, so wie sie ist.

Ganz gleich, wie deutlich ich die mahnenden Blicke meiner Freundin spüre. Es ist das Richtige, was ich tue.

Die Sonne ist bereits hinter den bunten Häuschen von Pixton untergegangen, als ich meine Schuhe seufzend von den Füßen streife.

Ich löse die Klammern von meinem Kopf, die meine Haare während der Schicht nach hinten gehalten haben, und lasse mich erschöpft zurück in die Kissen sinken.

»Du wirst es nicht glauben, aber wir haben tatsächlich ein YouTube-Video über das Sonnensystem gefunden, das Lee noch nicht kannte.« Scarlett schlendert aus Ophelias Zimmer hinüber zum Kühlschrank, und ich sehe im Augenwinkel, wie sie eine Flasche Weißwein herausnimmt. Meine Freundin geht in dieser Wohnung ein und aus, daher weiß sie auch, dass die Suche nach Weingläsern vergeblich ist. Stattdessen holt sie zwei Wassergläser aus dem Schrank.

»Woher kommt der?«, frage ich und nicke auf die Flasche in ihrer Hand. In meinem Monatsbudget gibt es keine Kapazitäten für Alkohol.

»Der ist von Jackson. Eigentlich wollte er ihn mit mir gemeinsam trinken, aber das wäre Verschwendung. Ich trinke ihn lieber mit dir.«

»Bin ich so bemitleidenswert, dass du mir Wein von deinem Liebhaber klauen musst?« Ich sage bewusst ›Liebhaber‹, denn in meinen Augen ist das, was zwischen Jackson und ihr läuft, keine Beziehung. Alles in mir sträubt sich dagegen, ihn als ihren Freund zu bezeichnen.

»Du bist weder bemitleidenswert, noch habe ich ihn geklaut. Und ich habe übrigens beschlossen, uns eine Beziehungspause zu gönnen. Das war allerdings, nachdem er den Wein rausgerückt hat.«

Abrupt richte ich mich auf. Dabei spannt die hässliche Rüschenschürze, weil ich mich auf die Schleife gesetzt habe. Hektisch hebe ich meinen Hintern und zerre sie mir vom Körper. Die Dienstkleidung im *Pixton's* ist auch so schon gewöhnungsbedürftig, aber außerhalb des Diners ist sie einfach nur lächerlich.

»Dann schläfst du nicht mehr mit ihm?«

Erleichtert werfe ich die nach Pommes riechende Schürze auf den Boden.

»Nope«, murmelt Scarlett und macht sich daran, die Flasche Wein mit einem Öffner zu entkorken, den sie aus ihrer Handtasche kramt. Dass auch der nicht bei mir zu finden sein würde, war ihr offensichtlich klar.

»Und das wolltest du mir wann sagen?«

»Wenn wir darauf anstoßen. Und du mir von dem edlen Prinzen erzählt hast. Gott, ich habe erst seit ein paar Wochen keinen Sex mehr und leide schon jetzt an Entzugserscheinungen.«

Kopfschüttelnd nehme ich ihr das Glas ab, das sie mir hinhält.

»Schläfst du deshalb so oft hier, weil du Liebeskummer hast?« Der fruchtige Geschmack des Weins legt sich auf meine trockene Zunge, während ich meine Freundin mit zusammengekniffenen Augen beobachte.

»Wer sagt, dass ich Liebeskummer habe?«

»Hast du nicht?«

»Habe ich nicht.«

»Dann bist du momentan so selten bei deinen Eltern, weil ...«

»Ich kann auch gehen, wenn du das willst.«

Als Scarlett Anstalten macht, aufzustehen, presche ich nach vorne und halte sie am Arm zurück.

»Du bist hier zu Hause. Das weißt du«, sage ich ruhig, aber bestimmt.

»Es ist alles okay, wirklich«, beteuert sie. Ich glaube ihr ehrlich gesagt kein Wort. »Und außerdem, warum reden wir über mich? Du hast doch selbst gesagt, die Sache mit Jackson kann so nicht weitergehen. Also sei glücklich und zufrieden. Viel lieber will ich jedes noch so kleine Detail von gestern wissen.«

»Ach«, beginne ich verschmitzt grinsend und trinke noch einen Schluck Wein. »So klein sind die Details gar nicht.«

»O mein Gott, Abs«, prustet Scarlett, hält sich aber im gleichen Moment die Hand vor den Mund. Unsere Blicke zucken zu Lees Tür, doch sie scheint sich nicht an uns zu stören.

»Ganz ehrlich?«, seufze ich. »Er ist einfach perfekt. Alles an ihm.«

»Und du hast ihm einfach so gesagt, dass du nicht studierst?«

»Na ja, nicht einfach so. Er wollte mit mir schlafen. Hat mir vorher total süß gesagt, dass er etwas für mich empfindet. Da konnte ich nicht anders. Danach war alles irgendwie viel leichter. Wir haben so viel Spaß gehabt. Es ist, als wäre ich schon immer ein Teil seines Lebens gewesen. Die Jungs in der WG sind toll, und alles fühlt sich ...« Ich beiße mir kurz auf die Unterlippe und spüre die Hitze auf meinen Wangen. »... richtig an.«

»Boah, das klingt tatsächlich nach einem Prinzen.«

Ich berichte ihr von jedem Detail des gestrigen Nachmittags. Scarlett ist meine beste Freundin. Es gibt keine Geheimnisse zwischen uns. Zumindest von meiner Seite aus.

»Und wie geht es jetzt weiter?« Sie schenkt uns noch einmal Wein nach. Schon nach dem ersten Glas spüre ich, wie er mir in den Kopf steigt. Ich trinke nur ziemlich selten Alkohol, und wenn, dann nur ein oder zwei Gläser. Immerhin muss ich jederzeit auf Abruf bereitstehen. »Das klingt ja alles ganz wunderbar, aber du wirst nicht ewig vertuschen können, was für ein Leben du führst. Und so, wie ich das sehe, musst du das auch nicht. Warum vertraust du ihm nicht? Du könntest ihm sagen, was du allen sagst.«

»Ich vertraue ihm ja. Aber die Sache ist die …«

Das Klingeln meines Handys erspart mir zum Glück, antworten zu müssen.

Scarlett schnaubt in ihr Glas, als ihr Blick auf mein Display fällt.

»Hey, große Schwester«, sage ich zur Begrüßung, sobald ich den Anruf angenommen habe.

Riley und Scarlett sind nicht gerade Freundinnen, was einzig an Scarletts Beschützerinnen-Instinkt liegt. Sie setzt sich für mich ein, wenn es sonst niemand tut. Daher kann ich ihr nicht vorwerfen, wie sie auf meine Schwester reagiert. Im Gegenteil – ich liebe sie dafür noch ein bisschen mehr.

»Hey, Abby«, antwortet Riley. Ihre Stimme klingt fröhlich. In einer gewöhnlichen Schwesternbeziehung würde man sich wohl darüber freuen. Doch bei mir haben die letzten Jahre Spuren hinterlassen. Tiefe Wunden auf meinem Herzen, die mich haben vorsichtig werden lassen.

Im Grunde ist es vollkommen egal, wie sie klingt. Wenn sie zu heiter wirkt, schiebe ich es auf Drogen und Alkohol, klingt sie niedergeschlagen, ebenso.

»Wie geht es dir?«, frage ich wie jedes Mal.

Was ich eigentlich wissen will, ist: ›Bist du high?‹

»Gut, mach dir keine Sorgen«, antwortet meine Schwester ebenfalls wie jedes Mal. In der Regel bedeutet das ›Irgendjemand sollte sich dringend um mich kümmern, denn mir geht es gar nicht gut‹.

Vielleicht ist es gemein, so zu denken, aber mein Gehirn bringt zwei Dinge grundsätzlich in Verbindung: Riley ruft an, bedeutet, Riley will etwas von mir. Es ging noch nie um mich, wenn sie sich gemeldet hat. Seit ihrer Nachricht letzte Woche habe ich nichts mehr von ihr gehört.

Ich atme tief durch und greife nach meinem Glas, um mich von diesen düsteren Gedanken abzulenken. Sie ist meine Schwester, und ich freue mich trotz allem, von ihr zu hören. Auch wenn das heute vielleicht nicht den Anschein macht.

»Du warst lange nicht hier. Wir vermissen dich«, beginne ich das Gespräch direkt mit einem Vorwurf. Nicht besonders rücksichtsvoll, aber die Worte kullern ungebremst aus meinem Mund. Vielleicht liegt es daran, dass die letzten Wochen mich daran erinnert haben, weswegen ich eigentlich nach Greenwich wollte.

»Ach, komm schon, Kleine. Du weißt, dass Pixton mich erdrückt. Es ist zu klein für mich.«

Riley war schon seit Kindheitstagen ein freiheitsliebender Mensch. Ich kann das absolut nachvollziehen, nur hat eben nicht jeder das Glück, seine Freiheiten auch ausleben zu dürfen.

»Du fehlst uns wirklich. Ich mache mir Sorgen.«

Eine ganze Weile herrscht Stille in der Leitung. Zumindest, was mich und Riley anbelangt. Bei ihr im Hintergrund sind grölende Menschen und laute Musik zu hören. Bei mir das leise Video aus Lees Zimmer.

»Ich habe nicht angerufen, damit du mich fertigmachst. Immer hackst du nur auf mir herum.«

Rileys Worte kommen völlig aus dem Nichts.

Ich schließe für einen kurzen Moment die Augen und versuche mit aller Kraft, die Schuldgefühle hinunterzuschlucken. Ich merke, wie meine Geduld immer kleiner wird und meine Aggressionen immer größer.

»Tut mir leid«, brumme ich, was mir einen bitterbösen Blick von Scarlett einbringt, als ich wieder aufblicke. Wütend schüttelt sie mit dem Kopf, als wolle sie sagen ›Nein, tu das nicht. Hör auf, dich zu entschuldigen‹.

»Weißt du, ich mache gerade eine wirklich schwere Phase durch.« Meine Lippen pressen sich bei ihren Worten unwillkürlich zusammen. »Tyson hat mit mir Schluss gemacht.«

Ich habe keine Ahnung, wer Tyson ist. Von langer Dauer kann die Beziehung jedenfalls nicht gewesen sein, denn als sie vor vier Wochen hier war, gab es noch keinen Tyson.

»Das tut mir leid«, zwinge ich mich, zu sagen.

Es war schon immer so, dass ich Riley getröstet habe. Egal wann. Als unsere Grandma starb, hat sie in meinen Armen geweint, und als wir damals unser Zuhause verlassen haben, war ich es, die ihr versprochen hat, auf sie aufzupassen. Überraschung – daran bin ich gnadenlos gescheitert!

»Es ist wirklich schwer. Weißt du …« Sie macht eine Pause. Ich kann hören, wie sie an einer Zigarette zieht. Hoffentlich ist es nur eine Zigarette. »Wir waren Seelenverwandte. Er und ich. Das hätte für immer sein sollen.«

Jetzt, da sie mehr als nur einzelne Worte redet, lässt sich nicht mehr leugnen, dass sie betrunken ist. Oder high. Wahrscheinlich sogar beides. Ihre Stimme klingt leicht verwaschen, und die Silben kommen nur schleppend aus ihrem Mund.

»Vielleicht kommst du für ein paar Wochen heim. Lee würde sich furchtbar freuen. Sie hat gestern …«

»Kannst du mir ein bisschen Geld leihen?«, unterbrich

Riley mich, noch ehe ich von dem Elefantenkostüm erzählen kann.

»Wir haben kein Geld übrig, Riley«, zische ich eine Spur schärfer.

Scarletts Augen weiten sich, und sie schüttelt nachdrücklich den Kopf.

»Kev, Stark und Bones wollen mich für eine Tour mit nach Vegas nehmen. Ich kann da ein bisschen runterkommen und neue Kraft sammeln, weißt du?«

Mein Herz rast vor Wut, und ich muss aufstehen. Um ein bisschen von meinem Ärger loszuwerden, tigere ich auf und ab.

»Ich weiß nicht, wer das sein soll. Was ich aber weiß, ist, dass du sicher nicht nach Vegas fahren solltest. Normalerweise nicht der Ort, um *runterzukommen*. Komm nach Hause, Riley. Bitte.«

Es ist nicht nur die Enttäuschung darüber, dass sie mich mit allem allein lässt. Es ist auch die Angst um meine große Schwester, die mich dazu bringt, zu betteln.

In den vergangenen fünf Jahren war ich öfter bei Suchtberatungsstellen, als ich zählen kann. Mir ist klar, dass Riley Hilfe benötigt. Ich habe es mehr als einmal versucht. Ein paarmal hatte ich sie sogar so weit, sich einweisen zu lassen, aber jedes Mal hat sie nach wenigen Tagen aufgegeben. Sie steckt mittendrin in diesem Teufelskreis, und ich kann einfach nichts tun, um sie dort wieder herauszuholen. Und dabei bräuchte ich zur Abwechslung mal eine große Schwester. Eine Schulter, an der ich mich ausweinen kann. Einen Rat, wenn ich nicht weiterweiß, und eine helfende Hand in diesem Leben, das nichts mit dem zu tun hat, wie wir es uns damals ausgemalt haben.

»Ich verspreche dir, nach der Tour komme ich nach Hause. Dann gibt es nur noch uns drei.«

Ich möchte ihr glauben. So unbedingt.

»Ich habe wirklich kein Geld, das ich dir geben kann«, bringe ich stattdessen traurig hervor. Unser gesamtes Erspartes ist auf die Straße gewandert. Draufgegangen für Drogen, Alkohol, Schulden. Für den verdammten tiefen Sumpf, in den meine Schwester geraten ist, während ich damit beschäftigt war, ein Baby großzuziehen.

»Okay, okay. Nicht schlimm, Abby, wirklich nicht. Das ist nicht deine Schuld«, nuschelt sie in den Hörer, während die Geräusche immer lauter werden.

Ich will sie anschreien. Ihr ins Ohr kreischen, dass das natürlich nicht meine Schuld ist, weil ich nichts tue, außer zu arbeiten und Ophelia und mich so sparsam wie möglich durchzubringen.

Bei ihrem letzten Besuch hat Riley die Dose gestohlen, in der ich seit Jahren mein Trinkgeld spare, um eines Tages mit Lee nach New York zu fahren. Wir wollten uns das Planetarium ansehen, und Ophelia möchte unbedingt unter der Freiheitsstatue einen Cheeseburger essen. Ich weiß nicht, warum, aber das steht auf ihrer kleinen Bucketlist ganz oben. Dass Riley unseren Traum vorerst zerstört hat, indem sie mein Erspartes gestohlen hat, ließ unsere ohnehin schon angespannte und von Misstrauen geprägte Beziehung noch weiter zerbrechen. Auch Lee hat danach stundenlang geweint. Ich habe es einfach nicht fertiggebracht, sie anzulügen.

Doch statt Riley mit alldem zu konfrontieren, schließe ich die Augen und atme tief durch.

»Was willst du tun, wenn du kein Geld von mir bekommst?« Im Grunde will ich die Antwort auf diese Frage gar nicht wissen.

»Ich lasse mir was einfallen«, erwidert die Frau, die so viele Jahre meines Lebens ein Vorbild für mich gewesen ist. »Und danach komme ich, und wir machen es uns richtig schön in eurer kleinen Stadt.«

Eurer. Nicht unserer.

»Hm. Klingt gut«, krächze ich. Es fällt mir schwer, die Tränen zurückzuhalten. Wenn Riley nur wüsste, wie sehr ich jeden Tag leide. Ist ihr nicht klar, dass ich eine Last trage, für die meine Schultern nicht stark genug sind?

»Dann gehen wir mit Lee Schokoladeneis essen und bringen ihr bei, Fahrrad zu fahren. Das wird traumhaft, kleine Sis. Glaub mir.«

Ich unterdrücke es, sie darauf aufmerksam zu machen, dass Ophelia bereits seit sieben Monaten Fahrrad fahren kann und sie lieber Zitronen- statt Schokoladeneis isst. Wahrscheinlich würde sie sich morgen sowieso nicht mehr daran erinnern.

»Ich muss die Kleine jetzt ins Bett bringen«, lüge ich, um das Telefonat zu beenden. All die Lügen aus Rileys Mund zu hören, macht mich traurig. Und ich will nicht traurig sein.

Denn seit gestern bin ich bereits verwirrt, aufgewühlt und müde genug. Aber alles auf eine gute Art und Weise. Auf eine glückliche. Weil ich eben genau das bin. Glücklich. Quincy hat es geschafft, meinem Leben Glück und Leichtigkeit einzuhauchen. Endorphine, die in meinem Bauch eine fette Party mit den Schmetterlingen feiern.

Er haucht mir ein Lächeln auf die Lippen.

Er macht mir Hoffnung.

Nur leider interessiert sich meine große Schwester nicht für mein Glück. Ich weiß, dass es die Drogen sind, die aus ihr sprechen. Sie ist süchtig. Krank. So jedenfalls haben die Beratungsstellen es mir erklärt. Das ändert jedoch nichts daran, dass ihre Worte mir verdammt wehtun.

»Aww«, antwortet sie. »Süß.« Ich kann die Grimasse förmlich vor mir sehen, die sie macht. Wahrscheinlich sieht sie trotz ihres Zustands gerade bezaubernd aus. Sie war schon immer wunderschön. Mit ihren endlos langen Beinen, ihren dichten, dicken Locken und den Augen, die so blau sind wie die Südsee. Eine absolute Naturschönheit, die alle mit einem einzigen Wimpernschlag umhauen konnte. »Gib der Süßen einen dicken Kuss von mir, ja?«

»Mach ich«, flüstere ich. Nicht zum ersten Mal bin ich erleichtert, dass ihr Zustand es ihr unmöglich macht, das Zittern in meiner Stimme wahrzunehmen.

Ohne auf eine vernünftige Verabschiedung zu warten oder sie zu fragen, wann wir uns wiedersehen, beende ich das Gespräch und pfeffere mein Handy mit einem animalischen Knurren auf das Sofa.

Als ich wieder aufblicke, treffen mich nicht nur Scarletts Augen, in denen deutlich geschrieben steht, dass ich meine Schwester endlich abhaken soll. Hinter ihr erblicke ich auch Ophelia in ihrem Biberschlafanzug und mit ihrem Kuscheltier unter dem Arm.

»Nicht weinen, ja?«, bittet sie mich mit ihrer piepsigen Stimme und macht mich damit nur noch trauriger.

Kapitel 18

Quincy

Als ob es nicht reichen würde, dass Montagmorgen ist. Nein, das Handy in meiner Hosentasche vibriert pausenlos und kündigt eine Nachricht nach der anderen an. Ich weiß, dass sie von Erin sind. So geht das schon seit Tagen.

Es fällt mir verdammt schwer, mich so auf die Vorlesung über endokrine Orbitopathie und den Zusammenhang zu Morbus Basedow zu konzentrieren. Professorin Charleston macht es mir zudem nicht leicht, ihr zu folgen, da die in die Jahre gekommene Dame so langsam spricht, dass man zwischendurch vergisst, wie der Satz begonnen hat.

Erleichtert atme ich auf, als die Uhr über dem Rednerpult elf schlägt und die Professorin uns in die Mittagspause entlässt.

Noch während ich mir die Ledertasche über die Schulter hänge und über den grauen Teppich die Stufen des Hörsaals hinaufsteige, ziehe ich mein Handy aus der Hosentasche. Ein Blick auf das Display genügt, um einzusehen, dass ich es besser nicht getan hätte. Lag ich also genau richtig.

Neben einem Dutzend Nachrichten von Erin, die mein Schweigen offensichtlich nicht zu stören scheint, öffne ich die letzte Nachricht, die erst vor zwei Minuten eingegangen ist.

Mittagessen. Mensa. Pünktlich, Vollidiot.

Schmunzelnd antworte ich Wyatt, dass ich bereits unterwegs bin. Allerdings werde ich unterbrochen, weil das Handy in meiner Hand anfängt, zu klingeln.

»O Mann«, fluche ich, weil es meine Ex-Freundin ist. Schon wieder.

Bislang habe ich Erin immer für eine kluge Frau gehalten, aber langsam fange ich an, ihren Verstand anzuzweifeln. Warum checkt sie nicht, dass ihr übertriebenes Interesse an mir abschmettert wie ein Punchingball? Auch wenn es immer wieder zurückkommt: Solange ich noch Herr meiner Sinne bin, werde ich es abwehren. Glaubt sie wirklich, dass ich so leicht zu manipulieren bin, dass ich dieses miese Spiel mitspiele, das meine Familie sich ausgedacht hat?

Ich drücke den Anruf weg und schreibe die Nachricht an meinen Mitbewohner fertig.

Gerade als ich das Handy zurück in meine Hosentasche stopfe, beginnt es erneut zu klingeln. Diesmal reißt mir der Geduldsfaden.

»Wenn ich nicht abnehme oder Nachrichten nicht beantworte, bedeutet das in der Regel, dass ich beschäftigt bin oder keine Lust habe, mit dir zu sprechen«, meckere ich und kralle dabei meine Finger um das Smartphone.

»Ähm ... okay«, murmelt eine zaghafte Frauenstimme, und ich bleibe wie vom Donner gerührt stehen.

»Abigail?«, frage ich und halte das Telefon so weit von meinem Gesicht entfernt, dass ich tatsächlich ihren Namen auf dem Display lesen kann. Während ich immer noch daraufstarre, redet sie bereits weiter.

»Tut mir leid, ich wollte dich nicht stören. Ich ...«

Meine Finger fahren automatisch in meine Haare, die ich nervös raufe.

»O Scheiße, nein«, knurre ich. Ich lasse ein paar Studierende durch, um anschließend an die bodentiefen Scheiben der medizinischen Fakultät zu treten. Anders als die Hauptgebäude der Pixton ist die Lehranstalt für Mediziner ein moderner Gebäudekomplex aus Glas und Stahlträgern. Rein architektonisch ein Schandfleck, aber inhaltlich nun mal eine der besten Einrichtungen, um Medizin zu studieren.

»O Scheiße, nein?«, wiederholt sie zögerlich lachend meine Worte. Allein dieses zarte Geräusch tröstet über alles andere hinweg.

Mann, es hat mich alle Selbstbeherrschung der Welt gekostet, sie nicht schon gestern anzurufen. Ich habe ausnahmsweise versucht, mir Theos Worte zu Herzen zu nehmen. Bis auf die kleine Gute-Nacht-Message von gestern Abend habe ich es geschafft, es langsam angehen zu lassen. Allerdings blieb diese unbeantwortet, was meine schlechte Laune von heute möglicherweise mit beeinflusst hat. Okay, vielleicht hat sie sie auch maßgeblich ausgemacht. Weil es verdammt noch mal die falsche Frau ist, die mich mit Nachrichten überschüttet.

»Was ich eigentlich sagen wollte: Du störst nicht. Es tut mir leid. Ich dachte, du wärst jemand anders.«

»Bist du enttäuscht? Soll ich lieber auflegen?«, fragt sie, und ich kann mir bildlich vorstellen, wie sie dabei die Augenbraue gekonnt hochzieht, bis sie unter ihrem Pony verschwindet.

»Ganz und gar nicht. Um ehrlich zu sein – und Ehrlichkeit hatten wir uns ja fest vorgenommen: Ich hatte ein bisschen Schiss, du meldest dich nicht mehr.«

»Um ebenfalls ehrlich zu sein«, hebt sie an, und während sie redet, lasse ich meinen Blick unwillkürlich über die Wiesen und die inzwischen gelb verfärbten Eichen wandern, hinüber bis zur Rückseite der Livingston Hall. »Ich wollte dir gestern antworten, aber es war nicht gerade ein besonders gelungener Tag. Ich hatte Angst, wenn ich mich bei dir melde …«

Sie verschluckt den letzten Rest des Satzes.

Mit einer Schulter gegen das Glas gelehnt lasse ich meine Finger über die Scheibe fahren.

»Dann was? Was wäre passiert?«

»Womöglich wäre ich Gefahr gelaufen, dich anzubetteln, mich abzuholen, mit mir in den Sonnenuntergang zu reiten und nie wieder zurückzukehren.«

»Also«, erwidere ich lachend.

Ein paar Erstsemester gehen kichernd und hinter vorgehaltener Hand tuschelnd an mir vorbei. »Ich möchte ja deine Fantasien ungern zerschmettern, aber ich mache nicht unbedingt eine gute Figur auf einem Pferd. Zumal ich allergisch bin, was bedeutet, dass ich mehr niesen würde, als uns beiden lieb ist.«

Abigails Lachen bringt mich dazu, zum ersten Mal für heute tief durchzuatmen.

Es mag bescheuert klingen, aber ich habe sie vermisst.

»Na, dann ist es wohl unser beider Glück, dass ich es mir verboten habe, mich zu melden. Ich hoffe, dein Sonntag war schöner als meiner?«

»Na ja, da du die Frau der vielen Rätsel bist, werden wir das wahrscheinlich niemals endgültig erfahren. Aber«, hole ich aus und stoße mich ab, um gemächlich weiter Richtung Ausgang zu schlendern. »Ich habe eine Elf-Stunden-Schicht im Krankenhaus hinter mich gebracht, ohne dabei vollgekotzt zu werden. Allerdings haben wir einen Patienten verloren und mussten ein kleines Mädchen auf die Intensiv verlegen. Also definitiv ebenfalls ein Scheißtag.«

»Ich weiß nicht, wie du das schaffst«, murmelt Abigail nach einer Zeit. Am Samstag habe ich ihr von meiner Zeit im Greenwich Hospital erzählt, und sie war da schon total angetan von meiner Tätigkeit.

»Tja, irgendwie muss man sich daran gewöhnen und auch … ich sage mal … abstumpfen. Andernfalls kann man das nicht aushalten.«

»Gerade bei Kindern«, flüstert sie so leise, dass ich es beinahe nicht gehört hätte.

»Ja«, seufze ich. »Gerade bei Kindern. Vielleicht will ich deswegen in die Pädiatrie. Weil die Kids jemanden brauchen, der sie nicht mit einem mitleidigen Blick ansieht. Sondern ihnen … Hoffnung gibt.« Ein Lachen entweicht mir. »Gott, das hört sich furchtbar kitschig an.«

»Tut es nicht«, hält sie dagegen. »Es hört sich ganz wundervoll an.«

»Ich weiß nicht genau, wie du das angestellt hast, aber du lockst ständig meine softe Seite hervor.«

»Also hat Doktor Bowen auch eine böse Seite? Bist du eigentlich ein getarnter Bad Boy?«

»Ähm? Nein!«, lache ich. »Eindeutig nicht. Aber der Drang, romantische Dinge zu sagen, kam erst mit dir.«

»Das freut mich zu hören. Und ich plane, nicht für alle Zeit die Frau mit den Rätseln zu sein. Hier die bittere Realität: Ich habe auch gearbeitet. Allerdings nur in einem Restaurant. Also nichts wirklich Spektakuläres.«

Mein Herz macht einen kleinen Hüpfer. Nicht wegen des Jobs, sondern weil sie sich mir ganz von selbst öffnet. Ich werte das als gutes Zeichen.

»Eine ebenfalls anstrengende Arbeit.« Abigail reagiert nicht auf meine Worte, daher füge ich an, was ich eigentlich sagen wollte. »Danke, dass du mir davon erzählst.«

»Danke, dass du es mir so leicht machst«, erwidert sie, und ich kann an ihrer Stimme hören, dass sie lächelt.

»Da wir gerade bei so viel Offenheit sind, was hältst du eigentlich von Partys?«

»Im Allgemeinen oder ob ich sie persönlich mag?«

»Beides wären gegebenenfalls nützliche Informationen, Letzteres allerdings ist, was mich akut interessiert.«

»Bedeutet das, du willst mich auf eine Party einladen?«

Ich stehe auf die fordernd-freche Seite von Abigail.

»Nicht auf irgendeine. Auf meine.«

»Du gibst eine Party? Ich dachte, dein Geburtstag wäre erst im Mai.«

»Du bekommst einen Punkt auf der Plusseite, weil du dir meinen Geburtstag gemerkt hast. Allerdings auch einen auf der Minusseite, weil du weißt, wann die Livingston Hall erbaut wurde, aber nicht, dass Theo und ich die besten Partyorganisatoren der gesamten Pixton sind.«

Sie kichert mir leise ins Ohr und vertreibt damit endgültig den montäglichen Blues.

»Sorry, das stand definitiv nicht im Uniführer.«

»Ja klar, weil wir uns dann vor den Menschenmassen nicht mehr retten könnten.« Ich stoße die schwere Glastür mit dem Fuß auf und atme tief durch, als die kalte Oktoberluft mich empfängt. »Also. Dieses Wochenende. Party im Beta. Kommst du?«

»Hm.« Bis auf dieses kleine Murmeln ist es still in der Leitung.

»Oder sagst du mir jetzt, du magst tatsächlich keine Partys?«

»Möchtest du die Wahrheit oder das, was ich allen anderen sage?«

»Oh, ich möchte die Wahrheit. Immer und ausnahmslos.«

Während ich mir Abigails Gesichtsausdruck vorstelle, schlendere ich über den schmalen Weg. Das Kopfsteinpflaster drückt sich durch meine Chucks, in die ich heute Morgen geschlüpft bin, ohne mir Gedanken darüber zu machen, wie kalt es inzwischen ist.

»Die Wahrheit ist – ich kann es nicht genau sagen. Ich war bisher nur auf einer Handvoll Partys. Die meisten habe ich in wirklich schrecklicher Erinnerung, weil meine Schwester so betrunken war, dass ich Mühe und Not hatte, sie wieder nach Hause zu schaffen. Die anderen waren Einladungen auf Feiern, die ich nicht abschlagen konnte, die mir aber nicht wirklich Freude bereitet haben.«

Während ich an den Sporthallen vorbeischlendere und die ersten Blätter des gefallenen Herbstlaubs unter meinen Füßen rascheln, nehme ich mir einen Moment Zeit, um über Abigails Worte nachzudenken.

»Das ist …« Ich räuspere mich, nicht sicher, was ich sagen kann, ohne sie zu beleidigen oder zu kränken.

»Traurig«, spricht sie den Satz für mich weiter, und ich spüre erst, dass meine Schultern angespannt waren, als sie absacken.

»Ja, stimmt«, gebe ich leise lachend zu. »Aber die gute Nachricht ist: Du bist jetzt mit dem besten Partyorganisator aller Zeiten zusammen, und ich werde es mir höchstpersönlich zur Aufgabe machen, dass dir die Party gefällt.« Ich merke erst nach einigen weiteren Schritten, dass sie nichts auf mein großspuriges Versprechen erwidert, und mein breites Grinsen wird immer kleiner. »Abigail? Bist du noch da?«

Noch einmal nehme ich das Telefon vom Ohr, um auf das Display zu sehen.

»Äh ja. Ja«, murmelt sie. Schnell halte ich das Smartphone wieder ans Ohr.

»Habe ich was Falsches gesagt?«

»Bin ich das denn?«, fragt sie vorsichtig, und ich kann mir ihren schüchternen Blick in Kombination mit ihren dichten Wimpern genau vorstellen.

»Was?«

»Mit dir zusammen?«

Abrupt bleibe ich stehen und möchte mir am liebsten gegen die Stirn klatschen. Eines Tages wird mich mein voreiliger Mund noch in ernsthafte Schwierigkeiten bringen. So viel zum Thema langsam angehen lassen.

»Würdest du das denn wollen?«, gehe ich der Antwort aus dem Weg.

»Ja. Ich glaube schon.«

Das Lachen kommt ungebremst aus meinem Mund.

»Du glaubst schon? Das heißt, wenn ich dir einen altmodischen Zettel schreiben würde, auf dem du zwischen *Ja*, *Nein* und *Vielleicht* wählen kannst, würdest du dein Kreuz bei *Vielleicht* setzen?«

»Nein«, antwortet sie kichernd. »Ich würde mein Kreuz eindeutig bei *Ja* setzen. Ich sage *Vielleicht*, damit ein Rückzieher deinerseits nicht ganz so peinlich für mich wäre, sollte es nicht das sein, was du willst.«

»Ahh«, brumme ich amüsiert. »Höhere Psychologie, verstehe. Also, diesbezüglich kann ich dich beruhigen, denn ich glaube, es gibt keine Frage uns beide betreffend, die ich mit Nein beantworten werde.«

»Okay, was ist mit denen?« Ihr Lachen schallt durch mein Handy, ehe sie anfängt, mich mit Fragen zu bombardieren. »Würdest du mich mit einem anderen Mann teilen, wenn ich es will? Hast du einen Fetisch, von dem ich wissen sollte? Ist das mit mir nur für ein paar Nächte? Hast du vor, noch andere Frauen zu daten?«

»Jaja, ich hab's verstanden«, pruste ich. »Du zerstörst meine gesamte romantisch-poetische Intention.«

»Ich könnte noch stundenlang so weitermachen«, fährt Abigail lachend fort.

»Sag mir lieber, dass du dein Kreuz ohne Bedenken bei *Ja* machst.« Meine Stimme ist wie von allein wieder ernst geworden. Ich muss aus ihrem Mund hören, dass sie das mit uns genauso will wie ich. Meinetwegen lasse ich es bei anderen Fragen langsam angehen, trotzdem brauche ich diese Gewissheit.

»Ja«, erwidert Abigail mit dem gleichen ernsten Tonfall. »Natürlich ist es ein Ja.«

»Damit machst du mich sehr glücklich, ist dir das klar?«

»Das werden wir sehen. Aber vorerst mache ich *mich* damit glücklich. Weil ich es will.«

»Ich will es auch«, sage ich. Langsam verringere ich das Tempo meiner Schritte, weil der Eingang der Mensa in Sichtweite ist. Obwohl es eiskalt ist, sitzen noch immer einige Studentinnen auf den steinernen Bänken und Tischen mitten auf der Wiese. »Verdammt«, lache ich auf. »Ich wünschte, du wärst gerade hier.«

»Wo ist *hier*?«

»Ich stehe auf der Wiese hinter dem Alpha-Gebäude. Bin mit den Jungs in der Mensa verabredet.«

»Das klingt verlockend. Was gibt es? Kartoffelbrei und Bohnen?«

»Hey«, protestiere ich. »Wir sind doch nicht im Knast. Allerdings würde ich mit dir auch sicher nicht zum Essen in die Mensa gehen, wenn du jetzt hier wärst.«

»Nein? Wohin dann?« Ihrer Stimmlage nach zu urteilen, weiß Abigail ziemlich genau, wovon ich spreche.

»Ich würde dich küssen, dich mir über die Schulter werfen und dann in mein Zimmer schleppen.«

»Hm«, kichert sie. »Das klingt noch besser als Kartoffelbrei und Bohnen.«

»Im Ernst, Abigail. Wann sehe ich dich wieder?«

Ich kann hören, wie sie tief einatmet.

»Diese Woche wird es zeitlich schwer bei mir. Wann steigt denn eure Party?«

»Am Freitag.« Ich erinnere mich an Theos Worte. Vertrau ihr. »Freitags bin ich grundsätzlich bei meinen Eltern zum Essen eingeladen. Zusammen mit meinen Brüdern und deren Frauen.« Ich fahre mir über den angespannten Nacken. »Um ehrlich zu sein, hasse ich diese Treffen. Die Abende sind anstrengend, und ich bin hinterher meist ziemlich mies drauf.«

»Versteht ihr euch nicht gut?«

»So kann man es nicht ausdrücken. Ich würde eher sagen, wir wollen unterschiedliche Dinge vom Leben, und das führt immer öfter zu unschönen Diskussionen.«

»Oh. Das tut mir leid. Dann also doch keine Party am Freitag?«

»Doch, doch«, bekräftige ich. »Genau aus dem Grund haben wir sie extra auf Freitag gelegt. Besser, die gesamte Etage bebt, wenn ich wieder ins Wohnheim komme. Dann habe ich wenigstens keine Zeit, über meine Familie nachzudenken.«

»Na, vielleicht schaffe ich es ja, dich ein bisschen aufzumuntern.«

»Dann kommst du?«

»Hallo?«, fragt sie und schnalzt dabei mit der Zunge. »Ich bin die Freundin des weltbesten Partyorganisators. Ich *muss* quasi kommen.«

»Ja, allerdings«, gebe ich mit gespielter Empörung zurück. Der Eingang der Mensa liegt inzwischen nur noch wenige Schritte vor mir. »Ich freue mich drauf, dich zu sehen.«

»Und ich freue mich, dich zu sehen.«

»Telefonieren wir vorher noch mal?«

»Jederzeit gerne«, antwortet sie. Eigentlich bin ich kein Typ, der den ganzen Tag sein Handy in der Hand hält. Aber mit Abigail könnte ich stundenlang telefonieren. »Rufst du mich an?«

»Das mache ich«, antworte ich, ohne zu zögern.

O ja, und wie ich das machen werde. Scheiß doch auf langsam angehen lassen.

Kapitel 19

Abigail

Das Leben mit Kindern ist ein ewiges Auf und Ab. Es hat nicht lange gedauert, bis ich diese Lektion gelernt habe. An manchen Tagen möchte man platzen vor Stolz und Liebe, die man für diese kleinen Menschen empfindet. An anderen wieder hat man das Gefühl, die ganze Last der Welt erdrücke einen. Zu Ophelias Verteidigung muss ich sagen, dass sie es mir in den vergangenen Jahren verdammt leicht gemacht hat.

Carol behauptet immer, es gäbe komplizierte und unkomplizierte Kinder. Als Mutter von vier erwachsenen Menschen sollte sie das sicher besser einschätzen können als ich, dennoch bin ich der festen Überzeugung, Lee ist nur deshalb so empathisch, weil sie als Baby gut zugehört hat, wenn ich mit ihr gesprochen habe.

Aber besonders Tage wie heute lassen mich vergessen, dass mein Leben eigentlich eine andere Richtung hätte einschlagen sollen. Ein Tag wie heute, der vor Harmonie und Heiterkeit nur so strotzt.

»Na, komm schon, Kleine«, pfeift Carol und schwingt das Geschirrtuch in ihrer Hand, während sie ihre Hüften kreisen lässt. »Zeigen wir deiner Mom mal, wie man eine Party feiert.«

Wir haben den Diner vor zehn Minuten für die Mittagspause geschlossen. Seitdem hat Carol die Musikanlage aufgedreht, und wir tanzen zu dritt durch den Laden. Der Tanzspaß verdrängt die Tatsache, dass wir dabei alles auf Hochglanz für die Wochenendgäste polieren müssen. Carol tut das häufig. Musik auflegen und einfach drauflostanzen. Sie hat mir mal erklärt, dass Körper und Geist nichts Schlechtes empfinden können, wenn man tanzt und singt.

Ich kenne Carols komplette Geschichte nicht, und auch sie hat mich niemals gedrängt, etwas preiszugeben. Wir leben einerseits nebeneinanderher, sind aber füreinander da, wenn wir uns brauchen.

Wann immer sie sonst Lee dazu animiert, auf den Bänken zu tanzen und mit ihrem kleinen Hintern zu wackeln, nehme ich die Rolle der Zuschauerin ein und schüttle nur lachend den Kopf.

Heute allerdings bringe ich es einfach nicht übers Herz. Ganz von allein bewege ich mich rhythmisch zu dem alten Song von Cher, während ich die Stühle ordentlich an die Tische stelle. Die verantwortungsbewusste Abigail hat ebenfalls Mittagspause. Für ein paar Minuten erlaube ich mir, genauso durchgeknallt und albern zu sein wie Carol. Mit ihrer imposanten Hochsteckfrisur und den vollen Lippen sieht sie der Cher aus den frühen Neunzigern sogar ein wenig ähnlich, was meine Laune nur noch mehr hebt.

Voller Inbrunst wische ich über die Tische, während wir alle drei lauthals das »Shoop, Shoop, Shoop, Shoop«, des Refrains grölen. *Meerjungfrauen küssen besser* gehört zu Carols Lieblingsfilmen.

Von draußen prasseln im Takt dicke Regentropfen an die Fensterscheibe. Bei dem Wetter sind die Straßen von Pixton wie leer gefegt. Niemand interessiert sich für unsere Showeinlage. Da gibt es nur die Blätter, die sich die Nasen an den Scheiben platt drücken und dem Sommer hinterherweinen.

Ich reiße die Arme in die Luft und tanze zum nächsten Tisch, während Lee in ihrer blauen Latzhose lachend über die Bänke hopst.

Es mag sein, dass mein Leben anders ist als das von anderen Frauen in meinem Alter. Aber das bedeutet nicht, dass es schlecht ist. Nicht an Tagen wie diesem. Natürlich gab es schon früher viele schöne Tage für uns, doch niemals habe ich mich dabei so losgelöst gefühlt wie heute. Und das ist Quincys Verdienst.

Ja, ich mache mir schreckliche Sorgen um Riley. Seit letztem Sonntag habe ich nichts von ihr gehört. Aber meine Schwester ist erwachsen. Ich kann mich nicht um Ophelia *und* um sie kümmern. Meine Priorität liegt bei Lee. Und ihr geht es gut.

Wahrscheinlich ist das die krasseste Umstellung, wenn man ein Kind hat – glücklich zu sein, weil die Kleinen glücklich sind. Oder vielleicht ist Lee auch glücklich, weil ich es bin?

Egal, wer damit angefangen hat, glücklich zu sein: Fakt ist, wir sind es.

Es liegt eine gute Woche hinter uns.

Lee hat in der Vorschule eine Art Vortrag über das Sonnensystem gehalten. Seither redet sie von nichts anderem mehr. Zur Belohnung habe ich ihr ein neues Buch gekauft, und Carol hat an diesem Abend den Diner eine Stunde früher geschlossen, damit sie ihren Vortrag für mich, Scarlett und ein paar Stammgäste noch einmal halten konnte. Alle waren begeistert. Sogar der alte Jonathan hat geklatscht, als sie sich am Ende vor ihrem kleinen Publikum verbeugt hat. Ein großer Moment. Für uns beide.

Tja, und ich? Ich bin über beide Ohren verliebt. So richtig. Seit Montag haben Quincy und ich jeden Abend telefoniert. Stunde um Stunde. Mir war nicht klar, wie intensiv ein Telefonat sein kann. Wir haben über so ziemlich alles geredet, was uns in den Sinn kam. Nicht unbedingt die Dinge, die unser Leben ausmachen, eher Allgemeines oder Aktuelles. Wir haben über Halloween diskutiert und überhaupt über Jahreszeiten. Wir haben über Urlaubsorte und fremde Länder gesprochen. Über Träume und Ideen. Ein paarmal habe ich ihn für eine Klausur abgefragt, was mich jetzt zur Expertin für Endokrinologie macht. Und gestern habe ich mich mindestens genauso über die gute Note gefreut wie er. Wir schreiben uns eigentlich rund um die Uhr, und seit heute Morgen zählen wir die Stunden runter, bis wir uns endlich wiedersehen.

Sieben und ein paar Minuten hat er erst vor wenigen Augenblicken geschrieben, was ich mit einem küssenden Smiley beantwortet habe. Vielleicht ist das auch der Grund, warum ich unsere kleine Privatparty heute so genießen kann. Weil ich einfach die ganze Zeit tanzen will.

»Komm zu mir hoch«, schreit Lee und hält mir ihre kleine Hand hin. Ich zögere nicht lange, werfe mein Abwaschtuch auf den Tisch, schlüpfe aus meinen weißen Sneakern und klettere auf die Bank. Ihre Finger sind klebrig vom Apfelkuchen, den sie nach der Vorschule mit Carol gebacken hat.

Wir zucken gleichzeitig zusammen, als es blitzt. Allerdings nur, weil Carol ein Foto von uns geschossen hat.

»Meine zwei Süßen«, ruft sie selig, als ich sie empört ansehe, mir aber das breite Grinsen einfach nicht verkneifen kann.

Ein Tag wie heute.

Ein Tag wie heute ist es, der mich beinahe vor Glück platzen lässt. Ein Gefühl, das mir nicht gerade vertraut ist, an das ich mich aber durchaus gewöhnen könnte. Glücklich zu sein, lässt einen die Dinge aus einem anderen Blickwinkel betrachten. Regen ist nicht mehr unangenehm und lästig. Er schafft Gemütlichkeit und ist romantisch. Ein sparsames Essen auf dem Fußboden bei Kerzenschein wird zum Abenteuer anstatt zur Überlebensprobe. Grau wird eher zu Weiß als zu Schwarz. Ich möchte auch in Zukunft lieber aus einem halb vollen Glas trinken.

Bleibt nur zu hoffen, dass dieser Zustand noch ein Weilchen anhält. Denn in der Regel folgt auf jedes Hoch irgendwann wieder ein Tief.

Auch das haben mich die vergangenen Jahre leider viel zu häufig gelehrt.

Kapitel 20

Quincy

Es gibt Momente im Leben, in denen möchte ich am liebsten alles um mich herum verfluchen. Momente, in denen ich das Gefühl habe, ich renne und renne und komme doch nicht vom Fleck. Momente, in denen die Welt einfach zu groß ist und ich selbst mir viel zu klein erscheine.

Genau einer dieser Momente ist jetzt gerade.

Die trügerische Idylle des Esszimmers meiner Eltern. Klaviermusik im Hintergrund, Kerzenschein, der zarte Schatten auf die weißen Tischtücher wirft, und teurer Wein in vornehmen Kristallgläsern, der nicht einmal besonders lecker ist. Das Ganze garniert mit einem Hauch von Nichts auf den Tellern. Das hier ist eine noch größere Theaterinszenierung als jeder Social-Media-Beitrag. So viele Klischees vereint in einem Zimmer, dass es schon fast zum Lachen ist.

Mit einem riesigen Kloß im Hals sehe ich mich in unserer Runde um. Meine Eltern sitzen wie immer an den Stirnseiten der langen Tafel. Selbstredend dürfen meine Brüder zu den Seiten meines Vaters sitzen. Immerhin sind sie mit ihren perfekten Anzügen, den perfekten Frauen und den perfekten Karrieren sein ganzer Stolz.

Ich sitze zusammen mit Erin neben meiner Schwägerin Louisa, während Erins Eltern uns gegenübersitzen. Wahrscheinlich nur, um uns genau im Auge zu behalten.

Wie ich all das verfluche!

Ich verfluche meine Brüder, weil sie zu solchen Arschkriechern geworden sind, wie es von ihnen erwartet wurde.

Ich verfluche Erin, weil sie einfach nicht kapieren will, dass es mit uns nie wieder so wird wie früher. Genauso verfluche ich ihre Eltern, die mir schon seit über einer Stunde böse Blicke über die mundgeblasenen Kerzenständer meiner Mutter zuwerfen.

Der Kragen meines Hemdes schnürt mir die Luft zum Atmen ab, und der Geruch nach Rotweinsoße bereitet mir heute nichts als Übelkeit.

Das Schlimme ist, während ich hier sitze und darauf warte, dass mein Scheiterhaufen angezündet wird, verfluche ich auch die guten Menschen in meinem Leben.

Ich verfluche Theo, weil er die Idee mit der dämlichen Party hatte. Scheiß auf die Party. Ich habe weiß Gott keinen Grund zu feiern. Sollen sie doch unser Apartment auseinandernehmen und die Party des Jahres feiern, während ich hier sitze und mir vorkomme, als säße ich auf dem elektrischen Stuhl statt auf den goldverzierten Sesseln an der Tafel meines Elternhauses.

Neben ihm verfluche ich auch Abigail.

Verdammt, nein! Eigentlich verfluche ich sie nicht, weil mich allein bei dem Gedanken mein Gewissen plagt. Aber ich bin gerade so wütend, und irgendwo muss diese Aggression hin. Wenn sie doch nur nicht so geheimnisvoll tun würde. Ich habe sie die ganze Woche lang so schmerzhaft vermisst, dass ich nicht weiß, ob ich erleichtert oder wütend sein soll, wenn ich sie später sehe. Immerhin hätten wir uns schon viel früher treffen können, und außerdem ist sie nach wie vor so dermaßen verschlossen.

Verdammt!

Das scheint seit Neustem mein Lieblingswort zu sein. Kein Wunder, denn es passt nirgendwohin so perfekt wie in diese Situation.

»Noch Wein, Liebling?«

Meine Mutter tupft sich mit der bestickten Stoffserviette den nicht mal ansatzweise dreckigen Mund ab. Noch bevor ich eine Antwort geben kann, nickt sie dem Kellner zu, mir nachzuschenken. Wie ein Affe im Käfig muss der arme Kerl den ganzen Abend in der Ecke stehen und darauf warten, dass er einen Befehl erhält. Das ist es, was ich heute Abend am meisten verfluche: die Art und Weise, wie meine Eltern leben. An manchen Tagen kann ich es besser ertragen als an anderen. Heute scheinen mir die Details förmlich ins Auge zu springen, und ich möchte am liebsten pausenlos schnaubend den Kopf schütteln.

Wie menschenverachtend muss man sein, wenn man sich im eigenen Esszimmer nicht selbst den verfluchten Wein einschenken kann? Ist es wirklich notwendig, dass zudem junge Frauen, die nicht viel älter sind als ich, hin und her rennen, um unsere Teller hin und her zu schleppen? Haben wir nicht alle zwei gesunde Beine?

Um morgen den ganzen Tag auf dem Golfplatz zu stehen, ist sich doch von den hier Anwesenden auch niemand zu schade.

Verdammt!

Anderswo auf der Welt verhungern Menschen. Ach, was sag ich, keine drei Meilen von hier gibt es Leute, die nichts zu essen haben und so arm sind, dass sie auf der Straße schlafen müssen.

Aber Hauptsache, meine Eltern leben in einem Haus mit zehn Schlafzimmern. Zu zweit!

Bevor der junge Mann mir etwas einschenken kann, schiebe ich mein nicht mal leeres Glas von mir und schüttele den Kopf.

»Ich habe genug. Danke.« Das letzte Wort gilt eindeutig ihm statt meiner Mutter, was der Kellner nur mit einem Nicken quittiert. Würde mich nicht wundern, wenn mein Vater dem Personal sogar verbietet, zu sprechen.

»Du bist heute so schweigsam. Gibt es dafür einen speziellen Grund?« Wer die Stimme meiner Mom nicht kennt, könnte meinen, in ihren Worten mütterliche Sorge zu hören. Aber weit gefehlt. Es ist lediglich ein Vorwurf, den sie mir stellvertretend für alle über das weiße Tischtuch hinweg zuschiebt. Sie ist genervt, weil ich nicht wie ein Hündchen pariere, wenn sie und Dad mit dem Finger schnippen. Jeder an unserer langen Tafel hat die angespannte Stimmung wohl längst bemerkt, aber niemand außer ihr hätte den Mut, es anzusprechen. Solange man Probleme nicht auf den Tisch holt, kann man sich wenigstens einreden, sie existierten nicht. Das ist die Devise meiner Eltern.

Viel zu lange habe ich nach dieser Philosophie gelebt. War Statist in diesem schlechten Film. Ja, klar, ich habe mich schon früh von dem Lebensstil meiner Eltern distanziert, aber dummerweise nur gedanklich. Für mehr war ich einfach zu feige. Schon seit Längerem spüre ich allerdings, dass ich kurz vorm Überkochen bin. Bislang habe ich immer bloß das Weite gesucht, wenn ich dieses Schauspiel, das sie ihr Leben nennen, nicht mehr ertragen konnte. Ob es an Abigail liegt, dass ich nicht länger dazu bereit bin, vor der Wahrheit davonzulaufen, oder es einfach an der Zeit ist, weiß ich nicht. Aber im Grunde ist es auch egal.

»Ich denke, es wurde heute bereits mehr gesagt als nötig«, brumme ich und kralle dabei meine Finger um die Serviette.

Meine Brüder und ihre Frauen ziehen scharf die Luft ein, während mein Vater sein Filet in winzige Stücke schneidet. Sicher stellt er sich dabei vor, es wäre mein Kopf, den er mit dem Messer malträtiert.

»Ich verbitte mir so einen Tonfall bei Tisch. Antworte deiner Mutter gefälligst vernünftig.«

Meine Eltern sowie alle anderen Anwesenden sind es nicht gewohnt, dass irgendjemand widerspricht.

»Jawohl, Sir«, spucke ich voller Sarkasmus aus. Mein Blick fällt auf die Carmichles, die sich bedeutungsschwere Blicke zuwerfen. Gott, wie viele Nerven mich diese Familie schon gekostet hat. Ja, Erin tut mir leid. Wie sie mit trauriger Miene auf ihren übrig gebliebenen Spargel blickt, während ihre Eltern versuchen, sie an einen Mann zu verschachern, der sie im Grunde nicht will. Die rosa Schleife auf ihren strohblonden Haaren strahlt dabei so viel falsche Perfektion aus, dass man es ihr schon beinahe wieder abnimmt. Natürlich ist es frustrierend für sie, wenn ich nicht mitspiele, aber ich schaffe es heute einfach nicht, gute Miene zum bösen Spiel zu machen.

Meine Eltern haben den Bogen überspannt. Und sie wussten das. Die Carmichles einzuladen, war weder eine nette Geste noch eine gut gemeinte Aktion. Seit Erin und ich gemeinsam auf die Middleschool gegangen sind, verfolgen unsere Eltern den Plan, durch uns die Familien Carmichle und Bowen zu vereinen. Dass Mr. Carmichles Stellung im Vorstand der *Bank of Greenwich* dabei eine Rolle spielt, muss man wohl kaum erwähnen. Niemanden an diesem Tisch interessiert es, ob Erin und ich uns lieben oder gar mögen. Die Idee hinter der Sache ist rein geschäftlich. Was auch sonst. Eine Gelegenheit für die beiden Familienoberhäupter, ihre Imperien zu vergrößern und sich noch mehr Macht unter den Nagel zu reißen. Diese Taktik ist genauso alt und dumm wie die Menschheit selbst.

Dass die Carmichles also heute hier sitzen, ist lediglich ein Schachzug in einem ganz miesen Spiel. Und dafür hasse ich sie.

Ich liebe meine Eltern. Ja, das tue ich wirklich. Irgendwo unter dem Groll, der Verachtung und dem unbändigen Zorn des heutigen Abends liebe ich sie.

Und trotzdem verabscheue ich sie. Dafür, dass sie mir meine Kindheit zerstört haben. Dass ich niemals einfach mit den anderen Jungs auf der Straße Baseball spielen durfte oder abends mit dreckigen Füßen vom vielen Barfußlaufen heimgekommen bin. Mir hat nie jemand jubelnd das Fahrradfahren beigebracht oder meine Hand gehalten, wenn mir übel war. Und jetzt, da ich endlich erwachsen und all dieser Grausamkeit entwachsen bin, haben sie nichts Besseres zu tun, als jemanden aus mir machen zu wollen, der ich nicht bin.

Bisher habe ich das stillschweigend hingenommen, aber die Zeiten sind ab sofort vorbei. Auch weil sie mich dazu bringen, Abigail verfluchen zu wollen. Vielleicht ist das unfair gedacht, weil sie nicht mal von ihr wissen, aber meine Wut schlägt keine rationalen Wege ein. Weil ich bei jedem Blick der Angestellten, die das Vier-Gänge-Menü servieren, an sie denken muss. Wie kann ich ihr weismachen, dass es egal ist, wie wohlhabend sie ist, und an einem anderen Tag hier sitzen und mich bedienen lassen. Das ist alles so ätzend falsch, und es hängt mir zum Hals raus. Wenn ich eins nicht mehr ertragen kann, dann sind es die ewigen Lügen. Wenn einfach alle Menschen ehrlich zueinander wären, gäbe es nicht halb so viele Probleme auf der Welt. Und, um etwas kleiner zu denken, dann fiele es einem viel leichter, den Menschen in seiner Umgebung zu vertrauen. Ich will nicht länger zweifeln. Und schon gar nicht bei meiner Familie. Allerdings sind die Bowens nicht gerade für ihre Ehrlichkeit bekannt. Mein Vater macht sich die Welt so, wie er sie gern hätte. Und zwar ohne Rücksicht auf Verluste.

Ich lasse meinen Blick einmal durch unsere Runde schweifen. Glen schüttelt kaum merklich den Kopf, um mich zu bitten, es gut sein zu lassen, aber ich kann nicht.

»Du möchtest, dass ich etwas erzähle, Mutter?« Ich räuspere mich übertrieben. »Wie wäre es damit: Seit einigen Tagen habe ich aus dem Greenwich Hospital die Zusage für die Assistentenstelle. Ich werde anschließend dort bei Dr. Grayson meinen Facharzt in Pädiatrie machen, und ich freue mich riesig darauf. Endlich bin ich meinem Traum einen Schritt näher. Das ist super, oder nicht? Ach, und ich habe eine unglaubliche Frau kennengelernt. Möchtest du über sie vielleicht auch mehr erfahren?«

»Quincy«, mahnt mein Dad. Sein Anzug sitzt makellos. Die grauen Haare sind voller Perfektion auf seinen Hinterkopf gegelt, und wie immer, wenn er mich ansieht, liegt ein Hauch von Verachtung in seinem Blick.

»Wirst du dann auch eine rote Nase tragen oder mit Rollen unter den Turnschuhen durch die Gänge fahren?«, schießt Anson dazwischen.

»Ist es dir gar nicht peinlich zuzugeben, dass du *Grey's Anatomy* gesehen hast?«, knurre ich in Richtung meines Bruders, der mir gerne immer mal wieder in den Rücken fällt. Er hat definitiv die Gene unseres Vaters. Betreten senkt er den Blick, was seine Frau Magnolia leise auflachen lässt. Die Frauen meiner Brüder könnten mit ihren perfekt sitzenden Frisuren und Kostümen glatt als Zwillingsschwestern durchgehen. Eine perfekter und falscher als die andere.

»Das heißt noch gar nichts. Du kannst deinen Facharzt machen, worin du möchtest, und danach trotzdem in die Firma einsteigen.«

»Kann ich das?«, richte ich mich dieses Mal wieder an meine Mom, die es nicht gut sein lassen kann. Sie zwingt sich mit aller

Macht zu einem Lächeln, während sie den Carmichles dabei entschuldigende Blicke zuwirft.

Sie hat weder Ahnung von der Facharztausbildung noch von der Firma. Sie hat im Grunde seit Jahrzehnten nur einen Job: lächelnd neben meinem Vater stehen und zu allem Ja sagen. Niemals würde ich mich für eine derartige Rollenverteilung erwärmen können, nur weil es in diesen Kreisen normalerweise so gehandhabt wird. Manchmal habe ich das Gefühl, dass meine Mom derart von meinem Vater abhängig ist, dass sie es nicht mal wagt, eine eigene Meinung zu vertreten. Wie kann man sich damit bloß arrangieren?

Ist es wirklich das, was die Carmichles für ihre Tochter wollen? Ist es das, was Erin, Louisa und Magnolia wollen? Sich in eine derartige Abhängigkeit zu begeben, anstatt sich von den gesellschaftlichen Zwängen dieser Kreise zu befreien? Und was ist mit meinen Brüdern? Ich kapiere es nicht. Ist es nicht viel erfüllender, stolz auf seine Frau sein zu können, weil sie erfolgreich ist? Vielleicht sogar wesentlich erfolgreicher als man selbst? Sollte das nicht das Ziel sein? Seine Partnerin zu unterstützen? Eine Beziehung auf Augenhöhe zu führen? Verdammt, ich will niemals in meinem Leben meine Frau ansehen und denken: Was hätte wohl aus ihr werden können, wenn sie nicht nur Soirees und andere Belanglosigkeiten hätte planen müssen? Das ist doch nicht nur für die Frau erniedrigend, sondern sagt auch eine Menge über die Männer aus, die sie in diese Rolle drängen.

»Es reicht jetzt«, knurrt mein Vater mit eindringlicher Stimme, und für einen Augenblick herrscht Schweigen.

»Ich habe gelesen, die Aktien der Firma sind diese Woche um weitere drei Prozent gestiegen«, wirft Glen ein und hebt sein Weinglas, um meinem Dad zuzuprosten. Ich weiß, was er vorhat. Er versucht, die Wogen zu glätten. Uns auf ein unverfängliches Thema zu leiten. Mein großer Bruder stand mir schon immer zur Seite. Umso enttäuschter war ich, als ich erfuhr, dass er in die Firma einsteigen würde.

»Wow«, schnaube ich. »Wenn das kein Grund zum Feiern ist. Nicht wahr?« Dabei sehe ich die Carmichles an, die zwischen mir und meinem Vater hin- und hersehen. »Wenn die Firma so gut dasteht, solltet ihr vielleicht einen höheren Preis für eure Tochter verlangen. Ich meine, dafür seid ihr doch hier, oder habe ich das falsch verstanden?«

Die Tatsache, dass Erins Vater die Kinnlade runterklappt und ihre Mutter empört durch die Nase schnauft, bleibt nicht die einzige Reaktion auf meine Provokation. Erin senkt betreten den Blick.

»Sorry, Erin. Aber du kannst das doch nicht ernst meinen, was hier gespielt wird, oder?« Sie hebt den Kopf und funkelt mich wütend an, während mein Dad sein Besteck klirrend auf den Teller wirft.

»Ich sagte: Es reicht. Solange du mein Geld ausgibst und nicht in der Lage bist, allein durchzukommen, hast du dich gefälligst zu benehmen.«

»Du hast die Sache mit den Füßen unter deinem Tisch vergessen«, schnaube ich.

»Erin, ich finde, dein Kleid sieht wirklich bezaubernd aus«, wirft meine Mutter ein.

Ich kann sie nur mit großen Augen anstarren.

»Echt jetzt?«, frage ich, doch sie zuckt nur schmal lächelnd mit den Schultern.

»Ich finde, du könntest deinen Ton etwas zügeln, junger Mann«, tadelt nun auch Mr. Carmichle, und mir platzt endgültig der Kragen.

»Sonst was?«, frage ich ihn und werfe meine Serviette auf den Teller. »Verzichtest du sonst auf die Vorteile, die *BW-Phar-*

ma dir verschafft, wenn du in die Firma meiner Familie einheiratest? Da wirst du dich wohl entscheiden müssen: Entweder du kletterst eine Stufe auf der Gesellschaftsleiter nach oben oder lässt deine Tochter jemanden wählen, den sie wirklich liebt.«

Erin schnappt neben mir nach Luft. Ich meine, ein leises Schluchzen aus ihrer Richtung zu hören, doch ich bin viel zu angespannt, um den Blick von ihrem Vater zu wenden.

Wütend starren wir uns an, doch leider fällt ihm nichts weiter ein, was er mir entgegenschleudern könnte. Weil jeder hier weiß, dass ich recht habe. Ihre Antipathie mir gegenüber beruht absolut auf Gegenseitigkeit, deswegen versuche ich mich gar nicht erst an einer Entschuldigung. Wenn ihnen mein Anblick nicht gefällt, hätten sie und ihre Tochter eben dortbleiben müssen, wo sie hingehören. Und das ist definitiv nicht das Esszimmer meiner Eltern.

»Quincy Bowen«, mahnt mein Vater erneut. »Du hältst augenblicklich den Mund. Und was diese Stelle bei Grayson betrifft, ist das letzte Wort noch nicht gesprochen. Sicher ist das problemlos wieder rückgängig zu machen. Komm diese Woche in mein Büro, dann besprechen wir dieses Fiasko. Das hat hier und heute nichts verloren. Deine Mutter hat sich mit dem Abend ins Zeug gelegt. Den wirst du mit deiner postpubertären Sprunghaftigkeit nicht kaputtmachen.«

Ich kralle meine Finger in die Tischkante. Nur mit Mühe und enormer Selbstbeherrschung gelingt es mir, nicht auszurasten.

»Meinst du diesen Bullshit wirklich ernst?« Ich weiß, ich sollte still sein. Aber ich kann nicht.

»Quincy«, jammert meine Mom. Ihre Sorge gilt jedoch lediglich ihren Gästen.

»Du hast dich also dermaßen ins Zeug gelegt, ja?«, frage

ich meine Mom. »Wofür? Um mich vorzuführen?«, knurre ich. »Von Erin mal ganz zu schweigen.«

»Quin«, murmelt Erin, »bitte lass es gut sein.« Ich spüre ihre Finger an meinen.

Sie fühlen sich warm an.

Sie fühlen sich vertraut an.

Aber vor allem fühlen sie sich falsch an.

»Nein, Erin. Du bist doch nichts anderes als eine weitere Marionette in dieser Schmierenkomödie.«

»O wow. Jetzt geht's los«, schnaubt Anson belustigt. Ich ignoriere ihn. Wie in den letzten zwanzig Jahren.

»Aber wisst ihr was?«, mache ich unbeirrt weiter, »heute nicht!« Mein Stuhl schabt über den teuren Marmorboden. Ich muss hier raus, ehe ich platze. »Heute nicht!«, wiederhole ich kopfschüttelnd und taxiere dabei meinen Vater. »Ich werde nicht in dein Büro kommen. Da sitzen die beiden Söhne, die du herumkommandieren kannst.«

Ich deute auf meine beiden Brüder, die seit der Schule darauf gedrillt wurden, in die Firma einzusteigen. Glen hat Jura studiert, Anson Betriebswirtschaft. Fehlt nur noch ein Mediziner, und mein Vater hat die drei Säulen zusammen, die er braucht, um weitere Millionen zu scheffeln, indem er andere mit seiner Firma ausbeutet. Die Pharmaindustrie besteht ausschließlich aus gierigen Haien, denen Krankheiten gerade gelegen kommen, um noch ein bisschen mehr am Leid anderer Leute zu verdienen. Und das wiederum ist ein Spiel, in dem mein Vater ein Meister ist.

»Quin, komm schon«, bittet Glen, und unsere Blicke treffen sich. Glen war immer der Einzige aus meiner Familie, der mich verstanden hat. Im Grunde war er eine ältere Version von mir. Um jedoch in die Firma einzusteigen, musste er die Augen verschließen vor dem, was meinen Vater zu dem reichen

Arschloch gemacht hat, das er nun mal ist. Ja klar, in Wohlstand groß zu werden, bringt eine Menge Vorteile. Ich hatte immer genug Geld, musste nie hart arbeiten. Und dennoch hätte ich den Reichtum aufgegeben für Eltern, die mir abends über den Kopf gestreichelt und mir Gute Nacht gesagt hätten. Für Samstage im Baseballstadion oder Hotdogs auf einer Picknickdecke anstatt der ewigen Ausflüchte und Lügen. ›Nächste Woche, Quincy‹ oder ›Dein Vater hat einfach keine Zeit für solche Belanglosigkeiten‹ sind dabei nur ein Bruchteil der Ausreden, die mir noch in den Ohren hallen. Mein Vater hätte mit Sicherheit Zeit für uns gehabt. Die Wahrheit ist, er hat sich nicht für uns interessiert. Niemals. Im Grunde sind wir ohne liebevolle Eltern aufgewachsen, und das sollte kein Kind der Welt. Ich jedenfalls hätte den Reichtum bedingungslos eingetauscht gegen eine echte Familie.

»Nein. Wie ich schon sagte: Für heute ist mehr als genug gesagt worden. Es wird Zeit, zu gehen. Ich habe noch etwas vor, bei dem es sich weniger um eine Theaterinszenierung handelt.«

Ohne ein Mitglied meiner Familie oder der Carmichles noch einmal anzusehen, verlasse ich mit großen Schritten das Esszimmer und schließlich das Haus meiner Eltern.

Erst als ich die obersten Knöpfe meines Hemdes geöffnet habe und mir die kalte Abendluft entgegenschlägt, kann ich wieder atmen. Es gibt nur eine Sache, die mir leidtut, als ich in meinen Wagen steige und den Motor anlasse. Dass ich Abigail und Theo verflucht habe. Menschen, die ich wirklich liebe. Menschen, bei denen ich sein kann, wer ich will.

Kapitel 21

Abigail

»Oh. Mein. Gott!« Scarletts Arm, mit dem sie sich bei mir unterhakt, verkrampft sich, und ihre spitzen Fingernägel graben sich durch meine dicke Jacke hindurch in meinen Unterarm.

»Äh … ja. Ich habe dem tatsächlich nichts hinzuzufügen«, murmle ich und lasse meinen Blick weiter durch den langen Korridor wandern. Was Quincy und Theo hier auf die Beine gestellt haben, wirkt in der Tat nicht wie eine gewöhnliche Studentenfeier. Der gesamte Flur ist nur mit Schwarzlicht ausgeleuchtet, das die weißen Wohnungstüren zwar hell erstrahlen lässt, die grau gestrichenen Wände, Decken und dunklen Böden jedoch förmlich verschluckt. Überall hängen weiße Ballons und Girlanden von der Decke, die, ebenso wie die Zähne oder weißen Kleider der Leute, in dem typischen Schwarzlicht-Mix aus Weiß und Blau strahlen. Beeindruckt schieben wir uns durch die Menschenmengen.

»Darf man das einfach in einem Studentenwohnheim machen? In Yale steht auf eine solche Party sicher die Todesstrafe.«

Zwei Mädels, an denen wir uns in diesem Moment vorbeidrängeln, lachen über Scarletts Worte.

»Mit dem richtigen Nachnamen geht alles, Schätzchen«, schnaubt die Größere von beiden und nippt an ihrem Drink. Der wird nicht in roten Plastikbechern serviert, sondern aus geschwungenen Gläsern mit bunten Strohhalmen und Schirmchen getrunken.

Scarlett wirft mir einen fragenden Blick zu, den ich lediglich mit einem Schulterzucken quittiere.

»Das ist Bowens Party, auf der ihr hier seid«, erklärt die Kleinere mit Kurzhaarfrisur. Trotz ihrer Körpergröße redet sie von oben auf uns herab in einem Tonfall, der eigentlich sagen will: ›Wir sehen, dass ihr hier nicht hergehört.‹

»Wir kennen Quincy, danke«, antwortet Scarlett schnippisch, doch ich halte sie am Arm zurück, als sie mich weiter hinter sich herziehen will. Die Art und Weise, wie sie Quincys Nachnamen ausspricht, macht mich stutzig.

»Was meinst du mit dem richtigen Nachnamen?«, hake ich nach, was sie nur spöttisch grinsen lässt.

»Ihr kennt ihn also, ja? Dann solltet ihr wohl wissen, dass er der jüngste Sprössling von *BW-Pharma* ist. Die Bowens spenden jeden Monat so viel Geld an die Pixton, dass Quin den Campus wahrscheinlich auch abfackeln dürfte, wenn er nett fragen würde. Aber das wisst ihr ja sicher, wenn ihr ihn so gut kennt.«

Ich versuche, alles, was ich über das riesige Pharmaunternehmen im Kopf habe, zusammenzubringen. Dabei wende ich mich wieder Scarlett zu, ohne die beiden Frauen weiter zu beachten oder ihre Worte zu kommentieren. Es kann uns vollkommen egal sein, was sie von uns oder Quincy halten, und das ist es auch.

Ich löse mich von Scarletts Arm und nehme stattdessen ihre Hand in meine, um uns so schnell wie möglich in das Apartment von Quincy, Theo und den anderen beiden zu befördern. Auch hier herrscht reger Betrieb, allerdings ist es nicht ganz so voll und laut wie auf dem Flur, der von allen Seiten mit unterschiedlicher Musik beschallt wird.

»Was war das denn?«, fragt meine beste Freundin, sobald wir ein bisschen mehr Luft haben.

»Keine Ahnung.«

»Wusstest du das? *BW-Pharma* ist keine kleine Nummer, oder?«

»Nein, ich wusste es nicht. Und nein, eine kleine Nummer sind die ganz und gar nicht. Soweit ich weiß, ist das eins der größten Unternehmen im Osten des Landes. Der Sohn von Mr. Wan arbeitet dort.« Die Familie Wan führt neben Carol das einzige Restaurant in Pixton.

Unauffällig lasse ich meinen Blick durch die Wohnung schweifen, in der Hoffnung, Quincy zu entdecken.

Scarlett sieht sich ebenfalls um, allerdings habe ich das Gefühl, dass sie weniger auf der Suche nach jemand Bestimmtem ist, sondern vielmehr die Lage unter die Lupe nimmt.

Plötzlich stößt sie ein spitzes Geräusch aus, weil sich zwei Arme von hinten um unsere Schultern legen.

»Mädels!« Mit dem Auftauchen der Stimme werden wir unvermittelt an Theos Seiten gezogen.

»Scheiße«, meckert Scarlett. »Willst du uns zu Tode erschrecken?«

»Ich glaube nicht, dass das biologisch möglich ist«, erwidert er schmunzelnd. Wir müssen beide den Kopf in den Nacken legen und uns etwas verrenken, um ihn anzusehen. Seine Haare sind verstrubbelter als sonst. »Kennt ihr irgendjemanden, der schon mal vor Schreck tot umgefallen ist?«

»Kein Rock heute?«, fragt Scarlett, nachdem sie sich ihm zugewendet hat und ihn von oben bis unten mustert. Seine Frage ignoriert sie einfach. Ich tue es ihr gleich und betrachte Theos enge schwarz-weiß karierte Hose und sein schwarzes Bandshirt, das so durchlöchert ist, dass er im Prinzip auch gänzlich darauf hätte verzichten können. An seinen mit schwarzem Eyeliner umrandeten Augen bleibe ich hängen. Der Psychologiestudent sieht heute aus wie ein verdammter Rockstar.

»Kein Rock«, antwortet er ihr mit leichter Verzögerung, wobei sein Blick ein klein bisschen länger mit Scarletts verbunden bleibt als nötig. »Eher Rock 'n' Roll. Also«, hebt er an und löst sich dabei von uns. »Was wollt ihr trinken? Ihr seid glücklicherweise als Erstes an der Bar gelandet.«

Hinter uns bricht gerade ein lautstarkes Gegröle aus, weil eine Horde Typen dabei ist, ihre Bierdosen zu leeren, ohne sie abzusetzen.

»Die werden uns so was von die Bude vollkotzen«, kommentiert Theo seufzend das Geschehen, noch bevor wir ihm eine Antwort geben können. Wie gebannt beobachten Scarlett und ich das Geschehen. Theo fährt sich derweil fast schon verzweifelt durch die Haare. »Es war Johns Idee, die Bar in unsere Wohnung zu legen. Großartig, Ledger, wirklich großartig«, murmelt er vor sich hin. Dabei sehen wir zurück zu den Wetttrinkern, unter denen ich jetzt Quincys Mitbewohner mit den kurzen Haaren ausmachen kann. Sein Name müsste Wyatt sein, wenn ich mich recht erinnere. Gerade wischt er sich mit dem Handrücken über den Mund und rülpst lauthals.

»Damit könntest du recht behalten«, sage ich, während Scarlett neugierig den Hals reckt, um sich die Jungs anzusehen. Das Wohnzimmer, das vor zwei Wochen noch so schlicht und ordentlich wirkte, ist heute weitestgehend mit rotem Licht beleuchtet. Überall hängen Reklameschilder von Getränkemarken oder Retroschilder aus verschiedenen Bars. Die Sofapolster sind mit silberner Folie abgedeckt, und in der Küchenzeile reihen sich die Alkoholflaschen aneinander. Dort, wo bei meinem letzten Besuch ein Esstisch mit sechs Stühlen stand, haben die Jungs eine Bar aufgebaut, hinter der ein Paar im Rockabilly-Look Cocktails mixt. Sie trägt ein tolles Kleid mit roten Punkten. Er hat die Haare streng zurückgegelt und John-Travolta-mäßig eine Zigarette hinter seinem Ohr stecken.

»Dann gibt es mehrere Zimmer, in denen die Party steigt?«, fragt Scarlett, und ich richte meine Aufmerksamkeit wieder auf sie und Theo.

»Soll das ein Witz sein?«, raunt dieser und legt sich eine Hand aufs Herz. Seine Fingernägel sind schwarz lackiert. »Du beleidigst unsere Künste mit dieser Frage.«

Während wir mit ihm ein paar Schritte weiter Richtung Couch ausweichen, weil immer mehr Feierwütige in die Wohnung stolpern, schlüpfe ich aus meiner Jacke und hänge sie über meinen Arm.

»Also«, erklärt Theo derweil. Seine Augen leuchten bei jedem Wort, als dürfe er uns endlich in ein lang gehütetes Geheimnis einweihen. »In Apartment 101 gibt es Getränke, wie ihr unschwer erkennen könnt. Daran schließen die Essenswohnungen an. Hotdogs, Chips gleich nebenan, und in 103 bei der süßen Carolin gibt's Muffins und Cookies. Ihr wisst schon. Besondere Muffins und Cookies«, fügt er lachend hinzu und wackelt dabei mit den Augenbrauen. »Bei den Langweilern aus 106 und 107 gibt's die Ruhezone und in 108 das Kino.«

»Ein Kino?«, frage ich. Meine Augenbrauen wandern dermaßen in die Höhe, dass sie von den Fransen meines Ponys gekitzelt werden.

»Ja, da zeigen wir die ganze Nacht Siebzigerjahre-Horrorfilme in Schwarz-Weiß.«

Während ich Scarlett ansehe, deren Augen immer größer werden, redet Theo unbedacht weiter.

»Auf der anderen Gangseite sind die Tanzbereiche. Techno, Hip-Hop, Indie und ein paar Spielzimmer.«

»Spielzimmer?«, entfährt es Scarlett. »Mr.-Grey-Spielzimmer?«

Theos Mund öffnet sich, schließt sich aber sofort wieder. Diese Abfolge wiederholt sich mehrere Male, bis er seine Haltung ändert und sich etwas näher zu meiner Freundin lehnt.

»Würdest du das mögen?«, fragt er leise. Dennoch verstehe ich jedes Wort.

»Ich bin nicht sicher«, flüstert Scarlett zurück. Die beiden sehen sich an, als wäre einer von ihnen gerade erst auf diesem Planeten gelandet.

»Ihr habt hier Sexspielzimmer?«, presche ich dazwischen. Denn *ich* würde das mit Sicherheit nicht mögen.

»Nein«, lacht Theo auf meine Frage, sieht aber immer noch Scarlett an. »Nur Playstation, Xbox und Dart.« Seine Stimme klingt fast entschuldigend, während meine Schultern erleichtert absacken.

»Wo ist Quincy?«, frage ich. Denn auch wenn Theo wirklich cool ist, kann ich es kaum erwarten, endlich seinen Mitbewohner zu sehen. Auf meine letzten Countdown-Nachrichten hat er nicht mehr reagiert, und meine Geduld stößt langsam an ihre Grenzen.

Mir entgeht nicht, wie Theos fröhliche Miene etwas ins Wanken gerät.

»Er kommt sicher gleich.« Seine Tonlage und das angespannte Zucken an seinem Mund machen mich nervös.

»Theo, wo ist Quincy?«, frage ich erneut, jedoch diesmal mit Nachdruck.

Er atmet einmal tief durch und schluckt, ehe sich unsere Blicke treffen.

»Er ist im dritten Stock.«

»Im dritten Stock?«, wiederhole ich wie eine Idiotin. »Was ist im dritten Stock?«

»Da befinden sich ein paar Büros der Förderabteilung, die so gut wie unbenutzt sind. Am Ende des Ganges gibt es einen kleinen Balkon. Da findet man Quin, wenn er nachdenken muss.«

So gerne ich auch irgendwas Sinnvolles auf Theos Worte erwidern würde, bleibt mir doch jedes Wort im Hals stecken. Sie wollen einfach nicht vorbei an dem riesigen Kloß, der sich dort mit einem Schlag formt. ›Wenn er nachdenken muss …‹

»Geh und such ihn«, schlägt Scarlett vor und nimmt mir meine Jacke ab.

Skeptisch sehe ich zwischen ihr und Theo hin und her.

»Bist du sicher?«

»Ja, na klar«, antwortet sie, während sie selbst aus ihrem Mantel schlüpft. In der engen Jeans und dem mindestens genauso engen weißen T-Shirt, das in krassem Kontrast zu ihren schwarzen Haaren steht, sieht sie aus wie ein Supermodel.

»Ja, geh ruhig hoch zu ihm. Der Aufzug ist im Foyer«, ergänzt Theo und sieht auf die Jacken in Scarletts Arm. »Komm. Die legen wir in mein Zimmer, sonst findet ihr die niemals wieder.«

Noch ehe ich etwas sagen oder es mir anders überlegen kann, verschwinden die beiden zwischen den feiernden Studentinnen und Studenten, sodass ich allein zurückbleibe zwischen lauter trinkenden Menschen, die ich nicht kenne. Im Hintergrund besingen Coldplay ihr ganz eigenes Universum, und zum ersten Mal am heutigen Abend kommen mir Zweifel, ob ich wirklich hier sein sollte.

Natürlich war Scarlett Feuer und Flamme, als ich ihr von der Party erzählt habe, und auch Lee war ganz angetan von der Idee, bei Carol zu übernachten. Als ich mich von ihr verabschiedet habe, winkte sie mir durchs Fenster von Carols Haus zu, das direkt neben dem Diner liegt. Ihren ausladenden Armbewegungen nach zu urteilen, war sie gerade dabei, Carol die Sternbilder zu erklären. In diesem Augenblick habe ich mich auf den Abend ohne Kind gefreut.

Doch mit jedem Schritt, den ich nun aus der WG heraus, durch den vollen Flur und bis zum Foyer mache, wünschte ich mehr, an Carols Stelle zu sein und mir einen gemütlichen Abend mit Lee zu machen. Und dabei war ich so scharf darauf, mich ins Studentinnenleben zu stürzen. Ich habe mir nicht ohne Grund den kürzesten Jeansrock angezogen, den ich besitze.

Es war der Ausdruck in Theos Gesicht, der mich skeptisch werden ließ.

Mit einem komischen Gefühl im Bauch nehme ich den Fahrstuhl in den dritten Stock. Im Grunde gibt es dort nur zwei Richtungen, in die ich gehen kann. Ein Flur führt nach rechts durch eine Glastür. Ein anderer geradeaus Richtung Alpha-Gebäude. Instinktiv entscheide ich mich für Letzteres.

Schon nach wenigen Schritten kann ich seine Silhouette ausmachen. Er steht am Ende des langen Korridors, die Arme vor der Brust verschränkt, und sieht durch eine bodentiefe Scheibe in den Nachthimmel.

Genau wie Lee. Ob sie gerade genau den gleichen Stern ansehen?

Der Teppich verschluckt jeden meiner Schritte. Würde die Sehnsucht mich nicht mit aller Kraft zu Quincy ziehen, würde ich mir mit Sicherheit mehr Gedanken darüber machen, ob es gruselig ist, dass ich mich leise von hinten an ihn heranschleiche. Doch meine Aufmerksamkeit richtet sich ganz allein auf Quincys Rücken. Das schwarze Hemd, das er trägt, lässt ihn beinahe mit dem dunklen Nachthimmel verschmelzen. Lediglich die dunkelblonden Locken heben sich deutlich von dem schwarzen Hintergrund ab. Hier oben ist nichts zu ahnen von der Wahnsinnsparty, die im Erdgeschoss tobt. Es herrscht absolute Stille.

»Wusstest du, dass man zwischen Kalifornien und Nevada den dunkelsten Himmel des ganzen Landes sehen kann?« Schon beim ersten Wort dreht er sich zu mir herum. »Irrwitzig, wenn man bedenkt, dass der Strip von Vegas keine zweihundert Meilen weit entfernt liegt.«

Ich kann den Ausdruck in seinem Gesicht nicht sehen, doch ich erkenne deutlich, wie seine Schultern ein Stück nach unten wandern, als er meine Stimme hört.

»Ich mag die Finsternis«, murmelt er, und im nächsten Moment liege ich in seinen Armen. Ich schlinge meine um seinen Hals, während Quincy meine Taille umklammert, als warte er bereits sein ganzes Leben darauf, mich festhalten zu können. Er umarmt mich so stürmisch, dass ich den Boden unter den Füßen verliere, was mich nur dazu bringt, ihn noch fester zu umklammern.

Alle Unsicherheit verpufft in unserer Umarmung.

»Ohne die Finsternis würde man die Sterne niemals deutlich leuchten sehen«, flüstere ich in sein Ohr. Meine Lippen liegen dicht an seiner Wange. Er muss den Kopf nur ein winziges Stück zur Seite drehen, um mich zu küssen.

Eine simple Berührung, die auch die letzten meiner Sorgen verfliegen lässt. Das Gefühl, ihn zu küssen, ist unbeschreiblich. Wie eine leichte Brise an einem heißen Sommertag. Oder wie ein Kaminfeuer an kalten Tagen. Es ist immer genau das, was ich gerade brauche. Beinahe, als habe Quincy eine Verbindung zu meinem Inneren.

»Hi«, flüstert er, sobald er sich von mir gelöst hat. Langsam lässt er mich wieder auf den Boden sinken, gibt mich aber noch nicht frei.

»Hey«, erwidere ich die inzwischen vertraute Begrüßung.

Mittlerweile bin ich mutig genug, ihn noch einmal von mir aus zu küssen. Dabei wandern seine Hände an mein Gesicht und halten es fest. Meine Finger finden den Weg zu seinen Unterarmen.

Ein wenig atemlos löse ich mich ein Stück von seinem Mund. »Theo hat gesagt, dass ich dich hier finde. Willst du darüber sprechen?« Da meine Augen sich während der letzten Minuten an die Dunkelheit gewöhnt haben, kann ich den gequälten Ausdruck in seinem Gesicht erkennen. »Man muss kein Genie sein, um zu sehen, dass etwas nicht stimmt«, sage ich und streiche ihm die Haare aus der Stirn, weil er nicht antwortet. »Immerhin könntest du gerade mit den anderen um die Wette trinken.«

»Na ja.« Mit einem tiefen Seufzer löst er sich von mir und tritt erneut vor die Scheibe. »Der Himmel über Greenwich ist auch nicht übel«, wendet er ein. Mit seinen tiefen Atemzügen heben und senken sich seine Schultern. »Die Sterne haben was Beruhigendes, finde ich.«

»Fast neunzig Prozent der Menschen sehen kaum noch Sterne, wegen der Luftverschmutzung. Das ist tragisch.« Mit zögerlichen Schritten trete ich hinter ihn und schlinge meine Arme um seinen Bauch. Gemeinsam sehen wir hinaus in den wolkenfreien Himmel.

»Dieser Mensch, den du kennst. Der von Astronomie so fasziniert ist. Handelt es sich dabei um einen Mann?«

»Nein«, stoße ich lachend aus. »Es gab nie wirklich einen wichtigen Mann in meinem Leben.«

Quincy neigt den Kopf zur Seite und sieht mich an.

»Niemals«, wiederhole ich, was ihn zaghaft nicken lässt.

»Bedeutet dir dieser Mensch viel?«

»Alles«, antworte ich, ohne zu zögern.

Statt etwas darauf zu erwidern, lacht Quincy traurig auf und sieht erneut aus dem bodentiefen Fenster.

»Was ist denn mit dir los? Habe ich was falsch gemacht?«
Zaghaft streichele ich über seinen Bauch. Ich kann die Wärme
seiner Haut durch den dünnen Stoff seines Hemdes spüren.

»Nein, entschuldige.« Er atmet noch einmal tief durch, ehe
er sich zu mir umdreht. »Es war einfach ein beschissener Abend,
aber du kannst am allerwenigsten dafür.«

»Dann hat es nichts mit uns zu tun, dass du hier oben stehst?«

»Nein«, antwortet Quincy lächelnd. Er gibt mir einen flüchtigen Kuss, ehe er sich wieder von mir abwendet und hinaus-
sieht. »Du bist gerade das Einzige, was ich wirklich will.«

»Deine Eltern?«, frage ich. Meine Stimme wird von ganz
allein immer leiser. Zum einen, weil ich vermute, dünnes Eis
zu betreten. Zum anderen, weil es nicht fair ist, Quincy auszu-
fragen, ihm aber selbst nicht wirklich etwas erzählen zu können.

Mir bleibt nichts anderes übrig, als das Nicken zu akzeptieren, mit dem er antwortet.

Eine Zeit lang stehen wir schweigend in der Dunkelheit,
bevor ich die Stille durchbreche.

»Ich habe mich gefragt, ob ich einen Rabatt auf meine Kopf-
schmerztabletten bekomme, jetzt, da ich mit *BW-Pharmas* Ju-
nior schlafe.« Obwohl die Frage scherzhaft gestellt ist, möchte
ich Quincy wissen lassen, dass ich Bescheid weiß. Er kann also
offen reden, wenn er es möchte.

»Hast du mich gegoogelt?«, fragt er schlicht, und ich wünschte, ich könnte dabei in sein Gesicht sehen. Die Kälte in seiner
Stimme lässt mich frösteln.

»Nein, habe ich nicht. Ein paar Mädchen unten haben sich
darüber unterhalten, und wir haben es zufällig mitbekommen.
BW-Pharma also.«

»*The one and only*«, bringt er spöttisch hervor. »Und da jetzt
klar ist, wie reich ich bin, zahle ich sogar zwei Dollar für deine
Gedanken, die du diesbezüglich hast.«

»Ach komm schon, Bowen.« Spielerisch ramme ich ihm meine Faust in die Rippen, was mir seine ungeteilte Aufmerksamkeit einbringt. »Du bist nicht einfach nur reich. Du bist der Prinz eines Imperiums. Zwei Dollar sind ein Witz. Ich will zehn.«

»Du willst zehn?«, fragt er abfällig schnaubend, womit er deutlich macht, dass er sich auf meinen spielerischen Ton einlässt. Langsam wird seine gesamte Körperhaltung lockerer. »Nicht drei oder vier? Direkt zehn?«

»Wie viel Millionen Gewinn macht euer Familienunternehmen jährlich? Was sind da bitte zehn lausige Dollar?«

»Nicht Millionen«, sagt Quincy, wobei der belustigte Ton in seiner Stimme viel zu schnell wieder ernst wird. »Milliarden. Und dieses Jahr waren es knapp fünf.«

»Heilige Scheiße.« Die Worte sind heraus, ehe ich mir mit der Hand den Mund zuhalten kann.

Quincy wendet sich erneut der Scheibe zu. Ich atme tief durch, bevor ich meine Hand wieder heruntersinken lasse und er von Neuem das Wort ergreift.

»Ändert das etwas?« Es sind nur drei Worte, und doch berühren sie mich tiefer, als er es für möglich halten könnte. Weil er sich nicht mit seinem Erbe brüstet. Er schämt sich dafür. Und das sagt eine Menge über seinen Charakter aus.

»Wie könnte es? Mir ist es egal, was oder wer du bist«, flüstere ich. Es ist mucksmäuschenstill um uns herum, als ich näher an ihn herantrete und meine Wange an seinen Oberarm lehne. »Ich habe dich sehr vermisst diese Woche. Deinen Geruch, deine Stimme. Das Gefühl deiner Haut an meiner. Ich habe es vermisst, dein Gesicht zu sehen, während du sprichst, und dich dabei zu beobachten, wie du mich ansiehst. Ich habe dich vermisst«, gestehe ich.

»Diese kurzen Treffen am Wochenende reichen mir nicht

mehr«, erwidert Quincy, ohne sich zu rühren. »Ich will etwas Echtes mit dir.«

»Mir reichen sie auch nicht. Das kannst du mir glauben. Ich will das mit dir auch«, lasse ich mein Herz sprechen, ohne einen Plan ausgeheckt zu haben, wie ich seiner Forderung gerecht werden soll.

Ich kann spüren, wie Quincy den Kopf neigt, um mich anzusehen.

»Ich bin froh, dass du hier bist«, flüstert er und legt seine Lippen auf meinen Scheitel.

»Ich wäre gerade nirgendwo auf der Welt lieber«, hauche ich und atme den Duft seines Hemdes ein.

So aufrichtig ich diese Worte auch meine, kann ich nichts dagegen tun, dass schon wieder Gewissensbisse an mir nagen. Will ich wirklich lieber bei ihm sein als bei Lee? Bin ich dazu in der Lage, mein Herz in zwei gleich große Teile zu brechen, ohne es dabei zu zerstören?

Kapitel 22

Quincy

»Weißt du«, seufze ich und lege meine Hände auf Abigails Oberarme, die ich mit meinen Fingern problemlos umschließe. Dass sie hier ist, bei mir, ich sie sehen, riechen und hören kann, macht alles auf einmal so viel klarer. »Meine Eltern versuchen seit Jahrzehnten, jemanden aus mir zu machen, der ich nicht sein will.«

»Das ist nicht richtig«, flüstert sie. Obwohl es dunkel hier oben ist, spenden die Notausgangsschilder und der Mond genug Licht, dass ich den traurigen Ausdruck auf ihrem Gesicht erkennen kann.

»Nein. Da hast du recht, das ist es nicht. Aber es ist bei uns immer so gewesen, und ich habe mich nie großartig dagegen gewehrt. Meine einzige Rebellion bestand darin, ins Studentenwohnheim zu ziehen, statt zu Hause wohnen zu bleiben. Viele Leute denken, dass man sich nicht beschweren sollte, wenn man in finanziellem Reichtum aufwächst. Aber mir war Geld nie wichtig.« Mir entweicht ein verächtliches Schnauben, während Abby regungslos bleibt. »Das kann wahrscheinlich nur jemand behaupten, der immer welches hatte. Also, Geld, meine ich. Aber ich habe um dieses Leben nicht gebeten. Ich habe mir nicht ausgesucht, Geige zu lernen, während die anderen Kinder draußen im Matsch gespielt haben. Oder in Smokings an Dinnerpartys teilzunehmen. Ich wollte immer nur einfach ein normales Kind sein.«

Abigails Finger legen sich auf meine Wange, und ich muss die Augen schließen, um meine Emotionen zu beherrschen.

»Jedes Kind sollte von seinen Eltern bedingungslos geliebt und so akzeptiert werden, wie es ist.«

»Haben deine Eltern dich bedingungslos geliebt?« Ich öffne die Augen und erwarte auf diese Frage keine Antwort. Meistens geht sie Fragen über ihre Familie und ihr Leben aus dem Weg. Die wenigen Teile, die sie mir offenbart hat, reichen nicht aus, um das Puzzle auch nur annähernd zusammenzusetzen. Ich kann mir dennoch ungefähr denken, in welchen Verhältnissen sie groß geworden ist. Ihre Schwester ist drogensüchtig, die Eltern nicht mehr in ihrem Leben, und Abigail kellnert, während es ihr nicht möglich ist, zu studieren. Man muss kein Genie sein, um eins und eins zusammenzuzählen.

»Nein«, antwortet sie traurig und überrascht mich mit ihrer Offenheit. »Das haben sie ganz sicher nicht. Vielleicht verstehe ich dich deswegen so gut.« Es hat nichts mit Geld oder Reichtum zu tun, dass sie mich versteht. Jedes Kind, das ohne Liebe der Eltern groß wird, ist arm.

Ich bin nicht bereit, mich dieser Grausamkeit länger zu beugen. Ich habe schon viel zu viele Jahre damit verbracht, um die Gunst und Anerkennung meiner Eltern zu werben.

»Sie wollen mit aller Macht, dass ich in die Firma einsteige«, führe ich aus. Das und so viel mehr, was ich nicht bereit bin, zu tun. »Das war niemals das, was ich machen wollte. Ich will endlich mein eigenes Leben leben. Es muss sich etwas ändern, und zwar schnell.« Meine Daumen fahren dorthin, wo sich Abbys Lippen zu einem Grinsen verziehen. »Irgendwie wird mir das mit jeder Minute, die ich dich kenne, klarer.«

»Das klingt gut.« Obwohl sie mir ein Lächeln schenkt, erkenne ich die Traurigkeit dahinter. Abigail hat immer etwas Trauriges an sich. Ich weiß noch immer nicht, was der Grund dafür ist, aber ich bin bereit, es herauszufinden.

»Das ist es doch, worum es im Leben eigentlich gehen sollte, oder nicht?«, versuche ich ihr zu erklären, worüber ich die vergangenen zwei Stunden gegrübelt habe. »Ich will meinen eigenen Weg gehen. Das ist mir erst heute so richtig klar geworden. In den letzten Jahren habe ich immer gedacht, dass sich die Situation irgendwann von allein ändern wird, aber das ist Bullshit. Ich bin es leid, zu warten. Ich will meinen eigenen Weg gehen«, wiederhole ich und lache dabei auf, was sich in dem stillen Flur viel zu laut anhört. »Es ist doch *mein* Leben. Verdammt! Ich bin siebenundzwanzig Jahre alt und lasse mich von meinen Eltern rumschubsen wie ein kleiner Junge. Das muss aufhören!«

Nie zuvor in den vergangenen Jahren war mir das so klar wie heute Abend. Auf einmal erscheint alles so logisch, und all meine Gedanken sprudeln einfach so aus mir heraus. »Ich will nicht in die Pharmaindustrie und mir morgens von einem Bediensteten den Kaffee kochen lassen. Ich will Arzt sein. Menschen helfen. Ein verrücktes, aber erfülltes Leben führen.« Meine Hände wandern an Abigails Hals. Unter meinem Daumen spüre ich ihren Puls. »Und vor allem will ich das alles mit dir an meiner Seite.« Ich meine diese Worte von ganzem Herzen. Ich will, dass wir eine normale Beziehung führen. Ich will es nicht langsam angehen lassen oder Angst haben, dass sie jeden Augenblick davonrennt. Ich will nicht mit Telefonaten abgespeist und auf Abstand gehalten werden.

Ich will, dass sie mir vertraut und wir ein Team sind.

Ihr Blick senkt sich, und ich kann dabei zusehen, wie sie die Mauern um sich herum noch ein Stückchen höher zieht. Ihre Stimme hängt nur noch am seidenen Faden, als sie zu sprechen beginnt.

»Mir hat mal jemand gesagt, man kann sein, wer man sein möchte, wenn man nur die Stärke hat, vor sich selbst dazu zu stehen.«

Ich nehme mir Zeit, um in Ruhe über ihre Worte nachzudenken.

Tue ich das?

Bin ich stark genug dazu?

Oder reden wir vielleicht gar nicht mehr von mir?

»Wer auch immer das gesagt hat, ist ein weiser Mensch.«

»Wahrscheinlich«, murmelt sie und zuckt mit einer Schulter, ohne mich richtig anzusehen. »Ist mir nur gerade wieder eingefallen.«

»Lass es uns versuchen.« Seit ich den Gedanken gefasst habe, mich meinen Eltern zu widersetzen, saust eine neue Welle der Energie durch meinen Körper hindurch und reißt alles mit sich. Scheiß auf langsam oder vernünftig. »Gleich morgen. Lass uns ein paar Tage abhauen. Theo und ich wollten sowieso diese Woche zum Angeln rausfahren. Komm mit. Wir könnten Scarlett auch mitnehmen. Die O'Connors haben ein Strandhaus in Old Saybrook. Wir könnten Lagerfeuer machen und einfach alles um uns herum vergessen. Uns ein paar Tage treiben lassen und stark genug sein, diejenigen zu werden, die wir sein wollen.« Allein der Gedanke macht mich glücklich. Jedoch zerschlägt Abigails Blick meine Vorfreude wie ein Faustschlag.

»Das klingt wirklich verlockend«, flüstert sie und zieht anschließend ihre Lippen zwischen die Zähne.

»Dahinter kommt ein Aber, habe ich recht?« Langsam gleiten meine Hände in ihren Nacken und ziehen sie sanft an mich heran. Ihren Körper dicht an meinem zu spüren, zeigt mir schon ziemlich genau, bei wem ich sein will, ganz gleich, *wer* ich sein will.

»Ich muss arbeiten. Ich habe Verpflichtungen. Ich kann nicht einfach so spontan für ein paar Tage verschwinden.«

Seufzend lege ich mein Kinn auf ihren Kopf.

»Es wäre auch zu schön gewesen, um wahr zu sein.«

Sie schmiegt ihre Wange an meine Brust. Ich mag es, dass sie so klein ist.

»Aber fahr du«, beharrt sie, doch ich kann hören, wie sie die Worte herauspresst. »Macht euch ein paar schöne Tage, und wenn du wiederkommst ...«

»Wenn ich wiederkomme?«, frage ich, als sie nach längerem Zögern nicht antwortet.

»Wenn du wiederkommst, wird es anders. Alles ...«

»Alles?«

»Na ja«, druckst sie. »Dann bietest du deinen Eltern die Stirn, und wir ...«

Langsam machen mich die nicht abgeschlossenen Sätze nervös.

»Wir? Was ist mit uns, Abigail?«, unterbreche ich sie.

»Ich möchte mich dir öffnen, Quincy. Wirklich.« Ihre Worte werden begleitet von einem tiefen Seufzer, wodurch mein Puls zu rasen beginnt. Ich lehne mich ein Stück zurück, um sie anzusehen. »Wenn du mir ein paar Tage gibst, um einige Dinge zu regeln, könntest du mich vielleicht nach deinem Trip besuchen. Ich denke, es wird Zeit, dass du meine Welt kennenlernst.«

Ich kann es ehrlich gesagt kaum erwarten, zu sehen, wo sie wohnt. Ich möchte sie besser verstehen, und das kann ich nur, wenn sie mich in ihre Welt mitnimmt.

»Ich würde nichts lieber als das«, gestehe ich. Dass ich ihr damit ein Lächeln entlocken kann, holt etwas von der neu gewonnenen Energie zurück. »Das mit uns ist mir wichtig, und ich hoffe, du weißt, dass ich viel für dich empfinde, ganz gleich, wo und wie du lebst.«

Ihr Grinsen spiegelt all die Geheimnisse wider, die sie umgeben wie eine mysteriöse Aura.

»Ich weiß«, flüstert sie. Noch ehe ich irgendwas hinzufügen kann, stellt Abby sich auf die Zehen und legt ihre Lippen kurz auf meine. »Und dafür finde ich dich noch ein bisschen toller.«

»Du findest mich toll?«, frage ich mit einem Hauch Ironie in der Stimme.

»Hm«, summt sie mit einem breiten Grinsen im Gesicht. »Also, ich fand die letzten Male mit dir schon nett.«

»Nett?«, schießt es aus mir heraus. Ich glaube, meine Augenbrauen sind noch nie so schnell in die Höhe geschossen. »Ich weiß, dass Selbstüberschätzung keine besonders attraktive Charaktereigenschaft ist, aber ich war dabei, und ich sage: Das war ganz sicher nicht *nett*.«

»Ziemlich nett?«, neckt sie weiter, und ihr Zeigefinger wandert dabei über meinen Kehlkopf, bis er an die obersten Knöpfe meines Hemdes stößt.

»Nett«, stoße ich noch einmal spöttisch aus. »*Ziemlich* nett. Ich bin ja wirklich selten sprachlos«, empöre ich mich.

»Vielleicht …«, flüstert sie. Mir stockt einen Moment der Atem, als ihre Lippen den Weg zu meinem Hals finden und ihre Zunge die Spur ihres Fingers nachzeichnet. Genauso, wie ich es damals in der Besenkammer bei ihr getan habe. »… Müsstest du meinem Gedächtnis auf die Sprünge helfen?«

Ich beuge mich vor und küsse ihr stürmisch das freche Grinsen aus dem Gesicht.

»Weißt du, was ich schon machen will, seit ich dich das erste

Mal gesehen habe?«, frage ich, nachdem wir uns atemlos voneinander gelöst haben.

Sie öffnet den Mund, und ich bin sicher, noch den Anfang eines ›Was?‹ zu hören. Doch die Silbe geht in einem spitzen Schrei unter, weil ich mich bücke und sie mir über die Schulter werfe.

»Gott. Das wollte ich immer schon machen«, erkläre ich amüsiert und lasse meine Handfläche locker auf ihre rechte Arschbacke klatschen.

»Quin!«, kreischt sie lachend. Ohne auf ihr Gezappel zu achten, gehe ich zielstrebig durch den Gang.

»Was denkst du, Abigail Hamilton, bist du bereit für ein weiteres erstes Mal?«

»Denkst du, ich habe diesen ultrakurzen Rock umsonst angezogen?«, antwortet sie kichernd und stützt sich mit ihren Händen an meiner Hüfte ab.

»Der ist mir nicht entgangen«, raune ich und lasse meine Fingerspitzen über ihre Oberschenkel unter den Minirock fahren. »Was denkst du diesbezüglich eigentlich über Fahrstühle?«

»Hm«, summt sie so tief, dass ich es bis in meinen Rücken spüren kann. »Das klingt ziemlich verlockend, Doktor Bowen.«

Meine Schritte geraten kurz ins Wanken, was uns beide zum Lachen bringt.

»Scheiße, ich mag es, wenn du mich so nennst.«

»Doktor Bowen«, wiederholt Abigail verführerisch.

»Alles klar. Der Fahrstuhl«, stelle ich lachend klar und beschleunige meine Schritte, sobald die silberne Tür in Sichtweite ist.

Ich lasse Abigail erst von meiner Schulter gleiten, nachdem sich die Tür hinter uns geschlossen und die Kabine sich in Bewegung gesetzt hat. Gleichzeitig drücke ich den dicken roten Knopf auf dem Paneel und bringe uns zwischen den Etagen zum Stillstand. Damit gelangt alles zum Stillstand. Alle Gedanken, alle Sorgen, höchstwahrscheinlich ist selbst die Musik im Erdgeschoss stehen geblieben und jeder verharrt regungslos in seiner Position.

Unser Atem ist das einzige Geräusch im Fahrstuhl. Ganz langsam stelle ich sie wieder auf ihre Füße, nur um sie unmittelbar danach gegen die Wand zu pressen.

»Ich muss dich spüren«, spreche ich die schonungslose Wahrheit aus, sobald unsere Blicke sich treffen. Meine Hände sind inzwischen von ihrer Taille auf ihre Schultern gewandert und bahnen sich einen Weg zu ihren Brüsten, ihrem Hals und legen sich schließlich um ihr zartes Gesicht. »Ich muss in dir sein.«

Ihre Lippen sind leicht geöffnet, und ihr heißer Atem trifft auf meinen Mund.

Wortlos hebt sie die Arme hoch, damit ich ihr den bauchfreien Pullover vom Oberkörper streifen kann. Darunter trägt sie nur einen schwarzen BH mit roter Spitze, der mich dazu bringt, ungeduldig zu knurren.

Während Abigail mich mit einem begierigen Blick betrachtet, senkt sie ihre Arme, und ihre Finger landen geradewegs am Knopf meiner Jeans.

»Ich habe kein Kondom«, gestehe ich, unmittelbar bevor ihr Mund meinen einnimmt. Ihre Zunge dringt stürmisch in mich ein und beweist, wie dringend auch sie mich haben will. Es ist ein schmaler Grat zwischen Vernunft und dem unmenschlichen Drang, sich mit ihr zu verbinden.

Atemlos löst sie sich von mir. Ihre geschickten Finger haben inzwischen meine Jeans geöffnet und schieben sie gemeinsam mit der Shorts über meinen Hintern, während ich ihr Gesicht erneut in meinen Händen halte. Dass ihre Brust dabei gegen meine gepresst ist, lässt meinen Puls noch schneller schlagen.

»Ich nehme die Pille«, flüstert sie. Ihre Augen sagen noch so viel mehr, aber ihre Lippen bleiben nach diesen vier Worten versiegelt.

»Ich lasse mich jedes halbe Jahr testen und bin clean. Vertraust du mir?«, knurre ich und küsse sie noch einmal innig, ehe sie überhaupt eine Chance hat, mir zu antworten.

»Ich brauche dich, Quincy«, bringt sie keuchend hervor, weil ich sie mit meinem Schritt und meiner wachsenden Erektion gegen die Wand des Aufzugs presse. Eindringlich sehe ich sie an, bis sie die Worte hinauspresst, die ich hören muss. »Ich hatte noch nie Sex ohne Kondom. Aber ich will es. Mit dir. Also ja, Quincy«, stöhnt sie, »ich vertraue dir.«

Meine Hände wandern über ihre Brüste, ihre weiche Taille und schieben sich anschließend unter ihren Rock.

Verflucht!

Diese Frau ist so unfassbar sexy, dass es mich verrückt macht. Zu wissen, dass ich der Erste bin, der sie ungeschützt haben wird, feuert mein Verlangen zusätzlich an.

»Gut. Ich vertraue dir auch«, flüstere ich, während meine Finger den Weg zwischen ihre Beine suchen.

Schnell merke ich, dass ich mit Rock und Strumpfhose keine Chance habe, ans Ziel zu gelangen, was mich frustriert stöhnen, Abigail amüsiert kichern lässt.

Lachend schiebt sie mich ein Stück von sich, um sich die Strumpfhose und den Slip unter ihrem Rock von den Beinen zu streifen. Sie schiebt beides bis zu ihren Füßen und balanciert abwechselnd erst auf einem, dann auf dem anderen, um Schuhe und den unnötigen Stoff loszuwerden.

Überrascht keuche ich auf, als sie mich anschließend am Kragen meines Hemdes packt und mich eng an sich zieht. Ich zögere keine Sekunde, kralle meine Finger in ihren süßen Arsch und hebe sie hoch. Gemeinsam prallen wir unsanft gegen die

Fahrstuhlwand, was in dem Kuss untergeht, in dem wir inzwischen erneut verschmelzen.

Unsere Zungen tanzen miteinander. Sie schmiegen sich aneinander, necken sich und wiegen sich in ihrem eigenen Rhythmus.

Abigails Finger finden den Weg in meine Haare, und sie seufzt in meinen Mund hinein. Dadurch, dass sie ihre Beine um meinen Körper geschlungen hat, berührt mein Schwanz ihre Mitte und reizt ihre Klitoris.

»Sicher?«, flüstere ich noch ein letztes Mal.

Ich will nicht, dass sie sich in irgendeiner Weise gedrängt fühlt. Auch wenn ich das hier wirklich unbedingt will. Keine Grenze zwischen uns. Nichts, was uns trennt.

Anstatt einer Antwort greift sie zwischen uns und schiebt mich in sich. Meine Augen schließen sich von ganz allein, und mein Kopf fällt in meinen Nacken.

»O Gott, Quincy«, stößt Abigail aus. Ihre Stimme klingt gehetzt und außer Atem. Und ich verstehe es, denn ich spüre es auch. Dieses unglaubliche Gefühl, ihr so nah zu sein wie nie zuvor. Auch wenn es nur eine dünne Latexschicht war, die uns getrennt hat, kommt es mir vor, als seien es gigantische Mauern, die mit einem Mal nicht mehr vorhanden sind.

Ich öffne die Augen, sehe sie an und ziehe mich ein Stück zurück, nur um noch tiefer in sie einzudringen. Dieses Mal sind es ihre Lider, die flattern. Es ist, als stünden wir an einer Klippe, und mit jedem meiner Stöße bringe ich uns näher an den Abgrund. Einen Abgrund, über den wir fallen wollen. Denn wir haben beide die Gewissheit, gemeinsam fliegen zu können.

Ich presse Abigail so fest gegen die kalte Metallwand, dass ich meine Finger von ihrem Hintern lösen kann, ohne dass sie hinunterrutscht. Ich streichle stattdessen über ihre Arme, ihren Hals, ihre Brüste. Jedes Stück Haut, das ich in die Finger bekommen kann, berühre ich voller Verlangen, während ich losgelöst und kraftvoll in sie hineinstoße.

Sie krallt sich stöhnend in meinen Oberarmen fest, findet den Weg in meinen Nacken und bohrt mir ihre Fingernägel schmerzhaft ins Fleisch. Ein Schmerz, der so süß ist, dass ich die Luft anhalte, um nicht augenblicklich in ihr zu kommen.

»Quincy«, presst sie immer und immer wieder meinen Namen hervor. Fast schon flehend.

»Ich bin da«, flüstere ich in ihr Ohr und dringe unerbittlich in ihr Innerstes vor.

Ich bin da, wiederhole ich in Gedanken. Denn das bin ich. Ich bin da, wo ich sein will.

Meine Stöße werden immer forscher, bis unsere Körper nur noch wild gegeneinanderprallen. Abigails Stöhnen erfüllt die Fahrstuhlkabine. Als ich anfange, mit meiner freien Hand ihre Klitoris zu massieren, merke ich, dass sie es nicht mehr lange aushält. Ihr Stöhnen wird lauter, atemloser, und sie drängt ihre Hüfte verzweifelt gegen mich, damit ich noch tiefer in sie eindringen kann. Im fahlen Licht des Fahrstuhls sehe ich ihre zusammengekniffenen Augen. Bei dem Anblick ihrer geöffneten Lippen kann auch ich meinen Orgasmus nicht mehr aufhalten. Ich erhöhe den Druck auf ihre Klitoris, und als ich spüre, wie ihre Muskulatur zu zucken beginnt, lasse auch ich mich fallen. So kommen wir gleichzeitig. Vereinen uns auf die intimste Weise, die möglich ist.

Wir fallen.

Wir fliegen.

Und ich möchte nie wieder Boden unter meinen Füßen spüren.

Kapitel 23

Abigail

»Also«, lacht Scarlett, während sie mich von oben bis unten mustert. Es ist beinahe Mitternacht, als Quincy und ich uns wieder unter die Partygäste mischen. Die Musik ist inzwischen viel lauter. Vielleicht liegt das aber auch daran, dass mir außer unserem Stöhnen lange Zeit nichts in den Ohren lag.

Der Sex im Fahrstuhl war ... anders.

Gröber. Inniger. Irgendwie ... echter. Ich habe das Gefühl, dass wir, eingeschlossen in dieser Metallkabine, einfach wir selbst waren. Sämtliche Störfaktoren sind außen vor geblieben. Es war eine magische Verbindung und nicht zuletzt der beste Orgasmus, den ich je hatte.

Meine Freundin sieht seufzend dem in der Menge verschwindenden Quincy hinterher, der uns etwas zu trinken organisieren will. Verschwörerisch lehnt sich Scarlett zu mir herüber. »Ich möchte wetten, du hattest noch eine Strumpfhose an, als du in den dritten Stock gefahren bist.«

»Die hat sich in der Fahrstuhltür verhakt«, flunkere ich mit meinem besten Pokerface, was witzlos ist, weil sie mich sowieso durchschauen wird.

»In der Fahrstuhltür«, wiederholt Scarlett mit ernster Miene. »Und du hast dich dabei nicht verletzt? Die schwere Metalltür hat also den hauchdünnen Nylonstoff von deinem Bein gezupft und ihn dann eingehakt?«

»Ja, genau so ist es gewesen«, bekräftige ich kichernd.

»Was ist wie gewesen?«, mischt Quincy sich ein, der in diesem Augenblick zurückkommt und mir fragend ein Bier hinhält. Auch wenn ich Bier nicht sonderlich mag, beschließe ich, eine Ausnahme zu machen. Mein Mund ist trocken, und mir ist viel zu warm in dem stickigen Apartment. Ich bin nicht sicher, ob ich die Hitze der letzten halben Stunde so schnell wieder loswerde. Dafür sind die Erinnerungen zu präsent in meinem Kopf.

Gerade als ich den Mund öffnen will, um etwas zu erwidern, schließt Theo sich unserer kleinen Gruppe an.

»Da seid ihr ja wieder.« Er sieht an uns herab und legt den Kopf schief. »Was ist das?« Bevor ich reagieren kann, schnellt er vor und zieht meine Strumpfhose aus Quincys Hosentasche.

»Der Fahrstuhl hier ist sehr gefährlich«, erklärt Scarlett lachend, und ich spüre, wie meine Wangen zu glühen beginnen.

»Du trägst Strumpfhosen?«, fragt Theo und klopft Quincy dabei auf die Schulter. Dessen Wangen sind noch immer gerötet, und ich erkenne Spuren meines Lippenstiftes an seinem Hals. »Mann, ich wusste schon immer, unsere Seelen gehören zusammen.«

Quincy öffnet den Mund, doch als er etwas dagegenhalten will, fällt sein Blick auf mein errötetes Gesicht, und er scheint seine Worte noch einmal zu überdenken.

»Na ja. Ich habe gedacht, ich kann es mal versuchen«, entgegnet er und nimmt Theo meine Strumpfhose aus der Hand, nur um sie sich über die Schulter zu hängen.

Als Quincy sich das schelmische Grinsen nicht mehr verkneifen kann, wandert Theos Blick zu meinen Beinen.

Er tippt mit dem Zeigefinger in die Luft wie ein mahnender Lehrer.

»Ihr wollt mich wohl verarschen«, stellt er fest und bestätigt damit bloß, was unsere breit grinsenden Gesichter sowieso schon verraten.

»Bowen!«, unterbricht Quincys Mitbewohner John unser Geplänkel, und die drei Jungs stürzen sich kopfüber in eine hitzige Unterhaltung über irgendeinen Typen aus der Wohnung nebenan, mit dem sie mal zusammengewohnt haben. Es dauert nicht lange, und ich schalte mich gedanklich aus.

Ich beobachte stattdessen Quincy, wie er locker und unbeschwert mit seinen Freunden spaßt. Sein Pokerface sitzt lückenlos. Kein Mensch könnte auf die Idee kommen, dass er noch vor einer Stunde grübelnd und einsam aus dem Fenster geblickt hat. Oder aber was er in der halben Stunde danach getrieben hat.

Es macht mich glücklich, dass ich diejenige bin, die er an sich heranlässt. Diejenige, die hinter die Fassade des fröhlichen Mannes und reichen Erben schauen darf. Diejenige, die ihn nackt erlebt. Nicht nur körperlich, sondern auch in der Seele.

Aber es ist nicht nur das, was meine Knie in dem Augenblick weich werden lässt, in dem unsere Blicke sich treffen.

Quincy inspiriert mich. Die Stärke, mit der er sich dafür einsetzt, der zu sein, der er sein möchte, imponiert mir. Und sie macht mich gleichermaßen neidisch.

Seine große Rede über Selbstbestimmung und die Freiheit, seinen eigenen Weg zu gehen, hat mich wachgerüttelt. Weil sie mich an das erinnert, was Riley und mich vor vielen Jahren dazu veranlasst hat, unser Zuhause zu verlassen. Damals, als ich gerade einmal sechzehn war und dachte, die ganze Welt stünde mir offen. Es war ein tiefer Fall, der vom Traum der Freiheit zum Aufprall in der bitteren Realität führte. Ich habe mir dabei mehr Narben zugefügt, als ich mir selbst eingestehen will.

Aber möglicherweise ist es auch für mich noch nicht zu spät. Wenn ich mich aus dem Netz löse, in das ich eingesponnen bin, und meinen eigenen Weg einschlage, dann muss es doch möglich sein. Ich kann Lee alles geben, was sie für ein glückliches Leben braucht, und dennoch meine eigenen Träume verfolgen.

Allein beim Gedanken daran muss ich schlucken. Mir ist klar, welchen Schritt Richtung Freiheit ich als Erstes tätigen muss: Ich muss mich von Riley lösen.

Seit Jahren investiere ich mein Geld, meine Energie und meine Zeit, um ihr zu helfen. Aber wenn meine Schwester sich nicht helfen lassen will, kommt das einem Himmelfahrtskommando gleich. Als würde ich mit Vollgas gegen eine Wand fahren in der Hoffnung, sie damit ein Stück versetzen zu können. Die Einzige, die dabei zu Schaden kommt, bin ich.

Und mit mir Ophelia.

Einerseits schmerzt der Gedanke, mich von meiner Schwester zu lösen, andererseits euphorisiert er mich. Die Koexistenz mit ihr schränkt mich nicht nur in meinem Alltag, sondern vor allem in meiner Freiheit ein.

Ich muss den Sprung ins kalte Wasser wagen und Quincy alles erzählen. Die ganze Wahrheit. Nicht nur das, was alle von mir zu hören kriegen. Dass ich ihm vertraue, war keine Lüge.

Es war die Wahrheit, als ich ihm gesagt habe, dass ich ebenfalls mehr in unserer Beziehung möchte.

Mein Entschluss steht fest.

Wenn er von seinem Angeltrip zurückkommt, werde ich ihm alles erklären und ihn zu uns nach Hause einladen. Und dann gibt es endgültig nichts mehr, was zwischen uns steht. Ich bin mir sicher, er wird verstehen, warum ich ihn anlügen musste.

Unwillkürlich wandern meine Gedanken zurück in den Fahrstuhl. ›Ich vertraue dir‹, hat er gesagt. Seine Worte sind noch präsent in meinem Kopf. Ebenso wie das Gefühl seiner Fingerspitzen überall auf meiner Haut. Das ungezügelte Verlangen, mit dem er mich genommen hat.

»Man sieht dir an, dass du an was Schmutziges denkst.« Seine geflüsterten Worte reißen mich aus meinen Gedanken.

»Und wenn schon. Meine Strumpfhose hängt über deiner Schulter. Jeder, der kein Idiot ist, weiß, dass wir ein schmutziges Geheimnis teilen.« Ich antworte ebenfalls im Flüsterton. Nur für ihn hörbar.

»Zehn Dollar für deine Gedanken«, haucht er gemeinsam mit einem Kuss auf meine Wange.

»Also zahlst du doch zehn Dollar?«, necke ich ihn und drehe mich so, dass unsere Nasenspitzen sich beinahe berühren.

»Was soll's.« Er zuckt mit der Schulter. »Noch bin ich reich«, lacht er, »also nutzen wir es lieber aus. Außerdem bin ich sicher, der Gedanke, der dich eben erröten ließ, ist jeden Penny wert.«

»Weil du es bist, verrate ich ihn dir sogar umsonst.« Ich wende mich ihm zu und schlinge meine Arme um seinen Hals. »Ausnahmsweise, weil du heute Abend so traurig warst.«

»Ah, die Mitleidsnummer. Die ist immer gut. Also, Süße. Raus damit, was hast du gedacht?«

»Dass ich Theo unbedingt fragen muss, wo er den Eyeliner gekauft hat. Die Farbe ist wirklich toll.«

Quincys verwirrter Gesichtsausdruck ist Gold wert.

»Das hast du nicht wirklich gedacht, oder?«, fragt er mit zusammengekniffenen Augen.

»Nicht wirklich«, erwidere ich lachend.

Doch bevor ich ihm die Wahrheit über meine Gedanken verraten kann, werden wir unterbrochen.

»Also, ihr Turteltäubchen.« Wyatt, der sich zu unserer kleinen Gruppe gesellt hat, klopft uns beiden auf den Rücken. Seine Stimme lässt durchblicken, wie viel er bereits getrunken hat. »Tanzsession in 124. Jetzt«, lallt er und nimmt meine Hand in seine. Quincy sieht mich fragend an, doch ich beantworte seine stumme Frage mit einem strahlenden Lächeln und greife mit meiner freien Hand seine, um ihn mitzuziehen. Von Scarlett und Theo fehlt inzwischen jede Spur. Gerade noch standen sie neben uns, doch nun hat die Menschenmenge sie einfach verschluckt.

»Du bist mir einen Zehn-Dollar-Gedanken schuldig. Denk ja nicht, dass ich das vergesse«, flüstert Quincy, während wir nur langsam durch den vollen Flur vorankommen.

Es ist Jahre her, dass ich außerhalb unserer Wohnung oder des Diners getanzt habe, und um ehrlich zu sein, kann ich es kaum erwarten.

Während wir uns durch die feiernde Menge zum Tanzbereich schlängeln und ich von hinten auf Quincys Rücken starre, denke ich daran, was mir eben wirklich durch den Kopf gegangen ist.

Etwas, an das ich schon viel zu lange nicht mehr geglaubt habe. Als ich ihm vor ein paar Wochen zufällig begegnet bin, war das sicher nicht geplant. Und auch wenn es viel zu früh ist, es laut auszusprechen, fühle ich es.

Von ganzem Herzen.

Man kann es drehen und wenden, wie man will.

Ich liebe Quincy Bowen.

Kapitel 24

Quincy

»Das hier war die bescheuertste Idee, die du je hattest. Und zwar mit Abstand, mein Freund.«

Theo lässt seinen Kopf seufzend zurück gegen die Kopfstütze sinken. Ich möchte wetten, unter seiner riesigen Pilotensonnenbrille hat er die Augen geschlossen.

»Ach komm«, lache ich. Ich habe gut reden. Immerhin bin ich letzte Nacht so gut wie nüchtern ins Bett gegangen. Zum einen, weil ich nicht allein war. Zum anderen, weil ich mir durch keinen Rausch diese unglaubliche Klarheit vernebeln lassen wollte, mit der ich seit gestern Abend alles betrachte.

Ich weiß nicht, was mir die Augen geöffnet hat, aber das ist im Prinzip auch egal. Die Hauptsache ist doch, dass ich zurück auf meinen Weg gefunden habe und bereit bin, dafür zu kämpfen.

Ob das nun an der Dreistigkeit meiner Eltern lag, die Carmichles einzuladen, oder an Erins Blick, als ich das Haus verlassen habe, oder ob Abigail der Auslöser war, was am wahrscheinlichsten ist, ist vollkommen egal. Jedenfalls bin ich gestern Nacht überglücklich eingeschlafen und heute Morgen voller Tatendrang aufgewacht.

Ganz im Gegensatz zu meinem Freund, für den unser Angelausflug wohl einige Stunden zu früh kommt.

»Sieh es mal so«, schmunzele ich. »Wären wir erst heute Nachmittag oder morgen gefahren, hätten wir mit den anderen aufräumen müssen. So können wir uns gekonnt davor drücken. Das ist eine Win-win-Situation.«

Um ehrlich zu sein, kann ich es nicht erwarten, alles für ein paar Tage hinter mir zu lassen.

»Sehe ich nach win-win aus?« Er lässt die Stirn gegen die Scheibe meines SUV sinken. »Mann, Doc, ich sterbe. Wie kannst du dabei nur so gut gelaunt sein?«

»So schnell stirbt man nicht, glaub mir. Ich bin zwar noch kein Arzt, aber das erkenne ich. Du brauchst einfach nur einen Kaffee und ein fettiges Frühstück. Danach geht's dir besser.«

»Wir hätten einfach zu Hause was frühstücken sollen, dann würde ich nicht Gefahr laufen, Tequila auf deine Fußmatten zu kotzen.«

Aus dem Augenwinkel gehe ich sicher, dass es sich nur um einen Scherz handelt. Ich kenne Theo lange genug und weiß, wann es ernst wird. Allerdings muss ich zugeben, dass er tatsächlich wie ein Häufchen Elend in dem schwarzen Sportsitz hockt.

»Warum trinkst du auch so einen Mist?«, tadle ich ihn. Dabei biege ich spontan auf eine schmale Straße, in der Hoffnung, irgendwo ein Café auszumachen, in dem wir ihn wieder aufpäppeln können. So hält er den Weg bis Old Saybrock nämlich ganz sicher nicht durch. Und erbrochener Tequila war in meinem Plan, ein paar Tage Kraft zu sammeln, nicht inbegriffen.

»Sorry, Doc Charming. Nicht jeder von uns ist gerade auf

dem Romantiktrip. Hast du dein Mädchen eigentlich für unseren Selbstfindungs-Schrägstrich-Angel-Trip mitten im Chaos bei den Idioten liegen lassen?«

»Bist du wahnsinnig?«, gebe ich lachend zurück. Wenn Abigail noch immer in meinem Bett läge, gäbe es nur einen Ort, an dem ich jetzt wäre. Und zwar neben ihr. Oder alternativ unter oder über ihr. Dahingehend wäre ich flexibel. »Sie hat mitten in der Nacht einen Anruf bekommen und musste heim. Ich habe sie höchstpersönlich in ein Taxi gesetzt und im Voraus bezahlt. Hast du vergessen, dass ich ein Gentleman bin?«

»Und wo musste sie mitten in der Nacht hin?«

Ich schicke der Wahrheit ein Stöhnen voraus.

»Ich weiß es nicht.«

»Hm«, brummelt Theo. Ich kenne diese Art von Grummeln. Sie bedeutet: Eigentlich will ich noch mehr sagen, aber das, was ich zu sagen habe, wird dir nicht passen.

»Sag einfach, was du zu sagen hast«, seufze ich. Meine Hände umklammern das weiche Leder des Lenkrads automatisch etwas fester.

»Weißt du immer noch nicht mehr über sie? Ich meine, so langsam ist das schon komisch, oder?«

»Ein bisschen mehr weiß ich schon. Aber nicht wirklich viel. Allerdings«, hole ich aus, während meine Lippen sich zu einem zaghaften Grinsen verziehen, »wird sich das schon bald ändern. Wenn wir wieder da sind, werde ich sie besuchen. Schon Donnerstag.«

»O wow«, stöhnt Theo. Sein Kater muss echt schlimm sein. Eigentlich ist er nicht so miesepetrig, allerdings lässt seine Stimme gerade Zweifel zurück, ob er diese zwei Silben vielleicht doch ernst meint.

»Das ist für sie ein Riesending und für mich auch.« Während wir durch die Gegend fahren und uns anmeckern, werden die

Straßen immer schmaler. Kahle Laubbäume säumen die weitestgehend leere Fahrbahn. Die Blätter tanzen hinter dem Auto her.

»Verdammt, wo sind wir hier? Das sieht aus wie der Schauplatz für einen Horrorfilm.«

Ich muss herzlich über seine Worte lachen, weil Theo nicht ganz unrecht hat. Dieser Ort ist so kitschig, dass er schon wieder gruselig ist.

»Wir besorgen dir ein Frühstück«, sage ich siegessicher, weil ich bereits in der Ferne die Reklametafel eines Diners erkenne. »Siehst du. Ich bin der beste Freund, den du je hattest, und das, obwohl du heute Morgen echt ein Kotzbrocken bist.«

»Du bist der einzige beste Freund, den ich je hatte«, knurrt er, setzt sich aber, ohne Anstalten zu machen, in Bewegung, sobald der Wagen vor der rosa Werbung zum Stehen kommt. »Aber dafür, dass du mich um diese Uhrzeit aus dem Bett gescheucht hast, musst du mich mindestens noch einladen, um mich wieder zu besänftigen.«

»Deal«, willige ich schmunzelnd ein und folge ihm in den Diner, der geradewegs einem Hollywoodfilm entsprungen sein könnte. Alles sieht aus wie mit Zuckerguss überzogen. Ein pastellfarbener Traum beziehungsweise Albtraum. Das liegt ganz im Auge des Betrachters. Uns ist die Einrichtung allerdings vollkommen egal, solange der Geruch nach gebratenem Speck und frischem Kaffee hält, was er verspricht.

Die Tische sind restlos besetzt, daher bleibt uns nur, auf den türkisen Hockern direkt an der Theke Platz zu nehmen.

»Kaffee, bitte«, bettelt Theo, sobald eine ältere Kellnerin hinter dem Retrotresen erscheint. Alles in diesem Laden schimmert in Rosa oder Türkis. So auch die Rüschenblusen und Schürzen der Angestellten.

»Du siehst aus, als hättest du ihn bitter nötig«, lacht die

schlanke Frau mit den langen Locken, die ihr beinahe bis auf die Hüfte reichen. Ihr Gesicht hat tiefe Falten, wenn sie lacht, und ihre Stimme klingt kratzig. Ich möchte wetten, sie hat eine Menge Geschichten zu erzählen. »Willst du auch was frühstücken, Süßer?«, richtet sie sich an mich, weil Theo sich direkt auf seine Tasse stürzt, die sie bis oben hin mit dampfendem Kaffee gefüllt hat.

»Auf jeden Fall«, antworte ich strahlend. Ich glaube, dieser Frau kann man nur so antworten. »Wir nehmen einmal die ganze Frühstückskarte. Eier, Pancakes. Das volle Programm.«

»Gern.« Sie zwinkert uns zu, und schon im nächsten Moment kritzelt sie allerhand auf einen Block und hängt den Zettel anschließend in die schmale Durchreiche zur Küche, die direkt hinter dem Thekenbereich angrenzt. Klischeejäger dürften diesen Laden als Goldgrube ansehen.

»Moment mal«, murmelt Theo, während er nach wie vor mit sehnsüchtigen Augen auf die Speisekarte starrt. In großen türkisen Buchstaben steht der Name des Restaurants darauf. »Sind wir hier in Pixton?«

»Ihr seid im *Pixton's*. Der beste Diner an der Ostküste.«

»Ja, gut möglich, aber auch in dem Ort? Ist das hier Pixton?«

»Wir haben eintausendneunhundertundfünfundsiebzig Einwohner.« Hinter der Theke erscheint ein kleines Mädchen mit dichten langen Locken. »Aber im nächsten Monat bekommt Sally aus der Kingstreet ein Baby. Dann sind es eintausendneunhundertundsiebenundsiebzig.«

»Sechsundsiebzig«, korrigiert Theo sie, als würden die beiden sich kennen, und schiebt seine Sonnenbrille auf die verstrubbelten Haare. Er hat noch immer Spuren des gestrigen Make-ups unter seinen Augen. »Verdammt, Doc. Du hast uns nach Pixton zum Frühstück gebracht. Ich muss dir fast dankbar sein. Wie lange wollten wir hier schon hin? Seit sechs Jahren?«

Wir haben uns in der Tat seit einer Ewigkeit vorgenommen, mal hierherzukommen. An den Ort, der unserer Uni den Namen gab. Manchmal können Zufälle schon witzig sein.

»Nein. Siebenundsiebzig«, mischt sich die Kleine erneut ein und klettert kurzerhand auf den Arbeitsbereich hinter der Theke. Ich habe keine Ahnung, wo dieses forsche Mädchen plötzlich herkommt, aber es sieht nicht danach aus, als würde sie so schnell wieder verschwinden. »Sie bekommt nämlich Zwillinge.« Siegessicher verschränkt sie die Arme vor der Brust. Während Theo mit ihr eine Diskussion vom Zaun bricht, ob sie nun hätte sagen müssen, dass Sally aus der Kingstreet dann wohl eher zwei Babys kriegt, sehe ich mich stattdessen nach ihrer Mutter um.

»Hier«, sagt sie und schiebt Theo einen Streuer zu. »Brauchst du Zucker? Kaffee ist nämlich total eklig. Aber meine Mommy sagt immer, der Kaffee muss stark sein, damit er wirkt.«

»Ich kenne deine Mom zwar nicht, aber damit hat sie eindeutig recht, Ophelia«, antwortet Theo, und ich frage mich, woher er bereits ihren Namen kennt.

»Wo ist deine Mom?«, frage ich. »Sucht sie dich nicht?«

Noch einmal lasse ich meinen Blick durch das Restaurant schweifen. Nicht, dass mich ihre Gesellschaft stören würde. Immerhin mag ich Kinder, und im Gegensatz zu Theo dröhnt mein Schädel nicht.

»Nein«, antwortet die Kleine kichernd. Ihre Fingernägel sind schwarz lackiert, und in ihrem Gesicht kleben Schokoladenreste. »Sie ist oben. Mit meiner Tante. Wir wohnen hier. Meine Mom arbeitet hier als Kellnerin.«

»Du wohnst in einem Diner? Das ist mal ein Volltreffer, kleine Lady«, lacht Theo und hält ihr eine Hand zum Highfive hin. Sie zögert keine Minute und schlägt ein.

»Du hast auch schwarze Fingernägel. Genau wie ich«, stellt sie anerkennend fest und vergleicht ihre zarten kleinen Hände mit Theos langen, schlanken Fingern, mit denen er gestern Nacht wer weiß was veranstaltet hat.

»Genial«, erwidert Theo und sieht sich um. »Allerdings wohnst du im Paradies und ich nicht«, jammert er und legt sich eine Hand demonstrativ auf den Bauch. »Ich verhungere jeden Moment.«

»Ich darf so viele Muffins essen, wie ich will. Richtig, Carol?«

Die Kellnerin stellt im gleichen Moment mehrere köstlich duftende Teller voll mit Essen vor Theo und mir ab.

»Richtig, meine Süße. Aber du darfst unsere Gäste nicht nerven. Das weißt du.«

»Schon okay«, werfe ich hastig ein und winke ab, als sie mich entschuldigend ansieht. »Theo ist immer froh, wenn er sich mit jemandem unterhalten kann, der auf seiner Wellenlänge surft.«

»Witzig, wirklich witzig«, murmelt mein Freund bereits mit randvollem Mund. Er spült den Bissen mit einem großen Schluck Kaffee herunter. »Weißt du, Ophelia.« Er wischt sich mit seiner Serviette den Mund ab, ehe er weiterspricht. »Unser Doc hier hat mich einfach zu einem Angelausflug entführt, und das, ohne mir Frühstück zu geben.«

Unwillkürlich muss ich grinsen, weil sie so niedlich aussieht, wie sie ihre kleine Hand vor den Mund hält und sich vor lauter Lachen schüttelt.

»Letzte Woche habe ich auch mein Frühstück in der Vorschule vergessen. Aber Daniel Rowe hat mir eine Karotte abgegeben.«

»Das war nett von Daniel Rowe«, antwortet Theo und stopft sich einen halben Pancake auf einmal in den Mund.

Ich hingegen arbeite mich gesittet durch mein Frühstück und muss sagen, Theo hatte recht: Wir brauchten das hier beide.

»Daniel Rowe ist ein Superheld. Ich denke, wenn ich groß bin, werde ich mich in ihn verlieben.«

»Ein guter Plan«, pflichtet ihr Theo bei.

Die Kleine rutscht auf ihrem Po über die Arbeitsfläche und versucht einen besseren Blick auf Theos T-Shirt zu werfen. Ich folge ihrem Blick, kann aber nichts entdecken, was die Aufmerksamkeit eines Kindes erregen könnte. Es handelt sich lediglich um ein altes Bandshirt.

»Magst du Musik?«, frage ich mit schief gelegtem Kopf und deute mit der Gabel auf Theos Oberkörper. Ich finde es faszinierend, mir die Welt aus Kinderaugen vorzustellen. Das mache ich oft, wenn ich in der Klinik arbeite. Es erleichtert den Kindern oft die unbehagliche Situation, wenn ich mich in ihre Lage versetze.

»Das Shirt ist totaler Quatsch.« Sie betrachtet erst Theo, dann sieht sie an sich selbst herunter, fast so, als müsse sie sich daran erinnern, was sie trägt. Es ist ein gelbes T-Shirt, auf dem bunte Schmetterlinge abgebildet sind. Als sie es bemerkt, verzieht sie angewidert das Gesicht.

»Du kennst *30 Seconds to Mars*?«, fragt Theo und breitet das Shirt am Saum etwas auseinander, sodass sie es besser sehen kann.

»Totaler Quatsch«, wiederholt sie. »Man braucht fast dreihundert Tage, um auf den Mars zu gelangen.«

Theo und ich werfen uns einen Blick zu und versuchen, unsere Belustigung, so gut es geht, zu vertuschen. Natürlich kennt ein kleines Mädchen die alternative Rockband von Jared Leto nicht. Umso erstaunlicher finde ich jedoch, dass sie ziemlich genau über eine Fahrt zum Mars Bescheid weiß. Mal ganz davon abgesehen, dass sie schon lesen kann.

»So?«, frage ich deswegen diese kleine Person. »Dreihundert Tage? Bist du da sicher? Was ist, wenn man einfach ein bisschen schneller fliegt?«

Lachend klatscht sie ihre kleine Hand gegen die Stirn.

»Das geht doch nicht so einfach. Also.« Voller Eifer klettert sie auf die Knie, sodass sie beinahe mit den Ellbogen in unseren Tellern hängt. Erstaunlicherweise stört mich ihre Aufdringlichkeit kein bisschen. »Der Mars ist nach der Venus der zweitnächste Planet zur Erde. Aber wir kreisen ja beide um die Sonne. Daher ist es so weit, egal wie schnell man fliegt«, kichert sie über meine Dummheit.

»Wie alt bist du, Ophelia?«

»Ich werde bald sechs, und ich wünsche mir unbedingt ein neues Teleskop und dass Daniel Rowe auf meine Geburtstagsparty kommt.«

»Hey, du wohnst in einem Diner und bist ein Superbrain. Wenn er nicht will, hak den Typen ab.« Theo spricht immer noch mit vollem Mund. Langsam scheint wieder Leben in ihn zu kommen.

»Er wird deine Einladung sicher annehmen.« Ich nicke und zwinkere ihr zu, was sie prompt erwidert. In der Klinik treffe ich eine Menge Kinder, aber ein Mädchen wie sie ist mir noch nie über den Weg gelaufen.

»Du bist also ein Planetenfreak, hm?«, hakt Theo schmunzelnd nach. Seine Schultern beben unter einem lautlosen Lachen.

»Meine Mom wusste schon vor meiner Geburt, dass ich ein Planetenfreak werde. Deswegen heiße ich auch Ophelia. So wie einer der siebenundzwanzig Monde.«

»Und ich dachte, deine Mom steht auf Hamlet«, lacht Theo. Mittlerweile schaufelt er Eier und Speck in sich hinein. »Aber jetzt mal im Ernst. Bin ich zu verkatert? Ich dachte immer, es gibt nur einen Mond. Wie kannst du nach einem anderen Mond benannt sein?«

»Du denkst auch, es sind nur dreißig Sekunden bis zum Mars«, kontert die Kleine. Irgendwas an der Art, wie sie ihre

Augenbraue nach oben zieht, erinnert mich an jemanden. »Meine Tante Scarlett denkt auch, dass der Mars so weit weg von der Erde ist. Sie hat genauso wenig Ahnung vom Universum wie du«, lacht sie Theo eiskalt aus, doch mir dämmert etwas.

»Deine Tante heißt Scarlett?«, frage ich und sehe mich noch ein weiteres Mal im Diner um, als hätte ich irgendetwas übersehen.

»Ja klar. Sie ist auch oben. Bei meiner Mom und meiner anderen Tante. Wie du siehst, habe ich eine Menge Tanten. Hey!«, stößt sie aus und zieht meine Aufmerksamkeit wieder zurück zu sich. »Wie heißt du eigentlich?«

»Quincy«, murmle ich und lege meine Gabel weg. Mein Appetit ist verflogen. »Mein Name ist Quincy.«

»Ophelia«, erklingt im gleichen Moment vom anderen Ende der Theke ihr Name. »Du sollst doch …« Die Stimme hält abrupt inne, und auch ohne den Kopf zu drehen, weiß ich, wer die Kellnerin ist, die gerade ihre Schürze auf dem Rücken bindet. Sie hält mitten in der Bewegung inne.

»Mom!«, freut sich die Kleine, während die Kellnerin ein ersticktes »Quin« ausstößt.

Ich hebe den Kopf, und unwillkürlich verlässt ein leises »Abigail« meinen Mund. In diesem Augenblick hört die Welt auf, sich um die Sonne zu drehen.

Kapitel 25

Abigail

Vor vielen Jahren habe ich aufgehört, mir Gedanken um meine eigenen Bedürfnisse zu machen. Sie spielten einfach keine Rolle mehr. Ich kann mich nicht erinnern, ob es von einem Tag auf den anderen so war oder sich dieser Zustand langsam eingeschlichen hat. Fakt ist allerdings, dass ich in den vergangenen Jahren weder die Zeit noch den Drang hatte, etwas für mich zu tun.

Ich habe funktioniert.

Das ist es, was ich tue. Ich mache, was nötig ist, um unser Leben am Laufen zu halten.

Ein ziemlich armseliges Motto, aber es hat mich und Lee am Leben gehalten. Alles, was ich immer wollte, war Ophelias Glück. Das stand seit ihrem ersten Atemzug über meinem. Und das war okay. Es hat mir nie etwas ausgemacht.

Bis heute.

Denn in dem Augenblick, in dem Quincys Blick auf meinen trifft, weiß ich, dass ich ihn verlieren werde. Ich erkenne es in seinen wunderschönen blauen Augen. Anders als sonst schimmern sie nicht hell und durchlässig wie der Ozean. Sie sind kalt und versperren mir die Einsicht in sein Inneres.

Ohne unseren Blickkontakt zu unterbrechen, zückt er sein Portemonnaie aus der Gesäßtasche.

»Quincy«, wiederhole ich, während er mich weiterhin ansieht. Ich weiß instinktiv, dass es vorbei ist.

Ich weiß es.

»Du kennst Quincy?«, fragt Lee, die auf der Arbeitsplatte hockt und sich fröhlich mit den beiden unterhalten hat, als ich runterkam. »Kennst du Theo auch? Er ist witzig, oder?«

Ohne auf ihre Worte einzugehen, hebe ich sie von der Arbeitsplatte.

»Hilf Carol bitte, ja?«

»Nein. Ich will bei euch bleiben«, nörgelt Lee und hängt sich an mein Bein.

»Schon gut.« Quincy steht von seinem Hocker auf. Seine Finger zittern, als er einen Fünfzig-Dollar-Schein auf den Tresen legt. »Ich muss los.«

»Ophelia!«, fahre ich sie eine Spur zu laut an, sodass mehrere Gäste sich zu uns umdrehen. Erschrocken von meiner Reaktion, löst sie sich von mir. Ihr Kinn fängt an zu zittern. »Scheiße, es tut mir leid, Süße. Aber bitte geh jetzt zu Carol.«

Der ganze Tag ist doch wohl ein einziger Witz. Mein Leben gleicht einer verdammten Achterbahnfahrt.

In der Nacht liege ich in den Armen meines absoluten Traummannes und habe das Gefühl, nicht glücklicher sein zu können, und am nächsten Morgen liegt alles in Trümmern. Lee ist schon den ganzen Morgen schräg drauf. Wie sollte es auch anders sein, wenn mitten in der Nacht meine drogensüchtige Schwester auftaucht und ein riesiges Theater veranstaltet.

Rileys Besuch ist schon Stress genug. Für uns alle. Dieses

Mal ist es schlimmer als sonst. Nicht, weil sie high ist. Daran sind wir inzwischen gewöhnt. Es sind die Einstichstellen in ihren Armen, die mir Sorgen machen. Ich habe sie gesehen, nachdem sie heute früh auf meinem Sofa eingeschlafen ist. Seit Jahren schwört Riley mir, dass sie nicht an der Nadel hängt. Doch ich habe in ihrem Gesicht gesehen, dass sich was verändert hat, nachdem das Taxi mich heute Nacht nach Hause gefahren hat. Es geht ihr beschissen. Daran besteht kein Zweifel.

Und als ob das nicht reicht, sehe ich nun verzweifelt dabei zu, wie dicke Tränen über Ophelias kugelrunde Wangen laufen.

Ich zucke zusammen, als ich eine warme Hand auf meiner Schulter spüre.

»Na los«, murmelt Scarlett, die ich nicht mal habe kommen hören. Bis eben war sie oben und hat mit Riley gestritten. »Geh ihm nach. Wir machen das hier.« Ihr Blick wandert zu Theo, der mich und vor allem Ophelia voller Sorge ansieht. Als seine Augen auf meine treffen, nickt er fast traurig Richtung Tür.

Ohne zu zögern, zerre ich mir die hässliche Schürze über den Kopf, werfe sie auf den Tresen und flitze hinaus. Bei jedem Schritt sind mir die Blicke der Gäste im Rücken bewusst.

Die Klingel an der Eingangstür dringt wie durch Nebel in meine Ohren, und auch die kalte Oktoberluft schafft es nicht bis in mein Bewusstsein, weil jede Faser meines Körpers auf den Mann konzentriert ist, der mit großen Schritten auf seinen schwarzen Geländewagen zusteuert.

»Quincy!«, rufe ich und beschleunige mein Tempo.

Als er an der Fahrertür angelangt ist, stützt er eine flache Hand am Lack des Wagens auf. Seine Schultern heben und senken sich unter tiefen Atemzügen.

»Was ist, Abigail?« Zum ersten Mal hört sich mein Name aus seinem Mund nicht an wie ein Gedicht. »Sorry, offensichtlich bin ich fünf Tage zu früh dran.«

»Ich wollte es dir sagen. Alles. Die ganze Wahrheit.«

Als er sich umdreht, wünsche ich mir, er hätte es nicht getan. Verzweiflung, Wut und Enttäuschung stehen so deutlich in sein Gesicht geschrieben, dass es mir einen Stich ins Herz versetzt.

»Ich kann nicht fassen, dass du mir ein Kind verschwiegen hast. Keine Lügen mehr, oder? War es nicht das, was du mir versprochen hast? Während du nackt in meinen Armen lagst?«

»Lass es mich erklären«, bitte ich. Ich kann förmlich spüren, dass sein Vertrauen wie Sand durch meine Finger rinnt. Ich kann es nicht halten, ganz gleich, wie sehr ich es versuche.

»Du willst es erklären? Jetzt willst du es erklären?« Quincy schüttelt pausenlos mit dem Kopf. »Du hast ein Kind, verdammt noch mal. Wann wolltest du mir das sagen? Wenn ich am Ende der Woche auf deiner Matte stehe? Sieht so deine Art von einer Beziehung aus? Schulde ich womöglich einem Babysitter Geld für die Stunden, die du bei mir warst?«

Ich weiß, dass es die Enttäuschung ist, die aus seinem Mund spricht, dennoch verletzen mich seine Worte.

»Du weißt nicht, wovon du sprichst«, bringe ich hervor. Nur mit allergrößter Mühe kann ich die Tränen zurückhalten, die schon den ganzen Morgen aus mir herausbrechen wollen.

»Ich weiß nicht, wovon ich spreche?« Er kommt einen Schritt auf mich zu, hält aber inne, sobald er merkt, dass ich vor ihm zurückweiche. Ich habe keine Angst vor ihm. Nur schmerzt es zu sehr, die unüberbrückbare Kluft zwischen uns so deutlich zu spüren. »Du hast ein Kind!« Dieses Mal schreit er mich an. Er schlägt mir die Worte mitten ins Gesicht. Als müsse er mich tatsächlich daran erinnern. »Nicht nur, dass das einiges verändert. Was ist mit der Tatsache, dass du mich ständig nur anlügst? Immer und immer wieder. Erst die Sache mit der Uni, jetzt das. Was kommt als Nächstes? Wartet oben noch der Ehemann auf mich?«

»Nur meine drogensüchtige Schwester«, flüstere ich. Ich schaffe es nicht länger, seinem Blick standzuhalten.

»Was von dem, was du mir in den letzten Wochen vorgemacht hast, war eigentlich echt?« Obwohl seine Stimme jetzt beherrschter und ruhiger klingt, läuft es mir eiskalt den Rücken herunter.

»Es war alles echt«, beharre ich, starre dabei aber weiter auf ein kleines Laubblatt, das vor meinen Füßen auf dem Gehweg liegt. Passenderweise hat es die Form eines Herzens.

Als Quincy ein abfälliges Geräusch von sich gibt, hebe ich noch einmal den Kopf.

»Es war nicht gelogen. Ja, ich habe dir nicht alles gesagt, aber ich habe nicht gelogen.« Eine einzelne Träne fließt mir über die Wange. »Ich konnte es dir nicht sagen. Du wirst es verstehen, wenn ich es dir in Ruhe erklärt habe.«

Es vergeht eine Zeit, in der wir uns stumm in die Augen blicken. Schon so viele Male haben wir auf diese Weise kommuniziert. Haben uns wortlos verständigt und unsere Blicke sprechen lassen. Jedes Mal hatte ich dabei das Gefühl, Quincy zu sehen. Sein Inneres. Ich habe ihm ebenso Zugang zu meiner Seele gewährt. Zu den dunkelsten Schatten und den hellsten Farben.

Doch dieses Mal sehe ich nichts als Schwarz, während ich in seine stahlblauen Augen blicke.

»Ich glaube nicht, dass ich dich jemals verstanden habe«, murmelt er leise. Noch bevor ich die Chance bekomme, für uns zu kämpfen, steigt er in seinen Wagen. Ich muss ein paar Schritte zurück machen, damit er mich beim Ausparken nicht überfährt. Stattdessen fährt er über das kleine Herzblatt, und es fühlt sich an, als sei es mein Herz, das unter den breiten Reifen zerquetscht wird.

Den Blick auf seine Rücklichter gerichtet, lasse ich den Tränen freien Lauf und spreche aus, was ich viel zu lange für mich behalten habe: »Sie ist doch gar nicht meine Tochter.«

Sieben Wörter, die ich ihm längst hätte sagen müssen. Wenn ich doch nur eine Möglichkeit gefunden hätte, ihm alles in Ruhe zu erklären. Von Anfang an.

Ich möchte laut schreien, sodass jeder auf der Welt die Worte hört, die mich einerseits befreien, andererseits alles zerstören können. Stattdessen wische ich mir hastig die Tränen von den Wangen und atme tief durch. Ich darf jetzt nicht zusammenbrechen. Nicht, solange Riley oben liegt und wer weiß was tut. Ganz abgesehen davon, dass höchstwahrscheinlich alle im Diner nur darauf warten, dass die Szene so richtig eskaliert.

Mir war klar, dass Quincy enttäuscht sein würde, weil ich ihm nicht die Wahrheit gesagt habe. Dennoch verletzt mich seine Reaktion. Ich hatte ja nicht mal eine Chance, ihm zu erklären, wieso ich ihm nicht alles anvertraut habe. Als hätte ich aus Boshaftigkeit gehandelt. Dabei habe ich meine Gründe, verdammt.

Traurig, wütend und unfassbar erschöpft gehe ich mit langsamen Schritten zurück zum Diner.

Als ich die Tür öffne, ist es gar nicht nötig, dass die kleine Glocke meine Ankunft für alle verkündet, denn es sind sowieso alle Blicke auf mich gerichtet.

»Kümmert euch doch um euren Kram«, flüstere ich leise vor mich hin. Währenddessen suche ich Carols Blick, die drei volle Teller zu Tisch Nummer acht balanciert. Sie kennt mich gut genug, um auch ohne ein Wort aus dem ganzen Chaos schlau zu werden, und gibt mir mit einem Nicken zu verstehen, dass es okay ist, wenn ich nicht arbeite. Danach sehe ich zur Theke. Ophelia sitzt zwischen Theo und Scarlett und isst Quincys Pancakes auf. Sie hat mich als Einzige nicht kommen sehen, weil Theo ihr irgendein Musikvideo auf dem Handy zeigt. Scarlett und er jedoch sehen mich mit einem Blick an, der erst recht beweist, wie tief ich in der Patsche stecke.

Ich gebe Scarlett ein Zeichen, dass ich hochgehe. Sie nickt. Meine Freundin ist neben meiner Familie der einzige Mensch auf der Welt, der mein Geheimnis kennt. Sie weiß, dass ich das Kind meiner Schwester großziehe. Und sie weiß, wie viel Kraft es mich gekostet hat, das all die Jahre für mich zu behalten.

Ohne dass Lee mich bemerkt, schlüpfe ich durch den nach Pommes riechenden Vorhang und schlurfe die Treppe hoch. Obwohl ich für heute schon genug Theater mit meiner Schwester hatte, muss ich nach oben. Ich brauche mein Handy, um Quincy anzurufen.

Er muss mir einfach zuhören.

Ja, er muss.

Es gibt keine andere Möglichkeit. Er kann nicht einfach davonrauschen, ohne mich wenigstens anzuhören.

Eine Spur zu energisch stoße ich die Tür zu unserem Apartment auf und halte inne.

»Willst du mich verarschen?«

Dichter Qualm schlägt mir entgegen, und der Geruch von Marihuana steigt mir in die Nase.

»Boah, Abs, komm runter. Es ist nur ein Joint.«

Ich kann nicht mehr. Ich übertreibe nicht, weil ich müde, ausgelaugt oder genervt bin.

Ich kann tatsächlich nicht mehr.

Es ist zu viel.

Alles.

Als Riley heute Nacht angerufen hat, war ich zuerst in Sorge. Dann war ich erleichtert und anschließend wütend. Die Wut ist geblieben und wird in diesem Augenblick zu einem gigantisch großen Ballon, der jede Sekunde zu platzen droht.

Ungläubig starre ich meine Schwester an, die sich benimmt

wie ein Kind. Und ich habe schon ein Kind, verflucht noch mal.

Mitten in der Nacht aufzutauchen, Ophelia bei Carol abzuholen und mit ihr um vier Uhr morgens Puppentheater zu spielen, ist das eine. Aber das reicht Riley offensichtlich nicht.

Doch mir reicht es! Jetzt, wo sie kiffend zwischen dem Spielzeug ihrer eigenen Tochter sitzt, ist es einfach zu viel.

Ich explodiere. Zum ersten Mal seit sechs Jahren explodiere ich.

»Es reicht, Riley!« Wütend stapfe ich zu ihr hinüber und nehme ihr den Joint aus der Hand. Sie versucht, mich daran zu hindern, aber ihr Reaktionsvermögen ist eine Katastrophe. »Hast du eigentlich eine Ahnung, dass du alles um dich herum kaputt machst?« Ich bringe den brennenden Joint in die Küche und halte ihn unter fließendes Wasser. »Ich gucke mir das keinen einzigen Tag länger mit an. Es reicht!«, brülle ich sie an. Mein Herz pumpt so viel Adrenalin durch meinen Körper, dass es sich anfühlt, als würde ich unter Strom stehen.

»Es war nur ein einziger Joint«, hält Riley noch einmal schwach dagegen. Während ich die Fenster aufreiße und hektisch Luft in unsere Wohnung wedele, hockt sie noch immer entspannt auf meinem Schlafsofa. In meinen Klamotten.

»Es ist nicht nur ein einziger Joint! Du bist es! Du zerstörst alles, siehst du das denn nicht mehr? Du machst das bisschen Leben kaputt, das uns noch geblieben ist.«

»Ich weiß echt nicht, wieso du dich so aufregst. Ich bin doch jetzt hier.«

Ihre langen Locken liegen spröde und platt um ihr Gesicht. Die natürliche Schönheit ihrer Jugend ist ihrer Drogensucht zum Opfer gefallen. Dieser Mensch vor mir ist nicht mehr meine Schwester. Und ich bin nicht mehr die Kleinere von uns, um die man sich kümmern muss.

»Du bist jetzt hier«, wiederhole ich ihre Worte und baue mich, die Hände in die Hüften gestemmt, vor ihr auf. »Kiffend und zugedröhnt. Auf was bist du, hm?«, zische ich und deute mit dem Kinn auf ihre Ellenbeugen. Bisher habe ich das Gespräch vermieden.

Sie versucht die kurzen Ärmel meines Disney-Shirts über die Einstichlöcher zu ziehen, aber es gelingt ihr nicht.

Schnaubend wende ich mich ab, weil ich den schuldbewussten Ausdruck in ihren Augen nicht ertragen kann. Stattdessen nehme ich mein Handy, das neben dem Herd liegt, und starre auf das Display. Natürlich hat Quincy weder geschrieben noch angerufen.

»Du verstehst das nicht«, jammert Riley. »Bitte sei jetzt nicht gemein zu mir, Abby.« Ihre Stimme klingt, als wäre sie betrunken.

»Ich verstehe das nicht?«, schreie ich und drehe mich dabei abrupt herum. »Okay. Fassen wir zusammen, ja? Mal sehen, was ich da falsch verstanden habe. Du lässt dich mit einundzwanzig von irgendeinem Typen schwängern. Ich bin die einzige Person auf der Welt, die zu dir hält und sich mit dir ein Leben aufbauen will. Und was machst du? Bekommst ein Kind, gibst es mir in den Arm und verpisst dich!« Meine Stimme wird mit jedem Wort lauter. »Aber nicht nur, dass ich plötzlich mit siebzehn Mutter bin. Nein, du schaffst es auch noch, dich in eine Drogensucht zu stürzen und mir all mein Geld abzunehmen. Jeden Dollar meines Collegegeldes. Jeden Penny meiner verfluchten Ersparnisse. Und dafür, dass ich dir den Arsch rette, kommst du her, wann es dir passt, und zerstörst alles. Was willst du noch von mir, Riley? Du hast mein Leben, mein Geld. Ich habe nichts außer Ophelia. Das Einzige, was eigentlich dir gehören sollte.«

»Ich kann mich nicht um sie kümmern.« Riley war schon immer nah am Wasser gebaut, aber seit sie Drogen nimmt, heult

276

sie eigentlich die ganze Zeit. Ohne mich anzusehen, kratzt sie über die Einstichstellen an ihren Armen. »Das ist zu viel für mich, Abs. Du ...« Sie schluchzt und hickst und spricht den Satz nicht zu Ende.

»Ich frage noch einmal.« Sie sieht mich an, doch ich kann einfach kein Mitleid mehr empfinden. So oft habe ich versucht, ihr zu helfen. So verflucht oft. »Auf was bist du?«

Sie nuschelt sich etwas zurecht, und ich bete, es falsch verstanden zu haben.

»Sag es!«, schreie ich so laut, dass sie zusammenzuckt.

»Meth«, spricht sie meine schlimmsten Befürchtungen aus. »Ich bin auf Meth. Aber du musst dir keine Sorgen machen. Ich habe das im Griff. Da gibt's diesen Typen, der ...«

»Nein«, flüstere ich vor mich hin und ignoriere ihr weiteres Gestammel. Für einen Moment steht alles still. Ich sehe Bilder, Videos und Flyer aus den Drogenberatungsstellen vor meinem inneren Auge.

Meine Erfahrungen mit dem Thema Drogen sind groß genug, um zu wissen, dass Crystal Meth gemeinsam mit Heroin die Endstation ist.

Plötzlich geraten all meine eigenen Sorgen in den Hintergrund. Ganz gleich, ob Quincy mir noch eine Chance geben wird oder nicht.

Ich bin gerade dabei, meine Schwester zu verlieren. Und zwar für immer.

»Ich kann jederzeit aufhören, kein Grund, gleich auszurasten.«

»Riley«, krächze ich. In all den Jahren habe ich mich niemals so hilflos gefühlt wie in diesem Moment.

»Mann, Abby, jetzt guck nicht so. Koks ist teuer. Dieser Typ. Wir haben eine Abmachung. Und ...« Sie hält sich die Hände vors Gesicht und schluchzt erneut drauflos.

Wahrscheinlich bin ich ein schlechter Mensch, doch es ist nicht einmal Rileys Wohl, dass mir als Erstes in den Sinn kommt.

»Es kann so nicht weitergehen«, spreche ich aus. »Wenn dir etwas zustößt, was ist dann mit Lee? Wir müssen etwas ändern, Riley.«

Ich weiß nicht, wie oft wir diese Unterhaltung schon geführt haben. Ophelia braucht klare Verhältnisse.

In den ersten Monaten nach Ophelias Geburt ist Riley so derartig schnell abgestürzt. Natürlich habe ich behauptet, Lee wäre mein Kind, als Carol mir die Wohnung angeboten hat. Meine Schwester war so sehr damit beschäftigt, sich selbst zu finden und immer weiter in den Drogensumpf abzustürzen, dass jeder sowieso automatisch davon ausgegangen ist. Ophelia inbegriffen.

Riley war damals einundzwanzig. Sie hatte die Vormundschaft über mich. Über mich und Ophelia, doch sie war mit beidem maßlos überfordert. Irgendwann haben wir stillschweigend eine Verabredung getroffen. Ich würde mich um ihr Baby kümmern, dafür würde sie mir sämtliche Entscheidungen überlassen. Ich wollte doch nur, dass Lee ein gutes Leben führt. Ich wollte das Versprechen halten, dass wir Rileys damals noch flachem Bauch gegeben haben in der Nacht, in der wir unser Elternhaus verließen: Wir würden diesem kleinen Menschen ein wundervolles Leben voller Sonnenschein und Wärme schenken. Ich habe dieses Versprechen niemals vergessen.

Das war aber immer nur dann möglich, wenn Riley die Füße still hielt. Wäre ich als Minderjährige allein mit einem Baby irgendwo aufgetaucht, hätte es nicht lange gedauert, ehe die Behörden auf uns aufmerksam geworden wären. Sie hätten Ophelia in ein Kinderheim geschickt und mich zurück zu unseren Eltern. Seit fast fünf Jahren kämpfe ich nun mutterseelenallein dafür, dass das nicht passiert. Ich regele den Papierkram, kümmere mich um Lees Erziehung und biete ihr das bestmögliche Leben. Aber inzwischen bin ich volljährig. Ich brauche Riley nicht mehr. Ophelia allerdings schon. Zumindest vor dem Gesetz.

»Du willst sie mir wegnehmen. Weil ich eine schlechte Mutter bin. So ist es doch, nicht wahr? Du denkst, du kannst das alles besser als ich. Ich passe wohl nicht in euer perfektes Leben in diesem perfekten Ort.«

Lange Zeit habe ich ihr diesen Mist abgekauft, aber das ist jetzt vorbei. Ich kenne all ihre Maschen. Alle Wege, auf denen sie mich manipuliert, mich weichkocht, nur um einige Tage später wieder verschwunden zu sein.

»Überschreib mir das Sorgerecht, dann bist du frei und kannst tun und lassen, was du willst.« Ich bin mir nicht mal sicher, ob das so einfach möglich ist, aber es muss einen Weg geben, Lee zu schützen.

Allein deswegen habe ich niemandem gesagt, dass sie nicht mein Kind ist. Weil dann Fragen auftauchen. Weil man sie mir wegnehmen könnte.

Was geschieht, wenn Riley etwas zustößt?

Wenn die Drogen gewinnen?

Über diese Möglichkeit habe ich nie nachgedacht. Habe ich die Situation nicht ernst genug genommen? Was ist dann? Was wird dann aus Ophelia? Zählt es vor Gericht oder den Ämtern, wenn ich sage, dass ich seit fünf Jahren so tue, als wäre ich ihre Mutter?

»Du warst schon immer der bessere Mensch«, stößt Riley heiser hervor und kratzt sich die Haut in ihren Ellenbeugen wund. »Du bist in allem gut, und ich bin für immer die Böse.«

»Riley«, seufze ich und gehe vor ihr auf die Knie. »Ich habe alles versucht, um dir zu helfen. So viele Male. Aber ich kann nicht mehr. Lee und ich haben das nicht verdient.«

Ich bin kein guter Mensch. Denn im Grunde habe ich es nicht für Riley getan, wenn ich sie mal wieder aus irgendwelchen Drogenlöchern gefischt habe. Es war für Lee, aber auch für mich. Weil ich es nicht ertragen hätte, wenn man sie mir weggenommen hätte. Anfangs hatte ich die Hoffnung, ihre Mutter würde wieder zur Vernunft kommen, später wollte ich sie vor den Behörden schützen, sollte Riley Probleme mit dem Gesetz bekommen.

»Aber ich? Ich habe all das verdient?« Während sie spricht und dabei heult, sammelt sich schaumige Spucke in ihren Mundwinkeln.

»Du hast dir diesen Weg selbst ausgesucht.« Ich erspare uns die Reden darüber, dass ich für sie da bin, um sie da rauszuholen. Das habe ich jahrelang gepredigt. Ich will es nicht mehr. Denn es geht hier gerade ausnahmsweise mal nicht um sie.

»Aber Lee und ich müssen ihn nicht gehen. Ich brauche ein eigenes Leben, Riley. Sicherheiten. Beständigkeit. Liebe. Vor allem Lee braucht all diese Dinge.« Schon wieder verschleiern neue Tränen mein Blickfeld. Vor meinem inneren Auge sehe ich noch immer Quincys enttäuschtes Gesicht.

»Ich wollte das alles auch. Aber ich … konnte nicht.«

Ich kneife wütend die Augen zusammen.

»Tja, und da du nicht konntest, musste ich. Manchmal hat man eben keine Wahl«, schnauze ich.

»Sie erinnert mich an so viel Hässlichkeit.«

Heulend wischt sie sich mit dem Handrücken die Nase ab. Wir haben nie wirklich darüber gesprochen, was damals der ausschlaggebende Punkt war, dass Riley abgestürzt ist. Ich habe ein paarmal versucht, das Thema darauf zu lenken, aber sie hat immer dichtgemacht.

»Wie kannst du so was sagen, Riley? Sie ist deine Tochter. Deine wunderschöne, kluge Tochter.«

Ihre Schultern beben unter einem Schluchzer.

»Aber auch seine.«

Stutzig weiche ich ein Stück zurück. Bis heute bin ich davon ausgegangen, dass Riley keine Ahnung hat, wer Ophelias Dad ist. Während der letzten Schwangerschaftswochen habe ich sie einmal gefragt, wer der Kerl war, der sie geschwängert hat, aber sie hat nur lachend ein »Was weiß ich« geantwortet.

»Was willst du damit sagen?« Ich spüre, wie Panik in mir aufsteigt.

»Damals war alles so dermaßen abgefuckt. Du kapierst überhaupt nichts. Weil in deiner Welt nur bunte Blumen blühen und jedem die Sonne aus dem Arsch scheint«, jammert sie, und ich halte ihre kratzenden Finger auf. Sie winselt nur noch unverständliches Zeug.

»Du bist gemein, weißt du das?«, frage ich eindringlich und mit belegter Stimme an.

Ihr Kopf neigt sich immer wieder zu beiden Seiten. Entweder hat sie sich was gespritzt, als ich unten war, oder sie ist so aufgewühlt wegen der Erinnerung an damals.

»Ja, natürlich bin ich das«, stößt sie stöhnend hervor. »Weil sie mich gemein gemacht haben.«

»Wer?«, hake ich nach, auch wenn ich mir fast sicher bin, keine wirklich neuen Erkenntnisse über die Vergangenheit zu bekommen.

»Alle«, heult sie. »Dad. Shawn. Diese blöde Tussi, die er gefickt hat, nachdem er mit mir fertig war. Die, die nicht so dumm war wie ich und auf Verhütung geachtet hat.« Ihr Blick hebt sich, und sie funkelt mich an. Das vor mir ist nicht meine Riley. »Und du. Weil du sie mir wegnehmen willst.«

»Das stimmt nicht.« Tränen fluten meine Wangen. Doch! Ich möchte es ihr ins Gesicht schreien. Doch, es stimmt. Ich will Lee für mich haben. Aber meine Lippen bleiben verschlossen.

Ich weiß nicht, was Riley alles widerfahren ist, dass sie auf die falsche Bahn geraten ist. Und wahrscheinlich werde ich es auch niemals erfahren.

»Scheiß drauf, Abbs.« Ich zucke zurück, weil sie hysterisch auflacht. »Es ist vollkommen egal, denn weißt du was? Überraschung! Ich bin eh eine miese Mutter. Sie hätte mich nie so geliebt wie dich. Alle lieben immer nur dich.«

»Es ist noch nicht zu spät«, spiele ich die Platte ab, die wir schon ein Dutzend Mal zusammen gehört haben. Ich weiß nicht, woher ich jedes Mal die neue Hoffnung schöpfe. Aber vielleicht könnte es diesmal klappen? »Du kannst in eine Klinik gehen. Wir holen dir Hilfe. Gemeinsam können wir dich da rausholen.«

Obwohl ich nie sicher sein kann, ob bloß die Drogen aus ihr sprechen, unter dieser Fassade ist und bleibt sie meine Schwester. Auch ohne genau zu wissen, was damals mit diesem Mann geschehen ist, will ich ihr helfen. Kein Mensch hat es verdient, von einer Suchtkrankheit immer weiter ausgezehrt zu werden, ohne professionelle Hilfe zu erhalten.

»Ich …«, sie sieht überallhin, nur nicht in mein Gesicht. »Ich … also, was diesen Typen angeht, der mir das Meth besorgt. Kannst du mir vielleicht ein letztes Mal ein bisschen Geld geben?« Das kleine Pflänzchen der Hoffnung wird mit einem einzigen Ruck aus der Erde gerissen. »Danach kann ich vielleicht eine Therapie machen oder so. Ich schulde ihm nur noch ein bisschen Geld, dann bin ich frei. Eine Freundin aus New York hat mir erzählt, dass es dort Programme für Mütter mit ihren Kindern gibt.«

Die würgende Panik raubt mir endgültig den Atem.

Sie will Ophelia mitnehmen? Meine Lee?

»Riley!«, stoße ich aus. Ich weiß nicht, was ich sagen soll.

»Siehst du«, heult sie drauflos. »Du glaubst mir auch nicht.

Aber ich und Lee können das schaffen. Wir könnten zusammen eine Therapie machen. Ich könnte lernen, sie zu lieben. Dann bist du frei.«

Ich schließe für einen Moment die Augen. Wenn ich jetzt etwas Unüberlegtes tue, kann das schlimme Folgen haben. Riley könnte Lee auf der Stelle mitnehmen, und mir bliebe nichts anderes übrig, als dabei zuzusehen. Allein bei der Vorstellung, sie zu verlieren, wird mir übel.

»Doch, doch«, zwinge ich mich schnell zu sagen. »Ich glaube dir.«

Ich kann mich nicht erinnern, mich jemals so überfordert gefühlt zu haben. Der Schmerz um Quincy rückt in immer weitere Ferne. Alles rückt in den Hintergrund bei dem Gedanken, man könnte mir Ophelia wegnehmen. Ja, ich wollte immer ein eigenes Leben, ich wollte studieren und frei sein. Aber ich würde Lee niemals aufgeben. Niemals. »Wie viel Geld brauchst du für die kommenden Wochen?«

»Dann hilfst du mir?« Ich blicke zuerst auf ihre zerstochenen Arme, dann in ihre hoffnungsvollen Augen.

Das schlechte Gewissen drückt mich mit aller Macht auf den Fußboden.

»Natürlich helfe ich dir. Wir müssen doch zusammenhalten«, bringe ich mit letzter Kraft hinaus. Sie soll einfach gehen und Ophelia bei mir lassen. Das ist alles, was ich will. Ganz gleich, wie sehr mich das zu einem miesen Menschen und einer noch mieseren Schwester macht.

»Du bist die Beste«, kreischt Riley und fällt mir um den Hals. All der Schmerz und all die Trauer, von der sie noch vor drei Minuten berichtet hat, sind wie weggeflogen. Ihre Gefühle schwanken im Minutentakt, während ich durchgängig nichts anderes als diese Panik spüre.

»Ich weiß«, murmle ich beschwichtigend, den Kopf an ihren

nach Nikotin stinkenden Haaren. »Ich weiß.« In einem Anflug von Verzweiflung nehme ich meine Schwester in die Arme.
Dabei bin ich mir schmerzlich bewusst darüber, dass ich heute
nicht nur Quincy verloren habe.

Ich schließe die Augen, um weitere Tränen zu unterdrücken.
Was für ein Monster bin ich, dass ich mir meine eigene Schwester mit Geld für Drogen vom Leib halte? Möglich, dass sie sich
von meinem Geld die Menge an Drogen kauft, die ihr den Rest
geben. Werde ich mit dieser Schuld leben können?

Während ich die Augen fest zusammenpresse, denke ich daran, wie Lee sich mit Quincy unterhalten hat, als ich vorhin
die Treppe heruntergekommen bin. Das Tragische ist: Bevor ich
dazukam, sahen beide wirklich glücklich aus.

Kapitel 26

Quincy

Ich ziehe mit meinem Auto eine Schneise in die Laubdecke, die den Asphalt bedeckt. Keine Ahnung, wohin die Landstraße führt, auf der ich viel zu schnell entlangdonnere. Da ich aber keinerlei Ziel habe, ist es im Grunde auch egal.

Nachdenken.

Darum geht es gerade.

Ich muss nachdenken.

Aber neben so dämlichen Details wie der Frage, was Theo wohl den Rest des Tages in Pixton anstellt und wie er zurück zum Campus kommt, oder der Tatsache, dass ich nicht mal mein Frühstück aufgegessen habe, wollen sich einfach keine vernünftigen Gedanken in meinem Kopf formen.

»Sie hat ein Kind«, spreche ich es laut aus, damit diese Information endlich in mein Hirn gelangt. »Sie hat dich schon wieder angelogen und dir ein verfluchtes Kind verschwiegen.«

Die unbändige Wut, die besser zu ertragen ist als die grenzenlose Enttäuschung, bringt mich dazu, das Gaspedal noch weiter durchzudrücken. Der dichte Nadelwald zu meinen Seiten schießt immer schneller an mir vorüber.

»Verdammt!«, knurre ich und schlage mit der flachen Hand aufs Lenkrad.

Mit aller Macht versuche ich, wütend zu sein, doch dann sehe ich immer wieder dieses kleine, kluge Mädchen vor mir, und aller Zorn verpufft.

Wie sie dem großen Theodor O'Connor eine Rede über das Universum hält. Ich kann bei dieser Erinnerung einfach nicht wütend bleiben. Jedenfalls nicht auf sie.

Abigails Tochter. Abigails niedliche, kluge Tochter.

Sie hat eine Tochter.

Nach und nach setzen sich alle Puzzleteile in meinem Kopf zusammen.

Das Buch über die Planeten, das Abigail so bewundert hat.

Die Ausreden, die sie mir aufgetischt hat, wenn sie abends keine Zeit hatte.

Ich stelle mir automatisch vor, wie sie stattdessen bei dieser Kleinen war. Wie sie ihr das Lesen beigebracht hat und ihr einen Gutenachtkuss gegeben hat.

Zögerlich nehme ich den Fuß vom Gas und werde langsamer. Bei der Vorstellung, wie sie dieses Mädchen großgezogen hat, werde ich automatisch ruhiger.

Das ist es also. Ihr großes Geheimnis. Es trägt rosa Haarspangen und hat Schokolade im Mundwinkel kleben.

Warum hat sie mir nichts gesagt?

Das ist das eigentliche Problem an der ganzen Sache.

Ich kann nicht sagen, ob es was geändert hätte, wenn sie mir am Tag unserer ersten Begegnung erzählt hätte, dass sie eine Mutter ist und keine Studentin. Ich rede mir ein, es wäre irrelevant gewesen, aber die Wahrheit ist: Ich kann es nicht mit Gewissheit behaupten.

Aber die Tatsache, dass sie mich vier Wochen lang angelogen hat, finde ich mehr als beunruhigend.

Es macht mich einfach nur traurig.

Und es tut weh.

Aber wer gesteht sich schon gerne ein, verletzt worden zu sein, und gibt sich freiwillig dem Herzschmerz hin? Da ist es doch viel befreiender, wütend zu sein.

Mein Handy klingelt, und ich bin ehrlich gesagt versucht, es aus dem Fenster zu werfen. Stattdessen steuere ich den Seitenstreifen an und bringe das Auto zum Stehen. Wahrscheinlich sollte ich in meinem Zustand sowieso nicht über eine einsame, mit Blättern bedeckte Straße peitschen. Erst als die Motorengeräusche verklingen, höre ich, wie mein Herzschlag in meinen Ohren wummert. Ich vergewissere mich im Rückspiegel, dass ich den Verkehr nicht störe, aber ich bin nach wie vor weit und breit der Einzige auf der Straße. Wahrscheinlich, weil ich mich mitten im Nirgendwo befinde.

Mit zitternden Fingern öffne ich die Nachrichten auf meinem Telefon.

Die letzte ist von Theo.

> Kommst du klar?

Drei simple Worte. Kein: Wo bist du? Du hast mich stehen lassen. Was ist mit dem Angelausflug? Kein Freund auf dieser Welt könnte je so loyal sein wie Theo.

> Ja. Muss nachdenken.

Es dauert nicht lange, und die drei Punkte hüpfen. Schon einen kurzen Moment später geht seine Antwort ein.

> Glaub ich. Meld dich, wenn ich was tun kann. Bin da.

Ohne ihm noch einmal zu antworten, öffne ich den Chat mit Abigail. Es sind ebenfalls nur drei Worte, die sie geschrieben hat.

> Rede mit mir.

Ich nehme mir einen Augenblick Zeit und lasse meinen Kopf mit geschlossenen Lidern gegen die Kopfstütze des Fahrersitzes sinken. Gestern Abend schien alles so glasklar. Ich dachte, wir könnten es wirklich schaffen.

Aber jetzt?

Kann ich ihr jemals wieder vertrauen?

Und selbst wenn: Bin ich bereit, eine Vaterrolle auszufüllen?

Mein Seufzen erfüllt das Wageninnere.

Ich öffne die Augen und tippe.

> Ich brauche Zeit.

Ohne zu zögern, schicke ich die Nachricht ab, checke im Rückspiegel, ob freie Bahn ist, und wende auf der leeren Landstraße. Ein Selbstfindungs-Angeltrip erscheint mir mit einem Mal lächerlich.

Das Letzte, was ich jetzt brauche, ist Einsamkeit. Und was sollte ich groß über mein Leben nachdenken, wenn ich nicht mal mehr weiß, was mit der Frau darin passiert?

Statt mich in einem idyllischen Strandhaus selbst zu suchen und darauf zu warten, mit meiner Freundin den nächsten Schritt zu gehen, verstecke ich mich seit zwei Wochen in der Klinik vor der Realität.

Tag für Tag hefte ich mich Dr. Grayson an die Fersen. Untersuche, behandle und tröste kleine Patientinnen und Patienten, um mich von dem Gefühlschaos abzulenken, das in meinem Inneren tobt. Ein Chaos, das mich an die Grenzen des Wahnsinns treibt.

Das Problem ist nämlich, dass ich im Grunde ganz genau weiß, was ich will. Ich wollte Abigail von der ersten Minute an. Und ich will sie immer noch. Aber der Vertrauensbruch hat eine Wunde hinterlassen, die ich weder säubern noch nähen oder abbinden kann. Anstatt mich aktiv mit meiner Verletzung zu beschäftigen, schmerzt sie jeden Tag mehr, an dem ich sie ignoriere und nicht mit Abigail rede.

Ich bin ein Idiot.

So viel steht inzwischen fest.

Theo hat in den ersten Tagen nach unserem missglückten Angelausflug versucht, mit mir darüber zu sprechen. Aber ich habe jedes Mal warnend den Kopf geschüttelt, sodass wir das Thema weitestgehend vermieden haben.

Das ist es, was ich tue. Ich schleiche um die Probleme herum, ohne mich wirklich mit ihnen zu beschäftigen. Prinzipiell ist mein Leben genau wie vorher. Vor dem Abend der Einführungsveranstaltung.

Ich gehe zu den Vorlesungen, arbeite in der Klinik, wenn auch bedeutend mehr als sonst, hänge mit den Jungs rum und lasse mich von meinen Eltern bevormunden. Es ist, als hätte es Abigail nie gegeben.

Allein bei diesem Gedanken möchte ich mir selbst eine verpassen. Weil mir klar ist, was für ein Bullshit das ist. Es gibt Menschen, die einem begegnen, die irgendwann auf ihrem eigenen Weg weitergehen und die mit der Zeit vergessen sind.

Egal, ob es mit ihnen lediglich ganz nett war oder aber der totale Hammer. Sie verblassen. Die Menschen, die unseren Lebensweg nur flüchtig gekreuzt haben, verblassen schlichtweg.

Ganz anders ist es bei Menschen wie Abigail. Diese Begegnungen begleiten einen das ganze Leben. Weil sie einen ganz tief drinnen berühren.

Bei den wenigen Gelegenheiten, die wir zusammen waren, hat sie etwas mit mir gemacht. Sie hat einen Punkt in mir berührt, der viel zu lange vergessen war. Der vielleicht sogar noch gänzlich unerforscht gewesen ist.

Sie hat mir die Stärke gegeben, mich der Version von mir zu widersetzen, die meine Eltern für mich vorgesehen hatten. Die Stärke, der zu sein, der ich sein will.

Oder vielleicht sollte ich eher sagen, der ich sein wollte. Denn objektiv betrachtet bin ich eingeknickt. Zurückgerutscht in alte Muster. Ich sage ja: Alles ist wie vorher. Vor ihr.

Anders kann man wohl nicht erklären, dass ich in diesem Augenblick an der Tafel im Esszimmer meiner Eltern sitze.

Es ist Freitagabend.

Erin Carmichle mit einem rosa glänzenden Mund zu meiner Rechten.

Mein Vater mit einem siegessicheren Grinsen zu meiner Linken.

Vierzehn Tage.

Genau so lange hat meine kleine Rebellion angehalten.

Vierzehn Tage, in denen ich nichts von Abigail gehört habe. Obwohl ich derjenige war, der sie um Zeit gebeten hat, bin ich auf verquere Weise sauer, dass sie nicht mal versucht hat, Kontakt zu mir aufzunehmen. Womöglich hat ihr diese ganze Sache zwischen uns nicht halb so viel bedeutet wie mir.

Und schon stecke ich wieder mittendrin in meinem Gefühlskarussell.

Ich will Abigail, habe sie wegen ihrer Unehrlichkeit aber von mir gestoßen.

Ich will nicht, dass sie sich meldet, will aber, dass sie sich meldet.

Ich hasse es, bei meinen Eltern zu sitzen, tue es aber dennoch seit zwei Stunden.

Es ist nur noch zum Heulen.

»Nächste Woche soll es schneien«, zwitschert meine Mom und spielt dabei nervös am Stiel ihres Weinglases herum. Ganz offensichtlich hat sie Angst, dass ich ein weiteres Familiendinner sprengen könnte.

Ich habe nicht vor, zu rebellieren, wenn sie sich an die Regeln halten. Keine Gespräche über die Firma oder mein Studium. Das war der Deal. Nur unter diesen Voraussetzungen habe ich eingewilligt, heute Abend zu kommen. Selbstredend wusste ich da noch nicht, dass Erin auch wieder mit von der Partie sein würde, sonst hätte ich unsere gemeinsame Zukunft mit auf die Liste gesetzt. Obwohl ich es hätte ahnen können. Immerhin kenne ich sie und weiß, wie hartnäckig sie sein kann, wenn sie sich etwas in den Kopf gesetzt hat.

Trifft ihr Dickkopf auf den Willen meiner Mutter, ist alles bereits beschlossene Sache, ganz gleich, was ich davon halte.

Wie in den Jahren zuvor sitze ich also hier, lasse mich bedienen und mache gute Miene zum bösen Spiel.

Die Wahrheit ist, dass es sich grausam falsch anfühlt.

Wie ein Verrat.

An mir.

An Abigail.

An allem, was ich mir vorgenommen hatte.

Ich sitze hier neben meiner Ex-Freundin und denke pausenlos an Abigail. Das ist allen Beteiligten gegenüber nicht fair.

Wie sähe unsere Beziehung aus, wenn ich über die Lüge

hinwegsehen könnte und mit ihr zusammen wäre? Säßen Abigail und ihre kleine Tochter dann auch freitags bei meinen Eltern, und Ophelia würde meinem Dad ihre Meinung geigen?

»Was ist so lustig?« Erin reißt mich mit ihrer zuckersüßen Stimme aus den Gedanken.

»Hm?«

»Du hast gelacht. Woran hast du gedacht?«

»An niemanden«, lüge ich und trinke einen Schluck, um mein Unbehagen zu überspielen. »Sorry.« Ich versuche den wachsamen Blicken meiner Familie aus dem Weg zu gehen, indem ich meine Aufmerksamkeit auf das Roastbeef vor mir richte. Sie sollen nicht sehen, woran ich denke. Mein Innerstes geht sie nichts an. Am liebsten würde ich selbst die Augen davor verschließen, aber meine Gedanken haben sich längst verselbstständigt.

Abends, wenn ich meine Schicht in der Klinik hinter mich gebracht habe und die Jungs mit sich selbst beschäftigt sind, liege ich wach und stelle mir vor, wie es sein könnte. Wenn wir zu dritt in den Zoo gehen oder ans Meer fahren würden. Ich versuche mir auszumalen, wie es wäre, permanent ein kleines Mädchen in der Nähe zu haben.

Die Wahrheit ist: Der Gedanke bereitet mir Angst.

Ja, ich will Kinderarzt werden. Aus den verschiedensten Gründen. Ich hätte nie mit dem Gedanken gespielt, wenn ich Kinder nicht mögen würde. Das tue ich. Sehr sogar. Aber bedeutet das automatisch, dass ich bereit bin, ein kleines Kind dauerhaft in meinem Leben zu haben?

Um mich herum diskutieren alle mit übertriebener Freundlichkeit über das Wetter, während ich die Zähne zusammenbeiße, um nicht laut zu stöhnen. Es ist mir so was von egal, ob es nächste Woche schneien soll. Entgegen meinen Grundsätzen ist mir auch gerade die Erderwärmung egal, über die Glen und

Dad streiten. Selbstredend ist mein Vater nicht gerade ein Umweltaktivist. Immerhin gehören ihm drei große Industriewerke im Land. Für den CO_2-Ausstoß, für den er verantwortlich ist, landet er ganz sicher in der Hölle. Aber auch das könnte mir gerade nicht egaler sein. Für mich ist gerade nur eine Frage von Bedeutung: Warum hat Abigail mich angelogen?

Scheiße noch mal, warum?

War das alles zwischen uns nur eine Affäre, die auf einem zugegeben ziemlich guten One-Night-Stand aufbaute? Den es zu wiederholen galt, weil sich zufällig die Gelegenheit dafür geboten hat?

Inzwischen ist auch klar, warum sie in der ersten Nacht abgehauen ist. Und streng genommen hat sie von sich aus nie wieder Kontakt aufgenommen. Das zweite Mal war Zufall, und danach habe ich sie ja förmlich gezwungen.

Sosehr ich mir wünschen würde, es wäre anders, drängen sich mir immer mehr Zweifel auf.

Habe ich alldem zu viel Bedeutung beigemessen?

Wenn ich sie nicht gedrängt hätte, wäre sie dann je von sich aus auf mich zugekommen?

Kann all das denn wirklich gespielt gewesen sein?

Die Tränen?

Die Gefühle?

Der Sex?

Das kann unmöglich sein. Beim besten Willen nicht. Ich sehe ihren Blick förmlich vor mir, als sie mir gestanden hat, dass sie eine echte Beziehung will.

Allerdings sind all meine Theorien eben genau das. Theorien. Fakt ist, ich brauche Antworten. Und damit kämen wir wohl zum Knackpunkt der ganzen Geschichte: Wenn sie auch nur ansatzweise das Gleiche für mich empfunden hat wie ich für sie, warum ruft sie dann nicht an?

Kapitel 27

Abigail

Die Tage ziehen eintönig ins Land.

Grau, traurig und hoffnungslos.

Halloween kommt und geht in diesem Jahr ohne uns. Die Tage und Nächte verschwimmen zu einem einheitlichen Brei aus Kummer und Schmerz.

Zwei Wochen habe ich nichts von Riley gehört. Kein Lebenszeichen. Ich habe sie jeden Tag angerufen, doch ihr Handy scheint permanent ausgeschaltet zu sein. Ich weiß nicht, was ich mir davon erhoffe, sie ans Telefon zu bekommen. Dass sie zurückkommt? Dass sie nie wiederkommt? Es herrscht absolutes Chaos, wenn ich an sie denke. Die typische Art von Riley-Chaos, das sie so gern hinterlässt.

Vor allem, seit letzte Woche ein Schreiben unserer Versicherung im Briefkasten lag. Da Riley mein Vormund war, laufen Lees und meine Versicherungen über sie. Besser gesagt *liefen*, denn Riley hat alle Policen gekündigt. Wir stehen jetzt ohne jeglichen Schutz da. Ich weiß weder, wo sie ist, noch, ob es ihr gut geht. Zudem habe ich keine Ahnung, wie Lee und ich in den nächsten Tagen unser Essen bezahlen sollen, da ich ihr alles Geld gegeben habe, das ich noch hatte.

Dreimal stand ich in der vergangenen Woche vor der Polizeiwache und habe mit dem Gedanken gespielt, hineinzugehen und sie anzuzeigen oder als vermisst zu melden. Ich weiß nicht, ob sie überhaupt noch am Leben ist.

Mehr als dreimal habe ich mein Handy in der Hand gehalten und war kurz davor, meine Eltern anzurufen. Sechs Jahre lang habe ich alles allein geschafft, doch in dieser Woche habe ich erstmals das Gefühl, wirklich zu versagen.

Pünktlich zur dunklen Jahreszeit ist Lee vor ein paar Tagen krank geworden. Sie fiebert jede Nacht und übergibt sich vor lauter Husten. Gestern war es so schlimm, dass ich dachte, sie erstickt.

Langsam weiß ich keinen Rat mehr. Ohne Versicherung kommt ein Arztbesuch nicht infrage.

Ich bin mit meinen Kräften am Ende.

Hundertmal am Tag denke ich an Quincy.

Tausendmal am Tag bereue ich, dass ich ihm nicht von Anfang an vertraut habe.

Eine Million Mal täglich frage ich mich, ob er noch etwas für mich empfindet. Ob sein Herz sich genauso schwer anfühlt wie meins, seit er Pixton völlig überstürzt verlassen hat. Gibt es nach diesem Abgang noch eine Chance für uns? Manchmal habe ich Angst, die Wellen meines Lebens könnten über mir zusammenschlagen und mich einfach in die Tiefe reißen. Ich sehe gerade kein Licht am Ende des Tunnels.

Unendlich oft am Tag vermisse ich ihn. Eigentlich vermisse ich ihn permanent. Und das ist es, was am meisten wehtut.

»Boah, du siehst echt scheiße aus, Süße.«

Scarlett stellt zwei große Einkaufstüten auf den Küchentresen und sieht mich so an, wie sie es jeden der vergangenen vierzehn Tage getan hat – voller Mitleid.

»Vielen Dank. Dabei habe ich doch allen Grund, auszusehen wie das blühende Leben.«

Seufzend räumt sie die Lebensmittel aus, die ich telefonisch bei ihr geordert habe. Wegen Ophelias Krankheit sind wir an die Wohnung gefesselt. Noch weiß ich nicht, wie ich Scarlett das Geld für all die Dinge zurückzahlen soll. Scham mischt sich in den Cocktail meiner miesen Gefühle.

»Hat sich immer noch keiner von beiden gemeldet?«

Kopfschüttelnd sehe ich auf meine rosa Plüschpantoffeln. Die gleichen Einhörner, die Ophelia an den Füßen trägt. Wie auf Kommando bekommt sie auf dem Sofa hinter mir einen erneuten Hustenanfall.

»Ihr geht es schlechter, oder?«

»Nein.« Ich schließe einen Moment die Augen und atme durch. »Ja«, antworte ich wahrheitsgemäß, sobald ich meine Freundin wieder ansehe.

Seit dem Nachmittag steigt das Fieber immer höher und mit ihm meine Hilflosigkeit. Es hört sich an, als blockiere ihr irgendetwas das Atmen, und das macht mir Angst.

»Bist du sicher, dass sie nicht irgendeine Medizin braucht oder so?« Scarlett zieht angewidert die Nase kraus, weil Lee dermaßen hustet, dass sie würgen muss. Ich eile zu ihr, streiche ihr beruhigend über den Rücken und reiche ihr ein Glas Wasser.

»Krank sein ist kacke«, jammert sie, und Tränen kullern über ihre bleichen Wangen.

»Du brauchst Medizin«, gebe ich Scarlett recht.

Nachdem der Hustenreiz abgeklungen ist, kuschelt sie sich zurück in ihr Krankenlager und drückt ihren Kuschelhasen an ihre Brust.

Entschlossen stehe ich auf. »Kannst du vielleicht eine halbe Stunde bei ihr bleiben?«

»Was hast du vor?«

»Ich versuche, im Krankenhaus Medizin zu bekommen. Ohne Riley, eine Versicherung oder sonst was. Es muss einen Weg geben.«

»Abby«, murmelt Scarlett und hält mich am Handgelenk zurück, als ich schon nach meinem Wagenschlüssel greife. »Du kannst nicht einfach in ein Krankenhaus spazieren und Medikamente stehlen. Fahr mit ihr zu einem Arzt.« Sie redet leise, damit Lee uns nicht hören kann.

Ich schüttle entschlossen mit dem Kopf. »Das geht nicht. Wenn jemand rauskriegt, dass ich nicht ihre Mutter bin ...«

»Sag, du bist der Babysitter, oder gib dich als Riley aus. Was weiß ich.«

»Und dann? Sie nehmen doch ihre Daten auf. Was denkst du, an wen die Rechnung geschickt wird? Wir werden auffliegen, und dann verliere ich sie.«

»So ...«, flüstert Scarlett und deutet auf die Couch. Wie ein Häufchen Elend liegt Lee eingerollt da und versucht, sich auf das Fernsehprogramm zu konzentrieren. »... verlierst du sie auch.«

Fast schon flehend sehe ich Scarlett an.

Was zur Hölle soll ich denn tun?

»Es gibt eine Lösung«, antwortet sie nicht mehr ganz so leise auf meine stille Frage.

Gerade als ich den Mund öffnen will, um zu fragen, welche, fällt es mir wie Schuppen von den Augen.

»Nein«, sage ich hastig und fahre mir mit beiden Händen über das Gesicht.

»Du weißt, dass er dir helfen würde.«

»Er hat gesagt, er braucht Zeit.«

»Ja. Überraschung«, erwidert sie lachend. »Es sind zwei Wochen vergangen. Ruf ihn an, Abby. Erkläre ihm alles. Bitte ihn um Hilfe.«

»Er ist doch nicht mal richtiger Arzt. Bestimmt kann er uns sowieso nicht helfen.«

»Okay. Das könnte sein. Aber das kriegen wir raus.«

Noch bevor ich realisiere, was passiert, zückt sie ihr Smartphone und tippt darauf herum.

»Was tust du?«, stoße ich panisch aus, doch meine Freundin streckt mir lediglich ihren rot lackierten Fingernagel entgegen und hält ihr Handy ans Ohr.

»Hey, du. Ich bin es. Kurze Frage. Ist Quin in der Lage, ein Kind mit Fieber und Husten zu behandeln? Oder hätte er die Möglichkeit, an Medikamente zu kommen?«

Meine Augen werden mit jedem ihrer Worte größer. Mit wem zur Hölle spricht sie da? Panisch schüttle ich den Kopf und deute an, sie soll es lassen.

Ohne mich zu beachten, formen ihre Lippen ein Lächeln, und sie zeigt Lee an mir vorbei einen Daumen hoch.

»Und wo ist er? Ah, perfekt. Das ist ja gar nicht weit von hier. Wie passend. Dank dir.« Sie wartet einen Moment, weil ihr Gesprächspartner offensichtlich etwas erwidert. »Alles klar. Du bist ein Schatz. Bis später.«

Als sie das Gespräch beendet, bin ich kurz davor, zu explodieren.

»Quincy ist in Greenwich bei seinen Eltern. Das ist nicht weit von hier. Er kann dir helfen.«

»Wer. Zur. Hölle. War. Das?« Ich bin so in Rage, dass ich Lees neuerlichen Hustenanfall fast versäume.

»Theo.«

»Theo?«, frage ich. Ich lege meinen Schlüssel wieder ab und gehe zum Kühlschrank, um kaltes Wasser für Ophelia zu holen.

»Warum telefonierst du mit Theo?« Und überhaupt, seit wann ist aus Quincy ein Quin geworden? Und aus Theo ein Schatz?

Ich stelle Lee das Wasser hin und gebe ihr einen Kuss auf die Stirn. Sie glüht.

»Ist das nicht gerade vollkommen irrelevant?« Während ich unbeholfen durch das Apartment laufe, hält meine beste Freundin mich am Oberarm auf. »Abby«, stöhnt sie. »Es ist ganz einfach. Da liegt dein kleines Mädchen und braucht Hilfe. Einen Katzensprung von hier entfernt ist der Typ, der sehr viel für dich empfindet und zufällig helfen kann. Worauf wartest du bitte noch?«

Tränen steigen mir in die Augen. Seit Wochen ertrinke ich in einem Meer aus Tränen, doch inzwischen schaffe ich es, sie zurückzudrängen, bis ich allein bin.

»Er hasst mich.«

Es ist nur ein Flüstern, das über meine Lippen kommt.

»Das stimmt nicht. Und das weißt du auch.«

»Ich habe Angst«, hauche ich und wische mir hastig über die Wangen, weil ich wohl doch noch nicht so gut im Verdrängen bin.

»Süße«, seufzt Scarlett. »Ruf an und bitte ihn um Hilfe. Danach redet ihr über alles. Die Sache ist ganz einfach.«

Ich sehe noch einmal zu Lee. Ihre Haut ist blass, dafür sind ihre Augen gerötet.

»Okay.« Ich atme einmal tief ein. »Ich rufe ihn an.« Energetisch greife ich zu meinem Telefon und wähle seine Nummer, ehe ich einen Rückzieher machen kann. Das Schicksal ist mal wieder nicht auf meiner Seite. »Sein Handy ist aus«, brumme ich und möchte es am liebsten gegen die Wand werfen.

»Okay, dann musst du hinfahren.«

»Was? Zu seinen Eltern? Bist du jetzt vollkommen übergeschnappt?«

»Abby. Es gibt zwei Möglichkeiten: Entweder du fährst mit Lee in die Klinik, oder du holst Quincy.«

»Ich will, dass dieser Quincy kommt«, jammert Lee und verpasst mir damit den Todesstoß.

»Ich weiß nicht mal, wo sie wohnen«, halte ich nur noch halbherzig dagegen, schlüpfe aber gleichzeitig aus meinen Hausschuhen und in meine dicken Winterboots.

»Es ist das protzige Haus am Ende der Hafenstraße. Diese riesige Villa. Das kannst du nicht verfehlen.«

»Und was soll ich dann bitte sagen? Sorry, dass ich störe, aber du musst mir Medikamente stehlen?« Mitten in der Bewegung halte ich inne. »Außerdem, woher weißt du das alles überhaupt? Riesige Villa? Theo-Schatz? Habe ich was verpasst?«

»Das mit dem Stehlen sagst du besser nicht, solange sein Vater in der Nähe ist«, schnaubt Scarlett und greift nach meiner Jacke und meinen Autoschlüsseln. »Was auch immer ich weiß oder du sagst, sieh einfach zu, dass er euch hilft.«

Sie reicht mir meine Jacke und streichelt mir über die Oberarme. »Es wird alles gut werden.«

Schon wieder schießen mir Tränen in die Augen. Wenn wir Scarlett nicht hätten, wären wir ganz allein. Sie ist die Einzige, die sich um uns kümmert. Und Carol natürlich, die ihren Beitrag leistet, indem sie mir freigibt. Mehr möchte ich nicht verlangen. Außerdem kennt sie nicht die ganze Wahrheit und würde das Problem mit den Versicherungen nicht verstehen.

»Danke, dass du uns nicht alleinlässt«, bringe ich hervor.

Scarlett presst die Lippen zusammen, so gut es mit dem Ring in ihrer Unterlippe geht, und nickt lediglich.

Fertig angezogen und mit bereits wieder schwindendem Tatendrang gehe ich noch einmal vor Lee auf die Knie und streichele ihr die Haare aus der heißen Stirn. »Ich hole Hilfe, okay, Süße? Danach geht es dir besser, versprochen.«

»Gibt es morgen trotzdem Pancakes?«, fragt sie. Ihre Stimme klingt grauenvoll.

»Ja klar«, antworte ich. Ehrlich gesagt hatte ich vollkommen vergessen, dass morgen Samstag ist. Ich plane derweil nie besonders weit im Voraus. »Wir essen Pancakes und sehen den ganzen Tag zusammen fern. Was hältst du davon?«

Statt mir zu antworten, nickt sie schwach, und ihre Augen fallen schon wieder zu.

Ich sehe zu Scarlett und stehe auf.

»Ich hole ihn«, wiederhole ich. Bleibt nur zu hoffen, dass er mir nicht die Tür vor der Nase zuschlägt.

Das war eine ganz miese Idee.

Man muss kein Genie sein, um das im ersten Moment zu erkennen.

Nicht nur die Hauseinfahrt, die fast so lang ist wie die Kingstreet, und das riesige Herrenhaus beweisen, wie fehl am Platz ich bin. Spätestens, als ein Dienstmädchen im schicken schwarzen Kostüm die Haustür öffnet, habe ich das Gefühl, im Erdboden versinken zu müssen.

»Kann ich Ihnen helfen?«, fragt sie übertrieben freundlich. Obwohl sie es zu verbergen versucht, sehe ich, wie sie mich von Kopf bis Fuß mustert.

»Ich bin eine Freundin von Quincy Bowen und müsste ihn wirklich dringend sprechen. Es handelt sich um einen Notfall.«

»Die Bowens sind gerade beim Dinner. Kommen Sie doch herein. Ich werde nachfragen, ob wir stören dürfen.«

Sie bittet mich mit einer eleganten Handbewegung in die Vorhalle des Hauses, das mehr an ein Schloss erinnert als an ein Wohnhaus.

Unbehaglich trete ich vor die riesige vergoldete Treppe, die in ein Obergeschoss führt. Der Kronleuchter malt Schatten an die hohen Wände, und überall hängen alte Gemälde in goldenen Rahmen.

»Das wäre wirklich nett«, bringe ich mit dünner Stimme hervor. Meine alte Jeans mit den Löchern an den Knien brennt sich beinahe in meine Haut. Meine Finger krallen sich um den Autoschlüssel in meiner Hand.

Sie lächelt mir freundlich zu und öffnet anschließend eine riesige weiße Tür, hinter der leises Stimmgemurmel ertönt.

Mit gerecktem Hals versuche ich, an ihr vorbeizusehen, erspähe aber nur einen jungen Mann, den ich nie zuvor gesehen habe. Ich würde mir ja gern einreden, mich im Haus geirrt zu haben, aber Quincys Wagen in der Einfahrt beweist eindeutig das Gegenteil.

Mein Herz schlägt so heftig in meiner Brust, dass mir übel wird. Vielleicht liegt das aber auch daran, dass ich Hunger habe. Ich weiß nicht mal, wann ich das letzte Mal eine vollständige Mahlzeit zu mir genommen habe.

»Selbstverständlich«, höre ich die Stimme des Dienstmädchens durch meine lauten Gedanken dringen und erwache aus meiner Starre. Sie ist zur Seite getreten, um mir Eintritt zu gewähren. Noch bevor ich über die Schwelle in ein gigantisch großes Esszimmer trete, sehe ich Quincy. Er steht so hastig auf, dass sein Stuhl nach hinten zu kippen droht. Ein weiterer Bediensteter ist sofort zur Stelle und fängt ihn auf.

»Abigail«, keucht er.

Seine Stimme zu hören und sein Gesicht zu sehen, setzt für einen kurzen Moment etwas zusammen, was zerbrochen war.

Allerdings kann ich mich nicht lange dem Gefühl hingeben, weil wir nicht allein sind. Ganz im Gegenteil. Eine Menge Augenpaare sind auf mich gerichtet.

»Kann ich ganz kurz mit dir sprechen?« Meine Stimme ist zittrig. Durch jedes meiner Worte drängen die Emotionen, die ich viel zu lange versucht habe auszuklammern.

»Sicher«, sagt er und legt eine Stoffserviette neben seinen Teller, die er bis gerade in den Händen gehalten hat.

»Möchtest du uns nicht wenigstens vorstellen?«, fragt eine ältere Frau, die am Kopfende der langen Tafel sitzt. Sie trägt einen roten Hosenanzug, und ihre Lippen sind im passenden Ton geschminkt. Außer ihr sind noch drei weitere Frauen da. Eine hübscher als die andere. Zwei von ihnen sitzen neben zwei Männern um die dreißig. Das müssen Quincys Brüder sein. Die dritte sitzt zwischen einem älteren Herrn und dem Platz, von dem Quincy gerade aufgestanden ist. Mit großen grünen Augen beobachtet sie, wie ihr Sitznachbar auf mich zugeht.

»Ich komme gleich wieder«, murmelt Quincy auf die Frage seiner Mutter hin. Jedoch ohne mich dabei aus den Augen zu lassen.

Er hält erst inne, als sein Vater sich übertrieben laut räuspert.

Bislang habe ich vermieden, Mr. Bowen anzusehen. Obwohl ich kein Wort mit ihm gewechselt oder ihn auch nur angeblickt habe, mag ich ihn nicht.

Jetzt, da er das Wort ergreift, schweift mein Blick ganz unwillkürlich zu dem Mann, dessen Haar streng zurückgegelt ist. Sein Anzug sitzt makellos, doch was mich zusammenzucken lässt, ist der Ausdruck in seinen dunklen Augen. Sie erscheinen beinahe grau.

»Du wirst deine Familie und deine Verlobte nicht ein weiteres Mal einfach sitzen lassen. Nur damit wir uns verstanden haben.«

Ungefähr so muss es sich anfühlen, wenn jemand einem ein Schwert in den Bauch rammt. Den Schlüssel noch in den Fingern, schiebe ich meine Hände unauffällig vor meinen Körper und bin bemüht, mich nicht zu krümmen vor Schmerz.

Quincys Augen treffen auf meine.

Stumm sieht er mich an.

Ich habe einiges kommen sehen, aber ihn in Begleitung seiner Verlobten anzutreffen, gehörte nicht zu meinen Vorstellungen.

Unwillkürlich schweift mein Blick zurück zu der blonden Frau, die mich entschuldigend ansieht.

Seine Verlobte.

Eine hübsche Frau mit blauem Etuikleid. Sie passt in dieses Haus, so wie ich in die Küche eines Diners passe.

Ohne eine Regung zuzulassen, wende ich mich wieder an Quincy. Ich wage es nicht mal, zu zwinkern, aus Angst, meine Gefühle dann endgültig nicht mehr kontrollieren zu können.

Mit versteinerter Miene starrt er mich an.

Vielleicht war ich in den letzten Wochen nicht ehrlich zu ihm. Aber ich habe nicht eine Minute gelogen, was uns betraf. Ich habe ihn geliebt. Und ich tue es noch.

Er sieht den Schmerz in meinen Augen, denn sein Blick verändert sich. Er wird weich. Er sieht wieder aus wie der Quincy, in den ich mich verliebt habe.

Es sind nur wenige Schritte, dann ist er bei mir.

»Komm«, flüstert er und legt mir eine Hand in den unteren Rücken. »Lass uns gehen.«

Während er mich aus dem Raum schiebt, lasse ich meinen Blick noch einmal zurück über unsere Schultern wandern. Quincy, diese ganze abstruse Situation, ja sogar Lee geraten in den Hintergrund, weil ich nur einen Gedanken zustande bringe: Seine Verlobte ist genauso perfekt wie er.

Kapitel 28

Quincy

Als ich zwischen den verschiedenen Gängen des heutigen Dinners über mein emotionales Chaos nachgedacht habe, ist mir eine derartige Entwicklung des Abends nicht in den Sinn gekommen.

Meine Finger zittern, während sie auf Abigails Rücken liegen und ich sie aus dem Salon in die Halle führe.

»Sorry«, flüstert sie, »ich wusste nicht ... ich habe nicht gedacht ... ich ... aber sie ...« Immer wieder sieht sie zurück, aber das Dienstmädchen hat die Tür hinter uns längst geschlossen.

»Abigail«, wiederhole ich ihren Namen langsam und betont.

Sie sieht nicht gut aus. Ganz und gar nicht gut. »Was tust du hier?«

Für einen Moment schließt sie die Augen und atmet tief durch. Währenddessen sehe ich auf die Tür zum Salon und stelle mir vor, wie diese Szene auf sie gewirkt haben muss.

Ich neben Erin im Einklang mit meiner Familie.

Gerade als ich dazu ansetzen will, ihr all das zu erklären, öff-

net sie die Augen. Ich sehe es sofort: Sie hat sich wieder zurückgezogen in ihr Schneckenhaus. Mich ausgeklammert, so wie sie
es von Anfang an getan hat.

»Hör zu«, spricht sie mit ruhiger, aber fester Stimme, noch
ehe ich das Wort ergreifen kann. »Dass ich hier bin, hat nichts
mit uns zu tun. Ich weiß, du hast mich um Zeit gebeten, und das
akzeptiere ich.« Erneut sieht sie Richtung Salon.

Während sie spricht, beobachte ich die Veränderung an ihr.
Dunkle Schatten liegen unter ihren Augen, und ihr Gesicht
wirkt eingefallen. Der ausgeleierte Pixton-Hoodie reicht bis auf
ihre Oberschenkel, darunter lugen löchrige Jeans hervor.

Ihr Äußeres versetzt mich in Unruhe. So habe ich sie nie zuvor gesehen. Oder war ihre Art, sich zurechtzumachen, auch nur
Täuschung, und vor mir steht die wahre Abigail Hamilton? Ob
das überhaupt ihr richtiger Vorname ist? Sobald ich an all ihre
Lügen denke, steigt ganz unwillkürlich neuer Zorn in mir auf.

»Was machst du dann hier?«, frage ich, wahrscheinlich eine
Spur zu barsch.

»Ich brauche deine Hilfe«, seufzt sie. Mir entgeht nicht, dass
sie sich um einen normalen Tonfall bemühen muss. Weil ich
nichts erwidere, tritt sie einen Schritt auf mich zu. »Es geht um
Ophelia.«

Am liebsten möchte ich ihr einen Blick zuwerfen, der so was
vermittelt wie ›Dein Ernst jetzt?‹. Doch dann verlässt eine einzelne Träne Abigails Augenwinkel, und auch wenn sie sich bemüht, ist sie nicht schnell genug, um sie wegzuwischen.

»Warum kommst du ausgerechnet zu mir?« Meine Stimme
klingt noch immer härter als beabsichtigt.

Abby schluckt und atmet ein weiteres Mal tief durch, ehe
sie mich erneut ansehen kann. Offensichtlich kostet es sie alle
Kraft, mit mir zu reden. Nicht verwunderlich, wenn man bedenkt, dass meine Ex-Freundin ihr gerade als meine Verlobte

präsentiert wurde. Falls sie deshalb um ihre Fassung ringt, würde das allerdings bedeuten, dass sie noch Gefühle für mich hat. Was mich trotz allem freuen würde.

»Sie ist krank. Sehr krank, und ich weiß nicht, was ich tun soll.« Ihre Stimme bricht bei den letzten Worten. Sie versucht, es mit einem Räuspern zu überspielen, aber ich bin kein Idiot.

»Dann musst du zu einem Arzt, ich bin nur Student.«

»Quincy«, fleht sie und kommt noch einen Schritt auf mich zu. Sie streckt ihre Hand nach mir aus, hält sie aber im letzten Moment zurück. »Ich kann dir das alles erklären, ich schwöre es bei meinem Leben. Aber ich brauche vorher deine Hilfe. Ich kann zu keinem Arzt gehen. Sie ist nicht versichert. Und ich ...« Ihr Kiefer bebt. »Bitte«, haucht sie mit letzter Kraft.

»Sie ist krank, und du kannst sie nicht zu einem Arzt bringen?«

Abigail nickt niedergeschlagen.

»Seit wann?«

»Seit sechs Tagen.«

»Wie schlimm ist es?«

»Richtig schlimm«, flüstert sie, ohne mich anzusehen.

Ich muss darüber keine Sekunde länger nachdenken. Mit schnellen Schritten gehe ich zur Garderobe und hole meinen Mantel.

»Was genau hat sie?«, frage ich, während ich ihn anziehe.

»Sie fiebert seit ungefähr fünf Tagen. Anfangs dachte ich, es wäre nur eine normale Erkältung, aber ihr Husten wird immer schlimmer. Sie hört sich an, als bekomme sie keine Luft mehr.«

»Okay. Das kriegen wir hin«, sage ich, doch diese simple Floskel scheint nicht auszureichen, um ihr alle Last von den Schultern zu nehmen.

»Ich habe keine Medizin«, gesteht sie. »Nur normales Schmerzmittel. Ich weiß nicht, was ich tun soll.«

»Abigail.« Bevor ich darüber nachdenke, lege ich meine Hand an ihre Wange. Wir erstarren gleichzeitig unter dieser Berührung. In ihren Augen schimmert so viel Schmerz, dass für keine andere Emotion Platz zu sein scheint. Ich weiß, dass wir einiges klären müssen und sie sicher geschockt ist von dem, was sie da eben gesehen hat, aber all das spielt jetzt gerade keine Rolle. »Wir kriegen das hin, okay? Du brauchst keine Angst zu haben.«

»Okay«, bringt sie heiser hervor. Dabei krallen sich ihre Finger in den Saum meines Mantels.

Mein Daumen streichelt über die zarte Haut ihrer Wange.

»Ist der Husten trocken oder produktiv?«

»Trocken«, antwortet sie mit leichter Verzögerung und sieht noch einmal zum Salon. Mit einer Hand schiebe ich sie Richtung Haustür. »Musst du ... also, willst du ...?« Sie spricht nicht weiter.

Währenddessen habe ich die Haustür längst geöffnet und deute mit einer Hand nach draußen.

»Das ist jetzt nicht wichtig.« Sobald wir in die eisige Novemberluft treten, habe ich das Gefühl, direkt etwas freier atmen zu können. »Ich muss erst ins Krankenhaus und Medikamente und Instrumente holen. Willst du mit mir fahren, oder treffen wir uns bei dir?«

Noch einmal sieht sie über meine Schulter zum Haus, bis ihr leise über die Lippen kommt: »Wir treffen uns bei mir.«

Wir nicken uns unbeholfen zu und gehen beide zu unseren Autos. Abigail fährt offensichtlich einen alten Toyota Yaris. Nicht gerade der klassische Familienwagen. Ehe sie einsteigt, sieht sie über das Dach ihres Autos noch einmal zu mir.

»Du kommst doch wirklich, oder? Du lässt mich nicht hängen, richtig? Und du darfst niemandem davon erzählen, Quincy. Bitte, wirklich niemandem.«

Meine Kieferknochen geben ein Knacken von sich, so fest beiße ich die Zähne aufeinander.

»Traurig genug, dass du das überhaupt infrage stellst«, brumme ich und steige ohne ein weiteres Wort in meinen Wagen.

Es ist ein komisches Gefühl wieder vor dem *Pixton's* zu stehen. Heute nehme ich alles ganz anders wahr. Ich sehe es aus anderen Augen.

Dieses zweigeschossige alte Ziegelgebäude verspricht nicht mehr nur ein schnelles Frühstück. Es ist Abigails Zuhause.

Mit aller Macht schlucke ich meine Enttäuschung und meine Zweifel hinunter und steige aus dem Wagen. Ich habe keine Ahnung, was es mit der ganzen Sache auf sich hat. Warum Abigails Tochter nicht versichert ist und sie nicht zu einem Arzt können. Doch bevor ich sie untersucht habe, ist all das nicht wichtig. Wenn ein Kind krank ist, muss ihm geholfen werden. Versicherung, Gefühle und großes Drama hin oder her.

Als ich auf den bereits leeren Diner zulaufe, kommt mir durch die Eingangstür ein bekanntes Gesicht entgegen.

»Ich würde ja gerne sagen ›Gut, dass du da bist‹. Aber verlobt?«, fragt Scarlett und hält die Arme in die Höhe. »Echt jetzt? Und da dachte ich, *sie* wäre das Arschloch in der Geschichte.«

»Ich …«, setze ich an, weiß aber für den Moment nicht, was ich darauf erwidern soll. Stattdessen schließe ich kurz die Augen. Was würde es bringen, ihr jetzt hier draußen alles zu erklären, ehe ich bei Ophelia und Abigail war.

»Treppe hoch, dann rechts«, schnaubt Scarlett, die wohl gemerkt hat, dass sie gerade auf Granit beißt. »Hilf der Kleinen, vielleicht kann ich dich dann wieder leiden.«

Mein Mund öffnet sich, aber Scarlett lässt mich nicht mehr zu Wort kommen. Ohne mit der Wimper zu zucken, marschiert sie an mir vorbei und verschwindet in der Dunkelheit dieses seltsamen Ortes.

Ich atme noch ein letztes Mal durch, dann haste ich durch den Diner, die knarzende Treppe hoch und nehme die erste Tür rechts, die ein Stück offen steht.

Als Abigail mich sieht, seufzt sie erleichtert. Hat sie ernsthaft gedacht, ich lasse sie im Stich?

Allerdings stocke ich beim Anblick ihres Gesichts, denn ganz offensichtlich hat sie geweint. Ihre Augen sind rot und verquollen.

Mein Vater ist ein Arschloch. Er hatte kein Recht, sie dermaßen vorzuführen und Erin als meine Verlobte vorzustellen. Das hat er mit voller Absicht getan. Ein weiterer Punkt auf der langen Liste der Dinge, für die ich ihn verachte.

Ein Husten am anderen Ende der kleinen Wohnung lenkt meine Aufmerksamkeit auf sich. Ich höre sofort, dass Ophelia nur erschwert atmen kann. Krupphusten lässt sich leicht von anderen Hustenarten unterscheiden, wenn man ihn einmal gehört hat.

»Soll ich sie wecken?«, fragt Abigail mit schwacher Stimme. Gleichzeitig treten wir vor die ausgeklappte Couch.

»Musst du nicht. Im Schlaf kann man sie am besten abhören. Aber wenn mich nicht alles täuscht, hat sie eine Entzündung der Schleimhäute in Rachen und Kehlkopf. Hatte sie nächtliche Hustenanfälle, in denen sie kaum Luft bekommen hat?«

»Zwei Mal.« Ich schlüpfe aus meinem Mantel und ziehe die Tasche neben mich, die ich in der Klinik geholt habe. Jede Schwester auf der Pädiatrie kennt mich, und niemand hat nachgefragt, als ich mich am Medikamentenschrank bedient habe. »Zweimal hat sie sich dabei übergeben, aber ich glaube, das kam vom Fieber. Das hat sie oft, wenn sie erhöhte Temperatur bekommt.«

Ich ignoriere den Stich, den ich bei dem Gedanken fühle, dass Abigail sich wahrscheinlich schon häufiger mit Kinderkrankheiten auseinandergesetzt hat als ich.

Während ich das Stethoskop an meiner Handfläche aufwärme, um die Kleine nicht zu erschrecken, wird sie wach.

»Du bist Quincy«, murmelt sie und drückt ihren Hasen noch fester an sich.

»Ja«, bestätige ich schmunzelnd und stupse ihr sanft auf die Nase. »Und du bist das Mondmädchen, nicht wahr?«

Ein kleines Lächeln umspielt ihre Lippen.

»Mondmädchen.« Sie sieht an mir vorbei zu Abigail. »Das gefällt mir.«

Ich verbiete es mir, mich umzudrehen und Abbys Reaktion zu sehen, auch wenn alles in meinem Körper danach verlangt. Wir, sie und ich, sind jetzt gerade nicht wichtig.

»Ich habe mir sagen lassen, hier drin sitzt ein fieser Husten, den wir vertreiben müssen«, richte ich mich an Ophelia. »Zum Glück bin ich ein absoluter Bakterien- und Virenfighter.«

»Was sind Viren und Kakterien?«

»Das sind die Erreger, die dich krank machen. Bakterien«, korrigiert Abigail. Sie geht an ihrem Kopfende auf die Knie und streicht der Kleinen über die Stirn.

»Und du kannst sie besiegen?« Ihre roten Augen werden für einen kurzen Moment groß, als sie mich ansieht.

»Das kann ich. Aber du musst mir ein bisschen dabei helfen, okay?«

»Was soll ich tun?«, fragt sie, und mir wird warm ums Herz. Sie redet genau wie Abby. Sie betont die Silben auf die gleiche Weise und zieht die Nase kaum merklich kraus, wenn sie eine Frage gestellt hat.

»Zuerst einmal musst du dich hinsetzen und dein T-Shirt hochziehen, damit ich dich abhören kann. Weißt du, wie Abhören geht?«

Sie nickt und setzt sich schwerfällig auf.

»Daniel Rowe weint nie, wenn er zum Arzt muss. Er weint sowieso nie«, wiederholt sie.

Ich stecke mir die Enden des Stethoskops in die Ohren und lehne mich ein Stück zurück, damit sie mich ansehen kann. Dann greife ich nach ihrer kleinen Hand.

»Du brauchst keine Angst zu haben, okay? Ich sage dir immer, was wir als Nächstes tun. Und wir machen nichts, was dir wehtun wird. Versprochen. Immerhin bist du jetzt meine Assistentin. Deswegen musst du das auch so lange halten.«

Ich gebe ihr ein Otoskop in die Hand, damit sie etwas zu tun hat, während ich in Ruhe ihre Lunge abhöre. Wie erwartet sind die Bronchien frei. Das ist gut. Krupphusten kriegt man wesentlich besser in den Griff als eine Lungenentzündung.

»Was ist das?«, fragt sie und dreht das Instrument in ihren Händen hin und her. Heute sind ihre Fingernägel rot lackiert.

»Damit können wir in deine Ohren sehen«, murmle ich nebenbei und schalte ihr das kleine Licht an, damit sie weiter damit spielen kann. »Atmest du noch einmal ganz tief ein und aus?«

»Ich habe aber nichts in den Ohren.« Die letzten Wörter bellt sie mehr, als dass sie sie spricht.

»Ophelia«, mahnt Abigail.

Ich lache und ziehe der Kleinen das Hemd wieder herunter.

»Das denke ich allerdings auch.« Ich gebe ihr zusätzlich das Stethoskop, damit sie ihren Hasen untersuchen kann, und wende mich stattdessen an Abigail.

»Das ist nichts Dramatisches. Wir geben ihr ein Kortisonzäpfchen und einen Schmerzsaft. Durch die Medikamente werden die Schleimhäute genügend abschwellen, dass die Welt morgen schon wieder anders aussieht.«

Abigails Schultern sacken erleichtert ab.

»Und du bekommst jetzt eine Anti-Viren-Wunderwaffe und kannst danach sicher gut schlafen«, richte ich mich an die Kleine.

Ihre Augen wandern zwischen mir und Abigail hin und her.

»Keine Sorge. Das bekommst du von deiner Mom«, ergänze ich rasch. Die letzten Worte bleiben mir fast im Hals stecken. Eine Mom. Abigail, meine Abigail, ist eine Mom. Ich kann das noch immer nicht so recht glauben.

»Trägst du mich vorher in mein Zimmer? Ich glaube, die Krankheit hat meine Beine kaputt gemacht.«

»Ich kann das machen«, versucht Abigail dazwischenzugehen, doch noch bevor sie den Satz ausgesprochen hat, unterbreche ich sie.

»Na klar.«

Ich lege Ophelia die Hände unter die Knie, und sie schlingt ihre zierlichen Arme um meinen Hals. Sie wiegt so gut wie nichts.

»In welche Richtung müssen wir gehen?« Mit dem lackierten Zeigefinger zeigt sie in Richtung der Eingangstür, neben der sich ein weiteres Zimmer befindet. Ich trage sie über die Schwelle und halte mit ihr auf dem Arm kurz inne. »Wow«, entweicht es mir. »Du bist wirklich das Mondmädchen.«

Wir drehen uns ganz langsam im Kreis, und ich sehe mich dabei um. Die Wände und die Decke von Ophelias Zimmer sind dunkelblau gestrichen. Über uns funkeln Hunderte teils gemalte, teils aufgeklebte Sterne, die in der Dunkelheit leuchten.

»Das ist Pluto«, sagt sie und deutet mit dem Finger auf eine der großen Styroporkugeln, die angemalt von der Decke neben anderen Kugeln baumeln und zusammen akribisch genau unser Sonnensystem darstellen. »Mein Lieblingsplanet.«

»Meiner ist die Venus«, entscheide ich spontan, während mein Blick auf den in Brauntönen angemalten Planeten fällt.

»Das sagt Mom auch immer, aber die Venus ist giftig. Da kann man als Mensch nicht atmen.«

Hinter mir nehme ich eine Bewegung wahr. Abigail bringt Ophelias Bettzeug und ein Glas mit Wasser. Voller Hingabe richtet sie ihr das Bett ein, drapiert ein Dutzend Kuscheltiere und schaltet eine Lichterkette mit Sternen an, die über dem Holzbett hängt.

»Dann wollen wir lieber auf der Erde bleiben«, flüstere ich, weil diese ganze Situation mir beinahe den Atem raubt. Sanft lege ich das Mädchen auf ihrem Bett ab, doch sie lässt mit ihren Armen noch nicht von meinem Hals ab.

»Wenn deine Wunderwaffe die Kakterien wegmacht, bist du fast so cool wie David Rowe«, flüstert sie andächtig in mein Ohr und zaubert mir ein Lächeln ins Gesicht. Anschließend gibt sie mich frei.

Es ist ein komisches Gefühl, mich aufzurichten und auf sie hinabzusehen. Da kribbelt etwas in meinem Bauch, das über den gewöhnlichen Arzt-Patientin-Kontakt hinausgeht … Weil sie zu ihr gehört.

»Ich hol dir die Medikamente.« Ohne nachzudenken, lege ich meine Hand erneut auf Abigails Oberarm. Genau wie eben erstarren wir beide und blicken auf unsere Berührung.

Für den Moment scheinen alle Planeten stillzustehen.

Nur mit Mühe löse ich meinen Blick von unserer Berührung und sehe sie an. Ganz gleich, wie präsent die Anziehung zwischen uns ist. Erst mal brauchen wir beide ein paar Antworten.

Kapitel 29

Abigail

Meine Finger zittern, nachdem ich der völlig erschöpften Ophelia die Medikamente verabreicht habe.

Daran ist aber nicht bloß meine Sorge um Lee schuld. Da wäre noch die Tatsache, dass Quincy in meinem Wohnzimmer sitzt. Quincy, der mit einer atemberaubenden Schönheit verlobt ist. Quincy, der mich wegen meiner Unehrlichkeit an den Pranger gestellt hat, obwohl er offensichtlich selbst nicht ehrlich zu mir war. Allerdings auch der Quincy, der gerade Lee, ohne zu zögern, geholfen hat. Quincy, der sie mit lustigen Geschichten beruhigt hat und so wundervoll mit ihr umgegangen ist wie niemals ein Fremder zuvor.

Der Quincy, für den ich immer noch so starke Gefühle hege.

Wie ferngesteuert beruhige ich Lee, streichle ihr die Haare und warte, bis sie eingeschlafen ist. Ich weiß nicht, ob ich es mir nur einbilde oder ob sie wirklich bereits jetzt ruhiger atmet.

Wie lange ich mich auch zu beruhigen versuche, immer wieder gehen mir die Worte von Quincys Dad durch den Kopf.

Wäre es Ophelia nicht so schlecht gegangen, wäre ich auf der Stelle umgedreht und nie wiedergekommen, nachdem er mich so herablassend angesehen hat. Doch es ging nicht um mich. Mir blieb keine andere Wahl, als meinen Stolz herunterzuschlucken und Quincy herzubitten. Ich bin dankbar dafür, dass er ihr geholfen hat, aber ich weiß nicht, wie ich ihm noch in die Augen sehen kann.

Seufzend ziehe ich Lee die Decke über ihren zierlichen Körper und schleiche aus dem Zimmer.

Bereits im Augenwinkel sehe ich ihn auf der Kante meines Sofas sitzen. Die Ellbogen auf die Knie gestützt, das Gesicht hinter den Händen vergraben.

Ohne ihm Beachtung zu schenken, gehe ich in die Küche und gieße mir ein Glas Wasser ein. Ich kann hören, wie er hinter mir aufsteht und näher tritt. Meine Hände krallen sich an die Arbeitsplatte der Küche. Ich wage es nicht, mich umzudrehen.

»Wir müssen reden.«

Drei Worte aus seinem Mund, und doch höre ich bei jeder Silbe die Verzweiflung aus ihm sprechen, die auch mich beinahe in die Knie zwingt.

»Müssen wir das?« Eigentlich möchte ich nicht so schnippisch klingen, aber ich habe dummerweise noch die glänzenden Lippen seiner Verlobten vor Augen. Die und all die anderen Missverständnisse der letzten zwei Wochen. Warum hat er sich nicht ein einziges Mal gemeldet? Nur eine Nachricht, ein kleiner Hoffnungsschimmer, um mir zu signalisieren, dass nicht längst alles verloren ist.

»Warum ist deine Tochter nicht versichert, Abigail? Was hat es mit alldem auf sich? Du kannst nicht einfach auftauchen und meine Hilfe verlangen und mir dann wieder nur Lügen und Ausreden auftischen.«

Wütend drehe ich mich um.

»Ich habe nicht gelogen«, zische ich, so leise es geht. »Ja, vielleicht habe ich dir nicht alles erzählt. Weil nicht immer nur alles schwarz und weiß ist. Und du wusstest das. Du wusstest, dass ich dir nicht alles erzählen kann. Ich habe das mehr als einmal gesagt.« All meine Emotionen brechen endlich hervor. Aber es ist nur eine einzelne Träne, die sich aus lauter Wut über meine Wange kämpft. »Nenn mich ja keine Lügnerin«, warne ich eindringlich. »Denn alles, was mit dir zu tun hatte, war echt. Oder siehst du hier irgendwo einen Verlobten, den ich unterschlagen habe?«

»Erin ist nicht meine Verlobte«, stöhnt Quincy und rauft sich die Haare. Er sieht genauso müde aus, wie ich mich fühle. Erin? Erin, seine pseudoschwangere Ex-Freundin, ist die Frau, die ich heute Abend gesehen habe? »Sie ist nicht meine Verlobte«, wiederholt er schon fast verzweifelt. Ich weiß nicht warum, aber ich glaube ihm. Ich glaube ihm, so wie ich ihm von Anfang an geglaubt habe. Weil die Verbindung zwischen uns echt war. Es gibt Dinge, Blicke, Berührungen und Worte, die kann man nicht spielen.

»Und Lee ist nicht meine Tochter«, erwidere ich flüsternd und mit zitterndem Kinn.

Es ist zu viel.

Alles ist einfach zu viel.

Quincy zieht überrascht die Luft ein und starrt mich an.

Mit seinen großen blauen Augen starrt er mich einfach nur an.

»Sie ist nicht meine Tochter«, wiederhole ich leise und lasse meine Schultern sinken. »Ich wollte dir alles erklären, aber du hast mir keine Gelegenheit dazu gelassen.« Erschlagen von allen Ereignissen der letzten Wochen, lasse ich den Kopf hängen. »Aber irgendwie spielt das auch gar keine Rolle mehr, oder doch?« Damit er die Trauer in meinem Gesicht nicht sieht, drehe ich mich wieder der Spüle zu. »Geh zu deiner perfekten Familie, Quincy. Ich bin nicht das, was du gesucht hast.«

»Du hast recht«, brummt er, und mein Magen verkrampft sich zu einem schmerzenden Knoten. Ich habe meine Worte so gemeint, wie ich sie gesagt habe, allerdings hat ein winziger Teil von mir – der, der einfach nicht aufhören kann, an ihn zu denken – auf einen Widerspruch gehofft.

Ich höre seine Schritte, bin kurz davor, heulend auf die Knie zu sinken, doch dann spüre ich plötzlich seine Wärme dicht hinter mir. Eine Welle von Gefühlen schwappt über mich hinweg, als sich seine Hände auf meine Oberarme legen. Als ob er meine wackeligen Beine spüren könnte, hält er mich aufrecht. »Du bist nicht das, was ich gesucht habe, und dennoch habe ich dich gefunden«, flüstert er dicht an meinem Ohr. Ich fühle seine Lippen an meiner Wange. »Sie ist nicht meine Verlobte«, wiederholt er. Ich lasse zu, dass er mich sanft zu sich herumdreht und mein Kinn anhebt, damit wir uns ansehen können. »Meine Eltern wollen, dass ich sie heirate. Sie wollen auch, dass ich ein Haus mit ihr kaufe, und sie wollen, dass ich in die Firma einsteige, anstatt Kinderarzt zu werden.«

Mein Mund öffnet sich, um irgendetwas zu erwidern, doch ich bringe kein Wort über meine Lippen.

»Aber all das«, sagt Quincy mit seiner beruhigenden tiefen Stimme, »ist nicht das, was ich will.«

»Was willst du?«, frage ich heiser. Ein kleines Lächeln umspielt seine Lippen. Am liebsten würde ich den Bartschatten berühren, den ich nie zuvor bei ihm gesehen habe.

»Jetzt gerade möchte ich, dass wir endlich in Ruhe miteinander reden. Es wird Zeit, Abigail.«

»Ich weiß«, flüstere ich.

Er nimmt meine Hand in seine und legt meine Handfläche auf die Stelle, an der sein Herz schlägt.

»Spürst du das?« Langsam hebe ich die Lider und sehe zu ihm hoch. »Es schlägt noch immer schneller, wenn du in der Nähe bist.«

»Es tut mir leid«, flüstere ich die Worte, die ich ihm schon seit Wochen sagen möchte. Mein Blick wandert kurz hinüber zur Couch.

Es tut mir leid, dass ich ihm nicht die Wahrheit gesagt habe.

Es tut mir leid, dass ich nicht die für ihn sein kann, die in sein Leben passt.

Es tut mir leid.

Statt auf mein Geständnis zu antworten, nimmt Quincy meine Finger wieder in seine Hand und zieht mich durch meine eigene Wohnung hinter sich her.

Mir ist etwas unbehaglich zumute, als wir uns nebeneinander auf mein Schlafsofa setzen.

»Ich habe nicht mal etwas Vernünftiges zu trinken, das ich dir anbieten kann. Nur Wasser oder Tee.«

»Schon in Ordnung«, murmelt er und stützt die Ellbogen auf die Knie. Er blickt kurz zu mir auf, ehe er wieder auf den Boden sieht.

Er hat recht. Es wird Zeit, alle Fragen endgültig zu beantworten.

»Was willst du wissen?«, murmle ich schüchtern.

»Sie ist also nicht deine Tochter? Warum nennt sie dich Mom?«, kommt er direkt zum Punkt.

»Weil sie es nicht weiß«, erkläre ich und nestle an den Bändeln meines Hoodies. Es fühlt sich komisch an, jemandem diese Wahrheit anzuvertrauen. Aber auch unglaublich befreiend. »Ophelia ist die Tochter meiner Schwester.«

»Deiner Schwester?« Ungläubig sieht er zu mir auf.

»Ja. Eigentlich«, schnaube ich, »bin ich nur ihre Tante.«

Quincy zieht die Augenbrauen zusammen und schüttelt den

Kopf. »Ich verstehe nicht, warum du das nicht sofort gesagt hast?«

»Weil es niemand weiß außer Scarlett. Die Sache ist nicht so einfach, wie sie vielleicht auf den ersten Blick scheint.« Er richtet sich etwas auf. »Ich würde es dir gern erklären. Alles.«

»Du kannst mir vertrauen«, beharrt er, obwohl mir das längst klar ist. Dennoch tut es gut, die Bestätigung noch mal aus seinem Mund zu hören.

Ich hole noch einmal tief Luft, und zum ersten Mal, seit ich Scarlett kennengelernt habe, erzähle ich jemandem meine Geschichte.

»Als Riley schwanger wurde, war sie gerade mal einundzwanzig. Ich war damals sechzehn. Wir waren beide sehr unglücklich in unserem Elternhaus. Unser Zusammenleben als Familie war …«, ich schlucke, »sagen wir mal, recht unterkühlt.«

Quincy nickt, als wisse er genau, wovon ich spreche.

»Jedenfalls war Riley schon immer eine Rebellin. Sie ist jahrelang mit meinen Eltern aneinandergeraten. Die Schwangerschaft jedoch hat dem Ganzen die Krone aufgesetzt. Meine Eltern wollten sie zu einer Abtreibung zwingen, weil sich in ihren Kreisen eine alleinerziehende Einundzwanzigjährige nicht ziemt.«

»In ihren Kreisen?«, hakt Quincy nach.

Die Uhr aus der Küche zählt leise die Sekunden, während ich überlege, wie ich es formulieren kann.

»Sagen wir mal, meine Eltern hätten wahrscheinlich eine Menge mit deinen Eltern gemeinsam.«

»Dann wart ihr reich?«, fragt er. Ich bin sicher, er meint es nicht böse, dennoch fällt mir auf, wie sein Blick durch unsere Wohnung schweift.

»Meine Eltern sind es. Ja. Steinreich, um genau zu sein. Aber sie sind auch das perfekte Beispiel dafür, dass man Liebe nicht kaufen kann.«

»Also seid ihr einfach allein von zu Hause weg? War es wirklich New York?«

»Ja, genau. Wir sind weg aus New York. Ich habe keinen Augenblick infrage gestellt, ob ich meine Schwester begleiten soll. Sie war immer mein großes Vorbild. Wir waren unsere gesamte Kindheit über beste Freundinnen. Vielleicht lag es daran, dass wir nie andere Spielgefährten hatten, denn im Grunde hatten wir schon damals nichts gemeinsam. Riley war stets mutig und unerschrocken. Sie war laut, wenn ich zu leise war, und sie war stark, wenn ich zu schwach war.«

»Aber du warst noch nicht mal volljährig.«

»So ist es. Mein Vater hat es mir freigestellt, mit ihr zu gehen. Aber seine Worte waren eindeutig: Gehe ich mit ihr, gibt es kein Zurück mehr.«

»Wow«, stöhnt Quincy angewidert.

»Die ersten Monate waren genau so, wie wir es uns erhofft hatten.« Bei dem Gedanken daran schleicht sich ein Lächeln auf mein Gesicht. »Wir sind zuerst nach Springfield. Ich bin wieder zur Schule gegangen und habe mein letztes Jahr an der Highschool gemacht. Wir hatten ein kleines Apartment. Überall haben wir Lichterketten aufgehängt, und jede Wand war in einer anderen Farbe gestrichen. Es gab Kuchen zum Frühstück und jede Woche mindestens zweimal Pizza.«

Die Zeit in Springfield war eine der schönsten meines Lebens. Nur leider hat dieses Glück nicht besonders lange angehalten. »Kurz bevor Lee auf die Welt gekommen ist, ging es Riley immer schlechter. Sie war in sich gekehrt und still. Ich dachte, es liegt an der Schwangerschaft, aber als Ophelia dann geboren wurde, zog sie sich mehr und mehr zurück. Anfangs hat sie mir gesagt, die Geburt sei zu anstrengend gewesen und sie müsse sich ausruhen. Ich habe mich die ersten Wochen ganz allein um Ophelia gekümmert. Ich habe ihr Fläschchen gekocht und bin nachts mit ihr wach geblieben.«

»Mit siebzehn?«

»Ja«, bringe ich traurig hervor. »Ich war erst siebzehn. Es hat mir nichts ausgemacht. Ich habe sie von ihrem ersten Atemzug an geliebt, außerdem wollte ich für meine Schwester da sein. Ich war gerade mit der Highschool fertig und hatte noch Zeit bis zum Studium.« Bei der Erinnerung daran, wie die Abwärtsspirale uns immer weiter nach unten getrieben hat, muss ich schlucken. »An meinem achtzehnten Geburtstag ist Riley das erste Mal für einige Wochen verschwunden. Ich habe das damals völlig falsch interpretiert. Ich wollte ihr helfen, ihr den Freiraum geben, den sie braucht. Aber es hat nichts genützt. Ich kann mich nicht mal an den Tag erinnern, an dem mir klar wurde, dass sie Drogen nimmt und zu viel trinkt. Sie ist da mit der Zeit einfach reingerutscht.«

»Wie seid ihr hier gelandet?«

Quincy wendet sich mir zu, und auch ich sehe ihn nun an. Mir war nicht klar, wie gut es tun würde, ihm alles zu sagen.

»Ich wollte schon immer in Pixton studieren. Auf der New Yorker Highschool hatte ich einen Freund. Jonathan.« Verlegen lächle ich. »Er war mein erster richtiger Freund. Mit ihm hatte ich auch mein erstes Mal. Ich war total verliebt damals. Irgendwann hat er mir einen Flyer von der Pixton gezeigt, als er sich fürs College bewerben musste. Ich habe mich sofort in die Vorstellung verliebt, eines Tages dort zu studieren, und irgendwie hat dieser Traum sich in meinem Kopf eingenistet. Als Riley und ich dann aus New York weg sind, war Pixton eigentlich direkt unser Ziel. Ihr war es egal, wo wir hinziehen, und für mich war es die Verwirklichung meines Traums.«

»Dann studiert dein Ex-Freund bei uns?«

»Nein«, antworte ich schmunzelnd über Quincys eifersüchtigen Ton. »Ich weiß nicht, wo er inzwischen wohnt. Als ich aus New York weg bin, waren wir schon lange nicht mehr zusammen.« Ich sehe meinen Vater noch heute vor mir. Wie er warnend mit dem Finger auf mich zeigte, weil ich mich mit einem Jungen aus der Gosse eingelassen hatte. ›Aus der Gosse‹ bedeutete für ihn eine gewöhnliche Wohnsiedlung in Queens. Jonathan trug in unserem Viertel die Zeitung aus. Damit gehörte er in den Augen unseres Vaters zur Unterschicht und war quasi Personal. Es hat mir das Herz gebrochen, dass er mir verboten hat, ihn wiederzusehen. Im Nachhinein betrachtet war das vermutlich der Augenblick, in dem ich anfing, meine Eltern zu hassen. Der Höhepunkt war erreicht, als sie von Abtreibung sprachen wie von einem Kaffeeklatsch.

All diese Erinnerungen machen mich traurig.

»Hey«, flüstert Quincy. Seine Hand auf meinem Knie bringt mich dazu, aufzusehen. Sein Blick wird weich, und er legt den Kopf auf diese Art schief, die ich so sehr an ihm mag. »Dir bedeutet die Sache mit Pixton wirklich einiges, hm?«, stellt er fest, als unsere Blicke sich treffen.

Mit zusammengekniffenen Lippen nicke ich.

»Es war mein großer Traum.« Traurig entweicht mir ein Schnauben. »Oder vielmehr ist er es immer noch.«

»Woran ist er gescheitert?«, kommt er zurück zum Thema. Dabei streicheln seine Fingerkuppen sanft über meinen Oberschenkel.

»Ich weiß nicht mal mehr, warum wir ausgerechnet in Springfield gelandet sind«, konzentriere ich mich weiter auf unsere Reise in die Vergangenheit. »Ich glaube, Riley hatte dort irgendwelche Freunde. Tja, und dann verging immer mehr Zeit, und mein Studium rückte mit jedem Tag und jeder vollen Windel weiter in die Ferne. Mein Leben bestand aus einem Baby und daraus, mir Sorgen um meine Schwester zu machen. Sie war sprunghaft, hat unsere Ersparnisse verprasst und hatte keinerlei Verbindung zu Lee.«

»Lee?«

»Ophelia«, erkläre ich schmunzelnd und deute mit dem Kinn Richtung Kinderzimmer. »Sie konnte früher Ophelia nicht aussprechen und hat sich selbst immer als Lee bezeichnet. Das habe ich irgendwie übernommen.«

Quincy muss bei meinen Worten lächeln.

»Jetzt weiß ich immer noch nicht, wie ihr hier gelandet seid«, murmelt er, nachdem wir uns eine Zeit lang nur angesehen haben. Lange genug, um kurz all unsere Schwierigkeiten zu vergessen.

»Du hast recht. Also, eigentlich war es fast Zufall. Vor vier Jahren gab es eine kurze Zeit, in der Riley glücklich zu sein schien. Damals sind wir hierhergezogen, damit ich nah an der Uni bin. Wir wollten meinen Traum gemeinsam wieder aufrollen. Haben ein schäbiges Apartment außerhalb gemietet und wollten uns hier ein neues Leben aufbauen. Sie hat mir versprochen, alles würde sich nun ändern. Sie wollte sich einen Job suchen, sodass ich endlich mein Studium starten könne.«

»Sie ist wieder weg, oder?«

»Fünf Wochen vor der Einführungsveranstaltung ist sie völlig zugedröhnt aufgetaucht. Sie war total weggetreten. Ich hatte keine Wahl. Ich musste sie in die Klinik bringen.« Die Erinnerung an diesen Abend erwischt mich eiskalt. Meine Hände zittern auf meinem Schoß, und wie von selbst beschleunigt sich mein Atem.

»Du musst es mir nicht erzählen, wenn du nicht magst.« Quincys Augen sind voller Mitgefühl.

»Es war grauenvoll«, stoße ich in dem Moment aus, in dem er meine zitternden Finger umschließt. »Lee hat geschrien. Die ganze Zeit. Sie war doch noch so klein. Ich musste sie mitten in der Nacht wecken und in ihren Kindersitz schnallen. Riley hat die ganze Zeit gebrüllt und gejammert. Wenn sie mal still war, hat sie sich immer wieder auf der Rückbank erbrochen oder war bewusstlos. Es war so schrecklich. Ich dachte, sie überlebt das nicht. Ein Wunder, dass ich es überhaupt geschafft habe, sie in die Stadt zu fahren.«

»Aber die Ärzte müssen doch aufmerksam darauf geworden sein? Was ist mit den Behörden?«

»Das ist der Punkt«, bringe ich traurig lachend hervor. »Während ich heulend über die Landstraße gerast bin, wurde mir mit jeder Meile klarer, dass ich eine Entscheidung treffen muss. Ich konnte schlecht mit einem Baby auf dem Arm eine Drogensüchtige einweisen, ohne Fragen beantworten zu müssen. Wir wären aufgeflogen, und Lee wäre uns von den Behörden weggenommen worden.« Ich presse kurz meine zitternden Lippen aufeinander. »Also habe ich mich für Ophelia entschieden.«

Die Erinnerung daran, wie ich meine Schwester wie ein Stück Dreck vor der Notaufnahme aus dem Auto geworfen und so schnell es ging das Weite gesucht habe, verfolgt mich bis heute. Ich habe sie im Stich gelassen.

»Ab da habe ich überall erzählt, dass Lee meine Tochter ist. Riley tauchte danach nur noch sporadisch auf. Meistens high oder total besoffen. Ein paarmal haben wir versucht, einen kalten Entzug durchzuziehen. Einmal hat sie mich fast bewusstlos geschlagen, um abzuhauen.«

Quincys Finger in meinen verkrampfen sich. Sanft streichle ich darüber, um sie wieder zu entspannen.

»Zum Glück habe ich kurze Zeit später Carol getroffen«, sage ich mit einem schmalen Lächeln im Gesicht. Nicht alles in den vergangenen Jahren war schlecht. »Sie war die Einzige, die keine Fragen gestellt hat. Sie lässt mich hier wohnen, dafür arbeite ich hart.«

»Und warum seid ihr dann nicht versichert? Wieso kannst du nicht mit ihr zu einem Arzt?«

»Wir waren versichert«, seufze ich. »Als wir von zu Hause weg sind, mussten sämtliche Versicherungen über Riley laufen, weil sie volljährig war. Aber …« Ich unterbreche mich, weil ich die Angst herunterschlucken muss, die beim Gedanken an meine Schwester hochkommt.

»Was ist denn?«, fragt Quincy. Er legt mir seine freie Hand auf den unteren Rücken. Es fällt mir schwer, in diesem Augenblick seine Nähe anzunehmen, weil ich es gewohnt bin, diesen Kampf allein zu kämpfen. Das ist alles, was ich in meinem Leben erreicht habe. Ich kämpfe, damit wir durchkommen.

»Sie hat vor einer Woche alle Versicherungen gekündigt. Für das Auto, für uns. Alles. Außerdem habe ich ihr sämtliches Bargeld gegeben, das ich noch hatte. Mein gesamtes Gehalt vom letzten Monat.« Die Schuldgefühle lassen mich schluchzen. »Quincy«, keuche ich. »Womöglich habe ich sie damit umgebracht.« Ich kann den Ausdruck in seinen Augen nicht ertragen. Stattdessen kneife ich meine zu und lasse mich erschöpft gegen ihn fallen.

»Hey«, beruhigt er mich, indem er mir über den Rücken streicht und seine Lippen auf meine Stirn presst. »Du hast niemanden umgebracht. Deine Schwester ist erwachsen, Abigail.«

Schluchzend wische ich mir die Nase ab und versuche, zu Atem zu kommen.

»Sie ist auf Meth«, spreche ich es erstmals laut aus. »Ich weiß nicht, wie lange schon. Sie ist in der Nacht eurer Party hier aufgetaucht. Sie hat davon gesprochen, Lee mitzunehmen, und ich wusste nicht, was ich tun soll. Ich habe Panik bekommen. Was, wenn sie sie mir wegnimmt? Sie kennt sie doch gar nicht. Jahrelang habe ich mir gewünscht, sie käme zurück, damit ich endlich mein eigenes Leben führen kann. Ein Leben wie deines. Mit Uni und Freunden. Partys und Leichtigkeit. Aber jetzt?« Ich kann die Tränen nicht mehr aufhalten. »Sie ist doch mein Leben. Ich will doch nichts mehr auf der Welt, als dass sie es gut hat. Sie soll eines Tages aufs College gehen. Astronomie studieren und ins Weltall fliegen.«

»Abigail ...« Quincy zieht mich mit gequälter Miene in seinen Arm. So fest wie nie zuvor drückt er mich an seine Brust, und ich gestatte es ihm, mich zu halten. Ich lasse es zu, dass er mir hilft, meine Last zu tragen. Weil sie allmählich zu schwer für mich wird. »Du hast nichts Falsches getan«, flüstert er und löst sich nur aus der Umarmung, um mit seinen Daumen meine Tränen fortzuwischen. »Ich wünschte nur, du hättest es mir früher erzählt. Ich hätte dir geholfen.«

»Ich hatte Angst. Ich hatte solch eine grauenvolle Angst davor, dass du gehst, wenn du von Lee erfährst. Du hast es selbst gesagt: Mit dieser Erin wolltest du es auch nicht, und Lee ist nicht mal dein Kind.«

»Das mit Erin war etwas vollkommen anderes.«

»Und doch sitzt sie jetzt an deiner Seite«, erwidere ich unter Tränen.

»Weißt du, warum es mit ihr anders war?« Er nimmt meine Hände in seine. »Ich habe sie nie geliebt. Deswegen wollte ich keine Kinder mit ihr. Weil ich sie nicht liebe.« Mein Herz hört jeden Augenblick auf, zu schlagen, hämmert gleichzeitig aber viel zu schnell gegen meine Rippen.

Wir sehen uns an. Minutenlang sehen wir uns einfach ins Gesicht, bis ich all meinen Mut zusammennehme.

»Ich habe es dir nicht erzählt, weil ich Lee beschützen wollte. Ich hatte Angst, dass ich dir nicht vertrauen kann und du bei der nächstbesten Gelegenheit zum Jugendamt laufen würdest.

Das war falsch, das ist mir jetzt klar. Aber ich habe dich niemals belogen, was meine Gefühle für dich angeht. Ich habe mich in dich verliebt, Quincy. Und ich tue es noch immer.« Ich ziehe die Nase hoch und sage es. »Dich lieben, meine ich. Ich liebe dich. Sehr sogar.« Mir ist klar, dass die Situation nicht gerade ein filmreifes Happy End ist, bei dem wir uns jeden Augenblick unter einem Feuerwerk küssen. Aber dennoch will ich, dass er es weiß. Ich habe meine Gefühle viel zu lange für mich behalten. Die guten wie die schlechten.

Quincy streichelt mir noch einmal über die Wange. Die Falte, die sich den ganzen Abend zwischen seinen Augenbrauen abzeichnet, wird weniger tief.

»Ich hätte dir von Erin erzählen müssen. Es war nicht fair, von dir die volle Wahrheit zu erwarten und selbst nicht offen zu sein.«

Es verletzt mich, dass er meine Liebeserklärung ignoriert. Aber vielleicht vertraut er mir einfach nicht mehr oder erwidert schlicht meine Gefühle nicht.

»Dann bist du tatsächlich nicht mit ihr verlobt oder so?«, frage ich sicherheitshalber noch einmal.

»Nein«, antwortet er schmunzelnd. »Ich denke, das hätte ich wohl mitgekriegt, oder? Ich habe Erin seit Jahren nicht mehr berührt, und ich habe es auch nicht vor.« Er wird schnell wieder ernst und fährt mit seinen Fingerspitzen erneut über meinen Handrücken. »Aber ich hätte eine klarere Linie ziehen müssen. Meine Eltern treffen Entscheidungen für mich, die ihnen nicht zustehen. Ich hätte viel früher dagegen angehen müssen. Leider sind nicht alle so mutig wie du.«

»Ich bin nicht mutig«, widerspreche ich. »Sieh mich an. Ich habe ein Kind, kein Geld und keine Perspektive.«

»Aber ihr habt euch«, beeilt er sich, zu sagen.

»Ja«, gebe ich lächelnd zurück. »Das stimmt. Wir haben uns.«

»Hast du je überlegt, zu deinen Eltern zurückzugehen?«

»In den letzten Wochen ein paar Mal, weil ich einfach nicht mehr wusste, was ich machen soll. Und vor zwei Jahren gab es mal eine Phase, in der Riley sehr häufig mit irgendwelchen dubiosen Typen hier aufgekreuzt ist. Da ist es mir schwergefallen, mit Lee auf mich allein gestellt zu sein. Aber ich bin froh, dass ich es niemals gemacht habe. Sie haben Ophelia nicht verdient.«

»Und du hast es nicht verdient, das alles allein zu machen.«

»Ich tue das nicht für mich.«

»Das weiß ich, und das macht dich zu einem wundervollen Menschen. Ich verstehe jetzt, warum du mir nichts gesagt hast. Und ich muss mich bei dir entschuldigen.«

»Das ist nicht nötig.« Ich will aufstehen, um etwas Wasser zu holen, doch Quincy hält mich am Handgelenk zurück.

»Warte kurz«, bittet er mich. »Ich habe das Wichtigste noch nicht gesagt.«

Langsam lasse ich mich wieder zurück auf das Sofa sinken.

»Ich möchte es aussprechen. Das ist mir wichtig.« Er räuspert sich, ehe er mich mit seinen blauen Augen ansieht, durch die ich endlich wieder bis in sein Innerstes blicken kann. »Es tut mir leid, dass ich dir nicht genug Vertrauen vermitteln konnte. Wenn ich dir mehr von mir offenbart hätte, wäre es für dich vielleicht leichter gewesen, dich mir zu öffnen.«

»Quincy.« Weiter komme ich nicht, denn er legt mir seinen Zeigefinger auf die Lippen.

»Nicht. Das war immer noch nicht das Wichtigste.« Er lächelt schwach. Langsam lässt er seinen Finger wieder sinken. »Es tut mir leid, Abigail. Ich wollte dich niemals verunsichern oder verletzen. Alles, was ich wollte, war, bei dir zu sein und deine Mauern mit aller Macht einzureißen. Das mag der falsche Weg gewesen sein, aber ich habe es nur aus einem einzigen Grund getan.«

Sein Atem geht genauso flach wie meiner.

»Aus welchem?«, frage ich, weil er mich mit einer Intensivität ansieht, die mich beunruhigt.

»Weil ich dich auch liebe.«

Im nächsten Moment liege ich in seinen Armen, und ein Schauer durchläuft mich, als seine Lippen sich endlich wieder auf meine Lippen legen. Ich spüre, wie meine Muskeln sich nach und nach entspannen – das erste Mal seit zwei Wochen.

Ich spüre, wie mit jeder Sekunde dieser verzweifelten Berührung etwas verheilt, das zerbrochen ist.

Und zum ersten Mal seit Jahren spüre ich so etwas wie Hoffnung.

Kapitel 30

Quincy

Abigails Wohnung ist unheimlich still.

Im wahrsten Sinne des Wortes unheimlich.

Im Studentenwohnheim ist es niemals still. Irgendwie habe ich bisher nie darüber nachgedacht. Doch jetzt, allein in Abigails Wohnzimmer, merke ich erst, wie leise es ist.

Der Diner im Erdgeschoss hat schon seit vielen Stunden geschlossen, und auf den schmalen Straßen von Pixton fährt kein einziges Auto vorbei.

Das Ticken der Küchenuhr ist mein einziger Begleiter in diesem unfassbaren Meer aus Gedanken, dessen Strömung mich mit sich reißt.

Kurz nach unserem Kuss hat Ophelia geweint. Damit war die Realität mit einem Satz zurück und hat sich zwischen uns breitgemacht.

Während Abigail sie getröstet hat, bin ich nervös auf und ab gelaufen. Kinder medizinisch zu betreuen ist eine ganz andere Hausnummer, als ihre kleinen Herzen zu beruhigen. Grayson

331

hat vor einiger Zeit zu mir gesagt, dass die besten Kinderärzte selbst Eltern seien. Damals habe ich es nicht verstanden. Heute glaube ich, zumindest ahnen zu können, was er damit gemeint hat.

Inzwischen ist es fast vier Uhr morgens. Abigail ist irgendwann neben Ophelia eingeschlafen. Ich habe die beiden zugedeckt, die Tür angelehnt und stand schon auf der Schwelle zum Apartment, als mir etwas klar wurde: Ich will nicht gehen. Nicht jetzt und am liebsten nie wieder.

Also habe ich mir Jacke und Schuhe ausgezogen, ein Glas Leitungswasser getrunken und mich auf das Sofa gesetzt. Der Kleiderschrank und der Bücherstapel auf der Fensterbank direkt neben der Couch deuten darauf hin, dass Abigail nur dieses eine Zimmer hat. Auch wenn wir lange geredet haben, sind noch so viele Fragen offen. Aber all das hat Zeit bis morgen. In dem Moment, in dem ich die magischen drei Worte aus ihrem Mund gehört habe, bin ich plötzlich ganz ruhig geworden.

Ich habe Zeit.

Und plötzlich auch wieder Geduld.

Seufzend lehne ich mich zurück.

Ich fühle mich wohl hier. Die Wohnung ist klein, aber sie strahlt all das aus, was ihre Bewohnerinnen ausmacht. Sie ist liebevoll, gemütlich und einladend. Die Villa meiner Eltern könnte selbst mit ihrer gigantischen Wohnfläche nichts davon sein.

Hier zu sein, Abby mit Ophelia zu sehen und ihre Geschichte zu kennen, macht etwas mit mir. Ich schwebe zwischen Mitgefühl, Respekt und Verständnis. Mir ist inzwischen klar, warum sie mir nichts erzählt hat.

Meine Probleme und Befindlichkeiten wirken plötzlich klein neben dem, was Abby in den letzten Jahren durchgemacht hat. Wenn ich daran denke, wie ich mich gefühlt habe, als ich im Diner von Ophelia erfahren habe. Zu diesem Zeitpunkt kam es mir so vor, als würde die Welt einstürzen wegen einer Lüge.

Wie muss Abigail sich in diesem Moment gefühlt haben? Ihre drogensüchtige Schwester auf der einen Seite, die Druck macht, und ich auf der anderen, der zu stur war, um ihr zuzuhören. Von der Tatsache mal ganz abgesehen, dass ihre Wünsche in der Vergangenheit nie eine Rolle gespielt haben. Sie hat ihr Leben diesem kleinen Mädchen geschenkt. Das macht sie in meinen Augen zu dem tapfersten Menschen, den ich kenne, auch wenn ihr Schweigen mir nach wie vor wehtut. Dabei war sie so selbstlos. Während ich zu selbstsüchtig war, um eine solche Möglichkeit in Betracht zu ziehen. Ich höre Theos mahnende Wort in meinem Ohr: … *weil die Menschen immer zu vorschnell urteilen.*

Stunde um Stunde liege ich wach und starre auf einen einzelnen Leuchtstern, der an der Decke über dem Sofa hängt.

Einer Intuition folgend zücke ich mein Handy und schreibe eine Nachricht an Theo.

> Denkst du, ich wäre eines Tages ein guter Vater?

Keine Ahnung, warum ich ihn das frage, aber wenn ich irgendeinem Menschen auf dieser Welt solche Fragen stellen kann, dann meinem besten Freund.

Es wundert mich nicht, dass er online ist und meine Nachricht sofort liest. Theo hat sehr außergewöhnliche Schlaf- und Wachzeiten.

> Wenn einer, dann du. Warum? Haben deine Eltern dir jetzt auch ein Kind gekauft?

Sofort kommt eine zweite Nachricht hinterher.

Okay. Nicht witzig. Ganz und gar nicht witzig. Kinderhandel ist schlimm. Und deine Eltern auch. Sorry.

Ich muss trotz seines niveaulosen Scherzes lachen.

Da hast du wohl recht. Ich bin bei Abigail.

Ah, verstehe.

Es dauert eine Ewigkeit, ehe der Rest seiner Nachricht endlich ankommt.

Ich weiß nicht, was bei ihr los ist, Doc. Aber ich bemerke, wie du sie ansiehst, und ich weiß aus vertrauensvoller Quelle, dass sie dich wirklich sehr mag. Du weißt, wie sehr ich Zweifler mag, weil sie viel zu viel nachdenken. Aber übertreib es nicht. Manchmal ist es auch okay, das zu tun, was man gerne möchte.

Ich lese seine Nachricht drei Mal. Letzte Woche ist Scarlett mir in unserem Flur begegnet, und ich weiß, dass die beiden Kontakt haben. Allerdings war ich zu sehr mit mir selbst beschäftigt, um weiter darüber nachzudenken. Und ich bin es noch immer. Stattdessen antworte ich nur ein schlichtes

Okay. Danke.

Das brüderliche ›Danke, dass es dich gibt, ich liebe dich‹ erspare ich uns. Theo weiß das auch, ohne dass ich es sage.

Bevor ich mein Handy wieder wegstecken kann, erscheint eine weitere Nachricht von ihm.

Mal im Ernst Doc. Sie hat ein Kind. Ja klar, kurzer Schockmoment und so. Aber nüchtern betrachtet: Was soll's? Du liebst sie. Was ändert dieses kleine Mädchen schon daran? Ganz abgesehen davon, dass sie ja wohl der Knaller ist. Um es auf den Punkt zu bringen: Du wärst ein grandioser Vater und ich nebenbei bemerkt ein toller Onkel. Also hör auf, zu zögern, und schnapp dir dein Glück.

Sprachlos starre ich eine gefühlte Ewigkeit auf das Display. Ist es wirklich so leicht, wie Theo sagt? Vielleicht wird es wirklich Zeit, mit dem Grübeln aufzuhören?

Doch vorher muss ich noch etwas erledigen. Ich atme tief durch, ehe ich mich aufsetze und mich dazu überwinde, eine Nummer zu wählen, die ich eigentlich nie wieder wählen wollte.

»Quincy? Ist alles in Ordnung? Es ist mitten in der Nacht.« Erins Stimme klingt nie belegt oder kratzig. Sie sieht auch nie müde oder erschöpft aus. Sie ist dauerhaft perfekt.

Aber nicht perfekt für mich.

Zumal es anstrengend ist, perfekt sein zu wollen.

»Ja, sorry«, flüstere ich, damit ich die zwei nebenan nicht wecke. »Ich weiß, es ist spät. Oder früh. Je nachdem, wie man es sieht. Aber egal.« Mein tiefer Seufzer flutet die Stille in dem kleinen Wohnzimmer. »Können wir kurz reden?«

»Ähm, ja. Was gibt's?«

»Ich liebe dich nicht«, platze ich direkt mit der Pointe heraus. »Ich weiß nicht, ob ich dich je aufrichtig geliebt habe, aber ich tue es definitiv schon seit sehr langer Zeit nicht mehr. Es ist nicht fair, dich diesem Affentanz bei meinen Eltern auszusetzen. Wir waren lange gute Freunde, und du hast etwas Besseres verdient.«

»Quin«, mahnt sie. »Ich will nur dich.«

Die Tatsache, dass sie weder schockiert noch enttäuscht von

meinem Geständnis zu sein scheint, schockiert wiederum mich. Schon damals hat mich oft das Gefühl beschlichen, dass Erin die Vorstellung, eine Bowen zu werden, mehr liebt als mich als Mensch.

»Angenommen, ich wäre arm oder, keine Ahnung, einfach nicht das Kind meiner Eltern, wäre es dasselbe für dich?«

»Es ist aber nicht so«, geht sie meiner Frage aus dem Weg und bringt mich ein weiteres Mal zum Seufzen.

»Also, die Sache ist jedenfalls die: Ich liebe eine andere, Erin. Ich bin mit einer jungen Frau zusammen, die ich von ganzem Herzen liebe und die mich um meinetwillen liebt. Ich finde einfach, das solltest du wissen.«

Für einen Augenblick höre ich, wie sie scharf die Luft einzieht, doch sie hat sich erstaunlich schnell gefangen.

»Das könnte vergehen«, murmelt sie. »Gefühle sind nichts Beständiges.«

Ich fasse nicht, dass sie das gerade gesagt hat.

»Nein«, erwidere ich hastig. Mit einem Mal weiß ich, dass es nur einen einzigen Weg gibt für mich. »Das vergeht nicht. Ich liebe sie und alles, was zu ihrem Leben dazugehört. Wenn du also noch weiter bei meinen Eltern zum Abendessen sitzen willst, kannst du das gern tun, aber dann wirst du damit leben müssen, dass eine andere Frau an meiner Seite sitzt.«

Ich habe keine Ahnung, wie Abigail es schafft, diese Entschlossenheit in mir auszulösen.

»Deine Mutter wird das nicht zulassen.«

Wahrscheinlich hat sie damit sogar recht, aber um meine Eltern kümmere ich mich später.

»Das ist nicht dein Problem. Ich wollte dich nur davon befreien, meine Verlobte zu spielen, denn ich bin zum einen nicht im Geringsten interessiert und zum anderen nicht länger zu haben.«

Ein kleiner Teil von mir fragt sich, ob ich nicht erneut über das Ziel hinausschieße, weil Abigail und ich nicht abschließend geklärt haben, was wir nun sind. Andererseits hat sie mir ihre Liebe gestanden, und ich erwidere sie. Außerdem fühlt es sich viel zu gut an, uns als Paar zu bezeichnen.

»Dir ist klar, dass du das bereuen wirst, oder?«

»Eigentlich nicht, aber weißt du, Erin? Es ist auch egal. Ich will mir nicht ständig den Kopf darüber zerbrechen, was sein wird und was nicht. Ich muss meinen eigenen Weg gehen, und ich rate dir, dasselbe zu tun. Du bist mehr wert, als von deinen Eltern an den Höchstbietenden verschachert zu werden. Was du suchst, kann ich dir nicht geben.«

»Und wenn doch?«, flüstert sie, und das schlechte Gewissen rollt über mich hinweg wie eine Dampfwalze. Dieses Gespräch kommt viele Monate zu spät. Ich hätte die Sache zwischen uns längst klarstellen müssen. Obwohl ich in den vergangenen Jahren nichts mit Erin hatte, scheint sie an irgendwas festzuhalten, das längst Vergangenheit ist.

»Dann tut es mir unendlich leid für dich, und ich hoffe, du kommst schnell darüber hinweg.«

Das ist alles, was ich ihr anbieten kann. Mittlerweile sind wir Fremde füreinander, und auch damals ist es mir schon schwergefallen, Erin zu durchschauen. Mehr als einmal hat Theo die Theorie in den Raum geworfen, dass sie möglicherweise niemals wirklich dachte, schwanger zu sein. Ich habe das immer dementiert, weil ich mir nicht vorstellen konnte, jemand könne so etwas erfinden. Inzwischen bin ich mir meiner Haltung diesbezüglich nicht mehr sicher. Erin ist kein schlechter Mensch, aber sie kämpft möglicherweise mit den falschen Mitteln um die falsche Sache.

In der Stille von Abigails Apartment höre ich das Seufzen meiner Ex-Freundin überdeutlich.

»Gute Nacht, Quincy«, murmelt sie leise mit einem kaum merklichen Zittern in der Stimme.

Auch ich atme tief ein und aus.

»Leb wohl«, flüstere ich und beende das Telefonat.

Ich lasse mich der Länge nach auf das Sofa fallen.

Es ist eigenartig, wie frei ich mich plötzlich fühle. Eine weitere Fessel, die ich von meinem Bein genommen habe.

Ein wehmütiges Lächeln im Gesicht sehe ich auf den einzelnen Stern an der Decke.

Vielleicht mag unsere Beziehung nicht den besten Start gehabt haben, aber ich möchte alles daransetzen, dass Abigail und ich glücklich werden. Mit Ophelia. Mittlerweile ist mir klar, dass ich die beiden nur im Doppelpack bekommen kann. Keine Ahnung, wie ich dazu stehe oder wie das werden wird, aber ich bin bereit, es herauszufinden und meinen Teil dazu beizutragen, dass es großartig wird.

Vor allem möchte ich für die beiden da sein. Ich will, dass sie jemanden haben, der zur Abwechslung mal für sie da ist. Die Verzweiflung und die Angst, die ich heute Abend im Gesicht der beiden Frauen gesehen habe, möchte ich nie wieder sehen müssen.

Die Last, die Abigail bislang allein tragen musste, ist viel zu schwer für ihre schmalen Schultern.

Ich schließe die Augen und versuche alles zusammenzufassen, was ich in meinem Studium über Suchtkrankheiten und Drogen gelernt habe. Vor ungefähr einem Jahr habe ich ein Praktikum auf einer Suchtstation absolviert. Seither sind selbst Gras oder andere Partyspäße in unserer Wohnung tabu. Da bin ich gnadenlos, und die Jungs akzeptieren das voll und ganz. Sie haben schließlich mitbekommen, wie das Praktikum mich runtergezogen hat. Keine Ahnung, wie Abigail das allein hinbekommen hat. Mit einem Kind noch dazu.

Während ich einen Arm über mein Gesicht lege und über die Nebenwirkungen von Crystal Meth nachdenke, merke ich, wie ich immer wieder eindöse, ganz ohne es zu wollen.

»Quincy«, flüstert plötzlich eine Stimme in mein Ohr, und irgendetwas Spitzes bohrt sich in meine Wange. Als mir klar wird, dass es sich nicht um einen Traum handelt, schieße ich hoch.

»Heilige Scheiße«, knurre ich, was Ophelia zum Kichern bringt. In ihrem Einhornnachthemd hockt sie auf den Knien neben mir und schlägt ihre kleine Hand vor den Mund.

»Das darf man eigentlich nicht sagen.«

Mein Herz hämmert wie wild. Ich sehe erst sie an, dann aus dem Fenster. Es ist bereits hell. Die Sonne lässt ihre ersten Strahlen direkt in unsere Gesichter scheinen.

»Entschuldige.« Ich fahre mir mit den Händen übers Gesicht. »Du hast mich ganz schön erschreckt. Bist du hierher geflogen, oder wie kannst du dich so leise bewegen?«

»Ich kann gar nicht fliegen. Das sind die hier.« Voller Stolz hält sie mir ihre Füße hin, die in Hausschuhen in Form von riesigen Einhörnern stecken. »Die hat Mom für uns gekauft. Sie und Tante Letti haben die gleichen.«

»Wow«, bringe ich zögerlich hervor. Ich habe niemals so hässliche Hausschuhe gesehen, und ich bete jetzt schon innerlich, dass Theo sie niemals in die Finger bekommt. »Wo ist deine …« Ich bringe es nicht über mich, sie ihre Mom zu nennen, jetzt, da ich die Wahrheit kenne. »Abby? Wo ist Abby?«

»Sie schläft noch. Ihr Schnarchen hat mich aufgeweckt. Sie macht lautere Stimmen als Gerald, der Bär.«

Wir zucken beide zusammen, weil mein Lachen den Raum so laut erfüllt.

»Pssst«, macht Ophelia, während ich ein »Sorry« pruste. Ich möchte unbedingt dabei sein, wenn Abigail schnarcht wie Gerald, der Bär. Ich möchte alles von ihr wissen.

»Ich konnte nicht schlafen. Außerdem wollte ich dir Bescheid sagen, dass wir es geschafft haben.«

»Was haben wir geschafft?«, frage ich leise und streiche mir erschöpft die Haare aus dem Gesicht.

»Ich glaube, wir haben die Kakterien besiegt.«

»Ja? Fühlst du dich besser?«

Eifrig nickt sie, wobei ihre wilden Locken um ihr zierliches Gesicht hüpfen.

Ich lege meinen Handrücken an ihre Stirn. »Du hast auch momentan kein Fieber. Das ist gut.« Ich erspare ihr die Prognose, dass sie sich ganz gewiss nicht den ganzen Tag so gut fühlen wird wie jetzt gerade. Immerhin bin ich kein Wunderheiler. Aber ich denke, wir sind auf dem richtigen Weg.

»Hm«, murmelt sie und sieht abwechselnd mich und die Küche an. Wie sie dabei mit ihrem Zeigefinger an die Lippen trommelt, erinnert mich an Abigail. Obwohl sie nicht ihre leibliche Mutter ist, sind die beiden sich sehr ähnlich.

»Hast du Hunger?«, frage ich, nachdem sie offensichtlich nicht vorhat, weiterzusprechen.

»Heute ist Samstag.«

»Und was ist samstags?« Ich strecke beide Arme abwechselnd über den Körper.

»Samstags gibt es bei uns Pancakes oder Waffeln. Ich überlege, was ich heute lieber mag. Eigentlich hatten wir uns auf Pancakes geeinigt, aber jetzt bin ich mir nicht mehr so sicher.« Ihr Blick bleibt an meinem hängen. »Was magst du lieber?«

»Eindeutig Waffeln«, sage ich mit voller Überzeugung.

»Warum?« Sie legt den Kopf schief und zieht ihre Augenbraue auf die gleiche Weise in die Höhe wie ihre Tante.

»Vorrangig, weil ich Waffeln selbst machen kann. Pancakes verbrennen bei mir ständig.«

Ihr Kichern erfüllt das Apartment, und dieses Mal bin ich es, der lachend »Pssst« macht und ihr einen Finger auf die Lippen drückt. Das wiederum bringt sie nur noch mehr zum Kichern.

»Mom macht die besten Pancakes«, flüstert sie irgendwann andächtig und sieht in Richtung ihres Zimmers.

»Hm«, ahme ich ihr Summen nach. »Dann haben wir eine schwere Entscheidung. Entweder wir wecken sie und kriegen die besten Pancakes …«

»Oder?«, unterbricht sie mich.

»Oder …«, hole ich theatralisch aus, »wir lassen sie schlafen, und du probierst diese Woche die besten Waffeln, die du je gegessen hast.«

»Doktor-Waffeln«, lacht sie, was mich ebenfalls zum Schmunzeln bringt. »Machen die gesund?«

»Wenn genug Schokosoße drauf ist, bestimmt«, biete ich ihr an. »Was sagst du?« Ich halte ihr meine Hand zum Highfive hin, und es dauert nicht eine Sekunde, ehe sie strahlend einschlägt.

»Wir haben einen Deal!«

Kapitel 31

Abigail

Es gibt diesen Moment unmittelbar nach dem Aufwachen, in dem die Welt noch stillsteht. Für den Augenblick zählt weder das, was war, noch das, was an diesem Tag sein wird. Es ist ein Moment voller Frieden.

Doch heute realisiere ich sofort, dass etwas anders ist als sonst. Es ist nicht mal der fehlende Schmerz in meiner Brust oder das leere Bett neben mir. Es ist der Geruch nach Waffeln, der mich mit einem Satz aus dem Schlaf katapultiert.

Ohne mir noch eine Minute im Schwebezustand zu gönnen, schlage ich die Decke zurück und stehe auf. Die wenigen Schritte durch Lees Zimmer reichen, um sämtliche Erinnerungen an die letzte Nacht wieder in mein Bewusstsein zu bringen.

Quincy.

Er war da.

Er hat Lee geholfen.

Wir haben uns geküsst.

Er hat gesagt, er liebt mich.

Ich sehe ihn noch immer vor mir, seine ozeanblauen Augen, sehe, wie seine Lippen sich leicht öffnen, wie seine Zunge bedächtig über seine Unterlippe streicht, ehe er die Worte sagt. Ich werde diesen Moment niemals vergessen. Denn nie zuvor hat mir ein Mensch außer Ophelia gesagt, dass er mich liebt. Mir war nicht klar, wie dringend ich diese Worte hören musste.

Noch bevor ich den Wohnraum betrete, höre ich Lees fröhliche Stimme und schleiche mich langsam um die Ecke.

Mein Herz setzt kurz aus, als ich sie gemeinsam mit Quincy in der Küche hantieren sehe. Sie wirken so vertraut miteinander, so losgelöst und unbeschwert, dass ich es fast nicht wage, dazwischenzufunken.

Ohne einen Mucks zu machen, lehne ich mich gegen den Türrahmen und beobachte die beiden einzigen Menschen auf diesem Planeten, die mir je ihre Liebe gestanden haben.

»Gibt es bei uns Kängurus?«, sagt Lee und rührt gedankenverloren im Waffelteig, während Quincy mit meinem Waffeleisen hantiert. Dem verführerischen Geruch nach zu urteilen, haben sie die Lage im Griff.

»Nein«, antwortet er auf ihre Frage. Ich habe keine Ahnung, worüber sie sich unterhalten. »Kängurus gibt es in Australien.«

»Können wir da irgendwann mal hinfahren, wenn ich wieder richtig gesund bin?«, fragt Lee und gibt auf Quincys Handzeichen hin eine neue Ladung Teig auf das Eisen.

»Wer weiß. Vielleicht können wir das eines Tages. Aber wir müssen mit dem Flugzeug fliegen. Australien ist nicht gerade um die Ecke.«

»Ich bin noch nie mit einem Flugzeug geflogen. Du?«, fragt Lee und zieht dabei das »Du« in die Länge.

»O ja. Fliegen ist toll«, antwortet Quincy. In dem Moment, in dem er sich wieder dem Waffeleisen widmen will, fällt sein Blick auf mich.

Lee plappert pausenlos weiter, während er sich aufrichtet und mich mit angehaltenem Atem ansieht. Fragend. Beinahe, als wolle er wissen: ›Ist das hier okay?‹

Erst als meine Lippen sich langsam zu einem breiten Grinsen verziehen, entspannen sich seine Schultern.

»Guten Morgen«, mache ich mich auch für Ophelia bemerkbar und schlendere langsam in die Küche. »Was wird das hier mit euch beiden? Versucht ihr, meine Küche zu ruinieren?«

»Wir machen Waffeln. Quin kann keine Pancakes braten und ich hatte einen Känguru-Hunger.«

»Einen Känguru-Hunger? Heißt das nicht Bärenhunger?«

Ich trete hinter die Theke und lege meine Lippen kurz auf Lees Stirn. Sie hat kein Fieber mehr.

»Ich finde Känguru-Hunger besser. Kängurus können boxen, weißt du? Sie leben in Australien. Eines Tages fliege ich mit ihm dahin.« Sie zeigt mit ihrem kleinen Daumen hinter sich auf Quincy, dessen Augen immer größer werden.

»Soso«, kichere ich. »Ihr wollt also nach Australien. Und was ist mit mir? Darf ich mitkommen?«

»Na klar. Einer muss uns doch morgens Pancakes machen«, antwortet Lee lachend und hopst von der Arbeitsplatte. »Ich hole meinen Hasen. Er hat auch Känguru-Hunger.«

Sobald sie außer Hörweite ist, trete ich einen Schritt näher zu Quincy.

Wir hatten schon jede Menge Sex, haben gestritten und uns wieder versöhnt. Dennoch sind wir uns nie so begegnet wie an diesem Morgen.

»Hi«, murmelt er verlegen und schiebt die Hände in die Taschen seiner Jeans.

»Hey«, flüstere ich genauso leise und senke leicht den Blick.

Zum ersten Mal gibt es nichts, was uns zurückhält oder uns im Wege stehen könnte.

»Du bist noch hier«, bringe ich leise hervor und lege den Kopf wieder in den Nacken, um ihn anzusehen.

»Ist das okay?«

»Mehr als das«, flüstere ich und starre dabei auf seine vollen Lippen.

»Hast du ein bisschen geschlafen?« Die Art und Weise, wie er mich ansieht, ist so intensiv, dass ich lediglich mit einem Nicken antworten kann. »Ich wollte nicht einfach verschwinden, aber wenn ...«

»Danke«, unterbreche ich ihn rasch. Mein Daumen streichelt über seinen Handrücken, während ich mir jedes Detail in seinem Gesicht einpräge. Die Stoppeln an seinem Kinn sind noch länger geworden. Er trägt lediglich ein schwarzes T-Shirt und eine dunkle Hose. Das Hemd, das er gestern getragen hat, liegt zerknüllt auf meinem Sofa. »Ich *will*, dass du hier bist«, präzisiere ich, in der Hoffnung, er versteht die Bedeutung meiner Worte. All meine Mauern sind gefallen. Ich habe keinen Grund mehr, meine Gefühle und Wünsche länger zurückzustellen. Am Ende ist es nun seine Entscheidung, ob er sich auf das Chaos einlassen will, das ich ihm biete. Denn das ist mein Leben leider zweifelsohne. Auch wenn ich Quincy wirklich liebe, gibt es viele Dinge, die ungeklärt oder kompliziert sind. Er hat im Gegensatz zu mir die Wahl, ob er diesen Weg einschlagen will.

»Das trifft sich ganz gut«, flüstert er. Sein Blick wandert für einen Sekundenbruchteil zu Ophelias Tür, ehe er die Entfernung zwischen uns noch weiter minimiert. Er nimmt meine Hand in seine und verschränkt unsere Finger miteinander. »Denn ich will auch hier sein.« Noch einmal vergewissert er sich, dass wir allein sind, ehe sein Blick wieder meinen trifft und er sich vorbeugt. »Bei euch«, flüstert er und bringt mein Herz damit beinahe zum Schmelzen.

»Küsst ihr euch jetzt?«

Ich schließe die Augen und … muss lachen.

»Ophelia«, mahne ich.

»Wäre das okay für dich?«, fragt Quincy sie, woraufhin ich die Augen öffne, um ihre Reaktion nicht zu verpassen.

»Ich finde küssen voll eklig.«

»Das wird sich eines Tages ändern«, prophezeie ich und mache mich lachend von Quincy los, um die Waffeln auf einen Teller zu stapeln.

»Ich denke nicht.« Ihr Gesicht verzieht sich zu einer angewiderten Miene. Sie klettert auf einen Stuhl an unserem runden Esstisch und drapiert ihren Hasen auf dem Platz neben sich. »Heißt das, du kommst uns öfter besuchen, wenn du meine Mom küsst?«

Quincy sieht mich fragend an.

Mit einem Berg voller Waffeln gehe ich hinüber zum Tisch und setze mich neben Lee.

»Würdest du das wollen? Ich meine, dass Quincy öfter kommt?«

Gleichzeitig sehen wir hinüber zu ihm. Er lehnt regungslos mit der Hüfte an der Arbeitsplatte, die Arme vorm Körper verschränkt, und wartet auf seine Urteilsverkündung.

»Ich mag ihn«, sagt Ophelia geradeheraus, was mich zum Schmunzeln bringt. Mein Mädchen trägt ihr Herz auf der Zunge. Ich hoffe, dass sie sich diese Eigenschaft für immer bewahren kann.

Quincy versteckt sein Lachen hinter vorgehaltener Faust.

»Also wäre es okay für dich, wenn er uns öfter besuchen kommt? Oder«, ich sehe rüber zu Quincy, »wir ihn vielleicht mal besuchen würden?«

»Wohnst du in einer Villa?« Lee legt den Kopf schief, so als müsse sie abwägen, ob Quincy wahrheitsgemäß antwortet.

»Nein«, lacht dieser und stößt sich von der Arbeitsplatte ab, um zu uns herüberzukommen. »Ganz und gar nicht. Ich wohne in einer WG.«

»Was ist eine WG?«

Gemächlich schlendert Quincy auf uns zu und schiebt dabei erneut die Hände in die Hosentaschen.

»Eine WG ist eine Wohngemeinschaft. Also wenn mehrere Menschen sich zusammen eine Wohnung teilen.«

»So wie ich und Mom?«

»Nein«, lacht Quincy. Unsere Blicke begegnen sich nur kurz. »Ihr seid eine Familie. Ich und die Jungs teilen uns einfach nur eine Küche und ein Bad.«

»Dann schenkst du ihnen nichts zum Geburtstag?«

»Theo schon«, stellt sich Quincy tapfer den Fragen meines neugierigen Mädchens. Seine Finger legen sich an die Lehne des freien Stuhls. Bevor er sich setzt, sieht er mich fragend an. Erst als ich grinsend nicke, lässt er sich auf das Polster sinken. »Kannst du dich an Theo erinnern?«

»Ich bin doch keine Oma«, erwidert Lee kichernd. »Natürlich erinnere ich mich. Das ist der Typ, der denkt, in dreißig Sekunden ist man auf dem Mars. Tante Letti und ich haben ihn in eine riesige Burg gefahren. Wohnst du da auch?« Ihre Augen werden bei der Erkenntnis immer größer.

»Du meinst die Pixton University? Ja, genau. Da wohne ich auch.«

»Können wir ihn heute besuchen?« Ophelia wird ganz hibbelig auf ihrem Stuhl, weil sie meine Antwort nicht abwarten kann.

»Du bist noch nicht gesund genug, Schatz. Außerdem war Quincy schon die ganze Nacht hier. Sicher kann er eine Pause von uns gut gebrauchen.«

Ihre fröhliche Miene fällt in sich zusammen.

»Hey.« Quincy pikt ihr spielerisch in die Seite. »Wenn du

wieder richtig fit bist, kommst du mich besuchen, ja? Dann gehen wir ein Eis essen und nerven Theo. Würde dir das gefallen?«

Ein versöhnliches Grinsen schleicht sich auf ihr Gesicht, und Lee nickt.

Ich weiß nicht, wer von uns beiden breiter grinst, aber als Quincy und ich uns ansehen, scheint der ganze Raum geflutet zu sein von hellen Sonnenstrahlen. Da ist keine Dunkelheit mehr.

»Ich bin gerade sehr glücklich«, gestehe ich.

Mit einem schelmischen Ausdruck im Gesicht richtet Quincy sich an Ophelia.

»Ich weiß, du bist kein Fan davon, deswegen warne ich dich dieses Mal noch vor.« Sein Blick zuckt kurz zu mir. »Ich werde deine Mom jeden Moment küssen.«

Voller Vorfreude lecke ich mir die Lippen und bemerke amüsiert im Augenwinkel, wie die Kleine sich die Händchen vors Gesicht schlägt.

Quincys Lachen vibriert tief aus seiner Brust, und schon im nächsten Augenblick beugt er sich vor, um seinen Mund auf meinen zu legen.

Endlich.

Es ist schön, unsere Versprechen der vergangenen Nacht zu besiegeln.

Ihn zu spüren, fühlt sich vertraut an.

Vertraut und dennoch so ganz anders als bisher.

Echter.

Seufzend lehne ich mich ihm entgegen, und meine Hände finden den Weg an seinen Hals. Unsere Zungen treffen sich, und ich vergesse alles um mich herum. Der Raum dreht sich, und bunte Sternchen tanzen vor meinen geschlossenen Augen.

Der Kuss ist perfekt. Eine faszinierende Mischung aus Leidenschaft, Zuneigung und bedingungsloser Liebe.

Das hier ist, was ich will.

Was ich schon die ganze Zeit wollte. Schon seit dem ersten Augenblick, als Quincy mir vor einigen Wochen seine Hand entgegengestreckt hat, wusste ich, dass ich ihn will. Weil ich mich haltlos in ihn verliebt habe. Ich habe ihn nicht gesucht. Doch wir haben uns gefunden. Und jetzt, da alles geklärt ist, bin ich nicht bereit, ihn so schnell wieder gehen zu lassen.

Seine Hände wandern meine Arme hinab, bis seine Finger sich fest um meine schließen. Lächelnd löst er sich von mir, doch ich erkenne die Sorgenfalte zwischen seinen Augen sofort.

»Was ist?«, frage ich, weil sein Gesicht immer ernster wird.

»Ich glaube«, murmelt er und streckt seine freie Hand aus, um sie auf meine Stirn zu legen, »du hast Fieber.«

»Iiiih«, schreit Lee, die bis jetzt mucksmäuschenstill war. »Das sind die Kakterien.«

Um sicherzugehen, lege ich meine eigene Hand auf meine Stirn. Zugegeben: Sie fühlt sich verdammt heiß an. Möglicherweise zittern meine Knie gar nicht wegen Quincy.

»Super«, knurre ich. Der Zauber unseres Kusses ist mit einem Schlag hinüber.

»Na, wie gut, dass der Doktor schon da ist«, seufzt Quincy und nimmt meine Hände in seine.

»Du wirst dich anstecken«, halte ich schwach dagegen. »Vielleicht solltest du besser doch nach Hause fahren.«

Ich schlage mit einem verzweifelten Stöhnen die Hände vors Gesicht. Tolles Timing. Wirklich. Ganz große Klasse.

»Kommt gar nicht infrage.« Sanft zieht er meine Hände weg, sodass wir uns ansehen können. Er lehnt sich vor, legt seine Wange gegen meine und flüstert nur für mich: »Ich kümmere mich um euch.« Dann gibt er mir einen Kuss auf meinen Hals und streichelt anschließend über die Stelle, auf der gerade noch seine Lippen lagen. »Ihr seid nicht mehr allein.«

Keine Ahnung, ob es am Fieber liegt oder an den vergangenen zwei Wochen, aber in diesem Augenblick habe ich wirklich Mühe, meine Tränen zurückzuhalten.

Kann es wirklich wahr sein? Hat sich das Märchen zum Guten gewendet und die Kriegerprinzessin und der kleine Zwerg bekommen ihr Happy End?

Kapitel 32

Quincy

Schon komisch, wie ein Leben sich in kürzester Zeit verändern kann.

Abigail und ich sind inzwischen seit zwei Wochen offiziell ein Paar.

Zwei Wochen, in denen nichts mehr so ist, wie es mal war.

Zwei Wochen, die anstrengend, tiefsinnig und ereignisreich waren. Die Romantikerinnen und Romantiker könnten an dieser Stelle denken, dass wir in den vergangenen vierzehn Tagen in einem nicht endenden Strudel aus Leidenschaft, Küssen und purem Glück gebadet haben.

Allerdings ist diese durchaus verlockende Vorstellung der Realität zum Opfer gefallen.

Keine zwölf Stunden nach unserer Aussprache und dem Waffelfrühstück lag Abigail bereits mit Schüttelfrost flach.

Statt Dinner und Kino habe ich also meine Freundin gepflegt, die ich gerade erst zurückgewonnen habe und irgendwie zum ersten Mal wirklich als meine Partnerin ansehen konnte.

Ich habe dafür gesorgt, dass der Kühlschrank immer gefüllt war, und ihr täglich Hühnersuppe von Mr. Wan geholt.

Lee hat mich zur Apotheke begleitet, in den Gemischtwarenladen von den McGregor's und in Joe's Drogeriemarkt. Im Grunde hat sie mich in die Gesellschaft von Pixton eingeführt, bis mich sämtliche Bewohnerinnen und Bewohner dieser kleinen Stadt kannten. Ich bin jetzt offiziell der Typ, der zu Abby aus dem *Pixton's* gehört. Wildfremde Leute grüßen mich auf der Straße, und Mr. McGregor packt bei jedem Einkauf irgendwas für Abby dazu und richtet ihr Grüße aus. Diese Stadt ist wirklich einzigartig.

Ich will nicht behaupten, dass ich froh darüber bin, dass Abigail krank war. Das auf keinen Fall.

Allerdings hat sich ihre Krankheit als eine echte Chance herausgestellt. Von einem Tag auf den anderen hatte ich ein kleines Mädchen an meiner Seite. Wir hatten keine Gelegenheit, uns vorerst zaghaft zu beschnuppern. Wir wurden sozusagen ins kalte Wasser geworfen. Doch ich kann mit vollkommener Überzeugung behaupten, dass wir beide hervorragend schwimmen können. Es gab nicht eine Minute in den vergangenen vierzehn Tagen, in der ich mir gewünscht hätte, sie wäre nicht da. Ganz im Gegenteil. Es war schön, eine Verbündete zu haben. Und eine so interessante und aufgeweckte noch dazu. Es war also keine Überraschung, dass ich mich Hals über Kopf in eine andere junge Dame verliebt habe, während meine Freundin krank das Bett gehütet hat. Ophelia hat mein Herz im Sturm und mit rosa Konfetti erobert.

»Jetzt sag schon«, nörgelt sie in diesem Augenblick und zerrt an meinem Hosenbein.

»Ich bin eindeutig für das lila Feenkleid«, murmle ich, während ich am Handy meinen Vorlesungsplan für die kommende Woche checke.

»Du hast gar nicht richtig geguckt«, beschwert sich Lee und stampft mit dem Fuß auf.

»Ophelia«, seufze ich. »Du siehst in beiden Kleidern sehr hübsch aus. Ich wette, du bist die bezauberndste Prinzessin auf der gesamten Party.«

Heute ist es endlich so weit. Abigail fühlt sich wieder richtig fit, und die leidenschaftlichen Küsse, die wir tauschen, sobald Lee mal nicht im Zimmer ist, reichen nicht mehr aus. Wir brauchen dringend Zeit für uns.

»Daniel Rowe verkleidet sich als Batman.« Den Mund noch immer missmutig verzogen, sieht sie zu mir auf.

»Hm.« Ich habe in den vergangenen zwei Wochen gelernt, dass Daniel Rowe so was wie der Harry Styles unter den Fünfjährigen ist. »Hast du kein Katzenkostüm? Dann könntest du Catwoman sein?«

»Wer ist das denn?« An ihrer Körperhaltung erkenne ich, dass sie angebissen hat.

»Na ja, so was wie das weibliche Gegenstück zu Batman.«

»Sein Feind?«, fragt sie mit großen Augen, als hätte ich soeben Harry Styles schlechtgeredet.

»Nein. Eher seine Partnerin. Sie passen zusammen.«

»Also so wie du und Mom?«

Ich presse die Lippen aufeinander.

»Ja, so wie ich und Abigail«, murmle ich. Ich bringe die Lüge, sie als ihre Mom zu bezeichnen, nur schwer über die Lippen.

»Hm.« Nun ist Lee diejenige, die vor sich hin murmelt.

»Ich wäre dann so weit.« Ophelia und ich drehen gleichzeitig die Köpfe in Richtung Bad.

»Wow«, entfährt es mir, und ich richte mich etwas auf. »Ich weiß nicht, ob es daran liegt, dass ich dich zwei Wochen nur im Pyjama gesehen habe, oder ob du durch die Krankheit tatsächlich noch hübscher geworden bist.«

»Du hast eine interessante Art, Komplimente zu machen«, bemerkt Abigail lächelnd, die im Türrahmen des Bads steht. Die Haare elegant zu einer Hochsteckfrisur gebunden, sodass nur ihr fransiger Pony ihre Stirn bedeckt, wirkt ihr Hals so verführerisch, dass ich mich keine Sekunde länger auf dem Sofa halten kann.

Ich klemme mir unter quietschendem Protest die kleine rosa Prinzessin unter den Arm, die mir noch immer jammernd am Bein hängt, und gehe meiner wunderschönen, starken und einfach großartigen Freundin entgegen.

Verdammt! Ich habe eine Freundin. Wir sind tatsächlich zusammen. So richtig, richtig zusammen.

»Du siehst bezaubernd aus«, flüstere ich, sobald wir voreinanderstehen, und lege meine Lippen auf ihren Hals, um den roten Lippenstift auf ihrem Mund nicht zu verwischen. Verdammt! Sie sieht nicht nur unglaublich aus, sie riecht auch unfassbar verführerisch. Zu behaupten, es hätte mich nicht wahnsinnig gemacht, dass ich nicht mit ihr schlafen konnte, wäre eine glatte Lüge. Aber es ist okay. Ich kann warten. Es ging niemals nur um Sex. Auch wenn es die erste Zeit den Anschein erweckt hat.

Das Wichtigste ist doch, dass wir uns aufrichtig lieben.

Wir haben es geschafft, unsere Grenzen einzureißen und uns zu vertrauen. Und ich habe es ernst gemeint, als ich ihr gesagt habe, dass ich bei ihr sein will. Ich bin nicht der Typ für halbe Sachen. Ich will nicht nur die geschminkte Abigail in einem schicken Kleid. Ich will all ihre Seiten. Ich will bei ihr sein, wenn es ihr schlecht geht, und ihr helfen, wenn sie mich braucht.

»Zu mir hast du nicht gesagt, dass ich bezaubernd aussehe«, beschwert sich Lee, die noch immer wie eine Puppe unter meinem Arm klemmt und mir mit ihrem Zauberstab auf den Hintern haut.

»Weil du immer bezaubernd aussiehst«, versuche ich mich aus der Situation zu retten. »Nicht nur, wenn du dich schick machst.« Abigails fragender Blick allerdings zeigt, dass ich mich nur noch weiter reinreite. »Du natürlich auch.« Zwei Frauen glücklich zu machen, ist schwerer als gedacht. Zum Glück gibt es Freunde, die einen aus jeder Notlage befreien.

»Hallihallo«, rufen diese im exakt passenden Moment und kommen zur Tür hereingeschneit. Theos Pelzmantel und die passende Fellmütze sind mit einer feinen Schicht Neuschnee bedeckt, und auch von Scarletts wilder Mähne tropft es, als sie sich wie ein nasser Hund ausschüttelt.

»Gerade rechtzeitig«, kichert Abigail und legt mit einem frechen Lächeln eine Hand auf meine Brust.

»Onkel Theo«, kreischt Lee und zappelt so lange, bis ich sie absetze. Sie rennt auf den hochgewachsenen Theo zu und reißt ihm den Pelzmantel auf.

»Och manno«, meckert sie enttäuscht, als sie bemerkt, dass mein Freund nur eine enge schwarze Jeans und einen Strickpullover trägt. Ophelia feiert Theos Outfits wie kein Mensch je zuvor. Ohne die Hilfe von den beiden wäre es in den vergangenen Wochen schwierig geworden. Wir haben einen brillanten Plan aufgestellt, wer Lee wann aus der Vorschule abholt und wer Abigail Essen bringt. Nicht nur einmal habe ich an der Kante ihres Sofas gesessen, ihr die Haare aus der glühenden Stirn gestrichen und mich gefragt, wie sie das all die Jahre allein geschafft hat.

»Na, Prinzessin. Bereit für die große Party?«, fragt Scarlett und wirbelt Lee einmal im Kreis herum.

Theo und Scarlett haben versprochen, Lee zu den Rowes zu bringen und dort auch wieder abzuholen, sobald der Kostümball von David vorbei ist.

Mein Blick fällt auf Abigail, die bis über beide Ohren strahlt.

»Und du weißt immer noch nicht, was ihr vorhabt?«, fragt Scarlett und betrachtet Abigails Aufmachung. In dem eng anliegenden roten Kleid sieht sie unfassbar sexy aus. So sexy, dass ich beinahe meine Pläne über den Haufen werfe.

Dass Scarletts Worte mir ein schlechtes Gewissen bereiten, ist weder ihr noch Abigail klar. Ja, ich wollte Zeit mit ihr verbringen, und ich will unbedingt, wirklich von ganzem Herzen und absolut dringlich mit ihr schlafen, aber es gibt noch einen anderen Grund, weswegen ich die beiden Babysitter einbestellt habe. Und ich ärgere mich gerade maßlos über mich selbst. Meine Idee hätte warten können. Der Abend hätte uns gehören müssen.

Es war doch klar, dass sie davon ausgeht, ich hätte ein Hammerdate organisiert. Immerhin sehnt sie sich genauso wie ich nach Zweisamkeit. Doch das habe ich nicht. Leider. Ich Vollidiot. Ich fürchte, Abigail wird nicht gerade Luftsprünge machen, wenn sie erfährt, was wir heute Abend vorhaben.

Theo bemerkt als Einziger meinen Gesichtsausdruck und kneift abschätzend die Augen zusammen. Mir bleibt nur ein winziges entschuldigendes Schulterzucken, ehe Abigails Blick meinen trifft.

»Er verrät mir einfach kein einziges Wort«, beschwert sie sich, lehnt sich aber mit einem sanften Lächeln gegen mich.

Ich schlinge meinen Arm um sie. Die zarte Wärme ihrer Haut unter meinen Fingerspitzen jagt mir Schauer durch den Körper und ärgert mich zugleich. Die Möglichkeit auf ein paar reibungslose Stunden romantischer Zweisamkeit habe ich selbst durchkreuzt. Ich hätte sie einfach schick ausführen sollen. Wir hätten irgendwo eine Kleinigkeit essen und die Zeit nutzen können, in der Ophelia bei unserem kleinen Möchtegern Harry Styles ist. Tja. Zu spät.

»Na ja«, seufze ich. »Du erfährst es ja gleich.«

Mit gemischten Gefühlen schiebe ich sie Richtung Ausgang, um die Verabschiedung etwas zu beschleunigen. Immerhin haben wir kein Date, sondern einen ernst zu nehmenden Termin.

»Wir gehen also schon mal essen?« Abigail und ich beugen uns gleichzeitig nach vorne und sehen durch die Windschutzscheibe meines Wagens auf die grüne Reklametafel des Steakhauses, in dem ich einen Tisch reserviert habe. Trotzdem mache ich keine Anstalten, auszusteigen.

»Hör mal«, hebe ich seufzend an und streiche mir mit beiden Händen über das Gesicht. Sie wird ausrasten, wenn sie die Wahrheit erfährt.

»Ich wusste es«, unterbricht sie mich direkt. »Irgendwas stimmt heute schon den ganzen Tag nicht mit dir. Ich wusste es«, wiederholt sie und schnallt sich ab. »Was ist los?«

»Bin ich ein schlechter Mensch, wenn ich es toll finde, dass dir schon die kleinste Veränderung an mir auffällt?«

»Quincy«, mahnt sie mit weicher Miene. »Die letzten Wochen haben einiges über dich verraten. Aber ganz sicher nicht, dass du ein schlechter Mensch bist. Jetzt sag mir schon, was los ist.«

»Ich habe das alles gern gemacht«, bringe ich seufzend hervor. Neben Fieber, Husten und Hühnersuppe kam ein Problem immer und immer wieder ans Tageslicht: Abigail hat unglaubliche Schwierigkeiten, Hilfe anzunehmen. Jedes Mal, wenn ich eingekauft oder die kleine Wohnung gestaubsaugt habe, hat das eine Krise ausgelöst. Von dem Teleskop, das ich Lee geschenkt habe, mal ganz abgesehen.

Ich kann sie verstehen.

Jahrelang war sie auf sich allein gestellt, und plötzlich komme ich wie aus dem Nichts daher und meine, ihre Welt retten zu können. Das muss schwer sein. Immerhin scheint es, als wäre alles, was sie getan hat, nie genug gewesen. Aber das ist Quatsch. Sie muss lernen, dass es nichts Falsches ist, wenn man nicht allein kämpfen muss. Dass ich es nur gut meine. Und vor allem, dass nicht jede meiner Gefälligkeiten eine Gegenleistung bedeuten muss.

Der heutige Abend wird ihren Widerwillen allerdings höchstwahrscheinlich nur noch befeuern. Im Grunde weiß ich, wie wichtig es Abigail ist, selbst zu bestimmen. Ich habe kein Recht, mich einzumischen. Dennoch bin ich gerade dabei.

»Das weiß ich. Aber du hast ein eigenes Leben. Partys und die Uni. Die Klinik, deine Freunde. Du solltest nicht die ganze Zeit bei uns rumhängen und um zehn Uhr abends ins Bett müssen.« Sie nestelt an ihren Fingern, während ihr Blick gedankenverloren zurück zum Restaurant schweift. »Ich will nicht, dass du mir das irgendwann vorwirfst. Ist das das Problem? Wolltest du darüber heute Abend mit mir reden?«

»Bist du verrückt?« Ich greife nach ihrer Hand, um das Geknete zu unterbrechen. »Abigail«, seufze ich. »Ich weiß, unser gesamter Start war etwas holprig, und irgendwie halten wir uns nicht an die Regeln des gängigen Datings. Aber ich genieße die Tage und die Nächte bei euch. Weil ich dich liebe. Dich und auch Ophelia.«

Ihr Blick wird sanft. Ich habe ihr inzwischen ein Dutzend Mal gesagt, dass ich sie liebe, und doch macht es stets den Anschein, als höre sie es zum ersten Mal.

»Dann vermisst du dein Studentenleben nicht?«

»Ich habe nur eine einzige Vorlesung verpasst, seit du krank warst.«

»Du weißt, was ich meine.« Natürlich weiß ich das. Aber es war eine Ausnahmesituation. Mir ist klar, dass die beiden auch ohne mich zurechtkommen. Aber ich will nicht, dass sie denkt, es stört mich, Zeit mit Ophelia zu verbringen. Denn das tut es nicht. Sie muss das endlich verstehen. Die Zeit, die ich mit ihnen verbringe, ist kein Geschenk der Großzügigkeit an sie. Es ist das, was ich will. Ich habe zum ersten Mal in meinem Leben das Gefühl, einen Platz gefunden zu haben. Einen Ort, an den ich gehöre.

»Seit ich mit dem Studium angefangen habe, habe ich mich vor dem Moment gefürchtet, wenn ich aus dem Wohnheim ausziehen muss. Das ist jetzt anders. Abigail«, spreche ich ihren Namen aus. »Ich vermisse überhaupt nichts. Ich finde es toll, mit euch zusammen zu sein. Ich weiß endlich, wo ich sein möchte, wenn ich fertig bin mit der Uni.«

»In Pixton?« Ihr Lachen klingt ängstlich.

»Nicht unbedingt. Bei euch. Bei dir und Lee.«

Ihre Hände halten meine fest.

»Ich habe noch Probleme, das wirklich zu glauben.«

»Ach«, erwidere ich schmunzelnd. Langsam beuge ich mich vor und drücke ihr einen Kuss auf den Hals. »Ist mir gar nicht aufgefallen.«

Ich sage ja: Die letzten Wochen waren nicht einfach. Aber ich bin nicht bereit, aufzugeben, und sie ist es auch nicht. Das Feuer zwischen uns hat gerade erst angefangen, richtig zu brennen, und ich werde nicht zulassen, dass sie es kleinhält. Ich möchte die Flammen schlagen sehen.

»Warum machst du dann heute ein Gesicht, als wäre Carols Kartoffelsalat sauer gewesen?«

»Carols Kartoffelsalat ist göttlich«, halte ich hastig dagegen.

Abigail lacht über meine Worte, wird aber schnell wieder ernst. »Was ist es dann? Bitte sag mir, was wir hier tun.«

Mit einem Schlag kehrt das schlechte Gefühl in meinem Bauch zurück.

»Die Wahrheit ist, ich ärgere mich über mich selbst.«

Fragend sieht sie mich an. Ihre Finger machen eine Bewegung, als wolle sie sagen ›Nun rede schon‹. »Wir hatten in den letzten zwei Wochen kaum Zeit für uns, und eigentlich hätte ich dich einfach zum Essen ausführen sollen, um dich anschließend stundenlang zu verwöhnen.«

»Aber das tust du nicht«, schlussfolgert sie, und ihre Worte klingen nach einer Frage.

»Nein. Tue ich nicht.« Ich hole noch einmal tief Luft und sehe auf den silbernen SUV, der einige Autos neben uns parkt. »Die Sache ist die: Wir treffen uns hier mit meinem Bruder.«

Ich wage es nicht, Abigail bei meinen Worten anzusehen.

»Mit deinem Bruder?« Ihre Frage klingt mehr danach, als wäre sie enttäuscht, nicht mit mir allein zu Abend zu essen. Der Groschen ist offensichtlich noch nicht gefallen.

»Glen hat extra ein Meeting abgesagt, damit er sich mit dir treffen kann. Deswegen habe ich Scarlett und Theo angerufen.«

»Mit mir?« Der Anflug von Panik in ihrer Stimme ist nicht zu überhören. Es folgen einige Minuten des Schweigens. Sicher versteht sie langsam. Dennoch verschaffe ich ihr Gewissheit.

»Er ist zwar nicht auf Familienrecht spezialisiert, hat aber einen guten Freund, den er beratend hinzuziehen kann.«

»Nein«, stößt sie wütend aus und entzieht mir ihre Hände.

»Abigail, bitte.«

»Nein«, wiederholt sie barsch. »Kein ›Abigail, bitte‹, Quincy. Mann, ich habe gedacht, du lädst mich schick zum Essen ein, und ich kann für einen Abend diesen ganzen Mist hinter mir lassen, anstatt ihn aufzuwühlen. Das ist nicht fair.«

Mir entweicht ein freudloses Lachen, das viel zu laut in dem stillen Wagen klingt. Langsam wird die Windschutzscheibe und damit die Sicht auf das Restaurant von einer feinen Schneeschicht bedeckt.

»Unfair ist, dass du jeden Abend Ophelia ansiehst und Angst haben musst, dass sie dir weggenommen wird. Und glaub nicht, ich würde nicht bemerken, wie du jedes Mal zusammenzuckst, wenn dein Handy klingelt. Ich bin nicht doof. Ich erkenne deine Not. Und unfair ist auch, dass deine Schwester einer grauenvollen Sucht zum Opfer gefallen ist und dich mit allen Sorgen zurückgelassen hat. So sollte das nicht sein, und es wird höchste Zeit, eine Wendung in diese traurige Geschichte zu bringen. Die Lage wird sich von allein nicht ändern, und das weißt du auch. Und soll ich dir sagen, was auch noch unfair ist?«, frage ich. Meine Stimme ist wie von selbst bei jeder Frage lauter geworden.

Sie dreht den Kopf in meine Richtung und blitzt mich wütend an.

»Unfair ist, dass ein kleines Mädchen ihr Leben auf einer Lüge aufbaut.« Ich richte mich nach vorne und hole tief Luft. »Mein Bruder ist einer der besten Anwälte in Connecticut. Er ist auf unserer Seite. Ich habe einen Vertrag aufgesetzt. Hier«, ich greife in meine Hosentasche und hole einen Dollarschein heraus. »Das ist das vereinbarte Honorar. Früher hast du mir einen Dollar für deine Gedanken gezahlt. Jetzt bezahlst du ihn meinem Bruder dafür, dass er sich mit deinen Gedanken beschäftigt. Dadurch ist er offiziell dein Anwalt und an die Schweigepflicht gebunden. Rede mit ihm, Abigail. Erzähl ihm alles, und hör dir an, was du für Möglichkeiten hast.« Ich lege die Dollarnote in ihre Hand und schließe meine Finger um ihre. »Wir können für den Rest unseres Lebens schick ausgehen. Und dabei musst du dir nie wieder Sorgen machen, was passiert, wenn das Date zu Ende ist. Klingt das nicht besser als ein einzelner Abend in einem Meer von Aussichtslosigkeiten? Stell dir vor, du hättest für Ophelia das alleinige Sorgerecht. Du könntest zum Arzt gehen, wenn sie krank ist, sie an der Schule anmelden, die du für richtig hältst, und wir könnten nach Australien fliegen, wenn wir Lust dazu haben. All das ist möglich, Abigail.«

Atemlos sehe ich sie an. Das schlechte Gewissen rollt über mich hinweg wie eine Dampfwalze, als ich Tränen in ihren Augenwinkeln blitzen sehe. Wie meistens drängt Abigail sie tapfer zurück.

»Hey«, flüstere ich und streichele über ihre zarte Wange. »Bitte sei nicht böse auf mich. Ich will dir nur helfen. Das ist alles, was ich will. Nicht, weil ich glaube, dass du es allein nicht schaffst. Sondern weil wir ein Team sind. Es ist keine Schwäche, Hilfe anzunehmen.« Mit Nachdruck halte ich ihre Hände in meinen. »Nutz diese Chance.«

Verzweifelt blickt sie auf den Geldschein in ihrer Hand.

»Eine Chance?«, wiederholt sie traurig.

»Eine Chance«, bekräftige ich.

Langsam hebt sie ihren Kopf, und ich fürchte mich ein bisschen vor ihrer Reaktion.

»Wahrscheinlich sollte ich böse sein.« Als ich sie fragend ansehe, erklärt sie sich. »Wegen heute Abend, meine ich. Ich dachte, der Abend gehört nur uns. Kein Kinderthema. Keine Sorgen. Nur wir zwei. Frisch verliebt.«

»Abby«, unterbreche ich sie, doch sie hebt eine Hand, um mich zu stoppen.

»Ich war noch nicht fertig«, bringt sie mit einem schmalen Lächeln hervor.

Schuldbewusst sehe ich in meinen Schoß.

»Ich sagte, dass ich es *sollte*. Das heißt, ich bin es nicht.«

Überrascht blicke ich wieder auf.

Sie löst ihren und meinen Sicherheitsgurt und beugt sich zu mir herüber. Tausend Steine fallen mir vom Herzen, als sie ihre zarten Finger auf meine Wange legt.

»Du bist der selbstloseste Mensch, dem ich je begegnet bin.

Wie könnte ich böse sein, wenn du mein Wohl und das von Ophelia über alles stellst?« Da ich davon ausgehe, dass es eine rhetorische Frage ist, gebe ich ihr keine Antwort. Stattdessen sehe ich sie einfach nur an. Diese wunderschöne Frau, die keinen Schimmer davon hat, wie sexy sie ist.

Lächelnd schüttelt sie den Kopf. »Zugegeben. Meine Pläne sahen etwas anders aus.«

Mir entgeht nicht, wie ihr Blick auf meinen Mund fällt. Langsam fahre ich mit meiner Zunge über meine Unterlippe. Ihre Finger gleiten langsam von meiner Wange hinunter zu meiner Brust. Genau zu der Stelle, wo mein Herz viel zu schnell klopft.

»Glaub mir, das will ich auch«, flüstere ich. Sie muss es nicht aussprechen, ich erkenne das Verlangen in ihrem Blick auch ohne ein Wort.

Nur für den Bruchteil einer Sekunde wendet Abigail ihren Blick ab und sieht zur Windschutzscheibe. Die zarten Schneeflocken haben uns inzwischen gänzlich von der Außenwelt getrennt.

Schwer atmend sehen wir uns an. Stumm teilen wir die Sehnsucht, die in den vergangenen zwei Wochen mit jedem Tag stärker wurde.

Ich kann spüren, wie sich die Spannung zwischen uns verändert. Wie die Wände meines SUV immer näher zu rücken scheinen.

Und dann geht alles ganz schnell.

Die Dollarnote aus ihren Fingern segelt auf den Boden. Abigail wirft sich förmlich an meinen Hals, während ich keine Sekunde zögere und sie an der Taille zu mir auf den Fahrersitz ziehe.

Die ersten Handgriffe sind umständlich und ungelenk, weil ich den Sitz zurückfahren muss und sie sich am Rückspiegel den Kopf stößt. Doch als sie endlich rittlings auf meinem Schoß sitzt und ich ihre Wärme auf mir spüre, halten wir inne.

»Ich habe es so sehr vermisst, dich zu spüren«, gesteht sie.

Ich greife in ihren Nacken und ziehe sie bestimmt zu meinem Mund. Ich will sie liebkosen, erobern, ihr alles geben, was ich zu geben habe.

Meine freie Hand wandert von hinten unter ihr Kleid, und ich stöhne verzweifelt auf.

»So sexy ich deine Outfits finde, diese Sache mit den Strumpfhosen wird langsam lästig«, keuche ich, als meine Finger ihren Hintern kneten.

Abigail drückt sich fest gegen meine Erektion. Ihre Brust hebt und senkt sich hastig, ihre Wangen sind zum ersten Mal seit zwei Wochen vor Verlangen gerötet.

»Zerreiß sie«, sagt sie, ihre Hände an meinem Hals liegend.

Unsere Blicke sind ein weiteres Mal fest ineinander verankert. Als sie ihren Po leicht anhebt, schiebe ich ihr Kleid nach oben. Der Nylonstoff ihrer Strumpfhose reißt erstaunlich leicht unter meinem festen Griff auseinander.

Abigail bleibt nichts anderes übrig, als sich auf der Mittelkonsole abzustützen, damit ich ihr die Strumpfhose vom Körper reißen und meine Hose öffnen kann.

»Warum landen wir nur immer wieder in solchen Situationen?«, fragt sie lächelnd, doch sie verstummt, als ich sie an den Hüften packe und geradewegs zurück auf meinen harten Penis ziehe. Ihre Laute gehen in ein wimmerndes Stöhnen über, sobald ich sie vollkommen ausfülle.

Es ist der erste Moment seit Stunden, in dem ich wieder frei atmen kann. Mir entweicht all meine Luft und damit die Anspannung des ganzen Tages mit einem Luftstoß.

»Das ist ... perfekt«, keuche ich und presse sie so fest auf meinen Schoß wie eben möglich. »Du bist so feucht«, flüstere ich, was sie dazu bringt, den Kopf in den Nacken zu legen und mit ihrem Stöhnen das Wageninnere zu fluten. Der Schnee schützt uns vor eventuellen Blicken. Inzwischen sind zudem die Scheiben beschlagen.

»Mehr, Quin«, presst sie hervor. Langsam fängt sie an, ihre Hüften auf mir zu bewegen. »Ich brauche mehr.«

»Alles«, knurre ich und küsse die weiche Haut an ihrem Hals. »Du kriegst alles von mir.«

Ich streiche über ihren Rücken, lege meine Hände auf ihren süßen Hintern und dirigiere sie auf meiner Erektion auf und ab.

Es ist kein romantischer Sex. Eher grober, ungezügelter Sex, in dem sich all die angestaute Anspannung der letzten vierzehn Tage entlädt.

Es dauert nicht lange, dann spüre ich, dass Abigails Beine sich anspannen. Ihr Griff auf meinen Schultern wird fester und sie presst die Augen zusammen, als sie keuchend kommt.

So schwer es mir fällt, mich zurückzuhalten – ich gebe ihr einen Moment, um sich von den Nachbeben ihres Orgasmus zu erholen. Erst als sie die Augen öffnet und dabei lächelt, beginne ich erneut, in sie hineinzustoßen.

»Das will ich noch mal«, flüstert sie, kurz bevor ihre Lippen sich auf meine legen. Wir küssen uns stürmisch und finden erneut einen Rhythmus, in dem unsere Körper sich vereinen.

Weil ich mir sicher bin, nicht lange durchzuhalten, lasse ich meine Hand zwischen uns sinken und lege meinen Daumen auf ihre Klitoris. Ich werde diesen Wagen nicht verlassen, ehe ich sie ein weiteres Mal zum Orgasmus gebracht habe.

Es ist unmöglich, sie bei unserem Tempo weiter zu küssen, doch ihre leicht geöffneten Lippen und den fieberhaften Blick in ihrem Gesicht zu beobachten, ist fast genauso erregend.

Eine Hand auf ihrem Arsch, die andere auf ihrer Klitoris, treibe ich uns beide immer weiter. Abigails gespreizte Finger hinterlassen einen Abdruck auf der Fensterscheibe, mit der anderen stützt sie sich auf meiner Schulter ab.

»Ich werde jeden Moment kommen«, warne ich sie vor.

Ihre Augen weiten sich.

»Ja«, raunt sie. »Ja!«, wiederholt sie und presst anschließend ihre feuchten Lippen zusammen.

Alles, was in den nächsten Minuten die Luft erfüllt, ist unser Stöhnen und das Geräusch unserer Körper, die fast schon verzweifelt gegeneinanderstoßen. Immer schneller werden unsere Bewegungen, bis ich spüre, dass auch sie wieder so weit ist. Das ist der Moment, in dem ich alle Rücksicht fahren lasse und mit aller Härte in sie eindringe, bis wir beide kommen.

Erst als wir die Wellen unseres ausklingenden Orgasmus zusammen genießen und Abigail sich erschöpft auf mich sinken lässt, kommen wir zur Ruhe.

Ihr Kopf liegt auf meiner Schulter und meine Hände streichen sanft über ihren Rücken, während unsere verschwitzten Körper nach wie vor verbunden sind.

»Für mich war das ein weiteres erstes Mal«, sage ich irgendwann mit kratziger Stimme in die Stille hinein.

»Für mich auch«, erwidert sie. Als sie den Kopf hebt und mich strahlend ansieht, muss ich unwillkürlich lächeln. Ihre Frisur ist hinüber und verschmierter Lippenstift ziert ihr Kinn. Niemals war sie schöner als in diesem Augenblick.

Liebevoll versuche ich, ihre Haare in Ordnung zu bringen, doch sie hält meine Finger mit ihren auf und legt ihre Wange in meine Handinnenfläche.

»Ich liebe dich, Quincy«, flüstert sie und haucht einen hauchzarten Kuss auf die Innenseite meiner Hand. Mein Herzschlag, der sich gerade erst normalisiert hatte, legt einen erneuten Sprint hin.

Ich nehme ihr Gesicht in meine Hände, und niemals zuvor

habe ich einen Satz so ernst gemeint, als meine Lippen sich wie von allein öffnen. »Und ich liebe dich, Abigail.«

Unsere Münder verziehen sich gleichzeitig zu einem seligen Grinsen.

Ich weiß nicht, warum, aber in diesem Augenblick wird mir klar, dass wir gemeinsam unbesiegbar sein können. Wir schaffen alles, solange dieses Band zwischen uns so stark bleiben wird, wie es zurzeit ist.

Kapitel 33

Abigail

Es hat keine zwei Minuten gedauert, meinen erhitzten Zustand aus dem Auto abzukühlen. Dafür reichte der Schritt über die Schwelle des Restaurants. Sosehr ich Quincy auch vertraue, fällt es mir dennoch schwer, mich auf dieses Treffen voll und ganz einzulassen.

Jemandem schonungslos alle Details meines verkorksten Lebens zu offenbaren, fühlt sich schrecklich an. Als würde ich meine Eingeweide herausreißen und sie Glen Bowen auf dem hübsch verzierten Tisch des *Angelo's* servieren. Und das, keine zehn Minuten nachdem sein jüngerer Bruder mich mit seiner Leidenschaft an den Rand meines Verstandes gebracht hat.

Meine Knie wippen nervös unter dem weißen Tischtuch, und ich spüre, wie sich der Schweiß auf meinem Rücken unter dem roten Kleid sammelt.

Als Quincy mich für heute Abend eingeladen hat, schossen mir einige Ideen durch den Kopf. Doch ein Termin mit seinem Bruder ist das Letzte gewesen, woran ich gedacht hätte.

Trotzdem kann ich ihm nicht böse sein. Nicht, wenn er so wie gerade eine Hand beschützend auf mein nacktes Bein legt und mit der anderen meine bebenden Finger auf dem Tisch massiert. Und vor allem nicht nach den vergangenen dreißig Minuten. Er hat einfach ein Talent, mich fühlen zu lassen, wie stark wir zusammen sind.

Aus dem Augenwinkel sehe ich ihn an. Sein Zwinkern bringt mich dazu, etwas ruhiger zu werden. Die Gewissheit, dass dieser wundervolle Mann an meiner Seite steht, gibt mir die Geborgenheit, die ich all die Jahre so dringend gebraucht habe.

Ich verstehe, warum er das hier getan hat.

Nicht für sich oder um sich einzumischen. Er hat Glen beauftragt, weil er erkannt hat, wie sehr ich unter der Situation leide. Wie könnte ich ihm das vorwerfen?

Zweifelsohne fällt es mir nach wie vor schwer, Hilfe anzunehmen. Es ist mir unangenehm, wenn er unsere Schränke mit Lebensmitteln füllt oder andere Dinge für mich tut. Aber Quincy macht es mir verdammt leicht. Weil er einfach er ist. Er ist schlichtweg ein guter Mensch. Ein sehr guter sogar.

Vielleicht war ihm klar, dass ich niemals von mir aus Schritte einleiten würde, die sich automatisch gegen meine Schwester richten. Oder die letzten Wochen haben ihm gezeigt, dass ich niemals genug Geld haben werde, um einen fähigen Anwalt zu engagieren. Ich weiß nicht, was ihn dazu gebracht hat, diesen Abend zu arrangieren. Fakt ist allerdings, dass ich nach dem ersten Schock sehr erleichtert bin. Zwar ist mir kotzübel, und ich habe grauenhafte Angst, aber dennoch spüre ich tief in meinem Herzen unsagbare Dankbarkeit. Vor allem, weil er mich spüren lässt, dass ich nicht länger allein kämpfen muss. Dass es da jemanden gibt, der zu uns hält. An den miesen Tagen genauso wie an den guten. Das hat Quincy jeden einzelnen der letzten vierzehn Tage bewiesen.

Glen ist außerdem sehr nett und macht es mir leicht. Nach allem, was ich über die Bowens bislang gehört habe, habe ich ihn nicht gerade mit offenen Armen empfangen. Aber ich muss all meine Skepsis revidieren. Denn was er hier tut, ist wirklich sehr nobel.

Mir ist bewusst, dass ich monatelang hätte arbeiten müssen, um eine Stunde seiner Zeit bezahlen zu können. Stattdessen hat er mir lachend den Dollar abgenommen und ihn der jungen Kellnerin zugesteckt.

Wenn er lächelt, sieht der Anwalt seinem Bruder so dermaßen ähnlich, dass mir gar nichts anderes übrig bleibt, als ihn zu mögen.

Seit gut einer Stunde sitzen wir nun in der gemütlichen Tischnische, und ich erzähle ihm alles, was mir einfällt. Das meiste davon weiß Quincy bereits, bei anderen Geständnissen spüre ich, wie sein Körper sich neben meinem anspannt.

»Tja«, beende ich meine Ausführungen und zucke mit den Schultern. Ich habe ihm meinen ganzen Mist vor die Füße gekippt. »Und jetzt bist wohl du dran, um mir schonend mitzuteilen, dass es hoffnungslos ist.«

Ich versuche, die Worte möglichst scherzhaft klingen zu lassen, aber tief in meinem Inneren ist es das, was ich befürchte.

»Es ist niemals hoffnungslos«, entgegnet Glen schmunzelnd und streicht sich über die kurz geschnittenen Locken. Seine Haare ähneln denen von Quincy, wirken aber durch den akkuraten Kurzhaarschnitt deutlich ordentlicher. Er hat die Ärmel seines weißen Hemdes hochgekrempelt und spielt mit dem Füller, mit dem er sich die ganze Zeit über Notizen gemacht hat. »Also zunächst mal«, holt er aus, und mir bleibt jeden Augenblick das Herz stehen, so nervös bin ich. »Quin hat dir sicher schon erzählt, dass ich nicht auf Familienrecht spezialisiert bin. Das bedeutet, ich kann deinen Fall zwar vertreten, aber ich will dir nichts vormachen. Es gibt sicher Bessere als mich für diesen Prozess.«

»Wenn es denn überhaupt so weit kommt«, geht Quincy dazwischen. Wahrscheinlich weil er spürt, wie ich erstarre.

»Ja, genau. Das steht noch nicht fest. Du solltest nur wissen, dass es in Hartford einen tollen Familienrechtsanwalt gibt, der sicher besser geeignet wäre für diesen Fall.«

»Du bist der Beste für uns«, betont Quin. »Außerdem hast du gesagt, George könne dich beraten.«

Glen nickt, sieht jedoch zu mir, weil ich mich noch nicht dazu geäußert habe.

»Ich bin dir wirklich sehr dankbar, Glen. Ich …« Es dauert einen Moment, bis ich meine Emotionen wieder unter Kontrolle habe. »Ich möchte auf keinen Fall in eine Gerichtsverhandlung mit meiner Schwester ziehen. Sie hat keine Möglichkeit, sich einen Anwalt zu nehmen. Und nicht nur das. Sie hat niemanden, der auf ihrer Seite steht. Ich will nicht gegen sie kämpfen.«

Verständnisvoll nickt er. Ich sehe ihm bereits an, dass ein Aber folgen wird.

»Ich will dich nicht anlügen, Abby. Die Chancen stehen sowieso nicht besonders gut, dass du gerichtlich auf schnellem Weg etwas bewirken kannst. Es ist immer mit einem Risiko verbunden, den Fall ganz groß aufzurollen. Vielleicht wird es eine Überbrückungszeit geben, in der Ophelia anders untergebracht werden muss.«

»Auf gar keinen Fall«, springt Quincy für uns ein, weil meine Stimme mich verlassen hat. »Das ist keine Option, Glen. Es muss einen anderen Weg geben.«

»Das Einfachste wäre eine außergerichtliche Einigung. Du musst deine Schwester und die Ämter dazu bringen, dir das Sorgerecht zu überschreiben. Oder zumindest für den Anfang das Aufenthaltsbestimmungsrecht oder die Gesundheitsfürsorge. Das würde dich einen großen Schritt weiterbringen.«

»Können wir irgendwas tun, um die Chancen dahingehend zu verbessern? Ich habe Riley seit Wochen nicht gesehen. In unregelmäßigen Abständen schickt sie unzusammenhängende Nachrichten, aber ich weiß nicht, wo sie ist.«

»Keine Sorge«, murmelt er und notiert sich erneut etwas. »Ich kriege raus, wo sie ist.«

»Können wir denn nichts tun?«, fragt Quincy.

»Heiraten wäre gut«, antwortet Glen schmunzelnd.

Ich zucke zurück, weil Quincy einen Schluck Bier ausprustet, den er soeben trinken wollte.

»Auf gar keinen Fall«, bin dieses Mal ich diejenige, die dazwischengeht.

Glen schaut leicht amüsiert zwischen uns hin und her.

»Du willst mich nicht heiraten?«, fragt Quincy.

»Nein!«

»Nein?«, hakt er entsetzt nach und wischt sich mit der Serviette das Kinn trocken.

»Ja, doch.«

»Also, ja?«

»Nein.«

»Ähm«, geht Glen dazwischen, doch Quincy hebt die Hand, um ihn zu stoppen.

»Ich heirate dich sofort, wenn dir das einen Vorteil verschafft.«

Ich weiß, dass er es tun würde. Quincy liebt mich und er vergöttert Ophelia. Sie hat ihn, ohne zu zögern, in ihre kleine Welt gelassen, und er hat ihr seine gezeigt. Die beiden zusammen zu erleben, ist wie ein Wunder für mich. Etwas, woran ich niemals geglaubt hätte.

Mal ganz abgesehen davon, dass es einem durchschlagenden

Aphrodisiakum gleicht, zu sehen, wie der breitschultrige Quincy auf dem Boden sitzt und meiner Prinzessin Lee unbeholfen die Fingernägel lackiert.

Ich bin mir wirklich sicher, er würde mich vom Fleck weg heiraten, weil seine Gefühle derzeit mit ihm durchgehen, aber das kommt nicht infrage.

»Quincy«, stöhne ich. »Wir kennen uns gefühlte fünf Minuten. Wir können nicht einfach heiraten, nur weil sich das in meiner Akte besser macht.«

»Ihr wärt nicht die Ersten, die so was machen, und für dich …« Glen räuspert sich, als er seinen Bruder ansieht.

»Ich wäre aus dem Schneider, was die Carmichles angeht«, führt Quin den Gedanken seines Bruders aus.

»Nein«, halte ich trotzdem dagegen. »Das möchte ich nicht. Ich bin wirklich sehr dankbar für all das, aber das kann ich nicht verlangen. Ich könnte niemals damit leben. Wenn wir jemals heiraten, dann, weil wir es einfach wollen, und nicht aus bürokratischen Gründen.«

»Na ja. Es muss auch nicht unbedingt eine Heirat sein, aber du solltest tatsächlich nicht allein dastehen«, konkretisiert Glen. »Das sehen die Ämter in der Tat nicht gern. Es wäre wichtig, dass du alle Beteiligten mit ins Boot holst.«

Mein Puls beschleunigt sich, weil ich weiß, dass er auf meine Eltern anspielt. »Okay«, flüstere ich leise.

»Versteh mich nicht falsch«, erklärt Glen. »Ich kann absolut nachvollziehen, dass man sich von seinem Elternhaus abkapselt.« Sein Blick sucht kurz den seines Bruders. »Aber hin und wieder bringt einem die Verbindung mit einer wohlhabenden Familie auch Vorteile. Du sollst ja nicht wieder bei ihnen einziehen oder gutheißen, wie sie dich behandelt haben. Aber es wäre sicherlich nicht schlecht, eine …« Glens tiefe und ruhige Stimme ändert nichts an der Nervosität, die in mir aufsteigt.

»Eine reiche Familie im Hintergrund zu haben«, ergänzt Quincy und verzieht angewidert das Gesicht.

»Ja. So ist es leider. Und ...« Sein Blick wandert langsam zu mir. Instinktiv weiß ich, dass mir nicht gefallen wird, was er zu sagen hat. »... wichtig ist, dass es keine Lügen gibt. Vor allem nicht zwischen dir und Ophelia.«

Mir ist klar, was das bedeutet. Ein Teil von mir hat immer schon gewusst, dass dieser Tag irgendwann kommen wird.

»Noch ist sie klein und wird es einfach hinnehmen.« Quincys Stimme ist weich und voller Verständnis. »Ich weiß aus guter Quelle, dass es sich scheiße anfühlt, viel zu spät von so einem Geheimnis zu erfahren. Du musst es ihr sagen, Abigail.«

Hastig wische ich mir über die Wange, doch ich fürchte, die beiden haben die Träne längst gesehen, die sich aus meinem Augenwinkel gemogelt hat.

»Pass auf«, sagt Glen. »Ich würde vorschlagen, ihr besprecht das in aller Ruhe und geht die Optionen durch. Ich werde mich in der Zeit ein bisschen nach deiner Schwester umhören und mit George eure juristischen Möglichkeiten durchsprechen.«

Ich bin nicht in der Lage, zu antworten, daher presse ich die Lippen fest aufeinander und nicke nur.

Beinahe wäre ich zusammengezuckt, als ich Glens Hand auf meinem Arm spüre.

»Hey.« Wenn er nicht geschäftsmäßig redet, klingt er genau wie sein kleiner Bruder. »Anwälte sollten keine Versprechen machen, aber als Bruder deines Freundes verspreche ich dir, alles in meiner Macht Stehende zu tun, um deine Nichte zu schützen.«

»Danke«, bringe ich kaum hörbar hervor.

»Ich bin dir was schuldig, Mann.« Quincy klopft seinem Bruder freundschaftlich auf die Schulter.

»Ach was. Dafür bin ich doch da. Lass dich mal wieder

blicken. Für dich gilt im Übrigen das Gleiche: Du musst den Lebensstil von Mom und Dad nicht gutheißen, aber sie sind trotzdem deine Familie.«

Glen macht sich daran, seine Unterlagen wieder in der schicken schwarzen Ledertasche zu verstauen.

»Mit den Carmichles haben sie den Bogen überspannt«, knurrt Quincy. Seine Hand auf meinem Schenkel fühlt sich mit einem Mal viel heißer an.

»Natürlich haben sie das. Machen sie das nicht immer? Aber hey. Vielleicht bringst du Abigail und Ophelia beim nächsten Dinner mit. Ich wette fünfzig Dollar, dass dem alten Carmichle sein Gebiss aus dem Mund fällt.«

Ohne zu zögern, legt Quincy den Kopf in den Nacken und lacht so laut, dass die Tischnachbarn neugierig ihre Hälse recken.

»In die Wette steig ich mit ein«, stößt er noch immer lachend aus.

Während die beiden Brüder noch ein paar Sätze wechseln und wir uns anschließend verabschieden, denke ich die ganze Zeit über Glens Worte nach.

Wie soll ich Lee die Wahrheit sagen?

Was, wenn sie mich anschließend hasst?

Allein bei dem Gedanken daran schnürt sich mir der Hals zu.

Von der Vorstellung, meine Eltern zu besuchen, mal ganz abgesehen.

Trotzdem fühle ich mich auf eine neue Art und Weise erleichtert. Es tut erstaunlich gut, ein paar meiner Sorgen abzugeben. Quincy ist überzeugt davon, dass Glen in der Lage sein wird, Riley zu finden. Ein Mann in seiner Stellung hat genug Leute, die er mit solchen Aufgaben betreuen kann. Vor allem, wenn die Bezahlung stimmt. Ich könnte mir nicht mal ein Taxi nach Springfield leisten. Dort vermute ich Riley nämlich am ehesten. Dort wird Glen auch mit seinen Ermittlungen anfangen.

Ich muss in der Zwischenzeit bloß nach New York fahren, meinen Eltern Hallo sagen und Lee erklären, dass ich nicht ihre Mutter bin.

Ein Kinderspiel also.

Kapitel 34

Quincy

»Hast du Angst?« Ich habe meine Nase tief in Abigails duftendes Haar vergraben und flüstere ihr dabei leise ins Ohr.

»Eine Scheißangst«, gesteht sie und zieht meine Arme noch enger um ihren zarten Körper. Ihr Rücken presst sich unter einem tiefen Seufzer dicht gegen meine Brust, während unsere Beine sich unter den weichen Laken ineinanderschlingen.

»Wir schaffen das. Gemeinsam«, hauche ich und lasse meine Nasenspitze über ihre Ohrmuschel streifen.

Statt auf meine Worte zu antworten, schnurrt sie unter meiner Berührung und reibt ihre Beine an meinen. Abigail nahe zu sein, ist besser als alles andere auf dieser gottverdammten Welt. Die Spannung zwischen uns ist fast hörbar.

»Ich habe über das nachgedacht, was du über Sonnenaufgänge gesagt hast«, flüstere ich in ihr Ohr und beiße anschließend zärtlich in ihren Hals.

Sie dreht den Kopf leicht zur Seite, und ich stütze meinen auf den Ellbogen, damit ich sie ansehen kann.

Durch die transparenten Gardinen unseres Hotelzimmers dringt die Wintersonne, die sich gerade über den Central Park erhebt und einen sonnigen Tag ankündigt. Die weißen Wände und die hellen Möbel nehmen den sanften Orangeton des Tagesanbruchs an.

Nach sechs Jahren wird Abigail heute das erste Mal ihre Eltern wiedersehen. Um das Pflaster mit einem Ruck abzuziehen, wird sie Ophelia heute außerdem endlich die Wahrheit sagen. Wir haben Tickets für das Planetarium besorgt. Abigail hat in einem Ratgeber gelesen, dass es sinnvoll ist, Kindern etwas Schwieriges zu erzählen, wenn es gleichzeitig mit einer positiven Erfahrung verknüpft wird. Aber die Angst vor Lees Reaktion bleibt dennoch. Umso besser, wenn ich Abigail vorher noch auf andere Gedanken bringen kann.

Lee schläft in aller Seelenruhe im Nebenzimmer. Die Tür ist halb geöffnet, trotzdem bin ich heute Nacht dreimal aufgestanden, um nachzusehen, ob bei ihr alles in Ordnung ist. Ich werde noch zu einem richtigen Helikopterfreund-der-Nicht-Mutter.

»Und? Gibst du mir recht?«

»Niemals«, entgegne ich beinahe geräuschlos. »Ganz im Gegenteil. Du hast gesagt, du findest es traurig, wenn die Sonne untergeht. Ich denke, das hast du damals nur so gesehen, weil du keine Ahnung hattest, wie wundervoll die Nächte sein können.«

Ein kleines Lächeln legt sich auf ihr wunderschönes, noch schlaftrunkenes Gesicht. Ich mag jede Seite von Abigail, aber die kurz nach dem Erwachen ist meine allerliebste. Es mag sich kitschig und verliebt anhören, aber dann ist sie am meisten bei sich. Einfach nur sie. Und ja, kitschig und verliebt sind durchaus Begriffe, die derzeit auf mich zutreffen.

»Vielleicht hast du recht«, flüstert Abigail. »Aber ich werde immer ein Fan von Sonnenaufgängen bleiben.« Noch bevor sie sich bewegt, erkenne ich den leidenschaftlichen Ausdruck auf ihrem Gesicht. »Weißt du auch, warum?«

»Warum?«, spiele ich mit, auch wenn ich ziemlich genau weiß, was folgen wird.

Langsam beugt sie sich zu meinem Ohr und drückt mich sanft in die Matratze.

»Darum«, haucht sie, während sie ein Bein über mich schlingt und sich auf mich schiebt.

»Ja, dem kann ich durchaus auch etwas abgewinnen«, flüstere ich. Zur Sicherheit schiele ich hinüber zu der angelehnten Tür, aber Ophelia wird noch im Weltall unterwegs sein und Planeten retten.

»Danke, dass du mit uns hergekommen bist.«

Ich presse die Lippen zusammen, um nicht laut aufzustöhnen, als Abigail sachte über meinen Penis gleitet. Um hart zu werden, bedarf es keiner größeren Anstrengungen. Sobald wir nebeneinanderliegen, bin ich bereit für sie.

»Ich fahre mit euch bis ans Ende der Welt. Von mir aus auch nach Grönland oder Australien.« Gemeinsam mit meinen Worten rolle ich uns in einem Schwung herum, sodass ich über ihr und zwischen ihren Beinen lande. »Da ist New York ein Katzensprung.«

Sie quittiert meinen schlechten Witz mit einem schiefen Grinsen.

Mit einem letzten Blick zur Tür ziehe ich das Laken über uns und senke meinen Mund schon im nächsten Moment auf Abbys. Meine Finger wandern über ihre schmale Taille und schieben ihren Slip nach unten. Sie erschaudert unter meiner Berührung, was mich an ihren Lippen zum Lächeln bringt. Schön, dass ich auch nach drei Monaten immer noch diese Wirkung auf sie habe.

»Ich liebe dich, Quincy«, flüstert sie. Allerdings geht mein

Name in ein Keuchen über, weil ich gerade in sie eindringe. Das Vorspiel ist nicht nötig, so bereit, wie sie schon für mich ist.

»Und ich liebe dich«, bringe ich stöhnend über die Lippen und küsse sie stürmisch. Das hat den Nebeneffekt, dass unsere Geräusche gedämpft werden. Allerdings lasse ich meine Augen geöffnet und sehe sie die ganze Zeit über an. Wir sagen uns häufig, dass wir uns lieben. Aber jedes Mal, wenn ich mit ihr schlafe, ist die unglaubliche Verbindung zwischen uns vollends zu spüren. Wenn wir verschmelzen und es keine Grenzen mehr zwischen ihr und mir gibt. Wenn sie unter meinen Berührungen erschauert und ich sie langsam zum Höhepunkt bringe. Wenn sie ein weiteres Mal mit mir kommt und wir uns danach keuchend in den Armen liegen.

»Wollen wir uns vielleicht dort drüben hinsetzen?«

Ich sehe an Abigails Blick, dass sie mir gerade am liebsten den Mund verbieten würde. Aber ich befürchte, dass sie einen Rückzieher machen wird, wenn wir nicht langsam zur Sache kommen. Wir haben zwei Stunden lang das Planetarium erkundet, eine Liveshow zum Thema *Reise durch das Sonnensystem* angesehen, und Lee hat – gegen Abbys Willen, aber mit meinem Geld – den halben Souvenirshop leer gekauft. Positive Erinnerungen und so weiter …

»Ich nenne die Sonne Shiny und die Rakete Blitz. Das passt doch, Mom, oder?«

Vergnügt hüpft Lee zu der steinernen Bank, auf die ich gedeutet habe.

Da Abigail nicht reagiert, lege ich ihr eine Hand in den Rücken.

»Alles wird gut. Bring es einfach hinter dich, dann fühlst du dich besser«, flüstere ich und schiebe sie sanft hinter Ophelia her.

Schwer atmend geht sie vor ihrer kleinen Nichte auf die Knie und betrachtet deren neue Kuscheltiere.

»Hat es dir hier gefallen?«, fragt sie und nimmt die Plüschsonne in ihre Hand.

»Ja, klar«, quietscht Lee und strahlt uns heller an als die Sonne selbst. »Ich will unbedingt noch einmal hierhin. Und danach fliegen wir nach Australien.«

»Das klingt gut«, murmelt Abigail gedankenverloren.

Hilfe suchend sieht sie mich an. Ich lasse mich neben Ophelia auf die Bank sinken. Wir haben im Vorfeld besprochen, dass ich dabeibleibe, wenn Abigail ihr die Wahrheit sagt.

»*Nunc aut numquam*«, flüstere ich und nicke motivierend.

»Lee«, seufzt Abby und ergreift ihre Händchen. »Ich würde gern noch was mit dir besprechen.« Ophelia merkt sofort, dass etwas nicht stimmt, und wird still. »Es gibt da etwas, das ich dir dringend sagen muss. Ich suche schon länger nach der passenden Gelegenheit, und ich finde, heute ist ein guter Tag.«

»Ist es was Schlimmes?«, fragt die Kleine alarmiert und sieht zwischen uns hin und her.

»Nein. Ich denke nicht.« Abby schluckt. »Die Sache ist die: Du weißt ja, was es heißt, Mutter und Tochter zu sein, oder?«

»Die Töchter kommen aus dem Bauch der Mommys.« Ophelia nickt eifrig.

»Genau«, bekräftigt Abigail schmunzelnd und streichelt ihr über die wilden Haare. »Was ich dir sagen muss, ist: Du bist nicht aus meinem Bauch gekommen.«

Ich glaube, Abby und ich halten beide gleichzeitig die Luft an.

»Hä? Aber du bist doch meine Mom?«

»Nein, Liebling. Zumindest nicht im eigentlichen Sinn.

Ich bin nicht wirklich deine Mom, weil ich dich nicht geboren habe.«

Ophelia legt den Kopf schief und kneift die Augen zusammen.

»Aber …«, sie sieht schon wieder Hilfe suchend zwischen uns hin und her. »Wir sind doch eine Familie.«

»Aber ja«, prescht Abby dazwischen. »Natürlich sind wir das. Und ich tue alles für dich, was eine Mom für ihre Tochter tut. Das habe ich immer. Der einzige Unterschied ist, dass ich dich nicht zur Welt gebracht habe.«

»Hm«, summt sie und tippt sich mit dem Zeigefinger an die Lippe.

»Ich wollte nur, dass du das weißt. Aber es verändert sich nichts für uns. Niemals.«

Abby setzt sich ebenfalls auf die Bank und zieht Ophelia auf ihren Schoß.

»Dann bleiben wir trotzdem eine Familie? Du lässt mich nicht allein?«

»Lee«, keucht Abby. Ich kann sehen, wie sie mit den Tränen kämpft. »Ich werde dich niemals alleinlassen. Niemals«, verspricht sie ihr. »Niemals ohne dich, hörst du? Ich werde nirgendwo ohne dich hingehen. Weil ich ohne dich nicht leben will.« Ophelia starrt Abigail einen Augenblick länger an, dann streckt sie ihre schmalen Ärmchen aus und drückt ihre Tante. Auch ich muss mit meinen Emotionen kämpfen.

Die Menschen und Geräusche um uns herum geraten in den Hintergrund. Jetzt gerade zählt nur die Besiegelung dieses Geständnisses.

»Ich verspreche dir«, murmelt Abby und rückt die Kleine gerade so weit von ihr ab, dass sie ihr ins Gesicht sehen kann, »wir sind und bleiben für immer eine Familie. Du und ich, wir beide gehören zusammen.«

»Du hast Quincy vergessen«, flüstert Lee, und ich drücke mir die Faust gegen die Lippen, um die Fassung zu bewahren. Das hier ist krasser, als ich es mir vorgestellt habe. »Er gehört doch jetzt auch zu unserer Familie, oder?«

Abigails Blick trifft auf meinen. Ich strecke meine Hände aus und lege sie auf die Rücken der beiden Frauen.

»Natürlich gehöre ich zu eurer Familie. Wenn ihr das möchtet?«

»Das ist eine doofe Frage«, antwortet Lee kichernd. Im nächsten Moment wird sie wieder ernst. »Wer hat mich denn dann eigentlich auf die Welt gebracht?«, fragt sie leichthin, doch Abby zuckt unter der Frage zusammen.

»Das …«, sie gerät ins Stocken, »das war … Riley.«

»Tante Riley?« Ophelia reißt die Augen auf. »Da möchte ich aber lieber, dass du meine Mom bist. Geht das? Auch wenn ich nicht in deinem Bauch war?«

»Wenn du das möchtest, geht das.«

»Darf ich dich auch weiter Mom nennen?«

»Das darfst du dir selbst aussuchen.«

»Ich glaube, dann finde ich das alles nicht schlimm. Hauptsache, wir gehen noch unseren Cheeseburger essen. Wir gehen doch noch Cheeseburger unter der Statue essen, oder?«

»Auf jeden Fall«, bestätige ich und streichle über Lees Kopf.

»Ich nehme einen ohne Käse, nur um Quincy zu ärgern. Weil es ja dann eigentlich kein Cheeseburger mehr ist«, plappert Lee drauflos und hüpft von der Bank. Natürlich nicht, ohne ihre neuen Kuscheltierfreunde unter den Arm zu klemmen. »Kommt schon«, fordert sie und hopst fröhlich drauflos.

Ich drücke kurz Abbys Knie. Sie sieht mich fragend an.

»War's das schon?«, fragt sie kaum hörbar.

»Für den Anfang war es das«, entgegne ich lachend und ziehe sie auf die Beine.

»O mein Gott.« Sie legt sich die Hände auf den Kopf und seufzt. »Das war ...«

»Irgendwie einfach«, ergänze ich.

»Nun kommt«, ruft Lee und springt vergnügt um uns herum.

»Bist du sicher, dass alles okay ist?«, fragt Abby noch einmal und streckt ihr die Hand hin.

»Alles okay, Nicht-Mom«, sagt Lee und ergreift Abigails Finger.

Skeptisch zuckt sie mit den Achseln, was ich erwidere. Keine Ahnung, ob Ophelia die Tragweite dessen, was sie gerade erfahren hat, noch nicht bewusst ist. Wenn es so weit sein sollte, werden wir auf jeden Fall da sein, um sie zu stützen. Denn das ist es doch, was man in einer Familie tut. Man stützt sich gegenseitig, wenn man sich allein nicht halten kann.

Kapitel 35

Abigail

Ruhe.

Es ist absolute Ruhe, die mich zwischen einem Kinder-
hörspiel und den Diskussionen von Ophelia und Quincy beschleicht. Zwischen dem lauten Geplapper auf dem Beifah-
rersitz in Quins Wagen irgendwo auf dem Highway zwischen
New York und Pixton komme ich vollends zur Ruhe.

Weil ich zum ersten Mal seit vielen Jahren nicht vom Gewicht zahlreicher Probleme niedergedrückt werde.

Vorgestern war ich bei meinen Eltern.

Ich habe Glen beim Wort genommen und mich bemüht,
diesem Besuch unvoreingenommen entgegenzutreten. Ganz
gleich, wie viel Kraft und Überwindung es mich gekostet hat,
nach Hause zurückzukehren. Am Ende bin ich mit einem breiten Grinsen ins Hotel zurückgeschlendert. Entgegen meiner
Erwartung haben sie mir nicht die Tür vor der Nase zugeknallt.
Wir haben uns nicht angebrüllt und uns so gut wie keine Vor-
würfe gemacht. Es ist mir zwar nicht leichtgefallen, ihnen die

Wahrheit über Riley und die vergangenen Jahre zu erzählen, aber mir ist klar geworden, dass ich Hilfe brauche, wenn ich meine Schwester da rausholen will. Denn das ist es, was ich möchte. Ich will sie nicht vor Gericht ziehen und ihr Lee wegnehmen. Ich will ihr helfen. Darum ging es von Anfang an.

Selbstredend konnte mein Dad sich das Ich-habe-es-ja-gleich-gewusst-Gerede nicht vollends verkneifen. Dennoch bin ich froh, dass meine Eltern mir gegenüber aufgeschlossen waren und mir versprochen haben, mich und Lee zu unterstützen.

Ich will kein Geld von ihnen. Nicht für mich persönlich. Auch brauche ich keine Geburtstagskarten oder Familienwochenenden. Ich brauche jemanden, der Riley von der Straße holt und mir hilft, klare Verhältnisse für Ophelia zu schaffen. Zuerst waren sie nicht wirklich begeistert. Bis ich sie gestern ein zweites Mal besucht habe – zusammen mit Quin und Lee.

Die Kleine hat ihre Großeltern in Schallgeschwindigkeit um den Finger gewickelt. Als wir uns schließlich verabschiedet haben, hat meine Mom mich zur Seite genommen.

Sie hat ihre schlanken Finger auf meine Oberarme gelegt und ihre Wange an mein Ohr gedrückt.

»Du hast das toll gemacht. Ich bin sehr stolz auf dich, Abigail.« Das waren die Worte, die sie mir zugeflüstert hat und die ich niemals vergessen werde. Wie viele Jahre habe ich auf diese Art der Anerkennung gewartet. Natürlich ist ihre Hilfe nicht ganz bedingungslos. Ich musste mich ihnen gegenüber verpflichten, dass sie an Ophelias Leben teilhaben dürfen. Außerdem haben sie mir das Versprechen abgenommen, dass ich nicht dauerhaft im *Pixton's* kellnern werde.

Wir sind uns nach diesen Verhandlungen nicht weinend in die Arme gefallen oder haben uns für das kommende Wochenende zum Tee verabredet. Aber ich habe allem zugestimmt und beteuert, dass es mir viel bedeutet, diese Worte von ihnen zu hören. Das war der Moment, in dem endgültig alle Last von meinen Schultern gefallen ist.

Und jetzt, da wir Richtung Zuhause fahren, bin ich die Ruhe selbst.

»Dieses Märchen ist kacke«, schimpft Ophelia vom Rücksitz.

»Das sagt man nicht«, mahnt Quincy und dreht das Hörspiel etwas leiser. »Außerdem stimmt das nicht. *Cinderella* ist das beste Märchen von allen.«

»Du hast ja keine Ahnung, Quincy-Quin. Mommys ist cooler.«

»Mommys Märchen?« Ich drehe den Kopf und sehe Quin an, der mich, beide Hände fest am Lenkrad, mit hochgezogener Augenbraue ansieht. Seine Haare sind lang geworden und kringeln sich in der Kapuze seines Pixton-Hoodies.

»Ich habe ein eigenes Märchen«, gebe ich Lee recht und nicke stolz mit dem Kopf. Mein Körper befindet sich in einer Art Schwerelosigkeit. Beinahe als schwebten wir über den Highway. Ich glaube, das, was ich empfinde, nennt man wohl pures Glück.

»Okay. Und es ist besser als *Cinderella*?«

»Viel besser«, behauptet Ophelia kichernd und trommelt mit ihren Händen von hinten auf Quins Sitz. Natürlich wollte sie hinter ihm sitzen und nicht hinter mir. Immerhin hat er David Rowe kurzzeitig vom Thron gestoßen. »Aber ich darf es dir nicht verraten. Das ist ein großes Geheimnis«, berichtet sie stolz mit erhobenem Zeigefinger.

»Ach«, seufze ich und wende mich ihr kurz zu. »Ich bin sicher, bei Quincy können wir eine Ausnahme machen.«

Die Art, wie sie die Augen aufreißt, lässt vermuten, dass das exakt die Worte waren, die sie hören wollte.

Schon im nächsten Moment beginnt sie, voller Eifer zu erzählen. »Also, pass auf«, plappert sie drauflos. »Da gibt es diese

Prinzessin. Aber die ist eigentlich keine richtige Prinzessin, sondern eine Kriegerin. Sie kämpft für alle Planeten und ist ultrastark.«

Ich spanne meinen erhobenen Arm an und mache lachend eine Faust in der Luft. Dabei zwinkere ich Quincy selbstsicher zu, was ihn nur noch mehr zum Lachen bringt.

»Okay, kapiert«, wirft er schmunzelnd ein und stellt das Hörspiel von *Cinderella* endgültig ab. Weil mein Märchen eben viel cooler ist.

»Aber: Die Kriegerin ist nicht allein, weißt du? Denn sie hat diesen Zwerg.«

Quincys und mein Blick treffen sich. Lachend deutet er auf sich und formt mit den Lippen: »Ich?« Dabei sind seine Augen so groß wie Planeten.

Lachend schüttele ich den Kopf und deute mit dem Kinn auf die Rückbank zu Ophelia.

»Okay«, sagt Quin und räuspert sich. »Eine Kriegerprinzessin und ein Zwerg. So weit, so gut.«

»Ja, genau. So weit, so gut.« Lee kann die Worte nur nuschelnd wiederholen, weil sie inzwischen damit beschäftigt ist, ihre Salzstangen in sich hineinzuschieben. »Natürlich gibt es auch einen Prinzen«, erklärt sie ihm. Erneut sieht er vom Steuer zu mir herüber. Ich lächele ihn vielsagend an. Mein Nicken sagt so was wie ›Jap. Das bist du, mein Freund.‹ »Aber das Problem ist, dass der Prinz nichts von dem Zwerg weiß und auch nicht von dem Schloss, in dem die beiden wohnen. Und dabei haben sich der Prinz und die Prinzessin schon richtig lange geküsst.« Ihre Stimme verzieht sich, und sie quietscht regelrecht. »Eklig, oder?«

»Na ja.« Quincys Stimme klingt abwägend. Die Sonne lässt die noch feuchten Bäume, an denen wir vorbeifahren, regelrecht glitzern. »Vielleicht ist der Prinz ja ein richtig guter Küsser?«

»Was ist ein guter Küsser?«, schmatzt Ophelia. Ich ermahne sie mit einem strengen Blick in den Rückspiegel, erst zu kauen und dann zu reden.

»Na, jemand, der gut küsst.«

»Ist der Prinz ein guter Küsser?«, fragt Ophelia an mich gerichtet. Ich habe ein Bein unter meinen Schoß gezogen und mich etwas seitlich gesetzt, damit ich die beiden besser sehen kann.

»O ja«, antworte ich. »Der beste, den die Kriegerprinzessin je getroffen hat.«

»Der beste, ja?«, hakt Quincy zwinkernd nach.

»Der allerbeste«, bestätige ich lachend.

»Ich finde das eklig. Sie sollen lieber Aliens vom Mars befreien, statt sich zu küssen.«

»Du hast recht«, stimmt Quincy zu. »Aber das können sie doch trotzdem. Ich meine, wenn der Prinz erst von dem unfassbar coolen Zwerg erfährt und das kleine Schloss entdeckt, das sich anfühlt wie sein eigenes Zuhause, dann sind die drei unbesiegbar.«

Sein Blick wandert vom Highway kurz in den Rückspiegel zu Lee, dann legt er seine Hand auf mein Knie.

»Denkst du, der Prinz wird dann für immer bei ihnen bleiben?«, fragt Lee. Ich teile die Hoffnung in ihrer Stimme.

Sein Blick fällt auf mich, und ich spüre, wie die Hitze mir in die Wangen steigt.

»Das wird er. Definitiv. Er wird die beiden nie wieder alleinlassen.«

»Und dann küssen sie sich nicht mehr?«, fragt Ophelia hoffnungsvoll.

»O doch, das hoffe ich sehr«, protestiert Quincy lachend. »Denn weißt du, was die Kriegerprinzessin nicht weiß?«

Er flüstert die letzten Worte verschwörerisch.

Lee springt sofort drauf an. So weit der Sicherheitsgurt es zulässt, lehnt sie sich nach vorne und murmelt leise: »Was?«

»Die Kriegerprinzessin ist alles, was der Prinz je gewollt hat in seinem Leben. Ja, okay«, lacht er knapp auf, »die Sache mit dem Zwerg kam etwas unerwartet, aber der Prinz findet den Zwerg mindestens genauso cool wie die Prinzessin, und es wäre ihm eine Ehre, wenn er mit den beiden zusammen die Planeten retten dürfte. Das wäre sein größter Traum.«

Ophelias Augen weiten sich bei jedem Wort aus Quincys Mund, während ich spüre, wie das Glück meine Adern flutet.

»Wow«, flüstert Lee. Sie blickt zu mir herüber. Wir strahlen uns an. »Hast du gehört? Das wäre doch megacool, oder?«, fragt sie mich und wirkt dabei ganz aufgeregt.

»Ja«, bringe ich heiser hervor. »Das wäre wirklich megacool.«

Ich sehe Quincy an, und es ist, als wäre alles so, wie es sein muss.

Keine Geheimnisse.

Keine Lügen.

Nur wir drei.

Gegen den Rest der Welt.

Epilog

7 Monate später

Quincy

»Ich liebe den Geruch von altem Holz, vermischt mit dem Duft von Büchern.«

Abigail hakt sich bei mir unter und führt mich zielstrebig in das Innere der Livingston Hall.

»Das glaube ich dir ja, trotzdem halte ich das hier für keine gute Idee. Echt nicht.«

Als meine Freundin mir vor drei Stunden stolz verkündet hat, dass wir ausgehen, da dachte ich an ein einfaches Abendessen bei Mr. Wan oder möglicherweise ein Restaurant in Greenwich. Meine Laune verschlechtert sich allerdings minütlich, seitdem wir das Campusgelände betreten haben.

Nicht, dass ich nicht mehr gern hier bin. Mein Abschluss liegt immerhin erst wenige Wochen zurück, und ich schaue nach wie vor alle paar Tage bei den Jungs in der WG vorbei. Nicht zuletzt, weil Lee tierisch nervt, wenn sie und Theo sich mal einige Tage nicht sehen. Die beiden sind wie die Stars einer Sitcom. Nichtsdestotrotz finde ich es irgendwie unpassend, dass Abigail sich schon wieder auf die Einführungsveranstaltung der Erstsemester schleicht.

»Jetzt entspann dich mal. Letztes Jahr warst du auch nicht so verkrampft.«

»Da war ich ja auch offiziell eingeladen und hatte keine Ahnung, dass meine Zufallsbegegnung eine Hochstaplerin gewesen ist.«

Ich meine das ernst, aber Abigail lacht nur über meine Worte und zieht mich unverblümt mit sich in die Menschenmenge.

»Im Ernst, Abby. Man kennt mich hier. Die Leute werden Fragen stellen.«

»Ach, dann lasse ich mir irgendwas einfallen«, trällert sie fröhlich.

Schon im nächsten Moment hält Miranda Walsh auf uns zu, und ich halte den Atem an. Es war so was von klar.

»Fuck«, flüstere ich leise vor mich hin, aber es ist zu spät, um ihr aus dem Weg zu gehen.

»Hi, Quincy«, schnurrt sie und tippt mit ihren langen Fingernägeln auf dem Klemmbrett herum, das sie an ihren schmalen Körper gepresst hat. Miranda ist schon seit drei Jahren studentische Aushilfe in der Verwaltungsebene. Dafür kümmert sie sich unter anderem darum, die Erstsemester auf der Einführungsveranstaltung in Empfang zu nehmen. »Schön, dich wiederzusehen.«

»Hm«, murmle ich und schiele zu Abigail hinüber. Statt panisch zu wirken, strahlt sie über das ganze Gesicht.

»Und du bist?«, fragt Miranda und nimmt sich ihr Klemmbrett vor, um die Liste der Freshmen durchzugehen.

»Abigail Hamilton«, sagt Abby stolz, sieht dabei aber nur mich an.

»Was?«, formen meine Lippen. Hilflos zucke ich mit den Schultern. Ich meine – ist sie übergeschnappt?

»Ah ja. Da habe ich dich«, bestätigt Miranda erfreut. »Oh, Jura. Glückwunsch. Ein toller Studiengang. Nicht leicht, durch die Aufnahmeprüfungen zu kommen.« Sie händigt Abby eine Schlüsselkarte samt dem Schlüsselband der Pixton aus.

»Klapp den Mund zu, Babe«, flüstert Abigail mir derweil ins Ohr und nimmt Miranda die Karte ab.

»Abby«, keuche ich. Mein Blick wandert zwischen ihr und Miranda hin und her. »Entschuldige uns kurz«, stoße ich aus und zerre meine Freundin durch die Menschenmenge bis an den Rand der Garderobe.

Als wir endlich unter uns sind, stehe ich schwer atmend vor ihr.

»Ist das wahr?«

Ich kann die Hoffnung in meiner Stimme nicht verbergen. Seit Monaten flehe ich sie an, ihren Traum in die Tat umzusetzen. Ich predige ihr das immer und immer wieder.

Seit Riley ihr vor drei Monaten endgültig das alleinige Sorgerecht für Ophelia überschrieben hat, gibt es nichts mehr, was sie aufhält. Die Hamiltons haben Riley vor einem halben Jahr von der Straße geholt. Sie haben sie in eine teure Privatklinik gesteckt und sie aufgepäppelt. Sie ist seitdem clean und hat eingesehen, was für Lee am besten ist. Und sie unterstützen Abigail und Ophelia. Somit haben sich alle Probleme in Luft aufgelöst. Abigail ist nicht länger allein, und es gibt keinen Grund, weiter Burger zu servieren, wenn sie das nicht möchte.

Mir ist bewusst, dass unser Verhältnis zu unseren Eltern nach wie vor nicht das beste ist. Aber wir haben gelernt, einander zu akzeptieren, wie wir sind. Ich musste lernen, dass Toleranz in beide Richtungen geht. Wenn ich von meinen Eltern Toleranz für meinen Lebensentwurf erwarte, muss ich ihnen wohl die gleiche Toleranz entgegenbringen. Solange sie mich akzeptieren, wie ich bin, und mir keine Fake-Verlobungen mehr aufzwingen wollen. Es ist wichtig, die Dinge zu tolerieren, die man nicht nachvollziehen kann, und so auch für das offenzubleiben, was man zunächst nicht gutheißt.

Vor sechs Wochen sind wir zur Miete in ein kleines Haus in Pixton gezogen. Es ist nicht besonders groß oder luxuriös. Dafür hat es einen Garten und eine Veranda und liegt nur knapp zwanzig Minuten von der Klinik entfernt, in der ich momentan so gut wie all meine Zeit verbringe. Die Assistenzzeit ist genauso anstrengend, wie alle vorhergesagt haben.

Unser Leben ist chaotisch, aber wir lieben es alle drei. Oder sagen wir, vier, denn ich konnte wieder einmal nicht Nein sagen und habe Lee zum Einzug einen Kater geschenkt. Blöder Fehler. Dieses kratzige Mistvieh heißt David Rowe. Den Hype um ihn sind wir in der Tat nämlich auch noch immer nicht losgeworden.

Alles ist, wie es sein sollte. Dennoch hatte ich immer den Eindruck, Abby wagt es nicht, zu sich selbst zu finden.

Bis heute.

»Glen hat mir bei den Aufnahmeprüfungen geholfen. Deine Mutter hat mit Ophelia Scrabble gespielt, während wir gelernt haben.«

»Meine Mutter spielt Scrabble?«, frage ich und ziehe eine Augenbraue hoch.

»Quin«, unterbricht Abby lachend und boxt mich gegen die Schulter. »Ich studiere Jura.«

»Du studierst Jura«, wiederhole ich wie ferngesteuert. Fast gleichzeitig müssen wir beide breit grinsen. »O mein Gott!«, rufe ich eine Spur zu laut. »Du studierst Jura!« Mit einem Ruck ziehe ich Abby an mich, hebe sie hoch und wirbele uns gemeinsam im Kreis herum. »Ich kann es nicht fassen.« Meine Lippen legen sich auf ihre, und wir versinken in einen innigen Kuss. »Ich bin so stolz auf dich«, murmle ich direkt in ihren Mund hinein. »Verdammt! Du studierst Jura!«

»Ich bin auch stolz auf mich«, antwortet sie lächelnd und küsst mich noch einmal. Ihre schmalen Finger umfassen dabei mein Gesicht. »Ohne dich hätte ich es nie geschafft.«

Kopfschüttelnd drücke ich sie noch enger an mich und erobere ihren Mund erneut.

Wir lösen uns erst voneinander, als sich neben uns ein älterer Herr räuspert, weil er an seinen Mantel möchte, vor dem wir selbstvergessen rummachen.

»Entschuldigen Sie«, nuschele ich und mache, Abigail noch immer im Arm, Platz für ihn.

Wir rücken ein Stück zur Seite, und unser Blick fällt gleichzeitig auf die Tür der Besenkammer.

»Hm«, schnurrt Abby und tippt sich mit dem Finger gegen die Lippe.

»Lust auf deinen ersten Regelverstoß, du Freshman?«

»*Nunc aut numquam*«, flüstert sie über das ganze Gesicht strahlend, und wir stolpern eng umschlungen in die Besenkammer der Livingston Hall.

An den Ort, an dem alles angefangen hat.

Danksagung

Zu Beginn meiner Danksagung möchte ich gerne eine kleine Geschichte erzählen. Vor einiger Zeit kam mein jüngster Sohn weinend aus der Schule. Er hatte sich im Kunstunterricht für ein Projekt aus einer Auswahl an Farben eine pinke Mappe ausgesucht und war dafür von seinen Mitschüler:innen ausgelacht und als Mädchen beschimpft worden.

Da saß ich also und sollte meinem Achtjährigen erklären, warum es nicht falsch ist, sich die Farbe zu nehmen, die er für sein Projekt am passendsten findet. Mir fehlten ehrlich gesagt die Worte, und ich musste mit meinen Emotionen ringen. Daraufhin fragte er mich, ob ich auch traurig wäre, weil er ausgelacht worden war. Ohne einen weiteren Moment zu zögern, erklärte ich ihm, dass ich froh wäre. Dass ich, wenn überhaupt, Freudentränen in den Augen hätte, weil ich so unfassbar stolz auf ihn wäre, dass er die Stärke hat, dazu zu stehen, was er will. Und dass ich mir wünschen würde, mehr Menschen auf dieser Welt wären wie er.

Das hat für die kleine Kinderseele die kurzzeitige Krise abgewendet, doch mir ist diese Geschichte im Kopf hängen geblieben. Noch am gleichen Nachmittag schrieb ich das Vorwort zu *Never Without You*. Denn auch Abby, Quin, Theo, Scarlett und Lee sind so starke Persönlichkeiten, die zu dem stehen, was sie sein wollen. Und darauf kommt es an.

Wir können die Menschen, die mit ausgestrecktem Zeigefinger lachend auf andere zeigen, nicht ändern. Aber wir können die Stärke haben, über diesem kleinkarierten Denken zu stehen. Aus vorgefertigten Meinungen und Schubladen ausbrechen. Allein dadurch machen wir die Welt zu einem besseren Ort. Wie sagt Quincy so schön: Toleranz gilt über die eigenen Grenzen hinaus.

Während der Entstehung dieses Buches habe ich mir oft Gedanken über Toleranz gemacht, und ich hoffe, das geht euch Leser:innen genauso. Denn jede:r Einzelne von euch hat die Stärke, zu dem zu stehen, was er oder sie sein möchte. Man muss die Stärke nur finden und den Mut haben, sie einzusetzen.

Vielleicht konnte ich euch mit der Geschichte von Quin und Abby etwas dazu inspirieren. Ich danke euch (um nun eine geschickte Überleitung zu meinen Dankeshymnen zu bekommen) dafür, dass ihr mich in dieser Geschichte begleitet habt. Ein Buch ohne Leser:in ist wie ein Garten ohne Blumen.

Dass dieser Garten hier so wunderbar blüht, ist nur möglich, weil der Moon-Notes-Verlag mir den fruchtbaren Boden für meine Saat spendet.

Liebe Maren, mein erster persönlicher Dank dafür gilt dir. *Man sieht sich immer zweimal im Leben ...* so haben wir uns vor vielen Jahren verabschiedet, und wir sollten recht behalten. Danke, dass du noch immer an mich glaubst und mir einen Platz in euren wunderbaren Reihen geschenkt hast. Mal wieder warst du zur richtigen Zeit einfach da.

Und wenn wir schon gerade von wundervollen Lektorinnen sprechen, machen wir direkt mit Jasmin weiter. Du hast Quin und Abby von der ersten Seite an geliebt und an sie geglaubt. Ich bin froh, dass unsere Wege sich gekreuzt haben. Danke für deinen Einsatz. Ich hoffe, es war nicht der letzte.

Bevor ein fertiges Manuskript an den Verlag geht, stellt es sich erst immer meiner Testlese-Crew, auf die ich niemals verzichten möchte. Einen dicken Dankeskuss an Hanna, Denise, Anna, Nelli, Lis, Theona und Maria. Ihr seid spitze. Besonders hervorheben möchte ich dieses Mal Jennifer und Laura. Ich weiß nicht, wie ich es ohne euch geschafft hätte. Vielen lieben Dank, vor allem für eure Geduld.

Zu guter Letzt muss mein Manuskript immer am alles entscheidenden Endgegner vorbei. Liebe Alex, danke, dass du dein fluffiges Herz noch einmal für mich geöffnet hast. Ich weiß, wie schwer es ist, sich zwischen allem Stress in ein fremdes Werk zu hacken. Und nicht nur das. Deine seelische Unterstützung ist mir in den vergangenen Monaten die größte Stütze gewesen. Ich habe dich bis zum Pluto und wieder zurück lieb.

Last but not least ein dickes Danke an meine drei Männer. Dafür, dass wir uns alle so akzeptieren, wie wir sind. Dafür, dass ihr immer an meiner Seite seid. In guten wie in schlechten Zeiten. An meinen Mann besonders dafür, dass wir unseren Kindern die Stärke vermitteln, so sein zu dürfen, wie sie sein wollen. Ich liebe euch. Für immer … niemals ohne euch.

Seid, wer ihr sein wollt. Denn genau so seid ihr perfekt.
Eure Mimi